北京文化藝術基金
BEIJING CULTURE AND ARTS FUND

本书系北京文化艺术基金2018年度资助项目成果

重估与前瞻

网络文艺的新实践与新美学

彭文祥◎编著

知识产权出版社
全国百佳图书出版单位
——北京——

图书在版编目（CIP）数据

重估与前瞻：网络文艺的新实践与新美学 / 彭文祥编著 . -- 北京 : 知识产权出版社 , 2020.4

ISBN 978-7-5130-6827-7

Ⅰ . ①重… Ⅱ . ①彭… Ⅲ . ①文艺评论—中国—当代 Ⅳ . ① I206.7

中国版本图书馆 CIP 数据核字（2020）第 043110 号

责任编辑：李石华　　　　责任印制：孙婷婷

重估与前瞻——网络文艺的新实践与新美学

CHONGGU YU QIANZHAN—— WANGLUO WENYI DE XINSHIJIAN YU XINMEIXUE

彭文祥　编著

出版发行：知识产权出版社有限责任公司　　网　　址：http://www.ipph.cn

电　　话：010-82004826　　http://www.laichushu.com

社　　址：北京市海淀区气象路50号院　　邮　　编：100081

责编电话：010-82000860转8072　　责编邮箱：lishihua@cnipr.com

发行电话：010-82000860转8101　　发行传真：010-82000893

印　　刷：三河市国英印务有限公司　　经　　销：各大网上书店、新华书店及相关书店

开　　本：720mm × 1000mm　1/16　　印　　张：18.5

版　　次：2020年4月第1版　　印　　次：2020年4月第1次印刷

字　　数：260千字　　定　　价：65.00元

ISBN 978-7-5130-6827-7

目录

绪论

第一部分　实践篇

第一章　网络文学创作生产及发展述评……………………………………15

第一节　网络文学概述……………………………………………………16

第二节　近年来网络文学创作生产状况与特点…………………………30

第三节　网络文学的审美观照与发展述评………………………………40

第二章　网络剧创作生产及发展述评……………………………………47

第一节　网络剧概述………………………………………………………47

第二节　近年来网络剧创作生产状况与特点……………………………61

第三节　网络剧的审美观照与发展述评…………………………………70

第三章　网络综艺创作生产及发展述评…………………………………80

第一节　网络综艺概述……………………………………………………80

第二节　近年来网络综艺创作生产状况与特点…………………………91

第三节　网络综艺的审美观照与发展述评……………………………100

第四章　网络电影创作生产及发展述评…… 106
第一节　网络电影概述…… 106
第二节　近年来网络电影创作生产状况与特点…… 116
第三节　网络电影的审美观照与发展述评…… 136
第五章　网络音乐创作生产及发展述评…… 140
第一节　网络音乐概述…… 140
第二节　近年来网络音乐创作生产状况与特点…… 145
第三节　网络音乐的审美观照与发展述评…… 148
第六章　网络动漫创作生产及发展述评…… 155
第一节　网络动漫概述…… 155
第二节　近年来网络动漫创作生产状况与特点…… 160
第三节　网络动漫的审美观照与发展述评…… 165
第七章　网络游戏创作生产及发展述评…… 170
第一节　网络游戏概述…… 170
第二节　近年来网络游戏创作生产状况与特点…… 174
第三节　网络游戏的审美观照与发展述评…… 182
第八章　“泛”网络文艺发展状况及述评 …… 186
第一节　“泛”网络文艺概述 …… 186
第二节　“泛”网络文艺发展状况与特征 …… 190
第三节　“泛”网络文艺发展述评 …… 202

第二部分　理论篇

第九章　媒介：作为艺术活动中的“第五要素”………………………… 211
第一节　艾布拉姆斯“四要素”结构模式的逻辑预设……………… 211
第二节　媒介：作为“第五要素”的或然与必然…………………… 215
第三节　艺术研究“五要素”解释范型的美学阐释能力与张力 …… 221
第十章　网络文艺审美分析……………………………………………… 227
第一节　审美价值取向的主流化……………………………………… 227
第二节　审美风格的平民化与娱乐化………………………………… 231
第三节　技术与艺术融合中审美意识的新发展……………………… 233
第十一章　网络文艺审美批评…………………………………………… 237
第一节　“传统文艺批评”与“网络文艺批评”辨析 ……………… 237
第二节　创作主体划分下的网络文艺批评生态……………………… 240
第三节　创作导向划分下的网络文艺批评生态……………………… 245
第四节　网络文艺批评的发展趋势…………………………………… 248
第十二章　网络文艺的问题反思与发展趋向…………………………… 251
第一节　网络文艺的问题反思………………………………………… 252
第二节　网络文艺的发展趋向………………………………………… 263

后　记……………………………………………………………………… 284

绪论

自中国全功能接入国际互联网 26 年来，从星星之火到燎原之势，互联网的作用和影响由小而大、从弱到强，并水银泻地般渗透到生产生活的各个领域和层面，迄今已发展成为一股巨大的塑造性、制约性乃至决定性力量。习近平总书记指出："从社会发展史看，人类经历了农业革命、工业革命，正在经历信息革命。农业革命增强了人类生存能力，使人类从采食捕猎走向栽种畜养，从野蛮时代走向文明社会。工业革命拓展了人类体力，以机器取代了人力，以大规模工厂化生产取代了个体工场手工生产。而信息革命则增强了人类脑力，带来生产力又一次质的飞跃，对国际政治、经济、文化、社会、生态、军事等领域发展产生了深刻影响。"❶ 就中国网信事业的具体实践而言，被誉为"互联网之父"的温顿·瑟夫（Vinton G. Cerf）博士说："当你来到像中国这样的地方时，你很快就会了解规模的含义……任何数字，只要同中国有关，你都要乘以 1000 才能反映这里的真实规模。""中国政府和私营部门完成了巨大的投资以获得足够的互联网接入能力来满足人们的需求。"❷ 被誉为"德国互联网之父"的维纳·措恩（Werner Zorn）教授也指出："当今中国的技术实力、开放程度已今非昔比，中国不仅拥有规模数量惊人的网民，互联网产业业绩也非常引人注目，可以说正在从'量'

❶ 习近平．在网络安全和信息化工作座谈会上的讲话［N］．人民日报，2016-04-26.

❷ 温顿·瑟夫：与互联网之父共话互联网治理［EB/OL］．(2017-03-13)［2019-10-10］.http://cnnic.cn/gjjl/gjyjydt/201703/t20170313_66561.htm.

的增长走向‘质’的蜕变。”[1] 事实正是如此。据中国互联网络信息中心（CNNIC）发布的第 44 次《中国互联网络发展状况统计报告》：截至 2019 年 6 月，中国网民规模达 8.54 亿，普及率达 61.2%；手机网民规模达 8.47 亿，手机接入互联网比例达 99.1%。[2] 更重要的是，在诸多有利因素和条件的全方位推动下，新时代中国特色的网信事业正走上一条由“网络大国”而“网络强国”的发展之路。

无疑，互联网是人类 20 世纪最伟大的发明之一，在当今社会发展、时代进步的历史潮流中，其巨大、深刻的革命性作用和影响无远弗届。在艺术和审美活动的领域，伴随互联网的迅猛发展和“互联网 + 文艺”的深度转型，作为一种新兴的艺术形式，“网络文艺”形态多样、实践丰富，是当前中国文艺发展中活力充沛、前景繁盛的生长性景观，也是艺术研究须密切关注、系统认知、深入把握的重要对象。

一、“网络文艺”概念和命名的提出

2014 年，习近平总书记在文艺工作座谈会上说，“互联网技术和新媒体改变了文艺形态，催生了一大批新的文艺类型，也带来文艺观念和文艺实践的深刻变化。由于文字数码化、书籍图像化、阅读网络化等发展，文艺乃至社会文化面临着重大变革”，并强调“要适应形势发展，抓好网络文艺创作生产，加强正面引导力度”[3]。可以说，这次重要讲话正式提出了普适性、规范性的“网络文艺”概念和命名，并对促进其繁荣发展提出了提纲挈领的意见。此后，在相关重要文件和习近平总书记的系列重要讲话中，“网络文艺”的重要性进一步得到强调与彰显。比如，2015 年，《中共中央关于繁荣发展社会主义文艺的意见》指出，“网络文艺充满活力，发展潜力巨大”，要“大力发展网络文艺”，要“坚持‘重在建设和发展、管理、引导并重’的方针，实施网络文艺精品创

---

[1] 吴振宇．对话维纳·措恩：中国互联网发展正从量变走向质变［EB/OL］.（2015-12-18）［2019-10-10］.http：//zjnews.zjol.com.cn/system/2015/12/18/020959272.shtml.

[2] 中国互联网络信息中心（CNNIC）．中国互联网络发展状况统计报告［EB/OL］.（2019-08-30）［2019-10-10］.http://www.cac.gov.cn/2019-08/30/c_1124938750.htm.

[3] 习近平．在文艺工作座谈会上的讲话［N］．人民日报，2015-10-15.

作和传播计划，鼓励推出优秀网络原创作品，推动网络文学、网络音乐、网络剧、微电影、网络演出、网络动漫等新兴文艺类型繁荣有序发展，促进传统文艺与网络文艺创新性融合，鼓励作家艺术家积极运用网络创作传播优秀作品。充分发挥新媒体的独特优势，把握传播规律，加强重点文艺网站建设，善于运用微博、微信、移动客户端等载体，促进优秀作品多渠道传输、多平台展示、多终端推送。加强内容管理，创新管理方式，规范传播秩序，让正能量引领网络文艺发展。”[1]2017 年，在十九大报告中，习近平总书记指出，要“高度重视传播手段建设和创新，提高新闻舆论传播力、引导力、影响力、公信力。加强互联网内容建设，建立网络综合治理体系，营造清朗的网络空间”[2]。2018 年，在全国宣传思想工作会议上，习近平总书记强调，“必须科学认识网络传播规律，提高用网治网水平，使互联网这个最大变量变成事业发展的最大增量”；要把提高质量作为文艺作品的生命线，推出更多健康优质的网络文艺作品。[3] 可以说，生动鲜活的艺术实践和一系列的重要论述都表明，在当前中国文艺的百花园中，网络文艺是一种新生、新兴的事物，是一片充满活力的热土，因此，要积极适应媒介生态和艺术生态的新变化，培育良好网络文艺生态，促进网络文艺健康发展，特别是，要通过精品化创作生产，激发网络文艺在互联网由“最大变量”向“最大增量”转换进程中的辐射、引领和带动作用。

二、多维审视中的“网络文艺”及内涵阐释

相比以往以广播电视为代表的“电子文化”对以语言文字为代表的“印刷文化”的超越，以互联网为代表的“数字文化”则带来更剧烈的嬗变，与此同时，“数字文化”语境中的艺术实践和文艺美学正发生着深刻的范式转换。其突出表征是：基于

---

[1] 中共中央关于繁荣发展社会主义文艺的意见［N］. 人民日报，2015-10-20.

[2] 习近平. 决胜全面建成小康社会夺取新时代中国特色社会主义伟大胜利［M］. 北京：人民出版社，2017：42.

[3] 举旗帜聚民心育新人兴文化展形象更好完成新形势下宣传思想工作使命任务［N］. 人民日报，2018-08-23.

互联网作为一种全新媒介的特质及其所带来的革命性影响，网络文艺在艺术创作、传播、接受和再生产等各个方面、环节都具有了鲜明的特点，并呈现出引人瞩目的新形态、新特征和新规律。对此，艺术研究应作出及时、有效的美学阐释，而其中的"原点"即是要立足实践并于诸多论述、见解的梳理和相关概念的对比、分析中，对"网络文艺"的内涵和特质进行说明。

首先，从语言学的角度来分析，在文化艺术的领域，以"网络"一词为中心构成了一个关系复杂、意义交织的"概念丛"（见图 0-1）。

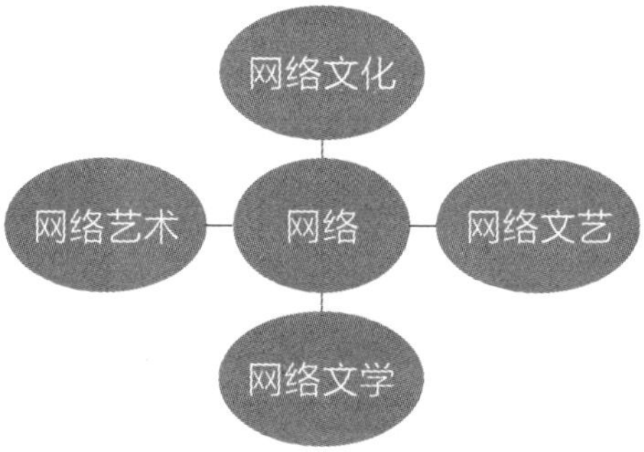

图 0-1　网络文艺与相关概念之间的关系

在研究方法上，英国文化批评家雷蒙·威廉斯曾提出一种"词丛"式的研究，他认为，所谓"关键词"，不仅是因为它具有重要意义，而且是因为它与其他相关的词语、概念构成了一种"语境"。与之相似，德国文艺理论家瓦尔特·本雅明的"星丛"式研究也强调了概念、命题之间所具有的非同一性的复杂关系。[1]依据"词丛"或"星丛"式研究，以"网络文艺"为视点，上图所示的相关概念关系可概括为三个层次：一是"上位关系"，比如，网络文艺与网络文化（或数字艺术、电子艺术、数字媒体艺术、传媒艺术、新媒体艺术、新媒介艺术等）；二是"平位关系"，比如，网络文艺与网络艺术（或互联网艺术、网络媒体艺术等）；三是"下位关系"，比如，网络文艺与网络文学（或网络剧、网络综艺、网络电影、网络音乐、网络动漫、网

[1] 周宪．审美现代性范畴的结构描述［J］．文艺研究，2004（2）：23.

络游戏等）。[1] 在这三种关系中，与“网络文艺”相关、相似的表述形成了一个语义相关、意义丰富的概念丛，特别是在第二种关系中，一些概念或强调网络的媒介属性，或侧重网络的技术特征，或突出网络的文化特性或精神气质，它们与“网络文艺”共同形成了一种既有内在关联、又有显著张力的意义场域。

其次，从“互联网”的作用和影响的维度看，时至今日，其作用已渗透到当前几乎所有艺术生产与再生产的各个环节和层面，其影响大体上表现在两个方面：一是“形式”上的附丽性、增值性，二是“内容”上的重塑性、再造性。具体说来，大致可逻辑地划分为三种情形：一是一些传统艺术样式在传播、接受等方面搭上了“互联网 +”的快车，比如，绘画、雕塑、书法、摄影、戏曲等；二是“互联网 +”改变着一些传统艺术样式创作、传播、接受、批评和再生产等的机制和方式，比如，电影、电视剧、电视综艺、纪录片等；三是在互联网技术和新媒体的强力催生下，一些新的艺术表现形态得以诞生、成长并如火如荼地兴旺发展，比如，网络文学、网络剧、网络综艺、网络电影、网络音乐、网络动漫、网络游戏，以及网络演出、短视频等（在某种程度上，这些表现形态大都是识别“网络文艺”的显在标志）。尽管这三种情形存在着并存交织、辐射渗透的复杂状况，但“网生”“非网生”依然是一种显著的存在和分析、考量的参照系。

其三，从网络文艺与传统文艺历时性比较的维度来考察，随着实践的丰富和发展，作为一种“新兴”的艺术形式，网络文艺与“传统”的艺术形式越来越呈现一种双向影响乃至相互规定的动态关系。一方面，网络文艺是一种“对比性”的存在，

---

[1] 参见迈克尔·拉什．新媒体艺术［M］．俞青，译．上海：上海人民美术出版社，2015；雷切尔·格林．互联网艺术［M］．李亮之，徐薇薇，译．上海：上海人民美术出版社，2016；莱恩·考斯基马．数字文学——从文本到超文本及其超越［M］．单小曦，等译．桂林：广西师范大学出版社，2011；雷切尔·格林．互联网艺术［M］．李亮之，徐薇薇，译．上海：上海人民美术出版社，2015；欧阳友权．网络文学词典［M］．北京：世界图书出版公司；黄鸣奋．互联网艺术［M］．北京：文化艺术出版社，2006；孟建．网络文化论纲［M］．北京：新华出版社，2002；李四达．数字媒体艺术概论［M］．北京：清华大学出版社，2006；汪代明．网络艺术概论［M］．成都四川民族出版社，2006；马晓翔．网络媒体艺术［M］．南京：江苏科学技术出版社，2010；单小曦．媒介与文学——媒介文艺学引论［M］．北京：商务印书馆，2015；许鹏．新媒体艺术论［M］．北京：高等教育出版社，2006；刘世文．中国新媒体艺术实践及批评研究［M］．合肥：黄山书社，2014；刘旭光．新媒体艺术概论［M］．石家庄：河北美术出版社，2012；陈玲．新媒体艺术史纲［M］．北京：清华大学出版社，2007；王红勇．网络文艺论纲［M］．济南：山东教育出版社，2014。

换言之，目前几乎所有的网络文艺表现形态都有其孕育和生长的土壤和温床，比如，不管是网络文学、网络剧，还是网络综艺、网络电影，其艺术生产和再生产都离不开、剪不断与传统文学、电视剧、电视综艺、电影的滋养与联系；另一方面，网络文艺的生产和再生产范式（创作方式、接受方式、审美趣味等）因其强大活力和影响力而对“传统”的艺术形式越来越具有渗透乃至同化、引领的作用和效应。当然，在未来的发展方向上，“网络文艺”作为当前新兴文艺形态的一个“总名”，它可能是一种过渡性的、历史性的现象和形态，会随着“互联网 + 文艺”的深度转型和发展而使其一些基本特征和规律沉淀、凝结为未来文艺场域的基本要素，在这种意义上，网络文艺发展、成熟的过程同时也就是新兴文艺与传统文艺一同缔结“新共名”、走向“新常态”的美学历程。

其四，从中外同类实践共时性参照的维度来看，就国内外总体情形来说，从 20 世纪 50 年代最初的计算机创作，到 80 年代数字革命浪潮和全球互联网博兴中的数字艺术、新媒体艺术，再到 21 世纪以来新兴文艺形态的不断涌现，网络文艺在丰富的实践中逐渐形成了有别于传统文艺的鲜明特性和新型艺术生产方式。在国外，与“网络文艺”相近的概念有超文本、数字艺术、互联网艺术、网络艺术、新媒体艺术、新媒介艺术等，其创作不仅起步早，且带有显著的前卫、先锋色彩。与之相比，我国网络文艺实践起步晚，但发展迅猛，且体现出显著的“传承性”和“大众性”，尤其是近 10 年来，传承性、大众性的网络文艺实践丰富多样、活力充沛，并在生产规模、创作实绩、产业发展、海外传播、社会影响、发展前景等方面呈现出鲜明的“中国特色”和“中国经验”。

其五，从多学科或跨学科的维度来审视，“横看成岭侧成峰，远近高低各不同；不识庐山真面目，只缘身在此山中”，我们看“网络文艺”也可以有多种方式并看到不同侧面的丰富面相。事实上，经过近年来的丰富实践，我们可以看到的、经由不同观念制作出来的网络文艺作品大大增加了，也丰富多样了，加之，网络文艺本身逐渐形成的特点也经得起多学科知识的解释介入。这就使得我们可以用多种眼光来“复杂”地打量它，并从中概括出相应的美学观念和观点。比如，它是艺术、文化，也可以是工业、商业，还可以是政治、意识形态；它是作品、艺术品，也可以是产品、消费品等，不一而足。在论及“电影”观念时，克里斯丁·麦茨认为：“电影（cinema）是一个内容范围广阔的专题，接近它的途径远不止于一种”，“人们通常称作‘电影’的东西，在我看来实际上是一种范围广阔而繁复的社会文化现象，一种毛斯意义上的‘总体社会事实’，有如人们所说，它包括有重要的经济与财力问题。它是一种涉及许多方面的整体。”[1]看“电影”如此，看“网络文艺”亦如是。

通过以上五个维度的分析，“网络文艺”的内涵大致可作广义和狭义之分。就“广义”而言，其内涵强调网络的媒介属性或技术性，把在网络上“存在”的文艺统称为网络文艺。比如，有研究者指出，“网络文艺是呈现于网络媒介上的一切文艺样态的作品”[2]；是“电脑网络技术催生出的全新数字艺术形式”[3]；是“在网络媒体上传播、以数码技术为基础，具有交互特征的多媒体艺术形式”[4]。就“狭义”来说，其内涵关注网络社会人的生存方式、网络文化的精神特质，并聚焦其网络“原创性”和内在特质。比如，有研究者指出，“网络文艺是指将人们的网络生存状况或网络文化作为表现对象的作品”[5]；是“具有网络精神的文艺作品，因此，只要具备一定互联网因素的文艺作品都可以称为网络文艺”[6]；互联网与艺术的联姻，“造就了融二者于一体的互联网艺术。互联网艺术不同于‘互联网上的艺术’或‘上了网的艺术’。从传播要素的角度看，它具备如下特征：其一，创作者是网民，尤其是那些对互联网作为新媒体所展示的潜力怀有强烈兴趣的人士；其二，欣赏者也是网民，尤其是那些热衷于通过互联网实现远程参与的人士；其三，形态主要是信息流，其传播有赖于互联网的支持；其四，内容虽然丰富多彩，但经常烙有网络生活的鲜明印记；其五，创造性地运用相关网络服务；其六，虽栖身赛伯空间，但具备对于现实世界的能动作用。”[7]

---

[1] 李幼蒸．当代西方电影美学思想［M］．北京：中国社会科学出版社，1986：1-2.

[2] 周星等．中国网络文艺的构成景观与发展问题［J］．艺术百家，2016（4）：7.

[3] 石恒利，王春光，徐明君．网络艺术教育［M］．北京：人民出版社，2008：75.

[4] 汪代明．网络艺术概论［M］．成都：四川民族出版社，2006：46.

[5] 马晓翔等．网络媒体艺术［M］．南京：江苏科学技术出版社，2010：3.

[6] 向志强．网络文艺不会取代传统文艺［N］．光明日报，2016-05-30（14）.

[7] 黄鸣奋．互联网艺术［M］．北京：文化艺术出版社，2006：17.

诚然，面对方兴未艾的网络文艺实践，准确揭示其内涵并非易事：一是因为它牵涉诸多方面与元素而纷繁复杂；二是由于其作为一种新生事物仍处于发展、变化之中。但基于互联网作为一种全新媒介的特质及其所带来的革命性影响，并依据一些代表性文本所形成的经验和特征，我们可以按形式逻辑“差 + 属”与辩证逻辑“实然 + 应然”相结合的方法，探索性地对其内涵作如下说明：网络文艺是受互联网技术、新媒体和社会变迁作用、影响而禀赋互联网艺术思维，并以新型艺术生产方式表征时代生活、表达现代性体验和思想感情的审美艺术形式，其质的规定性主要体现在“互联网艺术思维”“新型艺术生产方式”“审美艺术”三个方面。[1]

三、“网络文艺”的形态分类

相比之下，识别网络文艺的不同表现形态比揭示其内涵容易得多。从分类学的角度看，网络文艺的形态分类有如下三种情形。

一是从艺术“语言”的角度看，网络文艺的形态主要有文字类、视频类、音频类、动漫类、游戏类、其他类等。比如，“文字类”的网络小说、网络诗歌等，“视频类”的网络剧、网络综艺、网络电影、网络纪录片、短视频等，“音频类”的网络音乐和手机端播放的音乐增值服务等，以及网络动漫、网络游戏和与文学艺术相关的网络演出、综艺类杂糅节目、网络真人秀等。

二是依据“互联网 +”的具体特点，特别是所谓的“网生”特性（网络思维、网络语言等），将网络文艺划分为“网生”和“非网生”两大类：“其一是传统文艺的网络化。借助网络传播技术，许多传统的纸质文艺作品和印刷文艺文本经过电子化和数字化后得以在网上广为生产和传播。其二是新型的网络原创文艺。它是用电脑创作、在网上首发、具有鲜明网络语言特点的原创性文艺作品。”[2] 其中，如果前者属于较严谨的网络文艺范畴，那么，基于实际的操作，后者可在广义上划归“泛网络文艺”的

[1] 彭文祥，付李琢．何谓“网络文艺”？［J］．现代传播，2017（12）：79-81.

[2] 王红勇．网络文艺论纲［M］．济南：山东教育出版社，2014：7.

范围。当然，更细致地说，还有一类利用电脑多媒体技术和互联网交互作用创作的超文本、数字艺术、新媒介艺术，以及借助特定电脑软件自动生成的“机器之作”。

三是依据我国网络文艺实践当前的实际情形，并在网络文艺与传统文艺的对比架构中，将网络文艺的主要表现形态概括为网络文学、网络剧、网络综艺、网络电影、网络音乐、网络动漫、网络游戏等几个典型形态（见图 0-2）。本书中我们的相关分析采用此种分类。

图 0-2　网络文艺主要表现形态

四、“网络文艺”发展的审美现代性意义

关于“互联网”发展，习近平总书记指出，信息化为中华民族带来了千载难逢的机遇，我们必须敏锐抓住信息化发展的历史机遇。时至今日，互联网已成为创新驱动发展的先导力量，深刻影响着国际政治、经济、文化、社会、生态、军事等领域的发展，深刻改变着人们的生产生活方式，网络日益成为信息传播的新渠道、生产生活的新空间、经济发展的新引擎、文化繁荣的新载体、社会治理的新平台、交流合作的新纽带、国家主权的新疆域。关于“文艺”发展，习近平总书记强调，文艺事业是党和人民的重要事业，文艺战线是党和人民的重要战线；一个民族的复兴需要强大的物质力量，也需要强大的精神力量；没有中华文化繁荣兴盛，就没有中华民族伟大复兴；举精神之旗、立精神支柱、建精神家园，都离不开文艺。

“文运同国运相牵，文脉同国脉相连。”站在“现代性”（Modernity）的高度并从当前我国和世界发展大势来审视新媒介生态和艺术生态中的网络文艺，我们可以看到，改革开放40多年来的社会主义现代化实践，一种由“中国特色”的经济、政治、文化、社会、生态文明建设而搭建起来的“中国现代性”（Chinese Modernity）已展现在历史的舞台上。与之相应，艺术叙事和历史叙事同声相应、同气相求，在“道路自信、理论自信、制度自信、文化自信”架构的思想文化新生态中，当代中国文艺形成了有别于西方的、中国特色的审美现代性（Aesthetic Modernity）。而基于其艺术实践所显现的活力、规模、特征、成效、经验、影响、潜能、前景等，网络文艺可视为当代中国文艺发展的生力军，其“生长性”是时代的产物和选择，而其“时代性”则是中国特色“审美现代性”的典型表征。

历史和实践都表明，古今中外，文艺无不遵循这样一条规律：因时而兴，乘势而变，随时代而行，与时代同频共振。尼尔·波兹曼认为：“每一种媒介都为思考、表达思想和抒发情感的方式提供了新的定位从而创造出独特的话语符号。”[1]哈罗德·伊尼斯甚至指出，媒介对社会形态和社会心理都有着深远的影响，以至“一种新媒介的长处，将导致一种新文明的产生”[2]。特别是，透过当前艺术实践的实际来审视新时代语境中网络文艺生产传播、营销推广、接受评价等诸多环节中的新概念、新元素，以及新型产业链各环节间的聚变循环、互动交融，我们可以看到，正像历次文艺的重大变革和转型所呈现的图景一样，“传统—现代”的张力结构既蕴含着历史的传承性和连续性，又包含着内在的分离与脱节、转折与断裂，而网络文艺的发展一方面显示了“互联网＋文艺”的巨大威力和深远影响，以及活力四射、潜质深厚的繁盛前景；另一方面又表明了在走向文艺“新常态”、缔结文艺“新共名”的历史行程中，网络文艺创作生产和审美接受在以一种创新的力量来标示发展趋向的同时，也对社会生活、时代风尚、文化心理、意识形态、价值观念等具有不可替代的深远影响。

---

[1] 尼尔·波兹曼．娱乐至死［M］．章艳，译．桂林：广西师范大学出版社，2005：18.

[2] 哈罗德·伊尼斯．传播的偏向［M］．何道宽，译．北京：中国人民大学出版社，2003：28.

第一部分
实践篇

第一章　网络文学创作生产及发展述评

“忽如一夜春风来，千树万树梨花开。”时至今日，异军突起的中国网络文学无疑是文艺百花园中一朵惊艳绽放的花朵。在20多年的发展历程中，网络文学呈现出强劲增长态势，以致有人对此发出“江山如此多娇，风景这边独好”的赞叹。当然，对其忧心忡忡的也大有人在，因为“野蛮生长”的网络小说领域始终存在良莠不齐、同质重复、“高原”不高、“高峰”稀缺的现象。但无论如何，网络文学发展势头迅猛、史无前例，这是有目共睹的事实。时至今日，相关统计资料表明，作为文化艺术领域的一道令人惊叹的风景线，网络文学正从小众走向大众，网络文学创作者数量、内容品类、用户数量等呈现出跨越式增长。同时，借助影视剧、动漫等改编形式，网络文学获得了越来越大的社会影响力和关注度，比如，粉丝热捧、资本介入、影视改编、游戏开发、线下出版、专家研判、民间排行等。特别是，网络文学还获得了海外用户的广泛认可和喜爱，网络文学“出海”步伐越来越大、越来越深入，其国际影响力日益提升，仅在北美地区每月活跃IP数就超过数万，长期追捧中国网络文学的东南亚地区，读者则更要以千万计……尤其是近年来，在以往多年丰富实践和成就的基础上，网络文学进一步强化精品意识、规范意识、责任意识，在诸如“Z世代”崛起、用户的“粉丝”转向、多元开发赋能产业繁荣，以及作家年轻化、题材多元化、内容生活化等多个方面呈现出新的景象和新的发展。

第一节　网络文学概述

相比其他网络文艺形态，网络文学有较明确的发轫，即，以 1998 年痞子蔡的网络小说《第一次的亲密接触》为标志，而“网络文学”这一新名词也逐步走入人们的视野。20 多年来，从“小荷才露尖尖角”到蔚为大观的繁盛景象，网络文学一方面以多样的实践形成了自身的审美特性、成就了自身的历史；另一方面又以丰富的艺术形象反映时代生活的深刻变迁，表现人们的生存境遇、思想情感、审美趣味等丰富内涵。

一、“网络文学”的内涵与分类

（一）网络文学的内涵

当前，在“互联网 + 文艺”深度转型和发展的语境中，正像人们对“网络文艺”这一概念的内涵有多种认知一样，人们对“网络文学”也有不尽相同的理解和概括。其中，最自然的做法即是在与传统文学的比较中寻求网络写作的特点。对此，有研究者指出：“网络文学既不是传统媒体的文学作品电子化后搬到网上的文学，也不是利用网络的多媒体和 web 交互作用而创作出来的联手小说和多媒体剧本，网络文学是一种游历于网络之间的个体生命对于理想网络的渴望。”进一步说来，关于什么是网络文学，必须考虑三个基本要素：一是它所使用的媒介与传播载体；二是要考虑它的存在范式以及由此构成的塑造形象的方式；三是考察其审美特质与艺术宗旨。基于此，“所谓网络文学，是指由网民在电脑上创作，通过互联网发表，供网络用户欣赏或参与的新型文学样式，它是伴随现代计算机特别是数字化网络技术发展而来的一种新的文学形态。”[1] 其中包含三层含义：第

[1] 欧阳友权．网络文学概论［M］．北京：北京大学出版社，2008：3-4.

一，网络文学是借助计算机网络形成的一种新的文学形态；第二，网络文学应该是在互联网上“首次”发表，印刷文学的电子化不能算作网络文学；第三，网络文学应该为网络受众创作，读者需要在网上浏览或欣赏，并可能形成网民之间的互动，网络就是这种文学生动鲜活的存在空间。作为一种新兴的文学形态，网络文学体裁多样，比如，小说、诗歌、散文等，但最典型的是网络小说，甚至，因其文笔灵活、情节生动、互联网属性强、影响广泛等特点，在某种程度上，网络小说成了网络文学的代名词。

其实，由于快速发展过程中的复杂性，网络文学并没有一个十分明确的界限，同时，它随着互联网的发展而诞生，并对互联网有很强的依附性。广义上讲，网络文学包含所有在网络（文学网站、论坛、个人博客等）上发布的文学作品，其形式可以类似传统文学，也可以是博文、帖子等非传统文体。但狭义上说，特别是在传统文学的参照系中，网络文学特指在网络上传播、接受和互动的原创性网络小说作品。20多年的实践表明，在互联网时代，网络文学因其草根性、低门槛和内容的非传统性等特点，吸引了众多的作者，也扩张了文学消费的读者，特别是，作为孕育IP的重要土壤和温床，网络小说可以为整个产业链带来可观利润，因而，它越来越受到作者、企业、政府等的重视。

（二）网络文学的分类

在丰富的实践和多元文化因素相互交织的发展历程中，网络文学内容丰富、形态多样，因此，在分类标准上，可以有“体裁”“写作目的”“载体”“篇幅”等多种标准。就常见的“题材”分类来说，据阅文集团发布的《2018网络文学发展报告》，2018中国原创文学风云榜前50覆盖的品类有“仙侠、悬疑灵异、玄幻、游戏、二次元、军事、都市、历史、科幻、奇幻”10个。[1]比如，在由阅文集团、东方卫视联合主办的“2018阅文超级IP风云盛典”暨“第四届中国原创文学风云榜盛典”上，像《全职高手》《星辰变》《天盛长歌》《扶摇》《如懿传》《斗破苍

[1] 阅文集团.2018网络文学发展报告［EB/OL］.（2018-02-18）［2019-10-10］.https://baijiahao.baidu.com/s?id=1625816353286393140&wfr=spider&for=pc.

穹》《圣墟》《遮天》《龙族 V》《大王饶命》《时光和你都很美》等在题材类型上都可归入此十大品类之中。其次，依据网络文学创作实践的独特性，我们还可以将其简略地分为"现实类"和"非现实类"（或"幻想类"）两种。其中，前者可进一步主要细分为"都市职场""体育竞技""商业""青春校园""军事历史""悬疑推理"等，后者可进一步主要细分为"玄幻奇幻""武侠仙侠""灵异科幻""新类型小说"等。此外，依据"内容主题"划分，热门的网络文学作品还可分为"励志类""爱情类""军事历史类""历史演义类""特殊人群类"等。

进一步说来，在这些题材类型中，据中国音像与数字出版协会发布的《2017 年中国网络文学发展报告》显示，从创作者主要创作的题材来看，"现代言情""都市职场"等贴合现实生活的题材在全年龄层创作者的创作题材中占据较大比例；男性创作者最爱创作的题材是"玄幻 / 奇幻"，女性创作者最爱创作的题材是"现代言情"；以 30 岁的年龄为分水岭，30 岁以下的创作者最爱创作的题材是"现代言情"，30 岁以上的创作者最爱创作的题材是"都市职场"。其次，从用户的喜爱度来看，男性读者偏爱的题材是"玄幻武侠"，女性读者偏爱的题材是"言情穿越"；30 岁以下读者偏爱的题材是"玄幻"，30 岁以上读者偏爱的题材是"都市言情"和"现实题材"；城市读者偏爱的题材是"玄幻 / 奇幻"，农村读者偏爱的题材是"都市言情"[1]。

二、网络文学的发展历程

在中共北京市委宣传部、中国音像与数字出版协会、北京市互联网信息办公室等主办的"第二届中国'网络文学 +'大会"上，中国音像与数字出版协会组织业界同人和专家学者对网络文学 20 年来的发展进行了认真系统的梳理和盘点，最终遴选出了网络文学 20 年发展历程中的"20 个标志性事件""20 部优质 IP 作品"和学界、业界一致认同的"20 个关键词"。[2] 这些"梳理和盘点"可视为对

[1] 中国音像与数字出版协会 .2017 年中国网络文学发展报告［EB/OL］.（2018-09-17）［2019-10-10］.https://culture.ifeng.com/c/7gH8lGLxv3g".

[2] 盘点网络文学 20 年：20 年来中国网络文学成长之路［EB/OL］.（2018-09-17）［2019-10-10］. http：//culture.ifeng.com/a/20180917/60071224_0.shtml.

网络文学发展历程的简要回顾，同时，也为我们认识网络文学的历史状况呈现了一幅简明的行程表和路线图。

（一）20 个标志性事件

（1）1998 年 3 月，《第一次的亲密接触》开网络文学创作之先河，网络文学由此进入萌芽期。

（2）1999 年 8 月，“榕树下”商业注册成功。一批中小型原创文学网站先后转入公司化运营，网络文学进入发展“快车道”。

（3）2003 年 10 月，起点中文网推出在线收费模式取得成功。付费阅读、网络作家职业化、用户激励机制等成为网络文学发展的独特商业模式。

（4）2004 年 10 月，盛大网络收购起点中文网等网站，聚集效应初显。此后，纵横中文、天涯文学等一批网站通过收购重组的方式形成了门户网站群。这标志着网络文学进入集约化发展阶段。

（5）2009 年 9 月，《大江东去》入选中宣部第十一届“五个一工程”。这标志着在管理部门的引导下，中国网络文学作品从选题质量、内容质量到艺术水准得到全面提高，网络文学整体质量迈上一个新台阶。

（6）2010 年 1 月，中国移动手机阅读业务进入商用阶段，网络阅读从 PC 端转移到手机端。这标志着中国网络文学进入移动阅读新时代。

（7）2011 年，以《步步惊心》《甄嬛传》等为代表的网络文学作品先后被成功改编成影视作品。这催生了全版权 IP 运营新模式，并标志着网络文学进入“改编元年”。

（8）2014 年 1 月，浙江省率先成立网络作家协会。这标志着网络文学从业人员得到行业组织的关注、关怀和认可。

（9）2014 年 9 月，“扫黄打非・净网 2014”专项行动启动。先后关闭数百家境内违法违规文学网站，净化了网络空间，为网络文学产业的健康发展营造了良好环境。

（10）2014 年 10 月，习近平总书记主持召开文艺工作座谈会并发表重要讲话。这是党和政府就文艺工作面对新历史起点的一次“总动员”，也吹响了开创文艺工作新局面的“总号角”。

（11）2014 年 12 月，原国家新闻出版广电总局发布实施《关于推动网络文学健康发展的指导意见》等文件，对规范市场行为，加强行业监管，提升企业从业者的责任担当和文化自觉起到了积极引导推进作用。

（12）2015 年 1 月，中文在线、掌阅、阅文集团等企业先后上市。资本市场潜力进一步释放，这标志着网络文学商业模式逐渐成型，网络文学产业发展进入新阶段。

（13）2015 年 7 月，原国家新闻出版广电总局首次开展年度优秀网络文学原创作品推介活动。同年，中国作协网络文学委员会启动了中国网络小说评选活动。多种“推优”活动的开展带动了精品力作的创作出版。

（14）2015 年 10 月，中共中央印发《关于繁荣发展社会主义文艺的意见》。这为包括网络文学在内的网络文艺提出了发展目标、指明了发展方向、明确了具体措施。

（15）2017 年 5 月，阅文集团“起点国际”上线。这标志着中国网络文学商业网站国际平台的正式开启，在某种意义上，中国网络文学与美国好莱坞电影、韩国影视剧、日本动漫可视为世界四大流行文化形态。

（16）2017 年 8 月，首届中国“网络文学 +”大会在北京举办。大会由原国家新闻出版广电总局、北京市人民政府指导，北京市委宣传部、中国音像与数字出版协会、北京市新闻出版广电局、北京市网信办、北京市文联、北京经济技术开发区管委会等六家单位联合主办。大会充分发挥了政府引领作用，实现了同影视、音乐、动漫、游戏等文化产业的深度融合，为网络文学的发展提供了重要平台。

（17）2017 年 11 月，国家版权局印发《关于加强网络文学作品版权管理的通知》。该通知重申了著作权法律规定的基本原则，强化了版权执法部门的监管职责，建立了有效的版权投诉机制和“黑白名单”制度，为网络文学产业的健康发展提供了有力保障。

（18）2018 年 5 月，由中国作家协会、浙江省委宣传部、杭州市委宣传部共同主办的首届网络文学周在杭州召开。会议首次发布了《2017 中国网络文学蓝皮书》。

（19）2018 年 6 月，网络文学用户规模达到 4.06 亿，签约作者达 68 万人，作品总量达 1600 万部，市场规模达 129.2 亿元。这表明，网络文学产业已进入成熟期，乃至成长为我国新兴文艺类型的支柱产业。

（20）2018 年 8 月，“全国宣传思想工作会议”召开。在会上，习近平总书记发表重要讲话，并强调，广大文化文艺工作者要深入生活、扎根人民，把提高质量作为文艺作品的生命线，用心用情用功抒写伟大时代，书写中华民族新史诗。就包括网络文学在内的文艺工作而言，这是做好宣传思想工作的根本遵循和价值导向。

（二）20 部优质 IP 作品

（1）2003 年，萧鼎的《诛仙》上线。作品后来还成功地改编为网络游戏，开创了古典仙侠小说改编的先河。

（2）2005 年，桐华的《步步惊心》上线。电视剧改编及韩国于 2016 年引进版权翻拍的《步步惊心丽》，在海内外赢得良好口碑。

（3）2006 年，天下霸唱的《鬼吹灯》上线。电影、网络剧改编和 IP 全版权成功运营。

（4）2007 年，辛夷坞的《致我们终将逝去的青春》上线。作品融合校园、青春、爱情和事业、励志等诸多青年文化热点，电影改编亦获得成功。

（5）2007 年，海宴的《琅琊榜》上线。电视剧改编和 IP 全版权成功运营，获得市场广泛好评。

（6）2008 年，唐家三少的《斗罗大陆》上线。漫画作品改编成功，是早期网络文学漫画改编的代表作之一。

（7）2008 年，我吃西红柿的《盘龙》上线。经网友自发翻译，读者分布全球 100 多个国家和地区，在英语世界中受到读者喜爱追捧，成为网络文学“走出去”的标志性作品。

（8）2009 年，阿耐的《大江东去》出版，并入选中宣部第十一届“五个一工程”。

（9）2009 年，天蚕土豆的《斗破苍穹》上线。点击量首次破亿，漫画改编和商业化运作成功。

（10）2009 年，Fresh 果果的《花千骨》上线。电视剧改编和 IP 全版权运营的成功将网络文学 IP 带入资本视野。其图书出版海外发行成功也是中华文化“走出去”的成功案例。

（11）2009 年，顾漫的《微微一笑很倾城》上线。电视剧改编获得好评。

（12）2010 年，鲍鲸鲸的《失恋三十三天》上线。成功改编的电影成为 2014 年 7 月 19 日习近平主席访问拉美国家的文化礼品之一。

（13）2010 年，李晓敏的《遍地狼烟》上线。作品获第二届中国出版政府奖网络出版物奖，并成功改编为电视剧。

（14）2010 年，唐欣恬的《裸婚时代》上线。电视剧改编获得成功。

（15）2011 年，蝴蝶蓝的《全职高手》上线。作品的电视剧、动漫等改编及全版权 IP 运营成功。

（16）2013 年，辰东的《完美世界》上线。网络游戏改编成功。

（17）2014 年，晓峰的《择天记》上线。作品有“动画化”改编鲜明特点。

（18）2015 年，阿龙的《复兴之路》上线。作品获首届原创网络文学现实题材征文大赛特等奖，极具 IP 改编潜质。

（19）2015 年，郭羽、刘波的《网络英雄传Ⅰ：艾尔斯巨岩之约》上线。作品获第四届中国出版政府奖网络出版物奖。

（20）2018 年，齐橙的《大国重工》上线。作品充分反映了励志青年的爱国情怀，极具 IP 改编潜质。

（三）20 个关键词

（1）“精品创作”：引导作家和写手深入生活、扎根人民，创作出文化积淀深厚、作品思想精深、写作技艺精湛的“精品”力作。

（2）“社会效益评估”：通过定性和定量的标准，对网络文学作品的社会影响力和社会效益进行考核，引导网络文学健康有序发展。

（3）“推优”：坚持导向、不断创新，遴选紧跟时代步伐、唱响爱国主义主旋律，把人民作为创作表现主体的网络文学优秀作品向全社会的推广介绍。

（4）“净网行动”：有效引导网络文学企业不碰“红线”、坚守“底线”，从源头上杜绝导向偏差、内容粗俗、格调低下的作品。

（5）“网络文学 +”：促进网络文学产业链上下游资源整合。

（6）“编辑责任制度”：进一步强化网络文学编辑的内容处理能力，提高编辑的职业素养与专业水平，为网络文学的出版质量提供保障。

（7）“阅评制度”：通过重点审读、推优扶强，为网络文学加强正面引导、确保导向提供制度保障。

（8）“现实题材”：以“主旋律”为基调，逐渐形成的“重点主题、基层写实和重大题材”的蓝海创作领域，描写改革开放的时代生活和历史进程，自觉将新时代作为故事发展与人物成长的背景或底色，不断深化思想内涵、提升艺术水准。

（9）“数字版权”：数字版权的衍生与全版权运营成为网络文学产业发展不可或缺的重要组成部分。

（10）“自律公约”：为网络文学企业加强规范引导行业管理经营行为提供有力保障，成为推动行业健康发展的重要保障和潜在动力。

（11）“在线写作”：极大拉近了作家与读者间的距离，读者通过点赞、打赏、转发、催更等方式进一步提升了网络文学的扩散速度，增强了产业可持续发展的动力。

（12）“付费阅读”：以按章付费为核心机制逐渐成为促进网络文学发展的有效商业模式。

（13）“IP”：作为重要的文化产业无形资产、国家软实力的重要表现形式，IP 不仅可以带来巨大经济效益，还成为文化创新发展的强大动力。

（14）“网络文学出海”：中国网络文学在海外受到众多年轻人的喜爱和追捧，具有很大的市场空间。随着中国网络文学输出国家的增多，网络文学“出海”也成为全球关注的热点。

（15）“互动”：互动化写作和欣赏成为主要创作方式，各大文学网站存储量最多、最受关注的作品大都在作者与粉丝的互动中产生。

（16）“男频女频”：网络文学网站分为男频、女频的模式渐渐深入人心，现已成为网络文学最常见的“分类法”。

（17）“更新”：网络文学作品的成功与作品的更新频率有很大关系，更新是联系网络文学作者与读者最直接的方式。网络小说主要以连载形式在平台上更新，“不断更”被视为作者写作的最基本要求。

（18）“代入感”：网站编辑向作者提出的小说必备元素，也是营造读者沉浸式阅读环境的重要因素之一。

（19）“打赏”：在完整的知识付费模式没有形成之前，打赏成了用户对知识付费和为网络文学的读者与作者进行互动、交流的一种重要方式。

（20）“新文艺群体”：近年来，以签约作家、独立制片人、音乐制作人、独立演员等为代表的新型文艺群体，展现了开放的文艺创作态势和别样的创作活力。

综合以上网络文学20年发展历程中的“20个标志性事件、20部优质IP作品、20个关键词”，可以说，这些梳理和盘点回顾展现了网络文学20年来所经历和探索奋进的重要节点坐标，同时，也大致勾勒了网络文学一路走来的发展轨迹。尽管历史的连续性很难进行逻辑切分，但依据以上所述标志性事件所表明和体现的“节点坐标”和“发展轨迹”，我们仍可以尝试性地将网络文学的发展历程简要划分为四个阶段（见表1–1）。[1]

表1–1　网络文学20年发展历程

序号	时间段	标志性特点
1	1997—2002年：萌芽阶段	网络文学传播范围较小，体量不大
2	2003—2010年：快速发展阶段	付费阅读兴起，网络文学的概念开始形成
3	2011—2016年：移动阅读时代	网络文学的边疆从PC互联网步入移动互联网
4	2017年以后：泛娱乐阶段	IP价值爆发，泛娱乐概念兴起，网络文学的IP价值被不断挖掘变现

[1] 朱琳慧．网络文学发展进入泛娱乐阶段挖掘IP价值成重点［EB/OL］.（2018–02–19）［2019–10–10］.https：//www.qianzhan.com/analyst/detail/220/180802–d3b14887.html.

三、网络文学的审美特征

首先，在网络文学快速发展的进程中，传统文学作为重要的“参照系”一直“在场”。在复杂的关系中，两者既有紧密的相互关联，又有深刻的相互抵牾。就前者来说，两者不是对立的两极，而是互相渗透的有机体，传统文学在创作生产的诸多方面为网络文学源源不断地输送滋养，网络文学又以其多样性、互动性等特征和优势反过来影响传统文学。此外，宽泛地讲，不少传统文学可以通过电子化成为网络文学的一部分，而网络文学也可以通过出版进入传统文学领域，并进一步发挥其影响力。就后者而言，与传统文学相比，网络文学门槛低、获取快、创作题材多样、娱乐互动性强，容易吸引大批用户群体，尤其是年轻人群，但内容质量参差不齐，特别是，传统文学极为看重的“文学性”对网络文学来说至今依然是一个严峻的挑战。事实上，网络文学有着大量的玄幻、仙侠、喜剧、言情、军事等大众题材的文学作品，但生命思考、人文关怀、社会批判、哲学反思，以及思想性、历史性、深度性等方面无疑是其难以承受之“重”。在审美的“无功利性”上，网络文学的快速发展大体上和商业、经济紧密相连，乃至网络文学的发展有其向“金钱”不断妥协的过程和历史。可以说，这些比较是网络文学与传统文学辩证关系的重要方面。

其次，网络文学与传统文学在以下几个方面还有较具体、明显的区别。一是在发展时间上，传统文学有几千年的历史；网络文学却只有 20 多年的历史。二是在创作者方面，传统文学创作者的专业性高，发表、出版的门槛高，须审核、编辑，在收入上以稿酬为主、版权费为辅；网络文学则大众参与性高，创作水平参差不齐，发表、出版几乎无门槛，在收入上，除稿酬外，还有奖励、打赏、版权费等多种形式。三是在存在方式上，传统文学主要是以期刊杂志和书籍的方式存在；网络文学则可以类似传统文学，也可以是博文、帖子等非传统文体。四是在传播载体方面，传统文学是在报纸杂志、图书出版；网络文学则早期多在论坛，当前主要是在网络平台上传播、推介。五是在接受方式上，传统文学在出版前，作者与读者互动形式较少；网络文学则互动性高，有催更、实时评论、实时回复、情景参与、投票等多种形式的互动。六是在版权保障方面，传统文学的制度相对完善、作家版权有保障；网络文学则存在大量盗版，但监管力度逐年加强。

概括说来，网络文学的发生、发展主要是依托网络载体来创作、传播、储存和阅读的，并在多个方面展现出有别于传统文学的一些新特质。当然，这些“新特质”不局限于它所依赖的网络媒介，更重要的是它在互联网时代的网络创作生产与传播、接受之中所形成的写作特征和行文方式，以及表达时代生活中审美话语的新形式、审美趣味的新内涵，也由此而逐渐形成了网络文学在主体、创作、接受等方面的新特征。

（一）网络文学的主体特征

相比之下，在传统文学中，“创作者”是社会文化的传承者与传播者，拥有更多的话语权；但在网络文学的发展进程中，创作者逐渐体现出“大众性”“匿名性”“合作性”等显著特征。

就“大众性”来说，它代表着创作者的广泛参与性以及对自身平民立场的认同。有学者指出，要分析网络文学，“民间”是一个重要的概念，甚至，网络文学就是一种“新民间文学”，可称之为“键盘文学”“指头文学”，是流于指尖的口头文学。[1] 事实上，在人数众多的写手大军和海量的文字中，产生了诸如唐家三少、我吃西红柿、天蚕土豆等一批网络作家。他们不为身份而写，保持着写作的草根立场与独具个人风格的言说方式，通过多年来创作经验的累积，使网络文学如潮水般不可阻挡地往主流化方向发展。

就“匿名性”来说，它首先体现为主体身份的多元，写手们按写作状态的差别大致分为全职和兼职两类，可以说，网络解放了身份，让人们呈现出自己更多不同的侧面；其次是为创作主体的欲望表达提供了更为广阔的空间。当然，虚拟多元的身份不利于管理和监督，创作者在自由挥洒的同时也容易忽略应承担的责任和使命，因此，这也就要求创作者在众声喧哗的网络世界中，加强自律并自觉

---

[1] 欧阳友权．网络文学概论［M］．北京：北京大学出版社，2008：107.

肩负起应有的社会责任。

就“合作性”而言，如果说以纸媒为载体的传统文学是单向度的创作，那么，网络文学则是立体化的创作。具体说来，一是读者即时参与评论。比如，各大网络文学网站“在线”的跟帖与评论。其中，好的网络文学会被点赞、推荐，作品中的缺点和不足也会被指出。作者由此可以获得及时的反馈，并对作品进行修改。二是读者直接参与创作。作品在流通过程中被阅读者不断加工，随时都可能有浏览者加以评述、修改或补充，并在相互激发中取得意想不到的效果。

（二）网络文学的创作特征

在20多年的发展历程中，网络文学作品题材广泛、类型多样，呈现出百花齐放、姹紫嫣红的态势。概括说来，其创作特征体现出题材“类型化”、叙事“互文化”、语言“浅白化”等显著特征。

在题材“类型化”方面，借助网络媒介所提供的细分化和互动性功能，网络类型小说得以蓬勃发展。20多年来，“类型文”大批量产生，比如，有从西方借鉴来的奇幻、悬疑、侦探类，有从中国古典小说继承的武侠、修仙、玄幻类，还有符合网生代需求和趣味的二次元、科幻、游戏类等。网络作家通常在确定了某一类型的写作后，就会进入一种模式化的写作，作品的场景设计、人物塑造、情节推动，都有固定的发展套路。比如，“女性向”的言情穿越小说通常由现代社会的女主人公在机缘巧合之下发生“身体位移”或“灵魂转移”进入古代社会展开，讲述其在新时空所体验的人情世故与爱恨情仇。当然，“类型文”的形成离不开读者的合力推动。事实上，其蓬勃发展很大程度得益于满足了特定小说读者群的兴趣爱好和情感需求。其中，通过“使用与满足”式写作，类型文培育了粉丝群体；同时，不同粉丝群体独特的“爽点”满足又推动了类型文阅读的“人气堆”现象。

在叙事“互文化”方面，按照德里达的说法，传统的“线性文本”几乎走到了尽头，取而代之的是可以无限链接延伸的“非线性文本”。在超文本的理论体系中，当单一线性联系无法应对信息爆炸的局面时，打破时空顺序的非线性链接便成了信息得以及时传播与回馈的必然趋势。和传统文学作品相比，网络文学文本的内部结构发生了显著变化，特别是，作为一种活的、开放的文本，“超文本”以多重路径提供多重的信息经验，使得每一个文本都向其他文本开放，因此，网络文学文本比传统文学文本具有更为清晰的“互文性”。

在语言“浅白化”方面，互联网时代的阅读方式和阅读习惯发生了深刻变化，大量的网络语言、表情及图片都被杂糅在网络文学之中。具体说来，网络文学语言具有“浅阅读”的特征。相对心灵激荡、精神追求的深度阅读而言，“浅阅读”是指一种浅层次、碎片化、浏览式的阅读方式，旨在快速获取信息，追求娱乐性与短暂视觉快感的阅读形式。其次，与网生代的成长及需求相适应，二次元文化逐渐渗透到网络文学语言的肌理。特别是，通过相关设定、文字应用、“萌点”设计、分镜头式叙述，以及颜文字应用、吐槽、“玩梗”等写作技巧，网络作家借助二次元文化表达丰富的内容，也让读者备感亲切、乐在其中。

（三）网络文学的接受特征

在某种意义上，互联网时代是用户至上、读者趣味起决定作用的时代。就网络文学的审美接受来说，由“读者”而“用户”的巨变带来了文学意义生成机制的深刻转换。具体说来，主要有以下三个方面的显著特征。

一是用户“粉丝化”。在“互联网＋文艺”的深度转型和发展中，“用户”一词成为使用多种传播媒介获取信息的“受众”的更为精准的指称。而粉丝型“用户”不同于只能被动接受媒介信息的大众化“受众”，而是一群善于利用新媒介，积极适应新环境，充满创造力与生命力的新型“用户”。他们通过消费文本与创作者实现有爱互动，在一定程度上影响了网络文学故事的走向、人物关系、风格和类型。

二是交流“平等化”。在传统媒介系统中，不论是以印刷媒介为主导的文字符号，还是以图像视听媒介构建的视觉符号，其对作品和创作者形象的建构基本上是中心化的，并且是作为受众仰视的对象而存在。换言之，传统文学带给人们的是一种相对稳定的“单向”阅读模式，而网络文学则使受众与创作者都走向了一个相对开放的环境，特别是，随着距离越来越小、关系越来越亲密，受众不仅是“消费者”，也成了“平等化”互动的“生产者”。诚如詹金斯在分析德塞都的大众文化理论时所说：德塞都将积极的阅读形容为“盗猎”，并指出这种“盗猎”是一种“挪用”而不是“误读”，“‘误读’这一术语必然是评价性的，并且保留了传统的等级制度，这种制度赋予作者意义高于读者意义的特权身份。”不仅如此，德塞都还为我们提供了另外一个关于粉丝的重要洞见，“读者不单单是盗猎者，他们还是‘游牧民’，总是在移动，‘既不在这儿，也不在那儿’，不受永久的财产权所束缚，不断向其他文本挺进，挪用新的材料，制造新的意义。”❶

三是身份“圈层化”。费斯克曾提出用“辨别力与区隔、生产力与参与性、资本积累”来探讨粉丝的主要特征，并指出：在传播方面，“由于粉丝文本不是用来谋利的，因此不需要批量销售，所以和官方文化不同，粉丝不会试图在自己的社群之外去传播粉丝文本。粉丝文本是一种‘窄播’文本，而不是广播文本。”就网络文学来说，其用户、受众具有群体性特征，他们因对某一事物的共同喜好而产生交集，形成彼此紧密关联的文化社群，而互联网的发展进一步为网络文学粉丝社群提供了开放、便捷的发展空间。其中，“粉丝是由各种文化决定因素所组成的奇特混合物”，“粉丝从批量生产和批量发行的娱乐清单（repertoire）中挑出某些表演者、叙事或文本类型，并将其纳入自主选择的大众文化范畴当中。这些表演者、叙事或类型随后便被整合到一种极其愉悦、高度能指的通俗文化中去，这种通俗文化与那种较为‘正常’的通俗受众文化既相似又有明显的不同。”❷

❶ 亨利·詹金斯．大众文化：粉丝、盗猎者、游牧民——德赛都的大众文化审美［J］．杨玲，译．湖北大学学报，2008（7）：66-67.

❷ 约翰·费斯克．粉丝的文化经济［J］．陆道夫，译．世界电影，2018（12）：165，168，172.

第二节　近年来网络文学创作生产状况与特点

“文章合为时而著，歌诗合为事而作。”衡量一个时代的文艺成就最终要看作品，衡量一种文艺形式的成就最终也是要看作品。在关于文艺的重要论述中，习近平总书记把创作生产“优秀作品”放在了突出的位置上。他说：“优秀文艺作品反映着一个国家、一个民族的文化创造能力和水平”，“没有优秀作品，其他事情搞得再热闹、再花哨，那也只是表面文章，是不能真正深入人民精神世界的，是不能触及人的灵魂、引起人民思想共鸣的”，“推动文艺繁荣发展，最根本的是要创作生产出无愧于我们这个伟大民族、伟大时代的优秀作品”，因此，“我们必须把创作生产优秀作品作为文艺工作的中心环节，努力创作生产更多传播当代中国价值观念、体现中华文化精神、反映中国人审美追求，思想性、艺术性、观赏性有机统一的优秀作品”，“文艺工作者应该牢记，创作是自己的中心任务，作品是自己的立身之本，要静下心来、精益求精搞创作，把最好的精神食粮奉献给人民。”[1]这些重要论述既是中国文艺创作生产的价值导向，也是检视中国文艺创作生产状况的重要标准。

历史地看，中国网络文学发轫于北美，成熟于中国台湾，繁盛于中国大陆，一路风风雨雨，迄今走过了 22 年的历程。在发展历程中，其用户规模突破 4 亿人，原创小说已超过 1600 万部，线下出版 7000 余部，相关影视改编 2400 多部，游戏改编 600 多部，动漫画改编 700 多部，以网络文学、影视和游戏为代表的网络文艺与媒介文化，正在改写中国文学与文艺的历史版图。特别是，以作品和创作实绩论，在 2018 年诸多纪念活动中，“中国网络文学周”和“中国网络文学 +”两项国际化学术活动不约而同将重头戏放在了以“作品”宏观评选为主题的活动上。如上文所述，北京“网络文学 +”大会发布的优质作品评选，其“榜单”的

[1] 习近平．在文艺工作座谈会上的讲话［N］．人民日报，2015-10-15.

侧重点是 IP 实绩、着重点是网络文学作为文化创意产业的市场化表现。中国作协和上海作协主办的“中国网络文学 20 年发展研讨会”也推出了“中国网络文学 20 年 20 部优秀作品”，包括猫腻的《间客》、痞子蔡的《第一次的亲密接触》、今何在的《悟空传》、阿耐的《大江东去》、萧鼎的《诛仙》、辛夷坞的《致我们终将逝去的青春》、唐家三少的《斗罗大陆》、萧潜的《飘邈之旅》、桐华的《步步惊心》、酒徒的《家园》、金宇澄的《繁花》、月关的《回到明朝当王爷》、天下霸唱的《鬼吹灯》、wanglong 的《复兴之路》、天蚕土豆的《斗破苍穹》、血红的《巫神纪》、当年明月的《明朝那些事儿》、我吃西红柿的《盘龙》、蝴蝶蓝的《全职高手》、辰东的《神墓》。这些作品大多在线下出版和影视、动漫、游戏改编方面取得了可观收益，并产生了较大社会影响。总体说来，横空出世的网络文学在当代文艺史册中留下了浓墨重彩的文化奇观，这种“文化奇观”足以与美国大片、日本动漫和韩国电视剧相媲美。

具体就 2018 年来说，网络文学创作亦是令人侧目。就整体创作生产情况看，作品数量巨大，日更新字数超过两亿，年读者人数高达 4 亿，对文学艺术而言，这种大海星辰般的浩瀚与壮美可谓史无前例。特别是，国家新闻出版署和中国作家协会联合发布了“2018 年优秀网络文学原创作品”，它们是：郭羽、刘波的《网络英雄传Ⅱ：引力场》（咪咕阅读选送）、吉祥夜的《写给鼹鼠先生的情书》（红袖添香选送）、舞清影的《明月度关山》（小说阅读网选送）、骠骑的《零点》（阿里巴巴文学选送）、李枭的《无缝地带》（网易云阅读选送）、丁墨的《挚野》（云起书院选送）、唐家三少的《拥抱谎言拥抱你》（咪咕阅读选送）、风御九秋的《参天》（17K 小说网选送）、不画的《中华女子银行》（磨铁中文网选送）、月壮边疆的《白纸阳光》（大佳网选送）、沙场点兵的《漕运天下》（铁血网选送）、罗晓的《大山里的青春》（阿里巴巴文学选送）、蒋离子的《老妈有喜》（网易云阅读选送）、无罪的《剑王朝》（纵横中文网选送）、风青阳的《吞天记》（17K 小说网选送）、真树乃的《冰上无双》（17K 小说网选送）、青安的《幸福不平凡》（纵横中文网选送）、板栗子的《徐徐恋长空》（晋江文学城选送）、梦入神机的《龙符》（纵横中文网选送）、创里有作的《扬帆 1980》（纵横中文网选送）、管平潮的《燃魂传》（咪咕阅读选送）、冥灵的《点心之路》（不可能的世界小说网选送）、灰熊猫的《楚河汉界》（网易云阅读选送）、房忆雪的《运河码头》（阿里巴巴文学选送）。[1]可以说，在传承以往经验和实绩的基础上，网络文学的创作生产进一步繁荣发展，取得了可喜的成绩。认真分析这些优秀作品所具有的代表意义，还可以大致勾勒出近年来网络文学创作生产的一些共性和鲜明特点。

一、题材类型丰富多样，艺术水准显著提升

从上述优秀作品可以看出，网络文学作品题材森罗万象、类型多姿多彩，而且风格万紫千红、形式五光十色。令人惊叹的是，读者过亿的作品不下百种，而粉丝圈高速膨胀、浏览数直逼千万的“神作”更是不可胜数，比如《韩警官》《犯罪画师》《冰上无双》等，某些作品甚至高达数亿，像《龙符》《参天》《陨神记》《吞天记》《无缝地带》等。其中，《吞天记》浏览数多达 3 亿，其作品的有声化和游戏化改编也相当成功，网络衍生产品的围观场面可谓人山人海。又如《楚河汉界》，作品深入发掘历史细部，采用独特的“双男主”视角来比对刘邦和项羽的成长经历，通过差异化的人物形象设定，塑造了两个性格不同、棋逢对手的英雄形象，叙事紧扣人物心理的微妙变化展开，层层递进，合理发挥文学想象，对历史事件给出独特阐释，显示出作者极强的叙事把控能力。

具体就 2018 年来说，令“用户”喜闻乐见的作品不仅数量众多，而且形式多样。比如，笑脸猫的《延禧攻略》作为电视剧的“IP 反向定制”小说，文笔生动老练，情节环环相扣，在突出小说之诗情画意的同时，把“图文互补”功能发挥得淋漓尽致。因此有评论认为该作是同类宫斗作品中的“集大成者”，作品读起来“比《甄嬛传》更好”。又如李枭的《无缝地带》，以抗战时期的大连为背景，讲述了作为“多面人”的中共特工林重的曲折故事。作品所述故事相当部分有史实依据。抗日战争爆发前后，日军白色恐怖统治下的东北地区特务横行，故

---

[1] 中国作家网 .2018 年优秀网络文学原创作品推介活动入选作品（24 部）[EB/OL].（2019-02-25）[2019-10-10].http：//www.chinawriter.com.cn/n1/2019/0225/c403994-30901402.html.

而号称“无缝地带”。作品情节紧凑，环环相扣，严密谨慎，有“最接近纯文学网络谍战小说”的美誉。

题材广泛、内容新奇的特点也有充分的表现。比如，沙包的《天工》讲述的是一个文物修复专家的故事，虽为穿越之作，但故事有强烈的现实感，具备爱国主义情操和传统文化元素。不画的《中华女子银行》讲述的是民国女性在银行打拼，走向自立自强的故事。有论者认为，该作品用传统现实主义的手法刻画出了性格鲜明、遭际各异的新女性人物群像，场景开阔，情节细腻，把握历史材料分寸精准，内容纯正，格调清新，主题向上，堪称典范之作。

值得一提的是，“运河题材”作品数量激增，主要原因是文宣部门曾发起过“京杭大运河”网络征文大赛。这类作品中的佼佼者有《运河天地》《漕运天下》《运河码头》等数十部长篇。其中，《运河天地之策马春风堤上行》是写明朝中叶通惠河两岸的传奇故事。作品以对大运河畔特有的文化符号拒私盐、争皇票、舞狮会等情节的铺陈，刻画了一位大智大勇、富有情怀的女性形象，是近两年众多大运河系列小说中的扛鼎之作。至于沙场点兵的《漕运天下》、房忆雪的《运河码头》，即便无关征文赛事，也是颇受追捧的作品。前者以传统历史小说的叙述风格，灵活运用史料，着力刻画明代贤臣于谦的忠勇品质，再现了于谦治理漕运重用才俊、彻查贪腐，使京杭大运河发挥巨大作用的历史功绩，人物形象丰满，语言洗练雅致，主题积极向上，意蕴深厚，显示出作者精湛的艺术功力；后者借鉴史料，以写实笔法讲述民国年间运河畔苏北古镇窑湾两大家族的经商故事，将商战、世情、家族史与运河史融为一体，叙事流畅，情节紧凑，文风明快，人物饱满，彰显了重信义、识大体的中国传统商业伦理，弘扬了中华传统文化，格调积极向上。

网络文学 IP 开发虽有“降温”迹象，但仍属丰收年景。这再次表明，以网络文学原创内容为源头的跨媒介叙事、多种业态衍生，成为我国网络出版产业不可或缺的重要内容。对此，有评论指出：“2018年，网络文学作为出版、影视、游戏、动漫和有声读物等行业的最大 IP 贡献者，其地位仍然是稳固的，这不难从实体书《网络英雄传：引力场》《糖婚》，电视剧《南方有乔木》《如懿传》《延禧攻略》，电视剧和手游《天盛长歌》等频频制造出的‘现象级’热点中得到确证，也反映出互联网作为新时代大众文化的策源地，具有持久的活力和旺盛的创造力。”[1]

在作品艺术水准的呈现上，网络文学创作更加注重提升内容质量和艺术品位，积极打造精品力作，其中，现实类作品积极描写改革开放的历史进程，自觉将新时代作为故事发展与人物成长的背景或底色；幻想类作品更加注重凸显中华文明特质和标识，更具人文情怀。生活面广、真实感强、艺术性佳、网络人气旺是它们的共同特征，同时也呈现出新时代文艺的质量生命线和文化风景线。

二、现实题材创作成为焦点，平凡人物塑造备受关注

在以上推介的24部作品中，反映创新创业、社区管理、精准脱贫、物流行业、志愿支教、大学生村干部等生活领域的现实题材网络文学作品脱颖而出。比如，描写互联网行业风起云涌竞争、创业创新风貌的《网络英雄传Ⅱ：引力场》，真实反映青年一代支教山区、改变贫困面貌的《明月度关山》和《大山里的青春》，记录底层百姓生活、探索新型社区管理模式的《白纸阳光》，展现公安干警卧底扫毒工作、展示真挚爱情友情的《写给鼹鼠先生的情书》等。

近年来，现实题材创作“整体性崛起”是一个令人瞩目的现象。在文艺主管部门的大力倡导下，现实题材作品受到作者和读者的广泛关注。现实题材创作领域不断拓宽，不仅数量呈现井喷式增长，且思想内涵不断深化、质量也明显提升。在一批自觉传播时代正能量、反映时代精神的优秀作品中，也不乏具有深刻思想题旨、浓郁现实关怀和强烈责任意识的优秀作品。重大现实题材创作与基层写实、讴歌平凡英雄、表现日常生活和边缘底层生活的作品越来越多。

在众多现实题材作品中，《写给鼹鼠先生的情书》中的“鼹鼠先生”是卧底毒枭身边的警察秦洛的QQ名。小说以警察为主人公，通过错综复杂的刑事案件的侦破成功，刻画了性格活泼大方、勤奋敬业、热爱生活、敢爱敢恨的出色警花；能打能拼、心细如发、善于抽丝剥茧获取真相的刑侦队长；年轻忠贞、素质

[1] 桫椤.2018网文爆款IP现象观察［N］.中国出版传媒商报，2018-11-22.

过硬、卧底数年的缉毒警察等一系列鲜活的人物形象。情节曲折，跌宕起伏，带给读者视觉和心理冲击，具有优秀网络文学品质。突出表现了公安干警的英勇忠诚、默默无闻的牺牲精神，以及有血有肉的友情、亲情、爱情。作品高潮迭起，文字清新，传达了男女主人公的梦想和信仰，是一部传播正能量的网络小说，并具有较为强烈的感染力。葛圣洁的《犯罪画师》也是一部描写刑事侦查和刑警生活的作品。月壮边疆的《白纸阳光》描写了基层党组织改善保障房这一特殊社区安居环境，克服资源不足等种种难题，一步一个脚印推进社区发展创新的过程。

沐清雨的《翅膀之末》是一部以航空业为背景的现代言情小说，作品以男飞行员与女空管的情感纠葛为主线展开叙事，描写飞行员与空管的生活，兼及生物航煤研发、国产大飞机试飞等，充分展现了中国民航人在民族工业振兴方面的卓著奉献与付出。郭羽、刘波的《网络英雄传Ⅱ：引力场》是一部关于互联网商战的小说。尽管作品是虚构与想象，但不少细节描写达到了惊人的真实效果，小说中甚至让现实生活中的马云直接出场："全场的目光都转向了坐在前排最中央的马云。马云站起来向全场观众示意，竖起两个大拇指，然后耸了耸肩，说道：'梦想总是要有的，万一实现了呢？'顿时全场响起了雷鸣般的掌声。"这一类场景颇受粉丝喜爱。真树乃的《冰上无双》是一部关于花样滑冰运动员屡遭挫折仍不忘初心、自强自立的励志故事。

网络现实题材创作大多限于都市题材，但也有不少作品将背景设置在乡村。其中，舞清影的《明月度关山》讲述的是发生在偏僻山村的一段刻骨铭心的爱情故事。支教老师明月和驻地军人关山历经坎坷终结连理，赞颂了一种"舍小我为大我"的奉献精神。青安的《幸福不平凡》以女性视角展开，描写大学生村干部传授知识技术、带领父老乡亲艰苦创业、勤劳致富的故事，体现出农村的生活百态。创里有作的《扬帆》讲述了一个农民企业家白手起家的创业故事，也是不可忽视的一部力作。还有罗晓的《大山里的青春》，书名本身就弥漫着乡土气息，这也是一部与当下扶贫攻坚热门话题相对接的具有乡村背景的写实小说。

成长小说和爱情题材属于最流行的网络小说类型。丁墨的《挚野》以一支青年人组成的小乐队的成长经历为主线，较好地反映了当代青年追求梦想一路奔忙的奋斗精神，主题积极健康，格调昂扬向上。茹若的《七微克蔚蓝》以环保工作者的工作和生活为背景，以他们的事业、爱情和家庭生活为主线，塑造了郁青山、叶祯心、向妍等一批环保监测工作者的形象。既讴歌了他们的责任意识和奉献精神，同时表达了对真善美呼唤。板栗子的《徐徐恋长空》写的是快递小哥的恋爱故事，这篇“贴地飞行”的写实之作赢得了近 4 亿点击数，体现出现实题材的胜利。

2019 年，在国家新闻出版广电总局、中国作家协会联合举办的“庆祝新中国成立 70 周年”暨 2019 年优秀网络文学原创作品推介活动中，《大江东去》《繁花》《浩荡》《宛平城下》《大国重工》《星域四万年》《沉鱼策》等 25 部作品入选，其中，历史、幻想、现实题材创作取得重要收获。其中，受政策引导、扶持的影响，加之平台跟进、观念变化、IP 引发良性循环等多因素的共同作用，现实题材创作表现出色。像《大江东去》《浩荡》《大国重工》《朝阳警事》等作品贴近时代生活，或以宏大叙事书写社会历史转型期波澜壮阔的社会风貌，或深描时代变迁中小人物的命运遭际和奋斗历程，具有厚实的现实主义品格。这些创作实绩的取得在某种程度上改变了幻想类作品繁盛的局面，更引发良性循环的蝴蝶效益：良好的市场表现和持续增强的社会影响力，有效激发了行业领军企业和读者群对现实题材精品的热情，为网络文学发展开辟了更大空间。

此外，值得一提的是，部分原先专事玄幻、悬疑等题材创作的网络作家也开始尝试现实题材创作。比如，网络玄幻作家唐家三少的《拥抱谎言拥抱你》、网络悬疑推理作家丁墨的《挚野》。前者以男女主人公的爱情与事业为主线，生动而鲜活地表现了出身各异却有共同创业理想的年轻人的奋斗故事，具有强烈的现实感和积极的正能量，情节新鲜，人物生动，文字清新，体现出作者深厚的写作功力和向善向美的精神追求；后者以一对民间青年男女乐手为主角，将音乐筑梦与爱情圆梦巧妙结合起来，情节设置合情入理又出人意料，叙事娴熟冷静又引人沉思，视角独特，匠心别具，韵味幽深，风格自成，表达了当代青年在喧嚣的尘世生活中对爱情的执着与坚守，在浪漫的人生况味中注入了积极的思想意义。作品均将视角投向现实领域，体现了他们跨越不同类型题材的创作能力，同时，也强化了现实题材创作“整体性崛起”的发展潮流。

三、幻想类小说日见成熟，精品化创作形势喜人

幻想类小说具有情节生动、构思精巧、引人入胜等特点。日益成熟的创作者们责任感和使命意识正在不断增强，他们在反映崇高价值、美好情感和塑造美好心灵、引领社会风尚方面，正发挥着越来越重要的作用。长期以来，幻想类写作群体人数最多、影响最大，可以说一直是决定网络文学基本特色和影响其成败兴衰的主要力量。

2018 年，历时四年的《剑王朝》终于完结，这部长篇仙幻小说的核心故事可概括为“剑侠复仇”。大秦王朝连灭韩、赵、魏后，迎来了前所未有的盛世，强大的修行者层出不穷，人人都想为大秦争光。但长陵少年丁宁是个另类，他隐身都市，潜心修行，时刻都想颠覆大秦，除掉暴帝，立誓要为被官军屠灭的父老乡亲报仇雪恨。小说历史背景设置和修真世界架构虚实相间，人物形象个性鲜明，情节推进张弛有度，挖坑填坑从容不迫，凡此种种，都表明该作无愧于同类小说中的精品力作。《剑王朝》曾获纵横中文“双榜”冠军，是众多书迷“最为期待的仙侠小说”。尤为值得称道的是，作品想象奇特，气势宏大，结构严密，语言优美，站内总点击量逾 8400 万次，在百度小说人气榜和武侠仙侠榜中长期名列前茅，其改编作品也拥有巨大的网络影响力，受到了众多粉丝的热烈追捧。

类似的作品还有不少。比如，梦入神机的《龙符》也是大部头的玄幻小说。该作品讲述了古尘沙领导众生走向全新文明的故事。故事由天符大帝之子古尘沙开始，从小在被敌视的环境中长大的他，为了活命只能装疯卖傻，却在机缘巧合下得到上古祭天符诏，最终修成天道法，造福天下苍生。小说人物众多，语言流畅，情节生动，延续了《佛本是道》等作品气势恢宏、波澜壮阔的风格，在网络读者中间产生了巨大影响。又如，流浪的蛤蟆的《焚天·倾城决》也是不可多得的玄幻之作。青城派天才弟子顾龟灵下山捉妖，偶遇一奇女子米辛娘，两人一见倾心，却不料男女分属两派，正邪不能两立，这一老套的矛盾引发了包括灭门之

灾在内的一系列离奇故事。这类作品粉丝巨万，但总体上说，写作手法老套，艺术创新乏力。

当然，以创新为特色的幻想类作品也为数不少。比如，蔡必贵的《超脑》系列主要讲述了主人公鬼叔遇到一系列神秘事件后，冲破层层迷雾最终寻得真相的故事。作品文笔洗练，情节引人入胜，紧扣时代发展脉搏，提倡科学至上精神，尤其是其将悬疑融于科幻的写法，体现出了较强的创新意识。风御九秋的《参天》是2018年备受关注的作品。作者在塑造人物和结构故事方面，充分利用道家神话资源，在一种奇幻莫测的氛围中创造了一个井然有序的修真世界，从神魔之境折射出中国传统文化的无穷魅力。小说始终坚持“善善恶恶，贤贤贱不肖”的传统价值观，秉持道法自然、中正平和的理念，惩恶扬善，捍卫正义，坚决抵制天堂与冥界各路神仙操控人间事务，誓死维护人间正道。在这一点上，《参天》与“从废柴到至尊”的玄幻套路大异其趣。

同是幻想题材，扬帆星海的《混沌初始》中的天才少年云飞与时俱进地利用现代科学技术推进罗天大陆变革，完成盘古女娲未竟之业，创造性地运用中医文化、太极拳法、分子理论、电子技术等，构思奇妙且不突兀，令人耳目一新。王白的《银河之舟》作为一部思索人类未来的“偏硬科幻风格”的都市小说，在题材和写法上皆有可贵创新。冥灵的《点心之路》、管平潮的《燃魂传》等都是不可多得的创新之作。

值得一提的是，幻想类题材作品在类型杂糅方面发生了新变化，呈现出新面貌。比如，骠骑的《零点》，作品以“零点”部队进入荒漠保护考古人员为故事主线，融合科技、历史、军事、神话等叙事元素，运用悬疑、奇幻、作战等情节结构方式，通过奇异的艺术创造力，构筑了一个考古和军事相结合的冒险故事，彰显出当代军人的英勇大义和牺牲精神。可以说，这种玄幻、科幻、探险的混合题材类型，预示着幻想题材网络文学的另一种发展途径。

此外，认知度高、影响力大的玄幻小说还有《大逆之门》《盖世帝尊》《无敌剑域》《藏凶图》《天生教师命》《楚巫》《魔兽战神》《魔仙传》《另类永生》《武仙传》《洪荒天子》《绝世剑神》《剑王传说》《妖怪公寓》《陨神记》《从龙记》

《武林奇葩》《重返黎明》《大明日记》《太古神王》《不死武尊》《神道丹尊》《混沌初始》《绝门剑宗》《不死武帝》《问鼎巅峰》《器灵当道》《灵海》《圣祖》《大巫传》《花开栖迟》《十亿死亡游戏》《武运天河》《神探狄仁杰之阴兵借路》等。

四、中生代作家成中坚力量，网生代审美趣味带动创作、消费的年轻化、时尚化

近年来，网络文学新人大量涌现，其中，“90后”“95后”新锐作家脱颖而出。在2019度优秀网络文学原创作品推介活动中，影响力排名前十的男作家是爱潜水的乌贼、唐家三少、辰东、猫腻、我吃西红柿、会说话的肘子、宅猪、老鹰吃小鸡、孑与2、忘语，排名前十的女作家是丁墨、天下归元、囧囧有妖、叶非夜、墨宝非宝、苏小暖、吱吱、Priest、吉祥夜、随侯珠；在2018—2019年度阅文集团签约作家中，85、90、95占主体，为74.48%，其中，“90后”占比29.9%。在读者群方面，与网络文学的用户规模和年龄结构相一致，“90后”占比近70%，换言之，网生代是网络文学的消费主力。[1]其中，年轻作家与年轻读者在趣味爱好、价值观等方面的叠合赋予创作生产深刻的塑造性力量：前者熟知时代生活且懂得圈粉、埋梗，在某种程度上堪称当代青年思想感情和审美趣味的代言人；后者思维活跃、视野开阔、个性鲜明、爱好广泛，因而其题材类型、趣味偏好等使得现代言情、历史、科幻、二次元、穿越、体育等题材类型备受欢迎。创作、消费的年轻化和时尚化，以及玩梗、突出日常趣味等不仅使粉丝经济、粉丝文化带动了创作生产，还很大程度上铸就了网络文学的审美特性。

五、优质头部内容价值明显，IP多元开发彰显资源优势

在IP衍生和产业发展中，网络文学一直是丰富的武库。近年来，网络文学

---

[1] 中国社会科学院，阅文集团.2019年度网络文学发展报告[EB/OL].(2020-02-20)[2020-03-10].http://www.chinawriter.com.cn/n1/2020/0220/c404027-31595926.html.

的精品化进一步突显了优质头部内容的 IP 价值，乃至成为“IP+”时代网络文艺创作和产业发展的催化剂。在跨媒介叙事、多元开发和价值联动中，网络文学平台和影游制作方多方面对接，网络文学 IP 取得良好成绩。比如，2019 年网络剧《庆余年》、电影《全职高手之巅峰荣耀》《诛仙Ⅰ》和动画影游《斗破苍穹特别篇 2》等受到广泛好评，既表明了网络文学的能产性，又体现了从故事价值到 IP 价值的超值转化所具有重要意义。

六、网络文学“出海”形势良好，发展前景意义深远

网络文学“出海”输出的是作品，也是文化。2018 年，起点国际版访问用户超 2000 万，已上线网络文学英文译作 150 余部；掌阅覆盖“一带一路”沿线国家和地区达 40 个，已完成英语、韩语等 14 个语种版本的上线；[1]2019 年，阅文集团向海外授权作品 700 余部，Web novel 在线社区日评量超 4 万，点击超千万的作品近百部，用户遍布全球。其次，在输出机制和模式上，英文网站 Wuxia World 将中国网络文学“提前看”的预读付费机制输出海外；效仿国内，起点国际版其他的商业模式还包括广告、打赏和众筹，同时还正在筹备开启以内容为基础的泛娱乐 IP 开发模式。此外，企业利用海外平台支持当地作者的内容创作与运营，比如，起点国际上线一年海外作者便超 1.2 万；在地域拓展上，国内平台开始通过国产手机制造商和海外电信运营商积极进入非洲、东南亚等新兴市场。[2]

第三节　网络文学的审美观照与发展述评

随着近年来网络文学创作生产发生的结构性变化，有专家指出：“网络文学

[1] 邵燕君等 . 媒介革命视野下的中国网络文学海外传播［J］. 文艺理论与批评，2018（3）:119-126.

[2] 中国互联网络信息中心（CNNIC）. 第 44 次《中国互联网络发展状况统计报告》［EB/OL］.（2019-08-30）［2019-10-10］.http://www.cac.gov.cn/2019-08/30/c_1124938750.htm.

已经被证明是文化市场中极具创造力的，每天向大众供应正能量故事，以充满想象力的讲述，构成中国文化、中国文学在新时代向高峰迈进的生机勃勃的力量，满足了人民群众丰富多样的精神需求。”[1] 唯其如此，网络文学作家要进一步体认肩上的文化、精神责任，要积极回应时代要求，进一步把提高质量作为生命线，大力改变优质内容供给不足的状况。事实上，网络文学当前正处于从“多不多”“够不够”向“好不好”“精不精”转变的时期，而网络文学创作生产的实绩，既反映了创作者时代使命的担当，也体现了网络文学发展的一些趋向。

一、“精品化”成为创作生产发展的主流

具体就网络文学的热点现象来说，如上文所述，由北京市新闻出版广电局、中国作协网络文学中心等单位联合主办的“网络文学 20 周年系列评选活动”分别评选出了网络文学 20 年的“20 部优秀作品”“20 桩大事件”“20 个关键词”。本次评选活动的宗旨是倡导网络作家、批评家和广大读者自觉传播和弘扬正能量，营造更加清朗的网络空间，其突出特点是注重新时代精神和社会担当意识，将文化价值导向和文学社会效益作为评判的重要标准。特别是，“20 个关键词”评选是与历史发展进程中的重要政策、主题、活动等同声相应、同气相求，其中，精品创作、社会效益评估、推优等受到了评委会的高度关注。尽管这些关键词大多也适用于其他文艺类型，甚至对整个精神生产领域都具有引导作用，但对于新生网络文学而言，这类体现价值观和正能量的关键词无疑具有更强的现实针对性和特别的指导意义。

特别是，“精品化”成为网络文学创作生产和发展的主流。这一可喜变化与相关部门大力提倡精品创作、注重社会效益评估有密切关系，尤其是，开展各种形式的推优活动，探索科学合理的阅评制度，提倡现实题材写作，不断改进和完善编辑责任制度等一系列举措，都在一定程度上为网络文学的繁荣和发展做出

[1] 新华网．国家新闻出版署和中国作家协会联合推介 24 部网文佳作［EB/OL］．(2019-02-25)［2019-10-10］.http：//www.xinhuanet.com/politics/2019-02/25/c_1210067527.htm.

贡献。不言而喻，衡量一个时代的文学成就最终要看作品，作品是作家的立身之本，倡导精品创作的目的就是要鼓励、引导网络作家创作出文化积淀深厚、作品思想精深、写作技艺精湛、深入生活、扎根人民、传之久远的精品力作。这就需要有一个科学合理的评估机制和“阅评制度”。事实上，对迅猛崛起的网络文学来说，“社会效益评估”尤为重要。实践证明，通过定性、定量的标准对网络文学作品的社会影响力、社会效益进行考核，向广大读者推广和介绍那些坚持导向、不断创新、紧跟时代步伐的网络文学优秀作品，对引导网络文学健康有序发展起到了十分重要的作用。为此，相关部门对网络文学阅评的建章立制、规范管理功不可没。阅评制度通过重点审读、推优扶强，为网络文学加强正面引导、确保导向提供了制度保障。比如，与“推优”“净网行动”相关的政策与行为从不同侧面对促进网络文学健康有序发展起到了引导和规范作用。其中，“推优”能更加有效地加强引导力量，激励精品创作，提高审美趣味，引领网络文学风尚；基于网络专项整治的“净网行动”有效引导网络文学企业不碰“红线”、坚守“底线”，从源头上杜绝了导向偏差、内容粗俗、格调低下的作品流行与泛滥。

进一步说来，为了唱响时代主旋律，使文学拥有一个天朗气清的网络环境，突击性的、立竿见影的净网行动固然重要，但更重要的是建立相应的长效机制。于是，行之有效的“编辑责任制度”顺理成章地变成了一个在网络文学界备受关注的关键词。“编辑责任制度”通过编辑责任制度的建立，进一步强化了网络文学编辑的内容处理能力，全面提高了编辑的职业素养与专业水平，为网络文学的出版质量提供了保障。此外，值得一提的是，在网络文学 20 多年的发展过程中，“现实题材”写作在很长一段时间里相对较少，但在各方面的共同努力下，这一局面已有显著改观。目前，以主旋律为基调的现实题材创作，逐渐形成了“重点主题、基层写实和重大题材”蓝海领域创作和生产引导机制体制。

二、网络文学的审美特征日益鲜明，社会、经济效益日益凸显

首先，从文学生产与消费的视角看，网络文学最根本的特征是“在线写作”

和“付费阅读”，以及作品方便快捷的“更新”、作者与读者之间的即时性“互动”等，这些特点极大地突破了传统文学的限制。具体说来，作者基于互联网跨时空特性的“在线写作”，极大地拉近了作家与读者间的距离，读者通过点赞、打赏、转发、催更等方式进一步加快了网络文学的扩散速度，形成了产业可持续发展的动力。在“付费阅读”方面，自 2003 年起点中文网率先成功创建以读者按章付费为核心的网络文学商业模式以来，包含打赏、月票等付费机制的网络文学商业模式逐渐完善并为各大文学网站所借鉴。从一定意义上说，“付费阅读”模式的确立，不仅为网络文学奠定了产业化发展的基石，也为中国网络文学的繁荣打下了坚实基础。此外，网络文学作品的成功与作品的更新频率有很大关系，“更新”是联系网络文学作者与读者最直接的方式。由起点中文网所开创的 VIP 付费阅读制度被各文学网站相继推行后，网络小说主要以连载形式在平台上更新，“不断更”被视为作者写作的最基本要求。与此密切相关的是“互动”，互动化写作和欣赏已成为网络文学的主要创作方式，各大文学网站存储量最多、最受关注的作品大都是在作者与粉丝的互动过程中产生的，比如，宫斗、武侠、玄幻类作品等。为了更好地引导读者找到自己喜爱的作品，今天的文学网站通常会分为“男频”“女频”，自起点中文网分成主站和女频开始，网络文学网站分为男频、女频的模式渐渐深入人心，现已成为网络文学最常见的“分类法”。

其次，网络文学之所以有今天的大好局面，这与广大读者对网络小说及其相关游戏、动漫和影视改编作品的“沉浸式”接受体验有关。“代入感”与传统文学阅读中那种同声相应、同气相求的共鸣体验相近，但又有明显的差异，因为互联网极大地促进了写读互动性，有些作品甚至可以说是作者与读者共同创作的，因此，“代入感”便成了一个有别于传统文学阅读心理学和接受美学的新生“关键词”。当前，“代入感”是多数网站编辑向作者提出的小说必备元素，它同时也是营造读者沉浸式阅读环境的重要因素之一。读者是否能成为作者的铁杆粉丝，作品是否具有持久稳定的“黏性”，都直接或间接地与阅读时的“代入感”有关，有了强烈的“代入感”，读者自然少不了“点赞”“催更”，甚至“打赏”。“打赏”之所以作为“关键词”，是因为它在网络文学史上具有某种不可替代的重要意义。在完整的知识付费模式没有形成之前，打赏一直是用户对知识付费和网络文学的读者与作者进行互动、交流的一种重要方式，即便付费阅读模式渐趋成熟的今天，打赏仍是激励作者勤奋写作的物质和精神动力，同时也仍然是“写读互动”的一个重要方式。

再次，随着网络文学社会效益和经济效益的不断提升，与网络文学产业相关的一些重要概念（比如IP、出海、新文艺群体、“网络文学+”等）在各大媒体中出现的频次越来越高。其中，IP是重要的文化产业无形资产，被视为文化软实力的重要表现形式之一。超级IP除了在全球范围内产生巨大的经济效益，更以强大的文化感染力成为文化创新发展的新标志。近年来，基于互联网的传播优势，大批中国网络小说逐步走出国门，受到众多年轻人的喜爱和追捧，具有很大的市场空间。随着中国网络文学输出国家的增多，“网络文学出海”也成为全球关注的热点。历史地看，从2000年开始，中国的网络文学就已开始向国外市场传播，日韩、东南亚乃至欧美地区都悄然掀起中国网络文学的翻译热潮，为中国打开西方主流文化市场提供了新机遇，不少海外翻译中国网络文学的网站，比如，Wuxia World、Gravity Tales、Novel Updates等不断兴起。2017年5月，起点中文网的国际版——起点国际正式上线，进一步使中国网络文学在全球文化领域崭露头角，实现了当代中国文化的有效输出，为中国走向世界、世界了解中国奠定了良好的基础。与网络文学出海热同时备受关注的另一个重要词汇是“网络文学+”。比如，中国“网络文学+”大会促进了网络文学产业链上下游资源整合，为网络文学的创作、开发、展示、交流、合作、转化搭建了良好平台，同时，也有效发挥了引领价值方向、激发创作活力、搭建合作平台、促进优质IP转化、达成行业共识、回馈线下读者等作用，赋予网络文学更重大的责任、更庄严的使命，迎接网络文学大发展、大繁荣时代的到来。在网络文学风头正劲的今天，网络文学作家已成长为“新文艺群体”中的佼佼者，其中众多网络签约作家与独立制片人、音乐制作人、独立演员等时代新生群体已成为当代文艺队伍的排头兵和生力军，这个富有时代特色的“新文艺群体”，正以饱满的热情全面展现出文艺创作的新锐态势和别样风采。

当然，在看到繁荣发展的同时，我们也应看到网络文学还存在许多问题，换言之，网络文学发展依然任重道远。比如，《2017 年中国网络文学发展报告》便总结、提出了需关注的五大问题：优质内容供给仍显不足；侵权、剽窃成为行业发展主要障碍；IP 价格虚高，泡沫化严重；评价体系不健全；人才匮乏，编辑队伍尤甚。[1] 在某种意义上，正是在这种复杂背景下，“数字版权”与“自律公约”也频繁出现在与网络文学相关的各类文本之中。事实上，当前数字版权的衍生与全版权运营也成为网络文学产业发展不可或缺的重要组成部分，而网络文学行业“自律公约”也为网络文学企业加强规范引导行业管理经营提供了可遵循的准则与规范。我们有理由相信，网络文学行业“自律公约”有望成为推动行业健康发展的重要保障。

三、理论与实践深入互动，创作生产进一步规范化

首先，基于网络文学创作实践，近年来涌现了大量纵览、评介性的著述和文章。这些著述和文章大多对网络文学的发展作了多方面、多层次的评述。其中，影响较大的著述和文章有欧阳友权的《网络文学：驰骋在改革开放的时代蓝海》、肖惊鸿的《2017 年网络文学：更富多样性，离梦想更近》、张颐武的《网络文学是中国新“第五大发明”》、邵燕君的《网络文学恢复了大众的阅读梦和写作梦》、庄庸的《网络文学进入新时代》、杨鸥的《网络文学 20 年：进入“品质为王”新时代》、夏烈的《互联网时代的文学地理，需要网络文学》、张魁兴的《网络文学也须攀“高峰”》、李尔静的《网络文学也可以讲好“中国故事”》、许惟一的《在新时代看“中国网文”的变革与发展》等。

其次，在发展主题上，呼吁精品化、呼唤正能量、争创新高峰等成为近年来网络文学领域广受关注的话题。比如，何弘守的《正道、创新局、出精品》、吴长青的《主流化成 2018 网络文学新常态》、陈漱渝的《抑恶扬善、追求深刻》、党云峰的《网络文学需精耕细作》、王小书的《精品内容是网络文学的核心竞争力》、罗立

[1] 盘点网络文学 20 年：20 年来中国网络文学成长之路［EB/OL］.（2018-09-17）［2019-10-10］. http：//culture.ifeng.com/a/20180917/60071224_0.shtml.

桂的《创作中国网络文学精品》、陈定家的《中国网络文学：营造清朗网络空间》、周志雄的《2018 年网络文学：质文沿时，崇替在选》、尚光一的《网络文学的发展态势与优化策略》等文章都直接涉及“精品化”这一主题。

再次，网络文学发展过程中存在的问题和弊端如抄袭、泡沫化、浮躁之风等，引起了批评界的高度重视，相关学术讨论日趋理性化，分析深入、反思深刻的文章越来越多。比如，韩莉的《网络文学“从乱而治”需要坚守责任》、许苗苗的《网络文学：壮大之后别走向单一》、刘桂茹的《网络文学批评的困境与突围》、吴学安的《网络文学摒弃“抄袭”还有多少功课要做》、邱振刚的《告别“野蛮生长”》、李永杰和武勇的《网络文学发展的热土》、李长空的《网络文学创作需去浮躁之风》、何勇海的《整治网络文学要“堵疏结合”》等，都是这方面的年度力作。

此外，值得关注的还有一些为网络文学发展献计献策的文章。这类文章虽涉及的问题五花八门，但它们所关注的都是些直面当下、指向未来的现实问题。比如，彭艺的《让网络文学 IP 成为中国动漫的加速器》、红九的《网络文学需要现实生活的滋养》、周思明的《用现实主义拓宽网络文学发展之路》、郑崇选的《网络文学可能决定未来大众文化生产》、吴学安的《网络文学须摒弃“野蛮生长”模式》、庄庸和王秀庭的《网络文学进入现实题材新时代》、周慧虹的《网络文学创作需谋求“钱景”更应讲求“尊严”》、张云帆的《对新时期网络文学发展的几点思考》、张景阳的《区块链来了，网络文学侵权可以休矣》、郑纳新的《优化网络文学生态的几点思考》、许苗苗的《网络文学，得到的和失去的》、黄发有的《网络文学新趋势》等，任意挑出一篇精研细读，推显至隐，都能或直接或间接描绘出当代网络文学发展的大致轮廓。

第二章　网络剧创作生产及发展述评

在互联网技术和新媒体快速发展的大背景下，作为引人瞩目的艺术生产现象，网络剧繁荣发展。特别是，近年来，网络剧异军突起，业界、学界有一种普遍的认知：2014 年被称为“网络剧元年”，2015 年被称为“超级网络剧元年”。此后至今，随着众多传统影视制作人和大量资本涌入网络剧市场，以及各大视频网站纷纷投拍，网络剧市场一时间被推向资本的风口浪尖，网络剧创作生产在创新中呈现一片蓬勃发展的火热景象。

第一节　网络剧概述

近年来，网络剧的迅猛发展有其深厚背景和强劲动力。一是中国互联网发展水平的不断提升为网络剧的兴起奠定了基础，特别是，随着互联网的迅速发展，急剧增长的用户规模与使用率催生出新的视听需求与发展路径；二是互联网企业与影视产业的格局变动成为网络剧兴起的直接原因，2009 年，国家开始大力整治网络盗版，视频网站以无版权影视剧为主要内容的模式无法继续，使得购买电视剧成本飙升，同时，基于版权费回收、广告商认可、独播成本、版权年限等多方面的原因，视频网站逐渐摆脱电视剧购买、独播的思路，转而尝试控制成本、打造自制剧和自我品牌的发展方式；三是视频网站内部资源整合日渐成熟，为网络剧提供了发展平台，像优酷、搜狐视频、爱奇艺、芒果TV、腾讯视频等主流网络视频媒介相继建立，并在发展中大量积累用户、明星、制作、广告资源，为自制剧提供了平台、观众、演员、投资等方面的支持，目前已形成优、爱、腾三足鼎立的局面；四是相关主管部门“限娱令”“限播令”“限广令”等的出台为网络剧发展提供了政策优势和契机，特别是，国家广电总局相关政策的出台使电视台的广告吸附力下降，而网络剧的互动性在吸引广告资源方面又具有独特优势，这使得广告资源向互联网转移，并使网络剧获得新的发展空间；五是当代受众的需求为网络剧兴起提供了强劲动力，相比之下，在政策空间、题材、剧情、播出方式等方面，电视剧存在监管束缚多、同质化问题、类型选择少、播出方式单一等问题，而网络剧既有电视剧制作、技术、美学等方面的滋养，又以其更加符合受众（尤其是年轻用户）需求的特性而一步步拓展出创作生产日益广阔的“蓝海”。

一、“网络剧”的内涵与分类

（一）网络剧的内涵

当前，在“互联网＋文艺”深度转型和发展的大格局中，网络剧是网络文艺的重要类型和典型表现形态。在和电视剧相比较的意义上，一般说来，所谓“网络剧”，是指以互联网作为传播媒介、以网络用户为主要受众、禀赋互联网艺术思维的影像叙事作品。

网络剧的内涵有广义、狭义之分。从播出载体看，“广义”的网络剧是指所有在互联网视频网站播出的影视剧（包含在电视端首播的影视剧），比如，《古剑奇谭》《花千骨》《何以笙箫默》等；“狭义”的网络剧是指专为互联网拍摄，且以互联网为首发和主要传播渠道（包括电脑、手机、平板、数字电视等）的影视剧，比如，《万万没想到》《暗黑者》《盗墓笔记》等，在这种意义上，那些专为电视台制作的电视剧，即使首播结束后继续在网络平台播出，也不被称为网络剧。此外，网络剧的广义、狭义之分还有一种从制作主体来审视的方式，即，狭义的网络剧指“自制剧”，通常由在线视频网站独家定制，仅在其自身互联网平台上播放，内容端和渠道端都受互联网影响；广义的网络剧则还包括台网联播剧，通常由传统影视剧制作机构出品，多改编自网络文学IP，在电视台和互联网平台两端联动播放，渠道端受互联网营销程度相对网络自制剧较小。

目前，网络剧市场呈群雄逐鹿的态势，视频网站、独立制作公司、传统影视剧公司、传统广电均有布局。但基于视频网站为影视剧提供了新的平台，以优酷土豆、乐视网、爱奇艺、腾讯视频、搜狐视频等为代表的视频网站是当前国内网络剧生产、播出的主要阵地，这些网站出品或参与出品了大量的网络自制剧，而于万合天宜、芭乐互动等新兴影视制作公司和慈文影视、华策影视等传统影视制作公司而言，其专为网络平台服务规模化的剧集生产逐渐形成另一股强劲潮流。于是，传统电视剧也开启“台网联动”模式，由电视台和视频网站合作播出，更有甚者，出现了“先网后台”的播出模式。当然，随着网络剧的不断发展，许多剧集同时在网络与电视上播出，网络剧与电视剧的界限也在不断模糊。

（二）网络剧的分类

借助互联网和新媒体蓬勃发展的力量，目前的网络剧创作生产蔚为大观。由此带来的分类也多种多样，按时长来分有45分钟标准电视剧级别的“长剧”（比如，《匆匆那年》《延禧攻略》《大明湖畔有人家》《虎啸龙吟》《你好，旧时光》等），有10～35分钟不等的短篇剧（比如，《报告老板》《暗黑者》《灵魂摆渡》《蔚蓝50米》等），还有10分钟以下的“迷你剧”（比如，《万万没想到》系列、《屌丝男士》系列和竖屏剧《生活对我下手了》等）；按观众的类型喜爱偏好来分，有幽默搞笑、侦探推理、都市生活、惊悚悬疑、科幻未来、时空穿越、青春校园、热血励志、传奇、言情、奇妙幻想、军旅题材、玄幻修真等。

当然，最普遍的方式还是按“题材”来分类。历史地看，首先，网络剧的题材受到互联网传播接受方式的影响。比如，最早出现的喜剧题材“段子剧”就是适应网络传播“短平快”的特点，每集的时长不过10分钟，没有复杂的故事情节，便于受众在碎片化的时间里观看。其次，网络剧的题材受到电视剧的影响。电视剧拥有成熟的产业体系，在生产实践中打磨出了多种成熟的类型，这些类型也延伸到了网络剧的体系中。比如，玄幻题材的《花千骨》《三生三世十里桃花》等电视剧大获成功，形成了稳定的类型，在网络剧领域也同样出现了《海上牧云记》等一批优质作品。再次，网络剧的题材受到网络文学的影响。网络剧的创作生产中有相当大的比例来自于网络文学 IP 改编，而网络文学经历了多年发展，早已形成了商业化的类型体系，比如，穿越、修真、惊悚、探案等题材都可以在网络文学网站上找到相应的标签。网络文学不但影响了网络剧的题材划分，从更深的层面说，网络文学还创立了相应题材的一整套叙事体系，这套体系早已为网络用户们所熟悉，网络剧可以直接应用。比如，“穿越”是网络文学的一大类型，其下还有不同的子类型，网络剧在创作时可以直接使用“穿越”作为叙事元素，而不需再做规定性的解释，观众可以完全理解。

按题材分类，网络剧大致可以分为喜剧、都市爱情、罪案、青春校园、惊悚悬疑、古装言情、奇幻、历史、农村、科幻等多种类型（见表 2–1）。

表 2–1 网络剧类型

题材	代表作品
喜剧	《屌丝男士》《万万没想到》《废柴兄弟》
都市爱情	《遇见王沥川》《狐狸的夏天》《我的奇妙男友》《亲爱的公主病》《北京女子图鉴》
罪案	《暗黑者》《心理罪》《他来了，请闭眼》《余罪》《法医秦明》《如果蜗牛有爱情》《无证之罪》《白夜追凶》
青春校园	《匆匆那年》《最好的我们》《一起同过窗》《你好旧时光》《春风十里不如你》《致我们单纯的小美好》
惊悚悬疑	《灵魂摆渡》《无心法师》《盗墓笔记》《老九门》《精绝古城》《牧野诡事》《黄皮子坟》《河神》
古装言情	《太子妃升职记》《双世宠妃》《将军在上》《花间提壶方大厨》《烈火如歌》
奇幻	《九州海上牧云记》《花千骨》《镇魂街》《器灵》
历史	《大军师司马懿之军师联盟》《虎啸龙吟》《琅琊榜》

续表

农村	《乡村爱情》《陈二狗的妖孽人生》
科幻	《端脑》《颤抖吧阿部》
武侠	《射雕英雄传》《画江湖之不良人》

择要说来，喜剧是最早发展起来的题材，甚至可以说早期网络剧的代表作品都是喜剧。后来，随着超级网络剧的发展，喜剧不再是视频平台的首推内容，但由于喜剧题材的成本低、投入少，因而仍然在数量上占据着网络剧的半壁江山。都市题材是网络剧的重要题材。无论从成本上，还是从编剧、制作上看，都市题材都是门槛较低、性价比高的代表。都市题材包含的范围较广，言情、偶像、职场等都可归为其中。推理探案是网络剧与电视剧区别较大的题材。从数量上看，此类型的网络剧不占优势，但精品迭出，常有口碑好、影响力大的作品。青春校园题材也是网络剧的代表。《匆匆那年》是此类型的开山之作，不但开启了青春剧潮流，也让网络剧摆脱了低成本的套路。值得一提的是，随着青春电影热潮渐息，网络剧接过了青春题材的大旗。而惊悚悬疑是网络剧专有的题材。在网络剧发展前期，借着网络审查标准宽松于电视，电视剧中绝无可能出现的灵异、惊悚题材都可被网络剧选用，而且，像《灵魂摆渡》《无心法师》《盗墓笔记》《鬼吹灯》《老九门》《河神》等作品的出现使此类型引人瞩目。

二、网络剧的发展历程

依据网络剧发生、发展的实际，尤其是创作生产的实绩，可将其发展历程大致分为“萌芽期”“探索期”“发展期”三个阶段。

（一）萌芽期（2005—2010 年）

网络剧的萌芽产生于互联网早期的 UGC 中。所谓 UGC（User Generated

Content），是指由网络用户独立制作、拍摄，并上传互联网的内容，也即原创内容，主要是原创视频、拍客视频。在国内互联网发展的早期，就有一些视频制作者、影视专业学生上传他们的原创视频，其中就包括许多剧情类的故事片。虽然这些作品水平参差不齐，影响力有限，但也构成了国内最早的网络剧的雏形，比如，2005 年的网络短片《一个馒头引发的血案》、2008 年的《嘻哈四重奏》、2010年的《毛骗》等。在专业制作上，2009年，土豆网推出其第一部网络剧《Mr.雷》；2011 年，优酷网推出名为“十一度青春”的系列短片，包括《拳击手的秘密》《哎》《夕花朝拾》《东奔西游》《泡芙小姐的金鱼缸》《江湖再见》《李雷和韩梅梅》《阿泽的夏天》《老男孩》等。其中，《老男孩》引起了广泛的关注和反响，引发“青春怀旧”的流行，也对网络视听内容生产产生了强力刺激；《泡芙小姐的金鱼缸》衍生的热门网络剧《泡芙小姐》，讲述都市年轻人的情感故事，取得了不错的点击量。

（二）探索期（2010—2013 年）

2010 年 11 月 12 日，国家广播电视总局印发《广播影视知识产权战略实施意见》，其中提到要“加强对视听节目服务网站播放正版节目的监督工作，严厉打击互联网侵权盗版，重点打击影视剧作品侵权盗版行为”。在政策规范下，视频网站大量删除了无版权的电影、电视剧作品，同时购买正版影视剧补充内容。优质的电视剧成为视频网站争夺的目标，与电视台同步播出、“网络独播”等播出手段是视频网站常用的差异化竞争方式。然而，随着竞争的加剧，电视剧版权费用水涨船高，视频网站难以维持巨额的成本投入。这时，由网站自身投拍的“自制剧”由于性价比高、可操控性强，逐渐成为代替电视剧的选项。从此，视频网站纷纷开始了网络自制剧的探索之路。

随着数部网络剧作品的成功，视频网站自制剧开始呈井喷式发展，各大视频平台都推出了自己的网络剧，一时间各种项目都纷纷上马。比如，土豆网的《乌托邦办公室》（2011 年）、《爱上微笑》（2011 年）、《爱啊哎呀我愿意》（2012 年）；优酷网的《天生运动狂》（2010 年）、《全优 7 笑果》（2010 年）、《我的泡沫之夏》

（2010年）、《糊涂囧探》（2012年）等；爱奇艺的《在线爱》（2011年）、《奇异家庭》（2012年）等；酷6网的《紫檀也疯狂》（2010年）、《保留》（2011年）等；乐视网的《东北往事之黑道风云20年》（2012年）、《唐朝好男人》（2013年）等，此外，还有新浪的《杜拉拉升职记》（2012年）；搜狐的《钱多多嫁人记》（2011年）、《疯狂办公室》（2011年）、《屌丝男士》（2012年）等。这些作品对网络剧的题材、制作方式等进行了多种尝试与探索，为日后网络剧的飞速发展打下了基础。不过，限于网络剧在当时还是新生事物，制作资金投入有限，所以，此时的网络剧给人的印象往往是粗制滥造、品质低劣。

此一时期，由于相关管理部门对这一新生事物还没有严格的规范，网络剧呈现出"野蛮生长"态势。换言之，在数量爆炸性增长的同时，由于缺乏必要的监管，不少作品在色情、暴力等方面出现了偏差，乃至存在价值导向上的问题。鉴于此，2012年7月9日，国家广电总局、国家互联网信息办联合下发《关于进一步加强网络剧、微电影等网络视听节目管理的通知》。可以说，相关规定的出台及一批"问题"网络剧的下架为规范网络剧的创作生产发挥了积极的作用。

（三）发展期（2014年至今）

2014年被称为"网络剧元年"。所谓"元年"之说，一是腾讯视频、优酷土豆、搜狐视频、乐视、爱奇艺等主流视频网站将网络剧作为打造品牌的有效手段，并大力投入自制剧制作；二是在数量上，2014年各大视频网站制作的网络剧首次超过千集，且多部现象级网络剧作品的出现让网络剧引发公众关注，也渐渐打破了网络剧小众、边缘的定位；三是美剧《纸牌屋》流入国内，引起了巨大反响，同时也给业界带来了新启示。最重要的是，发展期的网络剧开始摆脱低成本、小作坊式的制作，在喜剧类、"段子剧"继续维持高产量的同时，视频平台开始探索剧情类网络剧作品的制作，网络剧的题材得到了极大的拓展。比如，2014年，爱奇艺推出了传统电视剧少见的灵异题材《灵魂摆渡》，腾讯视频推出了传统电视剧久违的涉案题材《暗黑者》，搜狐视频推出了以电视剧标准制作的《匆匆那年》。

值得一提的是，2014年1月，国家广播电视总局印发《关于进一步完善网络剧、微电影等网络视听节目管理的补充通知》，明确了 PGC 持证制作、UGC 实名上传的基本原则，并提出各视频网站自审自播的网络剧、微电影等应在上网播出前完成节目信息备案并取得相应的备案号，否则不得上网播出。其中，一些作品因为内容色情粗俗、封建迷信、血腥暴力等原因而责令整改下架，比如，《屌丝男士》《STB 超级教师》《太子妃升职记》《盗墓笔记》《心理罪》《无心法师》《暗黑者》《探灵档案》等，这进一步规范了网络剧的创作生产。

2014 年 4 月，广电总局实施“一剧两星”政策。新政实施后，电视平台购剧能力下降，而此时视频网站则成了很好的补充，传统影视公司过剩的产能流向网络剧。在这样的背景下，品质不输于优质电视剧的“超级网络剧”诞生了。

2015 年，老牌影视制作行业的执牛耳者纷纷试水网络剧，像慈文、唐人、欢瑞、正午阳光、完美建信等皆有触网作品。比如，慈文传媒的《暗黑者 2》《执念师》《花千骨》，单剧播放量均过十亿；正午阳光的《他来了，请闭眼》成为首部反向输入电视平台的网络剧。这些作品制作精良，在品质上已不输于电视剧，成本投入也都远超过前期的网络剧，并以“超级网络剧”的面貌刷新了人们对网络剧粗制滥造的印象。事实上，那些制作水平对标传统电视剧的“超级网络剧”在经济效益、社会效益上取得了双赢。比如，2017 年的《白夜追凶》播出后口碑和播放量一路涨高，并以豆瓣 9.0 成为当年评分最高的网络剧；同时，美国流媒体巨头 Netflix 买下《白夜追凶》的海外发行权，在全球 190 多个国家和地区播出，也成为首部通过正式渠道在海外大范围落地的网络剧。

随着视频平台对剧集需求的不断增长，视频网站不再以“自制”为主要方式，转为同影视公司联合出品，或直接购买作品版权在自家平台播出。网络平台跻身于一线卫视同等地位，成为电视剧出品方首要考虑的投放平台。随着用户不断向互联网终端迁移，互联网平台与电视台之间的关系出现了反转，新媒体采购价格已远远高于传统媒体。在此情况下，出现了“先网后台”的播出模式，比如《大军师司马懿之军师联盟》。目前，“先网后台”或“网台同步”已成为网络剧、电视剧的主流播出方式。同时，这一现象也表明，一方面，网络剧超越了以往的简单粗糙，并以“超级剧集”的新面貌刷新了用户和行业的认知；另一方面，网络剧集的制作水准、影响力、审核标准等和电视剧渐趋一致，两者的差距越来越小、以质量为标准的融合创新步伐越来越稳重。

三、网络剧的审美特征

与传统电视剧相比，在“互联网＋文艺”的深度转型和发展中，两者越来越呈现相互作用、相互影响的辩证关系。一方面，电视剧所具有的优势将进一步发挥，同时，也将反向借鉴、吸收网络剧的新经验、新规律；另一方面，网络剧将进一步释放其带动、辐射的能量，乃至发挥示范、引领的作用。就未来发展而言，所谓两者的“融合创新”，在某种意义上就是审美话语在“传统—现代”的冲突、交汇中由“过渡”转为“让渡”，并使新的文艺规律沉淀、凝结在文艺场域，进而走向“新常态”、缔结“新共名”的过程。

诚然，目前网络剧仍处于快速发展之中，尽管它和电视剧以质量为标准的融合创新步伐越来越稳重，但并不意味着网络剧的未来发展将与电视剧趋同。择要说来，一是播放媒介不同，电视剧的播放媒介主要为电视，网络剧的主要播放媒介则是电脑、手机、平板电脑等网络设备，尤其是个人电脑，它集音响、影像、电信三大功能于一身，为网络剧的推广提供了良好的硬件基础；二是接受方式不同，电视剧一般还是单向度传播，而网络剧则可以由观众随意即兴点播，具有快速便捷的优势，还可通过“弹幕”发表意见，因而深受年轻网民的青睐，尽管以后的电视剧亦可有类似的 VOD（Video on Demand，视频点播技术）服务，但 VOD 服务比网络剧层次低，观众不能参与剧情；三是从制作周期来看，网络剧的创作生产一般而言时间短、安排灵活；四是从制作成本来看，网络剧的创作生产一般而言投资少、回报率高，与传统电视剧动辄上千万元的资金投入相比，网络剧在制作成本等方面更具优势，也拥有范围更大的用户市场和有待于挖掘的商业价值。此外，相对于电视剧，网络剧还有题材类型丰富、观看时间更加灵活、单集时长短 / 总集数少、“网感”和用户体验强等特点和优势。当然，最重要的是，鉴于网络剧和电视剧生长的文化基因不同，因而，尽管内容生产的“精品化”是其未来发展的必然趋势，但在题材、创作、接受和用户的审美趣味等方面，网络剧仍将以自己独特的方式发展，并进一步彰显和强化其独特的优势与特征。

（一）网络剧的主体特征

首先，在网络剧发展初期，其创作主体主要是个人用户，也就是所谓的“UGC”时代。UGC 最大的特点是制作简陋，但富有想象力，且带有鲜明的网络文化、草根文化的特色，拍客、恶搞视频是其中的主力。这对网络剧的发展有着深刻的影响，直到现在，虽然“超级网络剧”早已不输电视剧，但网络文化因子一直都深藏其中。比如，“叫兽”易小星是早期网络原创内容生产者的代表性人物之一，其后来的《万万没想到》系列亦带有“恶搞”的特征。

作为一种影像叙事性艺术，网络剧在其艺术创作中以作者为核心，但在整个创作生产的产业链中，作者却只是其中的一环。实际上，居于网络剧产业核心的常常是视频网站——它既是播出方，又是出品方、制作方，产业的上下游都在其中。目前，在网络剧领域领先的视频平台有优酷土豆、搜狐视频、腾讯视频、乐视网、爱奇艺等，它们各自都有代表的网络剧品牌。

其次，网络剧的另一种制作模式是视频网站和专业的制作、发行公司或团队合作。一方面，视频网站借助传统影视剧制作公司的资源优势，获得更精良的作品；另一方面，电视剧公司也扩大了业务范围，减少了对电视台的依赖，分散了风险，比如，腾讯视频与老牌制作公司慈文传媒合作投资制作、发行了《暗黑者》，爱奇艺与电视剧导演郭靖宇的团队（完美建信影视文化有限公司）合作制作了《灵魂摆渡》。

此外，除了老牌影视公司，随着互联网经济、网络剧大潮发展起来的一批新兴的影视制作公司也是重要的制作主体，它们的优势在于熟悉网络文化、擅于运用互联网思维，与网络剧这种新兴文艺样式有着天然的联系。

（二）网络剧的创作特征

1.IP 改编

IP 改编是网络剧创作生产的重要方式，其近九成的来源是网络小说，其余则是游戏 IP、舞台剧 IP、节目 IP 等。IP 改编具有得天独厚的优势，是网络剧作品获取点击量与影响力的一条捷径。至于 IP 与网络剧的复杂关系，可从产业、用户、文本三个维度来观照。

从产业的维度来说，本质上讲，IP 是互联网资本与传统影视产业在冲突与磨合之后达成的一个“共识”。近年来，随着互联网资本的涌入，影视业开启了新一轮的狂飙突进。不过，面对相对成熟的传统影视行业生态，互联网企业如何找到一个接合的点成为难题。资本不懂艺术，希望找到一种通用的方法评估项目的风险，但又无力改变影视行业传统的做事方法，而 IP 正是在这种情形下出现的，它为互联网资本与影视圈找到了共识点，打破了行业的壁垒。实际上，近年来，随着网络文学影视化的价值被发现，改编网络文学 IP 成为一条捷径，粉丝的存在保证了作品的基本盘。IP 作品是受众的选择，是受众需求通过网络的转化，成为从业者可以直观掌握的对象。因此，即使许多作品的改编在艺术层面非常糟糕，但由于作品与受众在文化层面调性一致，还是取得了不错的成绩。

从用户的维度来看，IP 实质上是经过市场验证的用户的情感承载，或者说，是经过市场验证的用户需求。“用户情感共鸣”是 IP 概念里的核心元素，经过市场考验的 IP，都承载着用户的情感，更容易得到用户的认可。IP 不仅意味着一个文本，它还意味着一个用户群；买 IP，不仅意味着买了一个故事，更重要的是用户和这个作品的情感联系。特别是，IP 还有一定的大数据基础，在网络文学的阶段就可以掌握将来的受众在哪里、有什么需求、愿意用什么方式消费这些 IP。

从文本的维度来看，与传统文学改编一样，IP 同样为影视剧提供了一个文学蓝本。经过市场检验的大 IP，其文本中必然包含成功的要素，这为影视剧在艺术方面提供了指导。只要能将优秀作品中的故事成功影像化，在故事层面就有了一定保证。即使是小 IP，依然有存在的价值，因为它在制作层面上提供了创作基础。

原创网络剧同样也有不少口碑与播放量双收之作，比如，惊悚悬疑剧《灵魂摆渡》系列、罪案剧《白夜追凶》、历史剧《大军师司马懿之军事联盟》系列、悬疑推理剧《盲侠大律师》、青春校园剧《一起同过窗》等。这些原创网络剧在类型题材的创新、演员的演技、制作的水准等方面都有一定的典范意义。当然，随着产业的快速发展，一些急功近利的倾向也产生了一些泡沫，带来了 IP 过热的负面现象，但 IP 改编与原创的相辅相成依然是网络剧创作生产的一个显著特征和发展趋向。

2. 艺术与技术的思维融合

当前，在网络剧的创作生产中，艺术与技术的思维融合已渗透到其创作、传播、接受和再生产等艺术生产的各个环节与层面。事实上，网络剧的产生和发展本是以数字技术为基础，尤其是，“大数据”技术对网络剧创作生产带来了深远影响。具体说来，大数据技术可以用于分析用户的行为与偏好。其中，用户在视频网站观看网络剧时，每一次选择、点击、拖拽、暂停等操作都会产生数据信息，对这些数据进行分析，可以帮助网络剧生产者在创作环节进行决策。作品播出后，用户可以在豆瓣等网站上进行评分、评论，也可以在播放页面、社交网站上进行留言与讨论，这些数据就汇集成了这部作品的口碑。而通过大数据分析，可以获知用户对这部作品的正向与负向评价，对剧中情节、人物等戏剧元素的接受态度，并借以指导创作者下一步的创作，或在上映期内就对后续情节进行修正。

实际上，“大数据”的背后隐藏着互联网时代艺术生产弥足珍贵的互动性。作为网络剧创作生产思维的显著特点，“互动性”打破了以往“创作者—接受者”的二元关系，赋予用户以改变文本的能力，而相比之下，一些传统电视剧创作仍然停留在单向接受的“受众思维”。在某种意义上，“双向互动”恰是网络剧区别于传统电视剧的重要特征。

3. 题材的多样化与差异化

网络剧属新兴、新生事物，创作者对题材的探索仍在进行之中。但历史地看，从早期的喜剧，到后来的惊悚悬疑、推理探案、青春校园，再到科幻、穿越、古装、历史、军旅等各种题材，网络剧题材的多样化是一种不可逆转的大趋势。与此同时，随着网络剧的蓬勃发展，题材的差异化亦呈现出新的风貌和景观。

与传统电视剧相比，两者的题材差异性十分明显。当前，电视剧中数量最多、受众最广的几类题材（比如，家庭伦理、革命战争等）在网络剧中比较少见。反过来，网络剧中的典型题材（如侦探推理剧、青春校园剧等）却不是电视剧市场的主流题材。题材的不同既是网络剧与电视剧差异性竞争的自主选择，也是源于两者不同的媒介属性。具体说来，主要原因有三个方面。

第一，题材的差异化来自监管审查的不同。在网络剧创作生产的前期，这一点体现得特别明显。由于相关部门对电视剧的管理相对成熟，而对网络剧的监管曾一度较松，因此，一些在电视上无法播出的题材却能在网络剧中呈现。比如，《灵魂摆渡》的“鬼故事”，且故事背景是当代社会，这在电视上是不允许的。再比如涉案题材，广电总局曾禁止此类题材电视剧在黄金时间播出，而网络剧兴起之后，涉案推理题材卷土重来，乃至成为一种重要类型。

第二，题材的差异化来自受众的不同。电视剧的受众年龄段集中在中老年，而网络剧的受众则以年轻人为主。受众的不同导致了审美取向的不同，因而，不同的题材适宜于不同的平台。比如，中老年人喜欢看的家长里短、亲情伦理，在年轻人中并不会引起太多共鸣；相反，青春校园爱情的题材对中老年人也没有太多吸引力。因此，常年霸占电视荧幕的家庭伦理剧无法进入网络剧市场，而网络剧中的青春校园题材也难以登上电视。

第三，题材的差异化来自媒介本身的特点。电视剧在电视上播放，用户不能自主选择观看时间，网络剧的观众则可以完全自主地选择观看，因而，电视剧偏向于连续性的题材与故事，而网络剧则有较多的段子式的或是系列式的题材故事。

（三）网络剧的接受特征

与传统电视剧相比，网络剧在接受环节的显著特征主要体现在三个方面，即，在接受主体上，网络剧的受众偏向于年轻化；在接受环境上，网络剧的观看偏向于碎片化；在接受方式上，网络剧具有明显的交互性特质。

1. 受众年轻化

据中国互联网络信息中心（CNNIC）发布的第 44 次《中国互联网络发展状况统计报告》：截至 2019 年 6 月，在年龄结构方面，我国网民以中青年群体为主，10 ~ 39 岁群体占整体网民的 65.1%，其中 20 ~ 29 岁年龄段的网民占比最高，达 24.6%；40 ~ 49 岁中年网民群体占比由 2018 年底的 15.6% 扩大至 17.3%；50 岁及以上的网民比例由 2018 年底的 12.5% 提升至 13.6%。[1] 这些数据表明，网络剧的主要观看群体与传统电视剧不同，网络剧的主要观看群体是年轻人，而在电视机前观看电视剧的受众大多是中老年人。因此，网络剧创作生产的目标受众是青年群体，网络剧作品的题材、内容、情节设计、表现形式，以及语言结构、思想观念、精神表达等都紧跟年轻观众的心理，都更符合青年群体、网生代的口味与需求，以期满足用户心理需求，引发情感共鸣。另一方面，年轻受众长期浸淫于互联网文化，深谙各种网络热点、新兴词汇，熟知在网络上具有独特含义的“梗”，因而，网络剧也就成为他们沟通交往、进行身份认同的独特场域。

2. 观看碎片化

与传统电视剧的接受方式不同，网络剧的观看呈现出显著的碎片化特征。这一方面源于当今快节奏的生活方式，人们习惯于在零碎时间观看剧集；另一方面，移动设备上网的便捷性有效降低了互联网的使用门槛。因此，不同于电视机前的完整观看的接受方式，网络剧的接受往往是呈碎片化的。在某种意义上，网络剧的崛起意味着过去几十年来以电视机为家庭活动中心的客厅文化的解体，取而代之的是碎片化、个人化、细分化、年轻化的新观看文化。此外，网络剧用户在观看时会更为专注，而电视的观众观看时注意力会比较分散；移动终端上的视频体验更加私人且灵活，因此也带来了观看场景、内容、时段的细分。进一步说来，就创作生产而言，如何适应网络剧的这种接受特征，如何有针对性地回应这些越来越细分的观看需求，对内容提供者既意味着新机遇，也提出了新挑战。

---

[1] 中国互联网络信息中心（CNNIC）. 第 44 次《中国互联网络发展状况统计报告》[EB/OL].（2019-08-30）[2019-10-10]. http://www.cac.gov.cn/2019-08/30/c_1124938750.htm.

3. 传播交互性

交互性是网络剧审美接受过程的重要特征。参与、分享、互动和个性化是网络剧的驱动力，与传统媒介相比，互联网让人们充分地表达、表现自己，并且更加便捷而有效。同时，在网络剧艺术生产的场域，人们参与的可能、分享的意愿、互动的需求和个性化的满足在交互式、沉浸感的网络世界里变得更加强烈而实在。此外，除了传播者和接受者之间的互动，用户之间也存在着紧密互动。其显著表征即最具网络媒介特色的“弹幕”互动方式，即，观众在观看网络剧时，可以通过“弹幕”发表自己的评论。这种受众与受众之间的互动使用户在观看网络剧时产生一种集体观看的错觉，同时，弹幕语音通常具有亚文化特质，让用户获得一种认同感。除“弹幕”外，其他形式的评论都拓展了用户交流互动的空间，比如，视频网站的页面评论、朋友圈、微博、网络社区、门户网站等都是用户对网络剧作品评点、讨论的场所——它们共同构成了网络剧传播与接收交织互动的话语场，并对作品的创作生产、传播接受等带来深远影响。

第二节　近年来网络剧创作生产状况与特点

据国家广电总局监管中心发布的《2018年网络原创节目发展分析报告（网络剧篇）》，2018年度，全网共上线网络剧218部/4145集，总时长约138353分钟。[1]其中，在丰富多样的作品中，用户题材偏好的排名分别为古装宫廷剧、战争剧、历史正剧、警匪剧、武侠剧、都市家庭剧、青春偶像剧、农村剧、军旅剧、玄幻剧、言情剧；TOP20的网剧作品是《延禧攻略》《如懿传》《烈火如歌》《独孤天下》《沙海》《飞虎之潜行极战》《萌妻食神》《武动乾坤之英雄出少年》《芸汐传》《宫心计2深宫计》《三国机密之潜龙在渊》《法医秦明2》《清道夫》《人生若如初相见》《结爱·千岁大人的初恋》《乡村爱情10》《媚者无疆》《天

[1] 国家广播电视总局监管中心.2018年网络原创节目发展分析报告（网络剧篇）[EB/OL].（2019-01-11）[2019-10-10].http://www.sohu.com/a/288432756_152615.

意》《柜中美人》《天坑鹰猎》《为了你我愿意热爱整个世界》。[1]另据统计，2019年网络剧共上线221部，相比2018年的218部略有增加，在整体内容和品质上均有所提升，其中，《陈情令》《长安十二时辰》《庆余年》《全职高手》《东宫》《白发》《致我们暖暖的小时光》《鬼吹灯之怒晴湘西》《倚天屠龙记》《我只喜欢你》等作品表现出色。[2]总体说来，近年来，在政策引导、市场推动，以及行业自我演进的多重作用下，网络剧创作生产更加讲品位、讲格调、讲责任，为广大网民提供了丰富多样的作品。

一、创作数量大体平稳，内容品质整体提升

据中国网络视听节目服务协会发布的《2018年中国网络视听发展研究报告》，2012—2018年，上线网络剧数量分别为39、50、205、379、349、295、280部，至今已呈现大体平稳的发展态势。综观近年来的创作生产曲线，尽管数量、集数、时长有起有伏，但总体上日趋平稳。同时，在创作生产经验的成熟、用户观剧习惯的形成、播出平台的积极推动等多种因素的综合作用下，网络剧已成长为一种网民熟知、市场认可的新兴影视艺术形式，其关注度持续提高、影响力进一步扩大，出现了《延禧攻略》《如懿传》《北京女子图鉴》《颤抖吧阿部之朵星风云》《端脑》《虎啸龙吟》等多部引发广泛关注的作品。

当然，在关注度与影响力持续走高的背后，起支撑作用的还是网络剧内容品质、制作水准的不断提高和提升。近年来，作为视频网站长视频内容中的重要类型，网络剧不断寻求创新与突破，向着专业化、规范化、品质化方向迈进。整体来看，网络剧创作生产在剧情、制作、叙事风格、画面呈现、服化道、造型等方面有进一步的提升，其中有些作品在专业制作、文化内涵上有新突破，乃至树立了新标高。比如，《你好，旧时光》以回忆录式的手法记录一代人的青春点滴；

[1] 中国网络视听节目服务协会.2018年中国网络视听发展研究报告[EB/OL].(2018-11-29)[2019-10-10].https://baijiahao.baidu.com/s?id=1618428635208726832&wfr=spider&for=pc.

[2] 王涵.2019年网剧行业调研报告：视频平台的求“同”与存“异”[J].电视指南，2019(12).

《可惜不是你》以电影质感的画面展现无悔的青春;《虎啸龙吟》以考究的服装道具还原历史的厚重等。在艺术叙事上，有些作品进一步成熟，比如,《快把我哥带走》聚焦当下“二胎”热点话题，打破了二次元与三次元的壁垒，将校园故事、青春捣蛋、血肉亲情用年轻人的方式欢笑呈现;《延禧攻略》节奏快、剧情紧凑，一改此前部分古装剧拖沓、冗长的痼疾，通过弱化一些繁复的人物成长和背景交代，将人物爱情作为背景，紧紧围绕“攻略”的核心，巧妙、清晰地展现人物关系和冲突，使一个通过斗争而实现目的的老套故事引发职场年轻人的广泛共鸣。

进一步说来，如果从风格化的高度来审视，网络剧内容品质的整体提升有三个方面的具体呈现，一是传统文化之美，比如,《延禧攻略》中清代的吉服、云肩、缂丝、苏绣、竹丝扣瓷,《虎啸龙吟》中魏晋时期的屏风、凭几、栅足案、食床、叠案,《天盛长歌》中唐代的服饰布、金杯、镂空、凭几等，这些古装剧将中国传统文化之美展现在观众面前，让中国观众感受到浓厚的古典之美；二是镜头语言之美，特别是在古装剧的创作生产中，不少作品着力在镜头语言上下功夫，比如，在《如懿传》中，作品有庄严肃穆的空镜（比如，大殿立柱的斜阳缓缓移过走廊），还有反映人物内心世界的特写（比如，剧中用超高速摄影呈现出人物须臾间的心理骤变）等；三是剧集色调之美，相比之下，此前大部分宫廷剧着重凸显宫中奢华、雍容之风，甚至不重视历史事实，而《延禧攻略》一改往日艳丽的风格，以朴实、典雅的棕、青、蓝为主色，加上偏暗的色调、低饱和度的画面，使得整部作品沉稳大气，因此，这种颜色被称为“延禧莫兰迪色”，既让观剧有了审美愉悦，也让观众重新认识了中国宫廷之美。在某种意义上,《延禧攻略》之所以引发收视热潮，成为网络剧制作水平升级的典型案例，正得益于风格化美学与剧情叙述的相辅相成、相得益彰。

二、题材丰富多样，类型化生产向纵深发展

就现代影视剧艺术生产来说，在某种意义上，“类型化”是衡量某类创作成熟

程度的标尺。在借鉴的意义上，作为一种大工业时代的艺术生产机制，类型化生产机制是由“惯例化机制、观众中心化机制、故事冲突与社会冲突的同构化机制、创新发展机制”四种紧密相关、缺一不可的具体机制有机组合而成的复合体。实际上，也正是借助这四种具体机制，影视剧艺术生产成功地把握和表达着大众的社会心理和审美文化需求。[1]在分析好莱坞类型电影时，路易斯·贾内梯认为：“导演之所以被类型所吸引，是因为它们自动地综合了大量信息，使他们可以自由地探索更多个人所关心的事物。”[2]安德烈·巴赞指出：美国电影最值得钦佩的不仅是这个或那个电影制作者的才能，而是“那个系统的天才，它那始终充满活力的传统的丰富多彩，以及当它遇到新因素时的那种能产性”[3]。可以说，“类型化生产”机制具有其特定的优势，也为网络剧创作生产带来了勃勃生机。

具体就 2018 年来说，网络剧类型化生产呈现出向纵深发展的总体态势，具体体现在以下六种题材类型的作品生产进一步强化了新探索、呈现出新风貌。

其一，含有超现实元素的奇幻、科幻、玄幻、魔幻类作品的数量依然丰富。比如，《冒险王卫斯理系列》《端脑》《万能图书馆》《来到你的世界》等，这些作品的主题和内容涉及灵魂互换、超能力、特异功能、不老不死、平行时空等，不仅丰富了网络剧的题材类型、拓展了网络剧的表达空间，还以其特殊的人物、环境设定和天马行空的故事契合了网生代用户的审美趣味，受到了年轻观众欢迎。但值得一提的是，由于玄幻题材制作成本大、特效技术要求高，加上玄幻剧普遍存在剧情单一、缺少波折、人物扁平等缺点，使得玄幻题材逐渐降温。相反，诸如都市生活等现实类题材则受到了市场的青睐。

其二，在“传统”的古装网络剧创作生产方面，相关作品依然众多，内容涉及权谋、情感、穿越、玄幻等诸多方面。比如，《拜见宫主大人》《虎啸龙吟》《开封奇谈》《萌妻食神》《热血书院》《小戏骨包青天》等。总体看来，其显著特点有两个，一是在思想性、艺术性上呈现新的景观，比如，《虎啸龙吟》凭借恢

---

[1] 彭文祥．中国现代性的影像书写［M］．北京：中国传媒大学出版社，2009：316.

[2] 路易斯·贾内梯．认识电影［M］．胡尧之，译．北京：中国电影出版社，1997：224.

[3] 郝建．影视类型学［M］．北京：北京大学出版社，2002：28.

宏的场景、精良的制作、精湛的表演，对三国故事进行新的演绎，特别是人物塑造的立体化生动地展现了司马懿、诸葛亮等人物身上闪耀的精神、智慧之光；二是古装剧中融入了多样的现代元素，比如，《萌妻食神》围绕甜宠恋爱与权力争斗展开，融合了以古法炮制的汉堡、比萨、冰皮月饼、辣条、嘻哈说唱等现代元素，其中，有天马行空的任性和“网感”十足的个性，但也有片面追求“脑洞大开”而带来戏说历史的荒诞。

其三，就喜剧题材的网络剧创作生产来说，历史地看，“段子剧”“小品剧”是早期网络剧的显著的风格特征。事实上，以浮夸的情景形成喜剧效果、以娱乐短剧碰触观众笑点，既有网络剧这一新兴艺术形态的固有生存、发展策略，也有当今时代审美文化的风气浸染（比如，一些由网络文学、漫画、舞台剧等改编的喜剧营造了娱乐性的氛围，但也因故事浅显、叙事乏力而难以给观众留下深刻印象），以至在近些年的网络剧创作中，喜剧、恶搞等依然是一种网络剧的重要题材和娱乐风格。但相比前几年，此类作品在数量上有较大回落，其中可以看出段子、小品式的创作数量减少、影响力减弱、发展式微。更重要的是，就网络剧创作生产来说，喜剧题材类作品若要赢得更多观众，就不能止于制造笑点，而要在好的故事讲述和开心一笑中让观众获得情感的共鸣、思想的启迪和道德的净化。

其四，在青春校园题材作品的创作生产方面，基于青少年群体在网民规模上的优势，加之日益自觉、强烈的用户意识，各制作机构和播出平台纷纷将“青春、阳光”作为重要的题材类型，并在实践中积累了丰富的经验。此类豆瓣评分前十的作品有《一起同过窗第二季》《你好，旧时光》《忽而今夏》《端脑》《单恋大作战》《来到你的世界》《致我们单纯的小美好》《以你为名的青春》《给我一个十八岁》《可惜不是你》。比如，《你好，旧时光》从过去、现在、未来三个维度穿插校内校外生活，立体地展现了多个代表性的校园青春故事，作品贴近青少年观众的切身体会，人物心理刻画细腻，叙事平凡而有趣。此外，在这些优质作品的影响下，以往此类作品曾经较为常见的炫富、打架等情节有明显改观。同时，其他内容也有新的丰富和发展，除青春写实怀旧外，产生了聚焦篮球、音乐、竞技及大学生恋爱观探讨的作品，还出现了诸如《同学两亿岁》《单恋大作战》《我和两个他》等融合奇幻、科幻等元素的作品。

其五，就悬疑题材的网络剧创作而言，悬疑题材一直是一种重要类型，网民们对于该类题材的喜爱有增无减。比如，《端脑》《法医秦明第三季》《热血书院》《护宝联盟》《暧昧侦探》《龙探》《炮灰攻略》《沙海》《推理笔记》等。其中，悬疑网络剧一个突出特点是单一悬疑内容的作品较少，而叠加其他要素后以多元融合形态出现的作品较多，比如，《端脑》的“科幻 + 游戏”，《炮灰攻略》“悬疑 + 探案 + 情感 + 快穿”的多元一体等。这无疑表明，“悬疑 +”已逐渐成为悬疑类网络剧创作的新常态、新范式。

其六，都市情感和青春情感剧蓬勃发展，“情感”作为类型元素成为众多网络剧创作生产中的最大公约数。其中，有的以普通人的日常情感为故事主体，也有的在职场故事中穿插情感故事线，同时，大量古装情感、情感喜剧，以及带有奇幻、科幻、穿越等元素的情感剧，既强化了类型原有的特点，又在“重情感”中极大地融合多种类型元素，反映出网民对贴近日常生活、关照情感世界的作品需求较大。

除以上六种类型化生产倾向外，近年来网络剧创作还在诸如职业剧、古装美食剧、护宝探险、体育竞技类等垂直细分领域有多样的选题。总的说来，这些丰富的选题既进一步拓展了类型剧的内容边界、满足了不同圈层观众的个性需求，同时也和其他类型化生产一道折射出网络剧创作生产探索、突破中的丰富面相。

三、现实题材数量增多，“风向标”意义引人关注

习近平总书记指出：“艺术可以放飞想象的翅膀，但一定要脚踩坚实的大地。文艺创作方法有一百条、一千条，但最根本、最关键、最牢靠的办法是扎根人民、扎根生活。”[1]“文化是一个国家、一个民族的灵魂……文化自信，是更基础、更广泛、更深厚的自信，是更基本、更深沉、更持久的力量。坚定文化自信，是事关国运兴衰、事关文化安全、事关民族精神独立性的大问题。没有文化自信，

[1] 习近平．在文艺工作座谈会上的讲话［N］．人民日报，2015-10-15.

不可能写出有骨气、有个性、有神采的作品。”[1]在新时代中国文艺发展的大潮流、大背景中，强化现实题材创作、弘扬传统文化亦顺理成章地成了近年来网络剧创作生产的一道亮丽风景线。

回顾中国现当代艺术史，我们可以看到，“现实主义”是萦绕中国文艺发展的百年美学话题。然而，在不同的历史时期，它又是一个常说常新的话题。20世纪80年代以来，作为一种艺术创作方法，“现实主义”在一波未平一波又起的创新浪潮中似乎已经“陈旧”了，可实际上，“波涛”冲击带来的不是现实主义的褪色与剥落，而是丰富与完善。就网络剧的创作生产来说，不必讳言，由于网络剧浓厚的消费文化属性，现实题材创作一直不占主流，但近年来，网络剧创作逐步开始走出小天地、关照大时代，或者说，开始逐步在某种现实主义转向中积极关注、介入火热的时代生活，并把艺术地反映时代生活变革和社会现实发展作为自己的美学追求。近年来，现实题材网络剧数量明显增加，其中不乏形成较大影响力的头部作品。这些作品聚焦现实、主题广泛，叙事技巧娴熟，写实特点突出。比如，《大明湖畔有人家》以夏家女儿的情感线为贯串，以夏小荷、夏小雨两人的事业发展为辅助，以邻里关系为点缀，描绘了一幅丰富多彩、幽默风趣的济南民俗风情画卷，反映了改革开放初期老百姓日常生活水平的提高，也折射出改革开放为年轻人创业提供的机遇和挑战，生动地展现了时代的变迁和社会的发展；《乡村爱情10》取材于百姓日常生活，并以其写实风格表现了当前农民积极创业和农村大龄青年婚恋、生活等一系列难题；《北京女子图鉴》《上海女子图鉴》两部作品则聚焦“北漂”“沪漂”女性在大都市的拼搏经历，并于现代职业女性婚恋观、职业观、金钱观的展现中引发了观众的大量热议和思考。2019年，《没有秘密的你》《独家记忆》《夜空中最闪亮的星》等现代都市题材作品贴近生活，反映世俗人生，取得了较好口碑或热度。青春爱情剧则破除了玛丽苏、霸道总裁的陈规俗套并走向多元创新，像运动励志类的《全职高手》《强风吹拂》《极限17》、校园爱情类的《致我们暖暖的小时光》《暗恋橘生淮南》等，内容生动鲜活，吻合青年人的审美趣味。此外，受政策引导、扶持和庆祝中华人民共和国

[1] 习近平. 在中国文联十大、中国作协九大开幕式上的讲话［N］. 人民日报，2016-12-01.

成立 70 周年的影响，《家道颖颖之回家》等现实题材剧或展现时代发展主旋律，或关注社会变迁中的平凡人生，在讲述“中国故事”方面取得了可喜成绩。

此外，相映成趣的是，在政策引导、观众需求等多方面的作用下，传承中华优秀传统文化亦成为网络剧生产的亮点。其中，2017 年 1 月，中共中央办公厅、国务院办公厅印发《关于实施中华优秀传统文化传承发展工程的意见》，强调文艺创作要“善于从中华文化资源宝库中提炼题材、获取灵感、汲取养分”[1]，由此使得传统文化题材亦受到关注。比如，《传承·孝为先：新时代二十四孝》突出地表现了当代家风孝道，着力弘扬了中华传统文化，推进了传统文化的创作型转化、创新性发展。

概括说来，现实题材、传统文化题材的网络剧创作生产近年来取得了新成果。尽管在思想性、艺术性等方面一时还不可与积淀深厚的电视剧相比肩，且在探索发展中还存在人们褒贬不一的情形，但在社会主义市场经济条件下，那些反映社会时代变迁、展示普通人拼搏状态的优秀网络剧作品既增强了文化底蕴和时代气息，也接续、强化了现实主义的美学精神和艺术为人生的价值导向。

四、大型视频网站发力强劲，引领、带动作用愈发明显

在现代艺术生产中，影视剧无疑是重装备、大投入、高风险的领域。在这种意义上，网络剧创作生产主体方面的资质、条件、实力等显得格外重要。事实上，在网络剧发生、发展和壮大的进程中，各大视频网站和平台起到了巨大的推动作用。近年来，爱奇艺、腾讯网、优酷网等大型视频平台持续发力，进一步丰富与网络剧制作机构的合作形式，深度参与重点网络剧的策划、制作、宣发等流程，并采用全网首播、独播等方式不断增强自身优势，发挥其引领、辐射和带动作用。

其一，基于网络剧在网络视频内容构成中的分量，以及其依托互联网的重要属性，各大视频网站既是网络剧的主要内容生产方，又是网络剧的主要传播平

[1] 中共中央办公厅、国务院办公厅 . 关于实施中华优秀传统文化传承发展工程的意见 [EB/OL] .(2019-01-11) [2019-10-10] .http ：//www.gov.cn/zhengce/2017-01/25/content_5163472.htm.

台。近年来，各主要播出平台一方面继续加大投入，大力培养创作团队，全面参与、重点加强自制剧、定制剧的策划、制作、发行流程；另一方面，根据各自特点制定制作、传播环节的发展策略，既强化自制剧、定制剧的生产，又以开放的姿态为众多腰部、尾部作品提供传播渠道。比如，2018 年，爱奇艺、腾讯网、优酷网独播上线的网络剧总数量超过九成，其中，大部分头部剧集均有视频网站的深度参与，同时，热播剧目基本上是以独播的形式面世。在“竞争”“合作”相辅相成的大浪淘沙中，爱奇艺、优酷、腾讯视频、芒果 TV 等逐渐位列第一梯队且越行越远。在网络剧数量和播放量持续走低的形势下，爱奇艺、优酷、腾讯视频、芒果 TV 进一步将抢占独播赛道、深耕差异化内容作为进一步强化优势、突出特点的发展策略。其中，在独播剧集的题材方面，爱奇艺突出青春、悬疑，优酷强调古装、都市，腾讯全面发展，芒果张扬青春，且各自深挖垂直领域，形成了差异布局、竞争与合作互补、各行其道的发展态势。与此同时，在产业发展中，平台越来越强调与影视制作公司、卫视、政府等捆绑在一起，共同参与作品创作生产，成为产业发展的四轮驱动，同时也以其实效有力促进了网络剧的繁荣发展。

其二，网络剧创作生产中原创内容持续增长，比如，《一起同过窗》（第二季）关注普通大学生的校园生活，人物性格鲜明、生活场景真实、代入感强，延续了上一季的好口碑；《不能说的秘密》聚焦大都市中的一个小人物，以婚姻危机、亲情危机、友情危机、事业危机等编织细密的故事网络，从重重困难中折射诸如真诚、善良、责任、坚强、担当等品质在当今社会生活中的意义，并以其弥足珍贵的价值观引发观众的广泛共鸣。

其三，随着各大视频网站在文创产业布局的深入，产业链上、下游的互动继续增强，文学板块与视频内容的合作联动更进一步，比如，由阅文 IP 改编的《萌妻食神》、阿里文学的《SCI 谜案集》等。

其四，“超级剧集”数量继续大幅增长，现象级作品集中在古装题材，比如，《如懿传》《烈火如歌》《柜中美人》等，特别是《虎啸龙吟》，作为电视剧《大军师司马懿之军师联盟》的续作，作品在动荡岁月的历史背景中对人物、事件进行再创作，并于权谋与战争的聚光灯下刻画“冢虎”司马懿、“卧龙”诸葛亮的人物形象，以及两人博弈中的斗智斗勇和惺惺相惜。

其五，各大视频网站进一步深度参与境外剧的出品，并将其作为巩固、提升自身品牌优势的一部分。由于境外剧的制作大多由有经验、有实力的主创人员参与，且品质上佳，能获得不错的口碑，因此，各大视频网站继续加强合作剧，从创作阶段就参与其中，并以网播境外剧的流程引进方式锁定播出权。比如，刘德华监制、上海腾讯企鹅和福斯传媒联合出品的《东方华尔街》，CCTV、爱奇艺、TVB 等的《再创世纪》，优酷、邵氏兄弟等的《飞虎之潜行极战》，芒果 TV、中天电视等的《那刻的怦然心动》。

五、制作水平专业化升级，创新探索迈出新步伐

随着影视机构和专业制作力量纷纷进场，网络剧脱离了“网络自制剧”的原轨，并在制作水平上由原来的跟跑传统影视剧转而为并跑乃至领跑。像 2019 年的《长安十二时辰》《陈情令》《庆余年》《全职高手》等作品，其之所以深受欢迎，与其大投资、新技术使用、考究的服装化妆道具等紧密相关。另外，就创新探索来说，像《鼠胆英雄》《加油吧，思思》等竖屏剧的出现，尽管有应对短视频“入侵”、用少投入的数量换收视增量的考虑，但其创新价值和产业发展带动意义值得充分肯定，特别是，就《他的微笑》《明星大侦探之头号嫌疑人》等互动剧来说，尽管其当前仍处于探索阶段，但因吻合互联网时代互动体验的交往理性和文化逻辑，且有对接外国网络文艺发展潮流的多样潜能，而具有深刻的美学意义和广阔的发展前景。

第三节　网络剧的审美观照与发展述评

基于互联网时代的特殊语境，网络剧在发展进程中深受技术、艺术、产业等

多方面因素的影响。近年来，网络剧经历了井喷式发展，但在政策、资本、竞争等因素的深刻作用下，网络剧创作生产逐渐回归理性、回归常态。比如，在政策方面，主管部门接连出台相关法规、意见，以调整影视行业存在的乱象；在资本方面，影视行业整体面临“寒冬”，行业间并购减少，上市步伐放缓，产业规模缩水；在竞争方面，短视频应用迅速崛起，碎片化的娱乐方式挤压网民的观剧时间，网络剧的制作、营销和传播方式面临新的挑战。总的说来，不管是外部规范、挑战的力量，还是内部自我升华的愿望，都逐渐驱使网络剧创作生产进一步向“内容为王”倾斜，同时，也带动了网络剧创作生产的繁荣发展。

一、价值导向意识日益自觉，“质量”成为创作生产的生命线

2018 年，习近平总书记在全国宣传思想工作会议上强调：做好新形势下宣传思想工作，必须增强“四个意识”、坚定“四个自信”，自觉承担起举旗帜、聚民心、育新人、兴文化、展形象的使命任务。其中，特别提到要营造风清气正的网络空间，“必须科学认识网络传播规律，提高用网治网水平，使互联网这个最大变量变成事业发展的最大增量”；要“引导广大文化文艺工作者深入生活、扎根人民，把提高质量作为文艺作品的生命线”，“推出更多健康优质的网络文艺作品”。

在 2018 年全国电视剧创作规划会议上，聂辰席强调，要深入学习贯彻习近平新时代中国特色社会主义思想，特别是习近平总书记关于文艺工作的重要思想，坚定不移走中国特色电视剧发展道路；要牢牢把握高质量发展这个根本要求，推动中国电视剧在新时代焕发新气象、实现新作为。择要说来，一是要坚持以人民为中心的创作导向，不断适应人民群众美好生活新需要，以经得住群众评价和时代检验的精品力作，打造永不落幕的中国剧场；二是要坚持不断深化改革的思想，优化产业结构，淘汰冗余产能，实现由数量型增长向质量型发展的根本转变，确立电视剧在文化产业格局中的特殊重要地位；三是要坚持创新发展理念，以互联网思维和融合发展观念，再造电视剧制作、宣发、购销、播出体系和流程，实现

优秀作品传播最大化、效益最大化；四是要把忧患意识和防范风险意识一以贯之，杜绝浮躁之风侵蚀电视剧的健康肌体，保证电视剧在社会主义文化繁荣兴盛中始终引领潮流、大有作为；五是坚持国际视野，坚守中华文化立场，讲好中国故事，展现真实、立体、全面的中国，推动中国电视剧更多更快地走出去。其中，还特别提到，要加快完善法规制度，为全行业提供平等的机会、创造广阔的空间，网上、网下，都一视同仁、一个标准、一把尺子，营造公平竞争的发展环境；要统筹电视剧、网络剧管理，不让质量差的作品进入市场。[1]无疑，电视剧如此，网络剧亦然。就网络剧发展来说，以上精神和要求既营造了一种文艺发展繁荣的文化语境，同时也使价值导向意识、“质量”生命线意识渗透到网络剧创作生产的各个环节与层面。

二、生产与传播秩序进一步规范，同一标准、同一尺度促进繁荣发展

近年来，随着资本投入的迅猛增长、影视娱乐业的火爆繁盛、网络剧的井喷式发展，各种负面乱象亦沉渣泛起，致使网络剧创作生产面临快速发展与野蛮生长同时存在的窘境。相关政策、通知、意见陆续出台，比如，2018 年 3 月，国家广电总局发布《关于进一步规范网络视听节目传播秩序的通知》，坚决禁止非法抓取、剪拼改编视听节目；加强网上片花、预告片等视听节目管理；2018 年 6 月，中央宣传部、文化和旅游部、国家税务总局、国家广电总局、国家电影局等联合印发通知，要求加强对影视行业天价片酬、“阴阳合同”、偷逃税等问题的治理，控制不合理片酬，推进依法纳税，促进影视业健康发展；2018 年 10 月，国家广电总局发布《关于进一步加强广播电视和网络视听文艺节目管理的通知》，针对一些文艺节目出现的影视明星过多、追星炒星、泛娱乐化、高价片酬、收视率（点击率）造假等问题，通知要求，要牢牢把握正确的政治方向，强化价值引领；坚持

[1] 聂辰席.加快新时代电视剧高质量发展打造永不落幕的中国剧场［J］.中国广播电视学刊，2018（4）：4-11.

以人民为中心的创作导向，坚决遏制追星炒星、泛娱乐化等不良倾向；鼓励以优质内容取胜，不断创新节目形式，严格控制嘉宾片酬；加大电视剧、网络剧（含网络电影）治理力度，促进行业良性发展；坚持同一标准、同一尺度，维护广播电视与网络视听节目的健康有序发展；加强收视率（点击率）调查数据使用管理，坚决打击收视率（点击率）造假行为；广播电视播出机构、节目制作机构、网络视听节目服务机构、发行公司不得恶性竞争、哄抬价格购买播出电视剧网络剧（含网络电影），不得以明星为唯一议价标准。通知还强调，各广播电视播出机构、网络视听节目服务机构要建立节目综合评价体系，正确开展节目综合评价，正确看待、合理运用收视率（点击率）数据，坚决反对唯收视率（点击率）倾向。可以说，这一系列政策的出台，有力、有效地规范、促进了包括网络剧在内的影视艺术创作生产健康、可持续发展。

三、"调整""升级"增强审美品质，融合创新迈出新步伐

在多种审美话语和矢量合力共同形成的语境中，网络剧创作生产的总体状况可以概括为"调整"与"升级"两个关键词。

首先，在"调整"方面，一是各制作机构更加注重细化市场，网络剧题材类型更加丰富；二是各大视频网站优化网络剧分账模式，为"精品化"发展铺路。特别是，各大视频网站一改之前的资金运作方式，开始有意识地优化分账模式，鼓励优质内容的入驻。比如，优酷、爱奇艺、腾讯三大视频网站都摆脱了"唯点击率"或"买断"的旧规，其分账模式设计更加公开、细化和多元，制作方的收入与视频流量、网络剧热度、制作成本、制作水平等多种元素相关。在优质内容的争夺中，这种作为既给优秀制作公司带来了利好，也为其提供了更多的保障与选择。其次，在"升级"方面，最突出的一点是网络剧制作水平和质量水准的升级，艺术与美学成了制作机构重点考虑的因素。比如，更多拥有丰富影视剧拍摄经验的知名导演参与网络剧制作，像陈正道执导的《结爱·千岁大人的初恋》、徐静蕾监制的《同学两亿岁》、尔冬升导演的《我是路人甲》、黄渤导演的《好

戏一出》等。显然，大批影视剧导演的介入直接带来了作品水平的提升。再比如，随着理性投资意识增强而投机资本减少，“IP+ 流量明星”的简易模式逐渐失去昔日的“威力”，不再是屡试不爽的“杀手锏”，比如，由鹿晗 / 关晓彤主演的《甜蜜暴击》、杨幂 / 阮经天主演的《扶摇》、杨洋 / 张天爱主演的《武动乾坤》等作品无论是口碑还是收视率，都差强人意。相反，像《你好，旧时光》《蔚蓝 50 米》等新人主演的作品虽无“大咖”加持，但因具有制作精良、剧情紧凑等鲜明艺术特点，赢得了观众的欢迎与好评。

除了传统影视剧制作力量的参与、介入直接提升艺术水平外，网络剧创作生产还在融合创新上显露出明显的自觉意识。首先，传统影视剧制作标准与网络剧审美特性的融合发展拉高了艺术创作生产的档次和品位。比如，作为电视剧《大军师司马懿之军师联盟》的续作，《虎啸龙吟》在主题上突破了传统意义上的三国故事并有诸多创新性演绎，其焦点聚于身处动荡年代、卷入之中的中年司马懿，但重点与《军师联盟》侧重感情戏不同，而是加入了大量战争戏，同时，突出了龙虎隔空的“神交”和司马懿、诸葛亮之间亦敌亦友的关系，特别是，在表演上，作品采用“小戏精 + 老戏骨”的搭配方式，演员们对剧中人物把握精准，成功塑造了曹睿、司马懿、诸葛亮等角色；在制作上，作品延续了《大军师司马懿之军师联盟》的品格，从场景设计、画面的视觉呈现到特效、服装道具的制作，都给人以艺术的美感。与之相似，《延禧攻略》也非常注重简洁典雅的画面美学，同时，考究的服装、道具、妆容等既在一定程度上还原了历史，也增加了作品的文化含量。

其次，网络剧创作生产强化了“传统—现代”的审美张力。这突出体现在古装网络剧创作生产中融入了诸多的现代元素，其效果是增加了“网感”，受到了年轻观众的欢迎。比如，作为 2018 年的超级剧集，《延禧攻略》讲述了少女魏璎珞为寻求姐姐死亡真相入宫，并最终凭借勇往直前的斗志、机敏灵活的头脑而克服重重困难为姐报仇的故事。在选材上，作品准确把握了女性观众的心理，塑造出魏璎珞这样一位具有强烈自我意识的女主；在叙事上，作品以宫斗为看点，情节花样翻新，但加入了不少现代职场元素，进而演绎了一出古装版的“逆袭”故事，并以其“爽”感剧情带动了该剧收视热度的持续走高。当然，作为近年来网络剧创作生产的显著现象，古装剧＋现代元素的创新发展有其合理的因素，比如，如果剧情需要，加些现代词语不仅显得通俗易通，还能增加趣味性，同时，可以增强“网感”、突出个性，有利于吸引年轻观众，但在对真实历史人物、事件的再演绎中，不能片面追求“脑洞大开”的“新、奇、特”效果而偏离历史记载、学界共识和社会普遍认知，不能在天马行空的想象和有意追求所谓“网感”的过程中降低作品的思想性和艺术性。这意味着，在古装网络剧中加入现代元素要有度，以免为了增加喜剧效果而显得过于浮躁，或为了增强“网感”而罔顾历史真实并对观众造成误导。

再次，随着手机用户逐步增多，适合流媒体观看的剧目成为主流，“短剧集”成了网络剧制作方的新宠。所谓“短剧集”，一般是指集数在30集以内、每集时长不超过40分钟的网络剧。和传统电视剧相比，“集数”通常意味着广告收入和收视保障。但对视频网站来说，用户付费模式变得越来越重要。这意味着，网络剧并不是越长越好，而是要求有高的品质。于是，爱奇艺推出了“海豚计划”，这个计划类似奈飞（Netflix）的盈利模式，其核心是只要成为付费会员，就可以观看大量剧集短、质量高且一次性推出的网络剧。实践表明，这种“高质量”的付费收看模式有显著的吸引力。在豆瓣评价7分以上的剧目中，我们可以看到不少优秀的短剧集，比如，吴镇宇/张孝全主演的《东方华尔街》只有5集，全剧完全采用电影手法，两位演技派演员在中国香港股市中剑拔弩张，明争暗斗，令人热血沸腾；《远大前程·双龙会》共6集，剧中涉及大量人物和动作戏，但演员表现出色，创作者处理得连贯有序；《不过是分手》共8集，一集只有3分钟，但在豆瓣上获得7.9分。还有，为适应碎片化的观看习惯，爱奇艺甚至推出了竖屏网络剧《生活对我下手了》《导演对我下手了》等。竖屏网络剧的特点是短、平、快，适合流媒体播放，也适应年轻人的观看习惯方式。进一步说来，可以预见，叙事节奏明快、叙事目的清晰、人物丰满的故事将更能获得年轻观众的喜欢。

其实，从“观众”的角度观察，我们可以更实绩、更清晰地看到以“艺术”和“审美”为核心的品质、创新等之于网络剧创作生产的重要意义。据国家广电总局监管中心“2018年网络剧发展状况问卷调查”[1]，关于“您认为打造既叫好又叫座的网络剧最有效的方法是哪些”，应有的要素依次是“耐心打磨好剧本，讲好故事”“内容有创新，符合观众喜好”“提升演员的演技”“题材出新、出奇”“增加制作成本，提高制作水平”“符合政策鼓励的方向”“借导演、演员的知名度”等（见图2-1）。

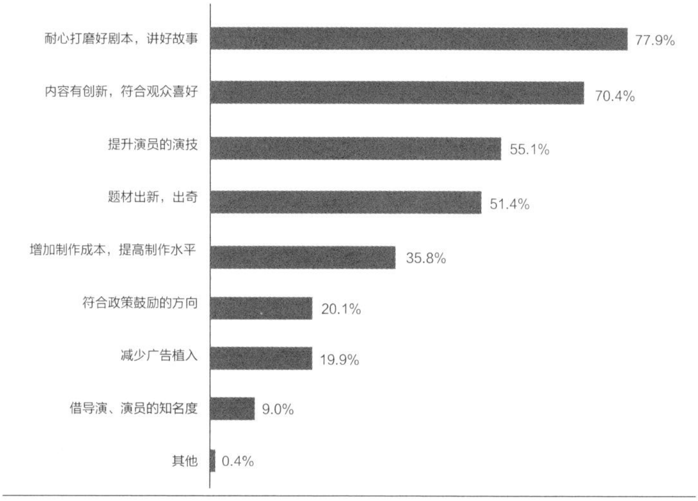

图2-1 网民对网络剧的评价·优质剧的应有要素

数据来源：国家广播电视总局监管中心“2018年网络发展状况问题调查”。

另一方面，“您觉得当前网络剧存在哪些方面的问题”，包括“制作水准不够专业”“缺乏精神高度、思想深度”“原创力不足，同质化严重”“剧情结构不完整，叙事逻辑混乱”“演员演技不够好”“题材类型相对集中”“内容不够贴近生活”“仍然以低俗、血腥等现象为卖点”等（见图2-2）。

---

[1] 国家广播电视总局监管中心.2018年网络原创节目发展分析报告（网络剧篇）[EB/OL].（2019-01-11）[2019-10-10].http：//www.sohu.com/a/288432756_152615.

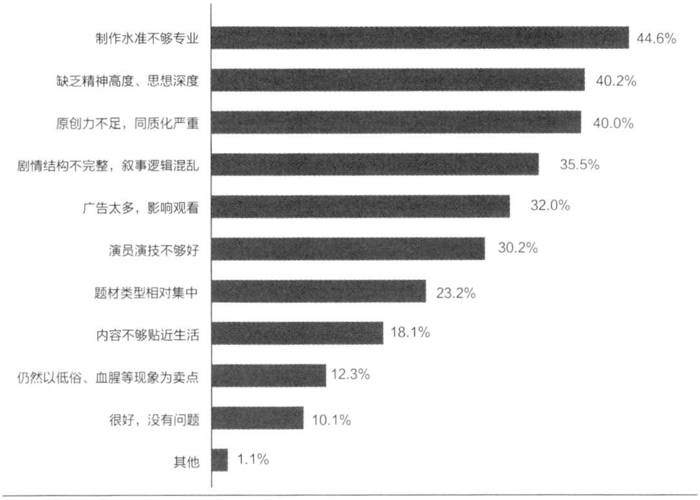

图 2-2 网民对网络剧的评价·存在的问题

数据来源：国家广播电视总局监管中心“2018年网络发展状况问题调查”。

由此可见，在网络剧收视方面，观众对内容的评价更趋于理性。尽管经过了多年的快速发展和成长，但网络剧的制作水平仍有待进一步提高。特别是，对于一部优质剧来说，好的剧本、故事和内容创新最重要，而制作水准不够专业、缺乏精神高度和思想深度、原创力不足、剧情结构不完整和叙事逻辑混乱等，是目前网络剧需要正视和积极应对的最突出问题。

四、“上星”“出海”成常态，优质作品走向更大舞台

从传播的维度来看，近年来，网络剧的传播方式花样创新，引人注目的有两种趋向。第一，各大视频平台的传播机制与时俱进，并进一步展开与电视的竞争。具体说来，包括独播、季播与日播、周播几种形式，其中，在优酷、爱奇艺、腾讯独播上线的网络剧中独播剧占比超 90%，以期打造垂直品牌、增强竞争力，比如，爱奇艺的“爱青春剧场”“奇悬疑剧场”，腾讯视频《如懿传》的全网独播；季播模式对网络剧的内容提出了更高要求，亦可形成良性循环，有利

于打造品牌，提升质量；在剧集更新上，优酷、爱奇艺、腾讯呈现出差异化。每周更新 1 ~ 2 集的播出节奏居多；优酷以日播为主，爱奇艺以周播为主，腾讯则日播、周播各占一半。此外，基于生产能力的提高、产品的丰富，以及受众定位进一步清晰化，各大视频平台还逐渐主动采取“出圈”的传播新策略，即，先抓住某个圈层的核心用户，再突破圈层，依靠口碑传播获得大众共鸣，成为头部爆款，进而占据大部分流量与关注度，比如，《延禧攻略》《如懿传》等就是典型代表。第二，在多方力量的共同作用下，网络剧传播已进入“多屏时代”，即，各视频平台打出组合拳，使手机屏、iPad 屏、电脑屏、电视机屏等方式“跨屏化”观看网络剧成了现实，同时，也为受众提供了更加多样的选择。比如，各大视频平台实行会员制，VIP 可以抢先观看；为满足受众的多样化需要，推出节省时间的 1.5 倍、2 倍速等观看选项；甚至，为填满网民的碎片化时间，视频平台推出了几分钟的槽点集合、剧集高潮剪辑版、混剪版等。

随着内容品质、观众认可度和市场认知度的提高，以及传播机制、传播方式的变化，网络剧进一步走出视频网站，走向更多元传播的渠道。相比而言，之前的“先台后网”局面已经不复存在，取而代之的多是“台网联动”或“先网后台”。前者是视频网站与电视台同步播出，电视台多以周播形式播出，而视频网站实行会员制，会员可以抢先观看，这类网络剧一般由视频平台参与投资拍摄，比如，腾讯的《扶摇》、爱奇艺的《琅琊榜 2》；后者为视频网站首先上线，间隔一段时间后才在电视台播出，这类网络剧目前占比更大，一般是视频平台自制剧或购买剧。从“先台后网”到“台网联动”“先网后台”的位移逆转了此前业内对电视渠道和网络渠道分众观看的认知，也反映了资本、风向、话语权等之间的复杂关系。当然，传播机制、传播方式变化的背后凸显的是优质剧的“上星”“出海”。比如，网络剧《最好的我们》以《遇见最好的我们》的剧名取得《电视剧发行许可证》，于 2018 年 4 月在浙江卫视周播剧场播出；《你好，旧时光》也取得了《电视剧发行许可证》，于 2018 年 7 月在深圳卫视黄金档播出。在网络剧的海外传播方面，继优酷的超级剧集《白夜追凶》被美国流媒体视频服务提供商 Netflix 买下在全球 190 多个国家和地区播出，《延禧攻略》等在中国香港、中国台湾地区，以及一些东南亚国家掀起了观赏热潮，既拓展了网络剧的传播范围，也进一步促进了优质网络剧的创作生产。

总的说来，经过近几年的快速发展，特别是，随着专业化制作公司和人才的继续入场、视频网站对头部内容的争夺和推崇、付费观看模式对网络剧产业链闭环的补足、广告营销灵活多样的创新，以及监管部门对网生内容的匡正与规范，网络剧已摆脱了早期简单、粗陋的面貌，以至头部内容的水准已达到甚至超过传统电视剧，乃至观众难以从品相上区分哪些是电视剧、哪些是网络剧。同时，可以预见的是，随着产业链继续延伸、IP 的全线开发在探索中前行、网络剧捧红艺人能力增强、超级剧集时代的来临，网络剧的创作生产将进一步向着更健康、有序的精品化与正规化方向发展，并且，网络剧也不再是电视剧的补充，而是网生内容产业的一个重要支柱。

第三章　网络综艺创作生产及发展述评

作为一种以娱乐性为主的综合性视听节目，综艺节目在电视时代就是备受人们欢迎的重要文艺形式。在互联网基础资源日益丰富、应用领域不断拓展、网民规模及普及率不断提高等大趋势下，网络综艺也在发展、变革中不断繁荣兴旺，成为网络文艺中生动活跃、发展前景良好的典型表现形态。

第一节　网络综艺概述

近年来，在多种因素的合力作用下，网络综艺飞速发展，其创作生产在内容上日益注重品位、格调，形式上积极探索，不仅深入挖掘网民精神需求，还重视叙事组织、语言风格，以及布景、音效等方面的创新突破，并形成了内容更丰富、题材更全面、形式更多元的发展格局。特别是，从产业发展的维度看，网络综艺作为在网络剧形成规模之后的又一个“新兴网生内容”，当前呈现出“题材广”“明星多”“广告吸引力强”“关注度大”“招商额高”“营销精准”等特点，其“精品化”生产愈发明显、发展前景日益广阔、社会影响进一步扩大，成为各大视频平台和专业制作机构争夺网络受众的重要阵地。

一、“网络综艺”的内涵与分类

（一）网络综艺的内涵

经过近年来丰富多样的实践和经验积累，网络综艺逐渐形成了自身的鲜明特性。就基本内涵来说，网络综艺是指由视频服务商、制作机构或个人制作，以网络平台为首播渠道、以网络观众为主要受众群体，综合运用各类视听表现手法、广泛融合多种艺术形式并对其进行二度创作的视听节目。其中，以网络平台为首播渠道、主要在视频网站等网络视听节目服务机构播出是网络综艺区别于电视综艺的显著标志。

当然，为尽量满足大众艺术审美和休闲娱乐需求，同时，视频网站及节目制作机构为进一步扩大节目影响力，还会制作播出多版本的节目和衍生节目，或者说，所用素材由特定主体在节目拍摄过程产生，或与主体节目情节设置有相通性的节目。从更大的范围说，这两类节目亦是网络综艺的题中之义。其中，前者是对原版节目的重新编排，比如，增加一些花絮、互动内容等；后者是指围绕节目本身，在原有素材上进行二次创作。

近年来，我国综艺节目数量整体呈上升趋势，而“网络”成为一个绝佳的突破口、移动端成为重要视频观看渠道，同时，与大众观看视频习惯的变化相表里、与满足大众碎片化时间的消费需求相适应，加之资本的大量涌入、优质内容生产者的参与，诸种物质基础和生产力因素的综合作用使得网络综艺创作生产迎来了爆发性的增长。

（二）网络综艺的分类

相比网络剧、网络电影等原创视听文艺类型，作为非剧情类作品，网络综艺的边界相对模糊。首先，从节目的内容和形式看，网络综艺是对多种文艺形式的融合和二度创作，近几年在政策引导与市场推动下，其内容不断扩展、形式不断创新，因而，常见混搭各种元素的节目；其次，从制作角度看，网络综艺创作主体多元，节目制作水准参差不齐，且缺乏明显层次。这既带来了网络综艺题材内容的丰富多样，但也给其分类带来了诸多的困难。比如，从观众的类型喜爱偏好来分，可以有搞笑、美食、音乐、旅游、时尚、情感、相声、才艺、健康、选秀、亲子、游戏、话题、婚恋交友、家装等，其中涵盖文化科技类、互动娱乐类、真人秀类、竞秀养成类、婚恋交友类、脱口秀类、谈话讨论类、生活服务类、娱乐报道类、单项艺术类、综艺晚会类等类型。如果按照简单、实用的原则，并结合当前创作生产的实际，择要说来，网络综艺大体可分为“真人秀型”“谈话型”“音乐型”“文化型”“晚会型”等，同时，其下还会有各自细分的子类（见表 3–1）。

表 3–1 网络综艺类型

序号	类型	代表性节目
1	真人秀型	《爱的时差》《月是故乡明》《放开我北鼻》《明星大侦探》等
2	谈话型	《奇葩说》《罗辑思维》《吐槽大会》《拜托了冰箱》等
3	音乐型	《中国有嘻哈》《明日之子》《偶滴歌神啊》等
4	互动娱乐型	《爱笑会议室》《机器人争霸》《这！就是铁甲》等
5	文化科技型	《博物奇妙夜》《了不起的匠人》《脑洞大开博物馆》等
6	晚会型	《虎年网络大过年》《首届央视网络春晚》《首届农民网络春晚》等

（1）“真人秀型”网络综艺。网络真人秀节目是目前网络综艺中占数量最大的节目类型。其中包括“生活体验真人秀”（比如，《爱的时差》《变形计之平行世界》《我们的侣行》《幸福三重奏》《月是故乡明》《妻子的浪漫旅行》《好汉两个伴》《奇遇人生》等）；“亲子互动真人秀”（比如，《超能幼稚园》《放开我北鼻》《萌仔萌萌宅》等）；“游戏生存真人秀”（比如，《火星研究院》《了不起的兽人族》《明星大侦探》等）；“互动交流真人秀”（比如，《送一百位女孩回家》等）。

（2）“谈话型”网络综艺。其中，“主题辩论类”的有 2014 年爱奇艺开播的第一档网络辩论类谈话节目《奇葩说》和之后的《黑白星球》《娘娘说》《言值大作战》等；“知识分享类”比较典型的有 2012 年开播的《晓说》《罗辑思维》《一千零一夜》《听说》《局部》等；“话题谈论类”包括娱乐性较强的《暴走法条君》《火星情报局》等和娱乐性较弱的《秦朔朋友圈》《大头圆桌会》《圆桌派》等；“吐槽评论类”的有《暴走大事件》《笑工坊》《吐槽大会》《唐唐说电影》等；“人物访谈类”的有《拜托了冰箱》《大牌驾到》《拜托了衣橱》《姐姐好饿》《无与伦比的发布会》等。

（3）“音乐型”网络综艺。此类网络综艺的发展要稍慢于网络谈话节目，起始于 2012 年优酷出品的《我是传奇》，随后的代表性节目有风行一时的《中国有嘻哈》《明日之子》《偶滴歌神啊》等。

（4）“互动娱乐型”网络综艺。此类节目多以其轻松有趣的特性吸引观众的目光，比如，《爱笑会议室》《超凡小达人》《火星世界杯》《机器人争霸》《就匠变新家》《这！就是铁甲》《周六夜现场》等。

（5）“文化科技型”网络综艺。近年来，受相关政策导向和调控（2017 年 1 月，中共中央办公厅、国务院办公厅印发《关于实施中华优秀传统文化传承发展工程的意见》；2017 年 7 月，国家广播电视总局印发《关于把电视上星综合频道办成讲导向、有文化的传播平台的通知》），此类网络综艺节目蓬勃发展。比如，《百心百匠》《博物奇妙夜》《读书人》《了不起的匠人》《纳兰夜话》《脑洞大开博物馆》《锵锵行天下》《一本好书》等。

（6）“晚会型”网络综艺。综艺晚会是与网络结缘最早的节目类型。比如，网易推出了“2002 年虚拟春节联欢晚会”。2006 年，由新浪网、大河网、中国网、中国网库共同主办的《2006 全球华人春节网络联欢》第一次以“网络”与“晚会”的形式正式亮相。2010 年春节期间，出现了《风景这边独好 · 虎年网络大过年》《首届新浪网 · 北京电视台网络互动春节联欢晚会》，从初一到初七连续 7 天直播，为观众献上了“史上最长直播的春晚”。此外，还有 2011 年的首届央视网络春晚、2012 年 CCTV7 的《首届农民网络春晚》，以及全国各地的网络元宵晚会、网络中秋晚会、网络元旦晚会、网络动漫春晚等，网络晚会体现了新兴媒体与传统媒体融合发展的新趋向。

二、网络综艺的发展历程

早期网络综艺节目多为小成本、粗制作，有些甚至是电视综艺的缩略版，无法成为有独立属性的节目。直到 2007 年，搜狐视频的《大鹏嘚吧嘚》上线并以其真实、有趣、接地气的特点让人耳目一新，成为网络综艺第一个有影响力的节目。此后，在与电视综艺的竞合过程中，随着网络视频用户规模的增长，平台付费模式日渐成熟，同时，传统电视综艺的网络播出成本攀升，而网络综艺的广告价值走高、商业转化率增强，加之政策调控的助推，网络综艺逐渐走出了一条兴起、繁盛之路。概括说来，其发展历程可简要地分为以下三个阶段。

（一）萌芽生长期（2002—2010 年）

这一阶段有几个标志性的节目出现并推动着网络综艺的发生、发展，一是网易旗下的文化、娱乐、女性三个频道下属社区联合推出了“2002 年虚拟春节联欢晚会”，这台“晚会”巧妙运用了生动的网络文字、Flash 动画、声音和图画等形式，较 CCTV 的晚会模式和语言等均有不同，属网络综艺晚会的萌芽；二是 2006 年《全球华人春节网络联欢晚会》真正发挥网络的特点，开辟了与电视截然不同的互动模式，将娱乐的空间从舞台扩展到 PC，突破了电视媒体的瓶颈；三是搜狐视频 2007 年推出《大鹏嘚啵嘚》，该节目开始固定时间、固定形式进行制作、播出，标志着网络自制综艺的开始；四是中国网络电视台 2010 年开播的《明星来了》可以说是早期比较专业的网络自制综艺。总的说来，这一阶段的网络综艺是伴随着互联网技术和新媒体的进步而发展起来的。其中，一方面，一些门户网站开始布局视频网站建设，出现了一些网络自制综艺，同时，一些传统主流媒体开始自身网络电视台建设，可视为台网融合的肇始；另一方面，此时的网络综艺制作成本较为低廉、节目类型单一同质、节目数量不多，且有的节目以搞笑为宗旨，有的节目更靠大尺度吸引眼球，意义不大、生命力不长，因此，网络综艺的数量和质量都与电视综艺相去甚远。

（二）探索突破期（2011—2014 年）

这一时期有两个突出特点。首先是资本开始关注，一些网络综艺开始加大制作投入。从 2011 年开始，资本市场开始逐步关注视频网站的建设，2011—2014 年视频网站经历了逐步完善的过程，其中有几个事件标志着视频网站的格局形成：2012 年 8 月 20 日，优酷土豆集团公司正式成立；2013 年 5 月 7 日，百度宣布 3.7 亿美元收购 PPS 视频业务，并将 PPS 视频业务与爱奇艺合并，PPS 将作为爱奇艺的子品牌继续保留；2013 年 10 月 28 日，苏宁宣布向 PPTV 投资 2.5 亿美元，占 PPTV 股份的 44%，成为第一大股东。

其次是节目类型以语言类为主，虽然较为单一，但为新起点。2011 年 7 月，《爱 GO 了没》在当时的奇艺网上线，该节目由台湾地区金牌综艺制作团金星娱乐联袂打造，由陈汉典主持，开启了网络综艺的突破期；2012 年 3 月，高晓松主持的网络脱口秀节目《晓说》，打造视频化的“高晓松专栏文章”；2012 年 6 月，郭德纲联手爱奇艺打造一档国内网络媒体自制高端评论栏目，利用综艺节目的内在规律，高度整合时事热点及新闻排行榜的有效资源，实现评论话题的可看性与可延展性。这三档节目均以谈话类、脱口秀为主，相较电视综艺仍有较大差距，但网络综艺已处于蓄势待发的状态，也为一些新鲜的、高质量节目的出现指出了新的方向。实际上，这一趋势和方向在 2014 年《奇葩说》成功后得以全面爆发。

（三）高速发展期（2014 年至今）

2014 年被称为网络综艺的自制“元年”，“爆款首次面世 + 数量翻番”是其显著标签。其中，各大视频网站，尤其是占主导地位的几家巨头纷纷制订自制内容计划，且有 100 多档网络综艺节目上线，制作水平和节目数量也大大提高。比如，马东制作并主持的爆款网络综艺《奇葩说》横空出世，播放量和口碑大获全胜，产生了前所未有的影响，颠覆了一直以来观众对于网络综艺的固有观念。

2015 年，网络综艺热度继续，内容也愈发优质，《歌手是谁》《好笑头条君》《你正常吗》《隐秘而伟大》等火爆网络综艺引发全行业对网络综艺的高度关注。2016年以来，网络综艺数量和质量集中爆发，节目主题和形式也更加多元化，再加上一批传统电视人纷纷走出体制，成立制作公司，进军网络综艺，致使众多节目在投资成本、制作水准、节目阵容、节目形式等方面已可与传统电视综艺相媲美。至此，网络综艺已成为相对成熟的网生内容类型，网络综艺的黄金时代也终究来到。其中，比较有代表性的网络综艺有《中国有嘻哈》《火星情报局》《爸爸去哪儿》《暴走法条君》《饭局的诱惑》《好笑头条君》《拜拜啦肉肉》《偶像就该酱婶》《了不起的匠人》《明星大侦探》《偶滴歌神啊》《美食台》《圆桌派》等。

总体说来，在视频网站的大力推动下，近年来网络综艺实现了高速发展，不仅节目数量、全网播放量均有提升，创作生产整体上升态势明显，而且，网络综艺与电视综艺在质量、水平等方面的差距在不断缩小，这与之前电视综艺绝对的垄断形势和格局有了很大的区别。

三、网络综艺的审美特征

集娱乐性、艺术性、思想性于一体的综艺节目向来就是备受广大观众喜爱的文艺品类。比如，从20世纪的《正大综艺》《综艺大观》《快乐大本营》等，到21世纪的《超级女声》《快乐男声》《非诚勿扰》《中国新歌声》等，其节目类型丰富多彩、所涉及的题材也多种多样。随着网络综艺的兴起、成熟，其吸引力、关注度依然不减，但相较传统的电视综艺，它已逐渐形成了自己的鲜明特性。比如，创作灵活性强、原创度高、更新速度快；内容多元、形态多样、风格自由；受众的年轻化、高频即时的互动性强；广告营销方式多种多样等。概括说来，其在主体、创作和接受等方面有如下典型特征。

（一）网络综艺的主体特征

在发生、发展的历史进程中，网络综艺节目的创作生产主体及其格局、合作模式等经历了一系列的变化，经过近年来的快速发展和竞争、消长、合流、沉淀，目前已相对成型。其中，制作机构仍以视频网站和各专业机构为主力，具体包括视频网站独立制作、参与制作，以及专业制作机构制作出品。近年来，网络综艺节目制作机构日趋多样化，特别是，随着传统制作机构、专业制作人的陆续加入，以及直播平台、营销公司、平台内部制作团队的纷纷涌入，视频网站独立制作、参与制作的节目数量虽有所增长，但占比仍呈现大幅下降态势，而专业制作机构则占据了网络综艺制作的大部分市场。相应地，平台与制作方合作模式亦逐渐清晰化、成熟化。具体说来，一是联合投资，即，由网站与一家或多家合作方共同投资，出品制作节目；二是委托制作，即，由网站提供创意和资金，委托第三方制作；三是资源投入，即，由网站提供平台、人力等资源，与制作方共同拥有版权；四是平台分账，即，网站开放平台，制作公司通过与网站分账获益；五是版权采购，即，直接购买已制作完成节目的版权，尤其是采购多面向电视综艺版权。

就现实情形而言，不管是从历史发展、制作实力，还是播出平台、生产格局、合作模式等方面看，大型视频网站和平台依旧是网络综艺节目制作的特殊主体，其作为和动向具有重要的作用力和引领力，乃至形成了优酷、腾讯、爱奇艺、芒果 TV 四家主流视频网站各出奇招、发力相争、群雄逐鹿的局面。比如，优酷布局综艺矩阵、腾讯强化节目原创、爱奇艺主打青年路线、芒果 TV 借势乘风突进，同时，各大网站平台还通过深耕主流类型与垂直领域、注重新技术的创新突破、引进国外优秀模式、加强版权布局、强化营销价值等多方面的努力，促使网络综艺创作生产逐步走出前些年的野蛮生长模式，朝着精品化之路不断迈进。

（二）网络综艺的创作特征

在互联网文化语境中，或者说，在新的媒介生态、新的艺术生态中，面对“传统—现代”的张力结构，网络综艺创作生产的最大特点莫过于体现在“艺术思维”上。何谓“艺术思维”？广义地说，它是指以艺术创作生产为中心，涉及诸多要素和环节，并与一定时代、一定生产方式相适应，表达人们思想感情的思维结构与方式方法。无疑，基于互联网这一全新特质媒介的深刻作用和革命性影响，网络综艺创作生产的艺术思维发生了质的变化。

在一篇关于时下二、三线卫视收视率问题的观察文章中，作者谈及“电视”思维与“互联网”思维巨大的差别：“互联网思维是一种用户体验至上的思维；电视人却仍然停留在‘受众思维’。可问题是，谁还是单向的信息‘接受者’？！谁还是围在一起看电视的那群‘众’呢？！”如此一来，“英雄老去和美人迟暮总让人伤感，但没有办法改变事实”，以至于“电视台正在走向死亡”。[1]且不问该观察令人惊异的措辞是否真实反映了媒介的更新换代正在上演着“三十年河东、三十年河西”、风水轮流转的戏码，但有一点可以确定和肯定，那就是参与、分享、互动和个性化等是互联网媒体区别于电视媒体的显著特点，互联网时代的艺术思维，是一种可概括为以“网感”为表征、以“时尚体验”为内容、以“互动交流”为核心的表达方式。

尽管这种艺术思维和表达方式已渗透、贯串到几乎网络文艺诸种表现形态的创作生产之中，但就网络综艺来说，其情形更为突出和鲜明。比如，和传统的电视综艺相比，“网感”是网络综艺的显著特点之一。而“网感”基于“网生”，以及因技术创新而提供的更多的互动方式、人人可参与创作体验和直播态的即时感，换言之，基于网络传播特质而生产出来的节目在题材类型、受众体验、思维方式、网络语言等方面带有很强的时代生活烙印。简要说来，相比之下，电视节目大多是一个与观众没有太大关联的闭合圈，而网络综艺节目尽管也具有类似闭合圈的形式，但必须要有网友参与其中，甚至观众不太关注网络节目内容说了什么，而更关注其下的评论，因为评论有时比内容更精彩。这样一来，网络综艺的节目设计、话题选择等，往往是从私人话题出发并通过吸引人们关注而将其扩展为公共领域的公共话题。相应地，网络综艺节目的语言表达多带有网络文化的符号特征，精彩之处不乏私人化表达的犀利、有趣和深刻。比如，《奇葩说》《吐槽大会》《拜托了冰箱》等节目往往形式简单，但所讨论的话题涉及青年亚文化的

---

[1] 罗伯特．居然有80%的二三线卫视“零收视”！电视台正在走向死亡［EB/OL］.（2017-11-02）［2019-10-10］.http：//news.ifeng.com/a/20171104/52945888_0.shtml.

诸多方面，更重要的是，节目内容接地气、节目品质蕴含着现实生活的深刻经验，因而受到青年群体的广泛喜爱。在某种意义上，网络综艺之所以被众多年轻人喜爱乃至追捧，也正是“网感”所带来的新的收看体验。就发展而言，如果将“网感”和互联网艺术思维视为一种独特的“优势”，那么，它不仅使网络综艺显现出与电视综艺不同的新变化、新特征，还使其获得了超越以往的强大动力和发展的广阔空间。

（三）网络综艺的接受特征

调查数据表明，网络综艺用户的主体是年轻人群，因此，充分把握和满足年轻人的收视心理和需求，在某种意义上是网络综艺节目迈向成功的第一步。从众多节目中我们可以看到，网络综艺形态多样、内容多元、创作灵活性强，在主题创意、表现形式、包装形式等方面自由度更高，比如，不少成功的节目中嘉宾表现夸张无拘束、大量网络语言被广泛使用、互动话题大胆张扬、后期包装远高于电视综艺。这些特点是网络综艺区别于电视综艺的直接表现，但在其背后有着审美接受的“年轻化”和“互动化”的必然逻辑。

就“年轻化”特征而言，它首先表现为参与主体的年轻化。在网络综艺节目的创作生产中，其参与主体包括选手 / 表演嘉宾、评委、现场 / 收看观众等。其中，基于年轻受众群体的倾向性，所谓的“年轻化”，与其说是一种年龄的选择，还不如说是一种现实的需要和策略的设定。其次是节目语言青春化，即，大多数网络综艺在语言风格上吻合互联网的特质，不仅多运用网络流行语，也十分直白、追求真实。比如，在节目名称上，相比电视综艺中规中矩的风格（比如，《中国新歌声》《歌手》《中国之星》《最美和声》等），网络音乐综艺在节目名称的选定上便体现了其节目年轻潮流的风格，比如，爱奇艺的《偶滴歌神啊》《中国有嘻哈》、腾讯的《作战吧偶像》《明日之子》等。

进一步说来，网络综艺在审美接受层面的“年轻化”和其主题理念、题材选择的“年轻化”存在着相辅相成、相得益彰的紧密关系。具体说来，在主题设置及节目理念等方面，网络综艺强化个性化、追求自我等倾向，从而促进节目整体风格的年轻化，比如，《偶滴歌神啊》一改传统音乐节目的严肃、专业，打出“非大型、不靠谱、伪音乐”的口号，并自称为解压节目;《明日之子》作为一档音乐偶像养成节目，尽管以音乐作为核心评判标准，却也划分“美颜”“实力”“才华”三大赛道去强化选手的个性特征，并以“就这样唱”为节目口号，十分符合现代年轻人追求自我、突出个性的性格特征。在题材选择方面，相比电视综艺更多地迎合整体大众的喜好，网络综艺却更多地关注“小众”，更偏向于年轻人喜爱的题材，而且，近年来这一倾向愈发明显。比如，网络音乐综艺中多的是电音、嘻哈、古风歌等，而少见民歌、美声之类的音乐题材，像《2016 超级女声》，冠军“圈 9”本身就是我国二次元文化圈中的代表人物，她在比赛中多次演唱经典日文二次元曲目，而其他多位选手也是选择演唱 K-POP 风格、电子音乐风格的曲目；像《中国有嘻哈》，则以嘻哈音乐为单一类型，并期待依此从“小众”走向“大众”。

就“互动化”特征来说，在互联网的开放、平等、互动，以及用户多为青年等特性的制约和影响下，网络综艺审美接受层面的“年轻化”和“互动化”常常是一体两面的。比如，在播放模式的“年轻化”和“互动化”方面，网络综艺节目往往不受播放时长和播出时间限制，因此具有实时性、互动性、体验性的直播模式成为其创新发展的最佳选择。直播模式十分符合青年群众的观看体验需求，在直播观看中，观众可以有更大的互动空间，且实时播出的“天涯共此时”感可以使观众更能感受到节目的真实性。特别是，随着技术升级和节目制作的进一步专业化，“直播”越来越受到广大网友的欢迎。比如，腾讯视频的《明日之子》，这档节目共 15 期，除了前 3 期三大赛道的初选是录播外，之后的 12 期比赛均为每周直播，平均时长为 3 小时。这档节目以直播的模式播出，不仅使节目获得了诸多关注、话题焦点，也强化了观众的体验感及节目的真实性。其间，由于“深度互联网化”是网络综艺的典型标签，因此，除了整体节目风格“年轻化”之外，网络综艺的高度“互动化”势在必然，乃至高频即时的互动是网络综艺必备元素。比如，即时的“弹幕”互动，在某种程度上，互动数量是否庞大往往直接成为衡量一档网络综艺是否成功的要素之一，或者说，在播出期间没有互动现象的网络综艺节目是不成功的。

总的说来，在新的媒介生态和艺术生态中，基于丰富的创作实践和实绩，网络综艺逐渐形成了有别于电视综艺的鲜明特性。但近年来，网络综艺与电视综艺互鉴、互惠、互动的趋向进一步增强。一方面，部分卫视综艺转网既在客观上促进了网络综艺的专业化发展，也推进了两者的模式互鉴、内容交织，比如，网络综艺广泛借鉴电视综艺成熟的类型题材与内容设置，像“达人秀”“歌唱才艺竞秀”等节目模式就受到观众的广泛欢迎；另一方面，网络综艺题材涉猎广泛、主题新鲜活泼、后期特色鲜明等特点也被运用到了电视综艺之中，比如，网络综艺的《明星大侦探》和电视综艺的《我是大侦探》等。不必赘述，电视综艺与网络综艺的相互借鉴与影响是媒体融合由内容层面走向深入的一个范例，同时，也对综艺行业整体的发展形成了有益促进。

第二节　近年来网络综艺创作生产状况与特点

据国家广播电视总局监管中心发布的《网络原创节目发展分析报告（网络综艺篇）》，2018 年度，在爱奇艺、腾讯网、优酷网、芒果 TV 等 21 家网站上线播出的网络综艺节目共 385 档、10912 期，总时长约 237400 分钟。在豆瓣评分排名前十的是《一本好书》（9.3）、《奇遇人生》（9.2）、《圆桌派 3》（9.2）、《锵锵行天下》（9.1）、《明星大侦探 3》（9.1）、《博物奇妙夜》（9.0）、《这！就是街舞》（8.6）、《晓说 2018》（8.5）、《这！就是铁甲》（8.1）、《放开我北鼻 3》（7.7）。[1]此外，影响较大的网络综艺节目还有《创造 101》《明日之子 2》《偶像练习生》《妈妈是超人 3》《热血街舞团》《勇敢的世界》《幸福三重奏》《中国新说唱》等。2019 年，上线网络综艺节目数量与 2018 年大体持平，且头部综艺大多仍以养成、音乐类节目为主。视频网站头部综艺节目表现突出，比如，优酷《以团之名》

[1] 国家广播电视总局监管中心 .2018 年网络原创节目发展分析报告（网络综艺篇）[EB/OL].（2019-01-11）[2019-10-10].http：//www.sohu.com/a/288432756_152615.

《这！就是街舞2》，腾讯视频《创造营2019》《明日之子3》，爱奇艺《青春有你》《中国新说唱2019》等。[1]总体说来，近年来，网络综艺整体格调积极健康，内容更丰富、题材更全面、形式更多元，精品化趋势日益明显，节目品质总体直追电视综艺，越来越受到观众喜爱的同时，社会影响也进一步扩大，并表现出以下六个方面的显著特点。

一、节目制作："质"和"量"进一步平衡，精品化意识日益自觉

经历了前几年的逐渐兴起到资本狂热追逐的粗放式量产阶段，加之监管机制和自律机制的不断完善，网络综艺制作进入一个相对冷静期，并逐渐向精品化生产转型。在数量激增的同时，节目整体格调积极健康，内容品质有了质的飞跃，低俗倾向得到扭转，同时，越来越多的节目更加注重品位、格调，并通过积极的探索，进一步提升网络综艺的内涵表达和精神高度。其显著表征有两个方面：一是大制作节目增多，超级网络综艺大量涌现。随着网络综艺发展的日渐成熟，也基于各平台对头部内容的角逐，网络综艺的大制作时代来临，甚至大体量、大制作、大明星已成标配，一些节目的制作成本达亿元级。比如，爱奇艺相继推出《偶像练习生》《热血街舞团》《中国新说唱》，腾讯视频推出了《创造101》《即刻电音》，优酷推出了《这！就是街舞》《这！就是对唱》《周六夜现场》，芒果TV推出了《妻子的浪漫旅行》《勇敢的世界》等一系列节目。

二是精品化趋势日益明显，社会影响进一步扩大。网络综艺特别是头部节目纷纷在主旨、题材、形式等方面下功夫，力求出新、出彩。像以上所列超级网络综艺都一定程度地产生了较高的社会影响力，甚至占据了一段时期的社会热点热词，有着较高的社会讨论度，形成了一批较大数量的追星族。对比网络综艺和电视综艺中的高分节目，网络综艺评分直追卫视综艺。这说明网络综艺在不断发展的过程中，越来越获得观众的喜爱。究其原因，一方面在于与资本

[1] 封亚南.2019年网络综艺行业调研报告：垂直出圈，构建综艺创新共同体［J］.电视指南，2020（1）：24.

聚集同步，资源的聚集效应也进一步凸显，更多拥有丰富制作经验和资源的传统电视人纷纷转身投入网络综艺的制作，为网络综艺蓬勃发展注入了强劲动力；另一方面，随着监管加强、政策收紧，一些打擦边球、博流量的节目受到了影响，而那些精品化制作，以内容取胜、以更IN玩法和更具网感表达的超级网络综艺成为双赢的重点。

二、内容为王：类型丰富、题材全面，内容细分加深、用户定位明确

相比而言，近年来，网络综艺节目内容更丰富、形式更多元、特色更鲜明，同时，随着类型化生产的不断丰富，网络综艺节目在内容、口碑等方面均有进一步的提升。

首先，节目类型分布广泛，涵盖真人秀类、谈话讨论类等12种主要类型；节目题材覆盖全面，涉及文化、科技、美食、才艺、婚恋等社会生活的诸多领域和方面。在2018年上线的385档节目中，真人秀类最多，谈话讨论类次之，竞秀养成类、互动娱乐类、文化科技类、“综N代”类等数量较多的节目分列其后。

具体说来，第一，真人秀类节目增长明显，涉及游戏生存、亲子互动、生活体验、互动交流等多种类型题材。比如，优酷的《爱的时差》《火星研究院》、爱奇艺的《超能幼稚园》《了不起的兽人族》《月是故乡明》、腾讯的《放开我北鼻3》《奇遇人生》《我们的侣行2》《幸福三重奏》、芒果TV的《变形计之平行世界》《萌仔萌萌宅》《明星大侦探3》、搜狐的《好汉两个伴》《送一百位女孩回家》《妻子的浪漫旅行》等。第二，谈话讨论类形式多样，比如，《火星情报局4》以“游戏娱乐+谈话讨论”的方式强化节目的娱乐性，《圆桌派3》以谈话讨论的方式深挖人文话题，《无与伦比的发布会3》则以人物访谈为主，挖掘嘉宾背后的故事。第三，竞秀养成类节目异军突起。竞秀养成类节目在前些年竞技、选秀的基础上，部分节目更加突出了“养成”概念。比如，腾讯的《潮音战纪》《创造101》《明日之子2》、爱奇艺的《偶像练习生》《热血街舞团》《中国新说唱》、优酷的《这！

就是歌唱·对唱季》《这！就是街舞》、芒果TV的《哥哥别闹啦》等。第四，互动娱乐类节目着重提升品质，趣味性、娱乐性增强。腾讯的《拜托了冰箱4》《就匠变新家2》《超凡小达人》、爱奇艺的《爱笑会议室2》、芒果TV的《火星世界杯》、优酷的《周六夜现场》等。此外，还出现了多档选材新颖的节目，比如，爱奇艺的《机器人争霸》、优酷的《这！就是铁甲》将科技元素融入节目中，展现机器人格斗场景，制作也较精良。第五，文化科技类节目持续发力，选材广泛、呈现方式翻新、文化内涵较深。比如，优酷的《百心百匠》《读书人2》《了不起的匠人3》《脑洞大开博物馆》、爱奇艺的《博物奇妙夜》《纳兰夜话》、腾讯的《锵锵行天下》《一本好书》等。第六，网络综艺"N代"节目持续获利，但亦须在创新中寻求突破。与电视综艺节目类似，网络综艺节目在第一季取得成功后也会在原基础上继续创作"第N季"，其好处在于既能将优质节目价值最大化，也能留住特定的观众群，特别是，系列化开发对视频平台降低自身投资风险、培养节目的品牌价值以及提升节目的变现能力有着重要的意义，因此，大型平台都形成了自身的品牌，比如，腾讯有《吐槽大会》《明日之子》《拜托了冰箱》等12档节目，优酷有《火星情报局》《圆桌派》《举杯呵呵喝》等8档节目，爱奇艺有《妈妈是超人》《奇葩说》《奇葩大会》等6档节目，芒果TV有《明星大侦探》《变形记》等3档节目。2018年，网络综艺"综N代"节目表现依旧亮眼，并因其针对特定观众群精准取材，能满足不同群体需求而取得了较高的观众接受度。比如，优酷的《了不起的匠人3》《圆桌派3》、腾讯的《明日之子2》《吐槽大会2》《我们的侣行2》、爱奇艺的《奇葩大会2》《奇葩说5》《无与伦比的发布会3》、芒果TV的《明星大侦探3》等。但是，随着节目数量增多、市场不断优化、观众素质提高、节目创新乏力等原因，一些"综N代"出现了关注度降低、影响力减弱等状况，因此，网络综艺"综N代"须在原有节目要素的基础上增加新创意，在节目模式、结构设置、内容把握上进一步优化发展，否则，网络综艺节目市场必然会逐渐将一些故步自封、创新乏力的节目淘汰。

其次，内容细分程度加深，用户定位更加明确。不必赘述，创作生产与审美接受之间是相辅相成的关系。从"用户"的角度来看，有些网络综艺节目之所以会成功并占有更多的市场份额，是与其满足用户的需求成正比的。比如，调查显示，对真人秀类节目来说，其重点是内容、规则引人入胜，明星、话题吸引眼球；竞秀养成类节目则是选手的才艺和自我实现的过程最打动观众；而谈话讨论、脱口秀类节目则在于话题本身和嘉宾及其观点是制胜的法宝。近年来，网络综艺市场进一步呈现出主题更加垂直细分、向多元化发展的特点，并且，依据精准定位受众的喜好来制作相关主题的节目成为一大趋势。依据用户节目选择的类型偏好，观众喜欢观看的网络综艺节目类型分别是亲子互动真人秀类、互动娱乐类、脱口秀类、歌唱才艺竞秀类、偶像养成类、文化科技类、生活体验真人秀类、综艺晚会类、游戏生存真人秀类、婚恋交友类、谈话讨论类、生活服务类、娱乐报道类、互动交流真人秀类、其他真人秀类、单项艺术类等。

三、创新发展：节目原创度高、更新速度快，头部内容、小众题材精彩纷呈

和电视综艺相比，网络综艺制作环境相对宽松，且受众年轻化特征明显，对新鲜内容的接受度和容纳度更高，因此，网络综艺原创度远高于传统电视节目。不仅如此，由于网络综艺投入成本相对较低，试错空间较传统电视综艺大，因此，网络综艺有更为充足的时间、空间进行节目创新。在这种情形下，随着各大视频网站为获得更多关注度而加快求变、创新的步伐，近年来网络综艺在诸多方面呈现出原创度高、更新速度快的鲜明特点。

其一，节目模式创新突出。据国家广电总局监管中心发布的《网络原创节目发展分析报告（网络综艺篇）》，在 2018 年度上线的 385 档节目中，引进境外节目模式的有 16 档，仅占全部节目的 4%，而且，部分节目在引进后还进行了本土化改造。尤其值得一提的是，在 2018 年戛纳秋季电视节上，福克斯传媒集团买下优酷原创综艺节目《这！就是灌篮》的模式版权，实现了视频网站出品综艺节目的首次模式出海。尽管也有个别节目被指涉嫌抄袭、照搬境外节目模式，且优质原创节目的发展依然前路漫长，但此一方面的新气象依然鼓舞人心。

其二，网络综艺节目更新速度快。基于互联网的特性并受益于互联网的传播，网络综艺的创新发展能力越来越备受关注。在传承前几年积累的经验和优势的基础上，网络综艺节目类型涵盖真人秀、互动娱乐、脱口秀等丰富多样的类型，题材内容丰富，覆盖文化、科技、美食、才艺、婚恋等社会生活的方方面面。特别是，基于制作水准、内容品质的提升，像《一本好书》《奇遇人生》《圆桌派 3》《锵锵行天下》《明星大侦探 3》《博物奇妙夜》《这！就是街舞》《晓说 2018》《这！就是铁甲》《放开我北鼻 3》等类型多样、豆瓣评分高的节目，既从一个侧面反映了网络综艺观众认可度的提升，又表明了网络综艺通过自我沉淀、不断创新节目内容和形式，获得了与传统电视综艺并驾齐驱的地位和影响力。

其三，以超级网络综艺所代表的头部节目引领作用强劲。其“强劲”背后的重要推力之一是其在主旨、题材、形式等方面下足了功夫，并实际上也取得了出新、出彩的效果。比如，有的节目通过文物、图书等文化载体带领观众探寻历史时空和精神世界；有的节目积极回应观众在衣食住行等方面对美好生活的期待；有的节目充分呈现特定艺术形式和竞技活动的魅力等。这些节目不仅深挖用户多方面的需求，更重视在内容要素、叙事组织、情感表达、语言风格，以及布景、音效等方面的创新突破，进而使得节目在青年网民文化生活中的话题引领能力不断提升，社会影响进一步扩大。

其四，实践表明，在网络综艺类型多样、题材丰富的百花园中，有新意的节目仍可脱颖而出。近年来，小选题节目因其鲜明、浓厚的互联网“特色”而备受关注，而小众题材制作尤为引人瞩目。比如，腾讯视频相继推出了以女团为题材的《创造 101》、以电音为题材的《即刻电音》，爱奇艺相继推出了以街舞为题材的《热血街舞团》、以男团为题材的《偶像练习生》、以说唱为题材的《中国新说唱》，优酷则推出了以街舞为题材的《这！就是街舞》、以机器人格斗为题材的《这！就是铁甲》等。这些“小”题材往往以青年人的兴趣为导向，并深挖、放大内容的特异性乃至“奇观化”，对观众有较强的吸引力，亦不失为网络综艺节目创作的一条新路径。像芒果 TV 的《勇敢的世界》，节目以大热的《绝地求生》等游戏为原型进行综艺化创作，由于游戏玩家数量大，加之明星加持，使得节目在实战性、纪实性的全方位展现中赢得了一批受众的欢迎和喜爱。

此外，多版本、衍生、先导预告等“周边”节目的走红亦是网络综艺形式创新的一大亮点，乃至已成为头部节目的新常态。这种“新常态”的形成是各大视频网站为扩大其超级网络综艺影响力的必然选择和结果。比如，《创造 101》通过加长节目内容、展现全部训练过程和导师 / 选手日常生活等方式，开发了《创造 101 悠享版》《创造 101 导师教师》《101 进阶练习室》《101 宿舍日记》《创造 101 评级连连看》等 5 档衍生节目。可以说，开发大量的衍生综艺既可以进行热度营造、拓展节目的影响力，又可以提高素材、资源的利用率；既可以延长节目的后续影响、增加用户付费，还可以满足不同观众群的需求，是一种多方共赢的创新之举。

四、网红卡司：著名主持人作用突出，知名嘉宾类型多样

作为一种非剧情类的网络文艺形态，网络综艺节目和网络剧、网络电影等的一个重要区别是，它一般需要主持人、嘉宾或节目参与人等基本元素。同时，对以娱乐性为主的、综合性视听的网络综艺节目来说，主持人、嘉宾或节目参与人等又是其增光添彩的要素。比如，作为传播主体，主持人在某种意义上是一档节目的核心力量。整体来看，在多种形态的网络综艺节目中，节目类型的多元化大体也带来了主持人的多元化，而来自不同领域、背景的主持人又以其鲜明的个性特点引导着节目的发展、吸引着观众的收看。概括说来，主持人主要有三类：一是来自电视平台的主持人，比如，何炅、汪涵、窦文涛、华少、小 S、孟非等，他们都是知名的主持人，且进军网络综艺前在电视行业具有良好表现；二是来自各个领域的专家、学者，比如，主持《一千零一夜》的梁文道、主持《局部》的陈丹青，以及在不同领域具有丰富学识和经验、能在相关节目方面发挥光彩的罗振宇、吴晓波、高晓松等；三是出身草根的主持人，网络平台的包容性使得人人都可以发声，而这类主持人在刚开始只是无名之辈，但随着个人风格的确立、节目形态的成熟，他们则逐渐由“草根”的普通人身份转变为真正的主持人，比如，《麻辣书生》的林白、《暴走漫画》的王尼玛等。

随着网络综艺的蓬勃发展，主持人、嘉宾的出色表现与相关节目的火爆相互辉映，既呈现出一道道独特的风景，也成就了一批“网红卡司”。具体说来，一是知名电视节目主持人的潜力被深挖和进一步发挥。电视节目主持人转战网络综艺既可以提升、扩大网络综艺节目（尤其是头部节目）的知名度和影响力，也可以使电视节目主持人在更大的空间施展才华，并在打开网络对话渠道的同时强化自身价值，进而产生双赢效果。比如汪涵主持了《火星研究院》《火星情报局3/4》、窦文涛主持了《圆桌派 3》《锵锵行天下》、何炅主持了《明星大侦探 3》《拜托了冰箱 4》《明日之子 2》、撒贝宁主持了《明星大侦探 3》《这！就是铁甲》《放学别走》《童言有计》等。

其次，类似知名主持人，随着网络综艺影响力的提高，嘉宾的类型也更加丰富。除大众熟知的明星艺人外，还有学者、运动员、网络红人、微博“大 V”博主等。比如，作为学者的马未都参与《圆桌派 3》、纪连海参与《王者历史课第二季》，作为运动员的惠若琪参与《读书人第二季》、张继科参与《王者出击》，作为知名媒体人的何炅参与《明星大侦探 3》、张绍刚参与《吐槽大会第二季》、涂磊参与《软萌头条君》等。

五、反向输出：头部大制作风行，输出电视台成常态

随着网络综艺发展日渐成熟，也基于各平台角逐头部内容，使得大体量、大制作、大明星已成为网络综艺头部节目的标配。与此同时，网络综艺大制作的火爆、发展前景的辉煌导致视频网站和电视台关系的悄然变化。过去，视频网站一般是向电视台采购综艺节目；如今，随着网络平台自制节目数量、质量和能力的大幅提升，逐渐有更多的网络综艺反向输出电视台，或电视台主动寻求与视频平台合作生产节目。比如，爱奇艺反输湖北卫视的《爱上超模》、东方卫视与腾讯视频共同制作的《我们 15 个》、优酷为北京卫视打造的《歌手是谁》、乐视视频和安徽卫视以双平台之力打造的明星婚恋真人秀《十周嫁出去》、爱奇艺与贵州卫视联合播出的偶像养成类真人秀《流行之王》等。这一方面见证了大型视频网

站和平台制作能力及话语权的提升，同时，也开启了媒介融合在实践竞合中的发展新路径。

特别值得一提的是，近年来，平台深挖互联网潜能，"三维"竞争－合作开创新格局。在创新发展的时代主题中，网络综艺以其娱乐性、时尚性、年轻化等鲜明特性既有别于其他网络文艺形态，又有别于传统的电视综艺，与此同时，在文化娱乐领域的红海博弈中，尽管爱、优、腾、芒比较优势突出，但搜狐视频、西瓜视频、抖音、哔哩哔哩（B 站）等后来者在综艺、短视频市场的竞争力不容小觑。在某种意义上，可以说，网络综艺的创作生产逐渐演变成以主流视频网站为主体、以"三维"竞争－合作（网络综艺与电视综艺、网络综艺与其他网络文艺形态、网络综艺自身）为场域的角逐、创新活动：第一，网络综艺恪守互联网思维并发挥其优势，紧紧围绕"内容"，强化制作团队水平提升、生产要素优化组合、运行机制灵活高效、技术转化应用，总体上实现了对电视综艺的弯道超车；第二，网络综艺充分利用其便捷性、灵活性、时尚性、综合性等优势，在和其他网络文艺形态的密切互动中，既及时吸纳、转化其优质资源为自身财富，又衍生、拓展自身价值链；第三，各主流视频网站既进一步巩固、强化其原有优势，又大胆尝试，在竞争中求生存、在创新中谋发展，比如，爱奇艺深耕青年文化、改造垂直题材，优酷主打泛人文主题、试水新综艺品种，腾讯均衡布局综艺内容，芒果突显青春底色，而后来者则在短视频、长视频、长综艺、微综艺及其精品化、垂直化开发等方面全力布局内容矩阵，尽显群雄逐鹿之势。

六、商业价值：多渠道变现，产业形态丰富

从网络综艺市场来看，随着监管部门对内容制作、广告植入、艺人收入、节目播出等环节的进一步规范化，网络综艺上、中、下游产业链更趋健康、变现渠道更加多元。具体说来，在上游部分，原来单一的制作机构变为了多领域参与方，广告商、广告代理公司、艺人经纪公司等都参与到了网络综艺的制作过程中，比如，《吐槽大会 3》在节目中运用其短视频的方式设置了"隔屏吐槽"环节，加强了广告商

在节目中的存在，甚至，一些网络综艺在内容中插入符合节目调性的剧情广告。在中游部分，网络综艺的播出平台由原来的国内视频网站、电视台开始向国际视频平台进行分销，更多网络综艺模式得到国际认可。在下游部分，商业化内容变现渠道得到了很大程度的拓宽，比如，在前向付费方面，视频网站的会员建设、节目付费等方式不断加强；在后向付费方面，广告收入、艺人经纪、线下演出、版权分销、节目模式售卖等都为网络综艺的商业化变现提供了更多的渠道。

特别值得一提的是，垂直开发、“带货”“种草”释放新能量，创新发展开拓新领域。近年来，网络综艺领域同类题材、模式节目的高下 PK、受众争夺日益白热化，比如，2019 年音乐类的《乐队的夏天》（爱奇艺）VS《一起乐队吧》（优酷）、演技类的《演员请就位》（腾讯）VS《演技派》（优酷）等。竞争带来了压力，也带来了动力，并引发“鲇鱼效应”——既催逼节目自我革新和完善，规避同质化、刷新审美体验，又开拓创新发展的新领域。具体说来，一是在大类中细分、深耕小众垂直领域，比如，《乐队的夏天》强化乐队音乐和文化的出圈传播、《演员请就位》《演技派》综合汇集文化艺术优质资源，给观众带来新的观感和体验；二是乘着网络综艺广告吸金能力提升的东风，结合内容创新提高节目广告植入量，使带货、种草效益多元，比如，消费主题的明星访谈《花花万物 2》、美妆《Beauty 小姐 2》、电商导购真人秀《爆款来了》等；三是顺应资源开发一体化的潮流，以 IP 为核心推进优质资源跨界流动，比如，《明星大侦探》衍生互动微剧《明星大侦探之头号嫌疑人》即是综艺内容向影视延伸、拓展的有益尝试。

第三节　网络综艺的审美观照与发展述评

近年来，网络综艺创作生产进入承上启下的发展关键期。一方面，内容、质量在丰富实践中不断提升，市场格局大致形成，政策法规不断完善；另一方面，在内容制作、产业开发、技术提升、媒介融合、创新实践、审美趣味、价值观等方面仍需优化、完善，以便为其未来开拓健康、可持续发展的新路径、新空间。

一、价值导向：政策法规监管、引导，促进节目制作健康发展

在经历了前几年资本狂热的粗放式量产阶段后，网络综艺生产逐渐趋于理性、成熟。其中，相关政策法规的监管和引导起到了重要的作用，并从收紧、促进两个方面确保了网络综艺朝着更健康、更积极的方向迈进。

不必讳言，在网络综艺飞速发展的过程中，由于网络综艺是新生事物，相关政策法规不健全，同时，相关部门的审查也相对宽松，因此，在比较宽松自由的创作环境下，网络综艺多样化的题材和内容如雨后春笋般拥有了广阔的生长空间，一些打擦边球的现象便乘虚而入，迄今仍时有发生。特别是，网络综艺不像电视综艺那样需要登记备案，以至通常是发现问题后才会叫停或将其下线。比如，前些年的《姐姐好饿》《撕人订制》《hello，女神》等热门网络综艺被下架，原因均离不开价值观导向有误差、低俗语言过多、“污”力过猛、话题讨论尺度大、营销炒作过头等问题。尽管这种现象在相关部门的审查、监管之下有了很大的改观，但另外一些问题引发的质疑声量仍值得关注。

首先就文化内容而言，相比电视综艺，网络综艺的主要特点之一是其具备符合互联网特质的“网感”。诚如前文所述，“网感”的直观表现即是充满着新生的、草根的、多元的、富有青春朝气的文化内容，且目前网络综艺所表现的多是一种“小众”文化。无疑，网感属性、小众文化的加持是一些网络综艺受到欢迎的原因之一。比如，《吐槽大会》表现的吐槽文化、《拜托了冰箱》表现的“宅文化”、《中国有嘻哈》表现的嘻哈文化等，网络综艺在寻求一个新的文化表达出口，同时，在某种意义上，也正是这些富含年轻化、个性化的文化内容，以及年轻人个性追求的价值表达和对多元文化包容的态度，使得一些网络综艺节目获得了成功。但在一些网络综艺节目中，小众文化的运用也存在着不少问题。一些亚文化内容成为部分平台节目的重要内容，一些小众题材的节目成了打造爆款节目的一种选择，但在内容方面，一些节目为了效果、点击量等而出现了一些价值观导向问题，

比如，类似西方街头文化中的纹身、脏辫等身体表现形式在节目中频频出现；在博取观众猎奇心理的作祟下，与我国文化背景有巨大差异的奇观化审美及其所特有的反抗、消解等文化特质，侵蚀着主流文化的价值基座。显然，这些节目需要认真反思其所呈现的题材、内容是否有益于人民的精神文化生活。再比如，竞秀养成类节目刮起了“新风潮”，但在拓展网络综艺类型、丰富表现形式的同时，部分节目也出现了片面追求流量的倾向，在价值引领方面有所欠缺，也引发了一些非理性追星现象。为此，2018 年 7 月，国家广电总局就做好暑期网络视听节目播出工作发出通知，明确要求“偶像养成类节目、社会广泛参与选拔的歌唱才艺竞秀类节目，要组织专家从主题立意、价值导向、思想内涵、环节设置等方面进行严格评估，确保节目导向正确、内容健康向上方可播出”。通知出台后，2018 年下半年，此类现象得到了明显改观。

当然，就网络综艺发展来说，政策法规有监管收紧的一面，也有引导促进的一面。比如，受政策导向的激发、调控，文化科技类在丰富多样的网络综艺节目类型中表现得尤为突出，不仅节目数量上有很大增加，而且思想深度、精神高度、文化厚度均呈现新的风貌。像腾讯视频的《一本好事》《奇遇之旅》、优酷的《了不起的匠人 3》《局部 2》《一千零一夜》、爱奇艺的《博物馆奇妙夜》《心灵捕手》等一批精良制作的节目，在口碑和播放量上都收到了很好的效果。

二、合作竞争：大型视频网站齐发力，引领网络综艺发展潮流

2014—2017 年是网络自制综艺节目全面崛起的几年，其中，网络综艺节目制作整体数量猛蹿、传统卫视金牌制作团队涌入、主持大咖亮相、制作费与冠名费齐头上涨……在愈加激烈的市场竞争与合作中，野蛮生长与精品化发展相互交织，横空出世、傲视群雄的现象级作品越来越常见，迄今大体形成了优酷、爱奇艺、腾讯视频、芒果 TV 四大平台各自发力、差异化发展、相对稳定的格局。其中，在网络综艺市场的争夺战中，优酷在播放量份额上领先全网，有较为明显的优势；爱奇艺在数量上成各平台之最，但在播放量和节目的知名度上略显逊色；

腾讯视频不论从哪方面看，均处于稳定位置；芒果TV表现抢眼；凭借多部超高播放量的自制综艺，在竞争激烈的环境中占据一席之地。而相比之下，乐视视频、搜狐视频逐渐失去了与其他平台形成竞争的优势。

就网络综艺的发展来说，这种"格局"和"态势"具有深远的意义。第一，随着自制能力的增强，优势视频网站发展势头强劲，并成为娱乐行业不可忽视的力量；第二，在网络综艺领域的激烈竞争中，各优势视频平台逐步构建各自的差异化特征，以期占据有利地位，并在促进网络综艺节目总体数量增长的同时，也推出了不少精品内容，乃至催生诸多现象级爆款网络综艺的诞生；第三，也是最重要的，内容质量的提升离不开强大的制作力量保障，而市场竞合的结果必然带来内容制作方式的越发成熟和节目质量的水涨船高，特别是，随着大批专业制作团队投入互联网领域，四大视频平台还通过各种各样的合作策略吸纳了大量专业人才到自己的网络综艺大军中，客观上进一步快速推动了网络综艺节目量与质的双重提升。

三、精品化生产：破解发展误区，推进创新发展

立足当前实际、放眼未来发展，在愈加激烈的市场竞争中，网络综艺健康、可持续发展的主轴不在局部爆款而在全局类型、不在数量而在质量。然而，推进"精品化生产"显然又是一个涉及诸多方面的系统工程。择要说来，包括以下六个方面。

第一，在内容创意上，破除节目形式的同质化、单一化。比如，就辩论类节目来说，历史地看，《奇葩说1》以其吻合互联网特质的年轻化、个性化、时尚化的风格特点而引发了网络综艺的第一次收视热潮。同时，《奇葩说》也成为网络综艺视觉表达和内容创意的一种主导模式，并在互联网的病毒式扩散下，其中的各种元素为中国原创网络综艺提供了基本的视觉形构、话题语域、角色配置和价值取向。一时间，大量类似节目跟风而起，比如，优酷的《火星情报局》《暴走法条君》、腾讯的《耐撕秀》等。这些节目在一定程度上受到了追捧、获得了可观的点击量，但仔细分析，它们并没有根据所处的情境去创造独特的话题、人物角色和价值表达，在品牌建设上也没有与其他节目形成差异，以至于在《奇葩

说》成功后的相当一段时间里，只要是辩论类节目都难以跳脱开《奇葩说》的架构，其节目形式同质化、单一化由此可见一斑。实际上，就创意来看，网络综艺节目要想在品牌上与其他节目形成差异，就要形成自身的特色并以此作为核心竞争力。为此，网络综艺要发展，就应该在核心创意的层面进行多层次的深度挖掘，并全方位打造优质内容，而不是对其他同类型节目的模仿或浅层次的创新。

第二，在节目要素上，破除依赖、消费明星嘉宾的惯性。在电视综艺的发展历程中，明星的大量使用是其重要特点之一。在网络综艺发展初期，大量的节目仍然走着电视综艺依赖、消费明星嘉宾的老路。但互联网的特性，以及用户观看的碎片化、随时性、交互性等特征表明，网络综艺不必像电视综艺那样拼资本、拼明星，而应该将内容的丰富、深刻作为网络综艺创作的重点和发展的路径。通过对节目内容的垂直生产、素人参与和基于不同虚境的内容原创，网络综艺一方面可以获取更多的用户选择和点击收看；另一方面，也可以克服因明星资源稀缺和头部平台垄断所带来的问题。比如，在优酷“看理想”系列中，梁文道的《一千零一夜》、马世芳的《听说》、陈丹青的《局部》，以及窦文涛的《圆桌派》，这种基于文化内容的垂直生产节目虽然没有大量明星的加盟，却仍获得了良好的点击量和社会效应。

第三，在节目模式上，促进多领域交叉互动。当前，不少网络综艺的模式依旧类似于电视综艺，尽管内容上对互联网的一些因素有所涉猎，但思维上没有质的改变，特别是，没有将互联网的便捷性、交互性等渗透到网络综艺之中。因此，如何利用好互联网，并借助互联网基因的渗透而有所创新，是网络综艺发展的一条广阔之路。首先，“综艺 + 电商”模式，天猫是其第一个吃螃蟹的人，2017 年天猫推出了谈话类节目《举杯呵呵喝》、烹调美食节目《穿越吧厨房》、互动家装真人秀《大梦小家》、时尚综艺秀《疯狂衣橱》、嘻哈音乐真人秀《说唱秀才》、生活方式类节目《摩登中产》等；其次，“综艺 + 游戏”模式，像 2017 年腾讯视频依据其爆款手机游戏《王者荣耀》推出了游戏改编节目《王者出击》；其三，“综艺 + 直播”模式，比如，战旗直播的《Lying Man》是网络直播综艺中一档成功的综艺现象级节目。

第四，在媒体融合上，推进多屏互动，打造融媒体生态内容。随着互联网大发展，媒介间的融合已成为必然趋势。未来网络综艺的发展也必将融合不同的媒介平台，进行全方位的内容呈现。简要说来，一是打破电视平台与网络视频平台间的隔阂，事实上，不管是以前的“先台后网”还是现在的“先网后台”，都不能满足市场的需求，唯有打破电视平台和网络视频平台之间的壁垒，网络综艺发展才能创造出更加符合媒介融合大趋势下所需要的优质内容。二是基于不同平台的属性，生产多元内容。当前，视听平台包括传统的电视台、网络视频平台、网络直播平台等，同时，随着移动智能设备的普及，各类视频娱乐 App 已成为人们生活中的必备。在某种意义上说，跨屏内容生产代表着一种新的产业革命，这种“革命”必将突破各种屏幕、平台之间的边界，创造出全新的内容生产环境，同时，也将消融各个媒介所属的综艺产业的边界，形成新的产业链和价值网络，迎来全新的综艺盈利模式和业务模式。

第五，在内容开发上，推进专业化分工与受众细分。在互联网大发展的背景下，各行各业都在寻找尚未开发的领域。网络综艺的发展自然也应该进行进一步的专业化分工，以吸引不同的受众。首先，深耕垂直内容可以更加直接地抵达相关的受众群体，因而，它是网络综艺节目的一大发展方向。其次，在当前“制播分离”的大背景下，视听节目的制作已愈发依赖于专业化操作。就网络综艺制作而言，基于互联网时代所呈现的内容分众化、垂直化，其发展趋向也将在打造垂直化内容的过程中进行全方位、多层次的专业化生产，以提高生产效率、取得最佳效益。

第六，在表现形态上，依托移动互联网技术促进新发展。近年来，“短视频”炙手可热，与之相应，微综艺、竖屏节目等新形态逐渐进入综艺市场。“微综艺”又称短视频节目或轻综艺，其时长在 15 分钟左右，以短小精悍、节奏轻快、网感社交性强、话题度高而著称，再加上垂直细分题材，深合网友口味，深受各大平台推崇。比如，腾讯的 YOO 视频、字节跳动的火山视频等都在加紧布局，节目内容也由搬运剪辑其他节目为主，转为自身制作节目和专业机构制作为主。同样，由于智能设备的普及，为吸引和改善手机用户的视频需求和观看体验，部分视频平台推出了竖屏格式短视频。比如，腾讯视频推出的访谈节目《和陌生人说话》就以竖屏进行了创新探索。

第四章　网络电影创作生产及发展述评

作为网生内容的重要组成部分，近年来，网络电影在数量、质量上都有较大的增长和提升，但其身份和特性由于受到多种因素的交织、叠合而显得有些模糊。比如，它可以说是由以往的“微电影”概念进化而来，也可以说是网络微电影与院线电影的混合物；再比如，从质量水准、现象级作品、用户口碑等的角度看，同为“网生内容”，观众的观看倾向依次为网络剧—网络综艺—网络电影。其中，平民化、草根化的网络电影对男性观众更有吸引力，女性更喜欢观看网络剧和网络综艺，因而，观众群体尚不能达到网络剧和网络综艺的体量。尽管如此，近年来，大量热钱涌入网络电影市场，造成网络电影数量的大爆发，尤其是，一些“点”上的成功对整个网络电影的基本面形成了强烈刺激，带来了创作生产体量和质量的持续提升，亦成为网络文艺的一种典型表现形态。

第一节　网络电影概述

在当前新的媒介生态和艺术生态中，网络电影的兴起和发展有多样、复杂的原因。择要说来，一是作为现代大众艺术的重要形态，电影艺术一直备受观众青睐。二是院线电影激发了观众的观影需求。具体说来，有两种情形。一方面，总体上看，虽然21世纪以来院线电影上映率逐年上升，但其产能大体无法匹配观众持续上升的观影需求；另一方面，2010年以来，整个电影市场的繁荣发展同时也刺激了人们线上观影需求的增长。三是基于中国电影市场的特殊环境和条件。比如，中国的B级片市场、付费电影发行渠道等基本为空白；相比而言，院线电影有一整套复杂、规范的立项、审查、许可等环节和程序，同时，就20世纪90年代兴起的电视电影来说，其市场规模越来越小，存在利润低、垄断、不利于出精品等问题，并且，作为消费主力的年轻人越来越远离电视机。四是基于网络电影自身的特性。相比院线电影或电视电影的面向大众，网络电影面向的是中众或小众，因此，网络电影在类型、观影群体方面可走差异化发展路线，同时，用户对网络电影有付费意愿和习惯，可以支撑付费商业模式，实现规模化、持续性生产等。在这样的情形下，网络电影应运而生。尽管目前网络电影的创作生产还存在诸多的问题和困难，特别是急需提升质量、急需标杆性的作品来提振市场，但基于其当前所显现的活力、规模、特征、成效、影响、潜能、前景等多种因素，网络电影的发展有其必然性，而它的成熟发展亦是“青山遮不住，毕竟东流去”。

一、“网络电影”的内涵与分类

（一）网络电影的内涵

“网络电影”概念首次被提出是在2014年3月爱奇艺主办的“网络大电影成就梦想”高峰论坛上。2019年10月，在“首届中国网络电影周”上，活动承办方之一的中国电影家协会网络电影工作委员会联合“爱优腾”三家主要视听平台发出倡议，将“网络大电影”改名为“网络电影”。[1]显然，理论来自实践。目前，对“网络电影”的内涵界定大体上要从“对比”中来阐释，比如，院线电影、长微电影等，但其质的规定性却扎根于“网络”之中。因此，一般说来，“网络电影”是指依托互联网而生产、传播和接受的叙事艺术形式。具体说来，

[1] 成宇宁．从“网大”到“网络电影”，改名传递哪些信号？［EB/OL］．（2019-10-24）［2020-03-10］.https://www.sohu.com/a/349373902_100252997.

就现实情形并从对比度维度上来看，网络电影是指依托互联网而生产、传播和接受，时长不少于60分钟，投资规模较小，具备完整电影的结构与容量，采用付费点播分账模式，且符合国家相关政策法规，主要通过电脑、平板、智能手机等新媒体设备观看的影片。

一般说来，网络电影具有小成本、差异化、周期短、面向中等规模受众等特点，更符合互联网用户的个性化需求。在投资规模、拍摄播放许可证、观看体验方面，它与传统的院线电影有着显著的差异，比如，制作成本集中在50万~300万元，制作周期一般从筹备到后期制作需要1~3个月，其中，拍摄周期十天左右；在制作方面，与短视频相比，网络电影制片方是对创作和制作能力要求更高的PGC（Professional Generated Content，专业生产内容），特别是要具备完整电影的结构与容量，符合电影叙事规律，故事内容完整。尽管这些描述性"指标"难以揭示其内在性质，但对于仍处于发展变化中的网络电影来说，这种描述性显然是规范性的基础，并有益于促进网络电影的进一步发展。

（二）网络电影的分类

就现实状况来说，网络电影目前是网生内容和网络视听艺术创作生产的一片蓝海，其题材类型亦是丰富多样。比如，据国家广播电视总局监管中心发布的《2018年网络原创节目发展分析报告（网络电影篇）》，网络电影题材分类数量情况依次是：情感、喜剧、动作、剧情、悬疑、奇幻、惊悚、青春、恐怖、科幻、都市、犯罪、古装、魔幻、穿越、玄幻、刑侦、武侠、动画等；[1] 据中国网络视听节目服务协会发布的《2018年中国网络视听发展研究报告》，2018年上新网络电影前台播放量分布各题材依次是：动作、悬疑、爱情、奇幻、喜剧、剧情、武侠、科幻、犯罪、冒险等；[2] 另据骨朵数据统计，2017年网络电影共涉及20个

---

[1] 国家广播电视总局监管中心.2018年网络原创节目发展分析报告（网络剧篇）[EB/OL].(2019-01-11)[2019-10-10].http：//www.sohu.com/a/288432756_152615.

[2] 中国网络视听节目服务协会.2018年中国网络视听发展研究报告[EB/OL].(2018-11-29)[2019-10-10].https：//baijiahao.baidu.com/s?id=1618428635208726832&wfr=spider&for=pc.

类型，包括爱情、喜剧、动作、悬疑推理、奇幻、惊悚、科幻、青春校园、冒险、电竞等，其中，既有跟院线电影、电视剧/网络剧相同的类型，也有网络电影行业所独有的全新类型。[1]

对网络电影创作生产来说，一方面，实践永远是鲜活的，因而，几乎无法找到一个共识的标准来对丰富多样的题材类型进行分类；另一方面，以上所列的操作性题材类型，既反映了实践的活跃，也是其进一步发展的基础。

二、网络电影的发展历程

作为新兴的艺术形态，短时间内网络电影经历了由萌芽到探索并逐渐发展到成熟过程，随着科技的发展、产业链的逐渐成熟，特别是，在视频平台推动下，网络电影这一艺术形式取得了长足发展。基于一些重要节点，其发展大致可划分为以下三个阶段。

（一）萌芽期（2000—2010年）

关于网络电影的发展，最早可以追溯到互联网发展初期的实验性短片和恶搞视频，通常认为2000年5月的《量子计划》面世标志着世界范围内网络电影的诞生，该片讲述了一位物理学家用科技寻找上帝的故事，叙事情节完整，付费下载，从产业到形式都具备了网络电影的雏形，也有说法认为2000年8月18日在我国台湾上映的《175度色盲》具多重实验性，是第一部真正意义上的网络电影。而中国的网络电影则是在2005年，由胡戈制作的《一个馒头引发的血案》进入大众视野，该片是最早的具备网络电影特质的一部作品，影片将《无极》中的片段结合法治报道重新组成了一段故事，迎合了年轻一代的反叛精神，其对严肃话题的解构也迅速掀起了恶搞、消解的热潮。

随着摄影、摄像技术不断普及，影视制作的门槛不断降低，最早的一批

[1] 骨朵传媒.2017年网络大电影产业发展研究白皮书［EB/OL］.（2018-03-22）［2019-10-10］.https：//www.sohu.com/a/226168552_436725.

微电影和短视频爱好者由此进入公众视野，毫无疑问，网络微电影为网络电影的发展奠定了基础，积累了大量的文本和最初的一批团队，带有明显的草根性，以低成本、短内容、快节奏为主，迎合了年轻一代观众为主的用户群。而随着互联网技术的不断发展，网络自制的兴盛，移动时代正式到来，各个主流视频网站开始重视移动客户端，并针对在线观影模式的出现进行内容创作，借助网络所具有的交互性传播网络电影开始出现。但在这一时期，网络电影的创作处于自发阶段，一部分是由网民自发创作上传的，大部分是学生作品或是小的影视公司，在内容上重视创新，比如，音乐电影《男艺伎回忆录》、轻喜剧电影《棒棒也疯狂》、草根版《集结号》、网游电影《网瘾的战争》，等但受制于成本限制和经济制约，并未形成社会影响力。与此同时，一部分大型公司也开始尝试网络电影的创作，比如，2005 年，在监制田壮壮、贾樟柯、王小帅等 8 位国内导演合作拍摄了 8 部短片，包括《聚焦这一刻》《在哪里》《寂静一刻》等表现现实世界的作品。总体而言，这一时期的网络电影中原创作品的不断涌出，开始形成一定的产业基础，电影本体开始注重自身的魅力和美学特征的挖掘。

（二）探索期（2010—2016 年）

这一时期的网络电影的艺术性逐渐形成，表现在电影产业中一个鲜明的特征是微电影开始广泛进入电影节，诸如北京大学生电影节、金鸡百花电影节等国内关注度较高的电影节都设立了微电影和原创影片等竞赛单元，甚至还加入了网络点击投票环节，网络电影特别是微电影以其独特的创新性和短小精炼等优势逐渐作为一种艺术门类进入大众视野并引起广泛重视。同时，这一时期的网络电影仍旧处于自发自觉阶段，各大平台随着网络剧播放的兴盛，开始不再满足于网络微电影的广告收益转向网络大电影的投资与合作，“网络电影”这一概念在 2006 年底随着影片《大电影之数百亿》的上映开始被熟悉，但在 2014 年，爱奇艺首次提出“网络大电影”的概念和标准，随后网络大电影迎来爆发式的发展，比如，《四平青年》《校花驾到之极品校花》《猜心之人心可畏》等代表的影片凭借着对特定观影人群的迎合通过互联网走红开启了系列化的序幕。但这一时期的网络电影仍处于实验阶段而非独立的艺术门类，一部分来自微电影奠定的基础，一部分来自于影视公司的加入，总体仍以低成本、快节奏为主，并在类型上开启了广泛的尝试。

如果说 2014 年是网络剧元年，那么对网络电影而言，2015 年才真正进入了繁荣与爆发的阶段。各大视频网站推出的作品在密集度和制作水平上均稳步上升，参与制作网络电影的公司也越来越多，各个题材的类型化趋势显著，产业链日趋成熟，网络电影这一形式逐渐拥有了艺术自觉并蓬勃发展。

就产业发展而言，四大主流网络平台形成，爱奇艺、优酷、乐视、腾讯建立起来的新格局主导了这一时期的网络电影生态格局。依托爱奇艺最早成熟的会员付费模式和与影视公司建立起来的较为完备的分账模式、分级制度等，这一时期的作品数量飞速增长。各大平台均大量引进电影作品，越来越多的影视公司参与网络大电影的制作。比如，2015 年的《山炮进城》，由本山传媒和华谊兄弟参与制作，有大量明星如文松、小沈阳的加盟、参与具备原始的观众群，加上本身就具有关注度的城乡冲突的话题加一戏剧化的包装，该片在爱奇艺上的播放量达 2.1 亿次。电影收益的来源从广告收入转向票房收益。就影片数量而言，2015 年网络大电影全网上线超过 650 部，2016 年网络大电影全网上线超过 2000 部。截至 2016 年底，网络播出电影数量超过 6600 部，其中网络电影 3100 部，流量超过 150 亿，较 2015 年 1 亿元翻了 10 倍。网络电影体量已发展至一定规模。这一时期生产的影片如惊悚片《道士出山》、军事战争片《特种兵王》、古装爱情片《深宫遗梦》等，高点击率和票房收益使得这一艺术形式走进大众的视野，并引发了同类型影片的效仿，大量作品迅速涌入市场并拥有了固定的观影人群。但是，这一时期商业资本的大量涌入，网络电影也暴露出许多亟待解决的问题，诸如暴力、色情元素等的泛滥成灾，蹭 IP 现象严重、影片质量不佳等问题凸显。

（三）发展成熟期（2017 年至今）

网络电影逐渐走向成熟时伴随着相关法律法规的增多开始的，也是伴随着精品化趋势呈现开始的。2017 年 3 月 1 日，《电影产业促进法》全面实施，《人民日报》等主流媒体也对网络电影发展中存在的问题予以关注，网络电影与院线电影审查标准统一，在上映之前需经过两次备案。这一时期的网络电影迫于新形势的压力，更加注重制作的精良、内容的升级，制作成本也相应提高，部分网络大电影的制片成本与中小成本院线电影持平，明星的加盟和大制片公司的重新注入资本也使得网络电影走上良性发展的轨道，比如，黄轩主演的《玩世英雄》、陈浩民主演的《斗战胜佛》等影片，除了引起广泛的关注之外，在电影艺术本体上也进行了一定的探索。在逐渐明确的行业规范下，网络平台与高校签订合约加大人才引进，重视 IP 的开发和产业链的调整，与此相适应，视频网站推出了一系列新的平台政策，加大审核力度，并对涉及色情、暴力、封建迷信等不符合进行了下架、整改等，网络电影的精品化趋势明显。除此之外，系列化也是这一时期网络电影的典型特征，《灵魂摆渡之黄泉》《老九门之二月花开》等作品依靠叙事上的统一性和延续性持续的吸引受众，在网络剧之外延伸了产业链条，实现了联动效益。随着各个类型趋于稳定，产业环境不断成熟，网络电影也起着向传统院线培养、输出人才的作用，并凭借着较低的门槛和较高的收益，成了中国电影艺术的一块试验田。

三、网络电影的审美特征

从简要的发展历程中，我们可以看到，网络电影的兴起、繁盛受益于中国整个电影市场近年来的蓬勃发展，既带动了人们的线下观影需求，也提升了线上观影的愿望。就审美特征来说，2017 年以来，网络电影的提“质”减“量”具有标志性的意义：第一，是标志着网络电影发展之路由外延式扩张转变为内涵式建设；第二，更重要的是，在创新发展中，网络电影也逐渐形成了自身区别于院线电影的审美特征。尽管和网络剧、网络综艺乃至整体的网络文艺相比，有些审美特征存在着交织、叠合的共性，但“个性”既是确证网络电影自身的前提，也是其未来发展的基础。

由于发展时间短，所以，和院线电影相比，人们对网络电影的一般认知大致是通过网络渠道发行、制作成本和门槛较低、时长较短、质量没有院线电影高、没有“龙标”等。但细致说来，两者还有一些更深入的区别，比如网络电影的题材类型更丰富、更多样；由于观看环境、观看方式、观看屏幕大小和分辨率的差异，导致网络电影叙事、拍摄、后期剪辑与院线电影的不同；网络电影先天就具有互联网的基因、精神和特质，因而在内容、形式及网感、话题性、垂直分众市场等方面尤其适合年轻受众；在商务变现方面，网络电影可以通过粉丝经济、周边产品变现，还有进行影游联动等全产业链营销等。基于近年来创作生产的成功实践，宏观说来，网络电影在主体、创作、接受等方面具有如下较突出的特征。

（一）网络电影的主体特征

在文化产业发展的大潮中，鉴于投资相对较少、资金回收周期较短等特点，网络电影逐渐成为重要的风口，成为投资文化产业最重要的选项。与之相应，网络电影创作生产相关机构日益多元化，其中，制作机构主要由影视文化公司和个人影视工作室构成，出品机构则涵盖广泛，包括一线视频网站、传统影视公司、新生代影视公司、传统广播电视机构、政府相关机构等，比如腾讯网、北京奇树有鱼文化传媒有限公司、优酷网、北京新片场传媒股份有限公司、北京淘梦网络科技有限责任公司、爱奇艺等。

特别值得一提的是，相对网络剧、网络综艺来说，网络电影创作生产的主体更快地显示出“专业化”升级的态势和特点。具体说来，有两个主要方面：第一，一线传统影视公司入局、参与网络电影生产。从 2015 年开始，像华谊创星、华策娱乐科技、艺星博纳、欢瑞世纪、华策影视等一线电影公司相继试水网络电影市场。近年来，中国电影股份有限公司、北京电影学院青年电影制片厂、湖南电视台电影频道、金盾影视、华谊兄弟和部分港台等影视机构涉足网络电影领域，也出品了一些品质格调较好的作品。此外，还有影视机构也参与其中并带来了不一样的风格。这显示了网络电影这一艺术形式越来越受重视，同时，一线影视公司的参与既使行业竞争格局充满变数，也促进了网络电影朝精品化方向发展，加速提升了网络电影的内容品质。第二，著名导演、演员、制作人等加盟网络电影生产。尽管网络电影是一种新生事物，但它的发展空间巨大，因而成功地吸引了不少传统媒体的知名制作人、一二线明星等的加盟。比如，张艺谋签约欢喜传媒，王晶导演、郑伊健和周秀娜主演了《我的极品女神》等。近年来，更是有一批有经验的导演、演员纷纷“确网”，前者包括大陆有较丰富影视剧创作经验的崔俊杰、代艺霖、房映华、韩杰等，中国香港著名导演鞠觉亮、李元科、刘宝贤、刘观伟、刘国辉、颜光兴等，中国台湾著名导演瞿友宁、李心正等；后者有内地知名演员陈炳强、黄轩、秦岚、孙桂田、张涵予、张凯丽等，中国香港知名演员陈浩民、樊少皇、温兆伦、吴启华等，中国台湾知名演员杨丽菁、萧蔷等。境内外知名导演、演员的参与为网络电影领域带来名气和流量的同时，也极大地促进了网络电影质量的提升，有效地推进了网络电影的规模化、专业化生产。

（二）网络电影的创作特征

和网络剧、网络综艺相比，目前的网络电影影响力相对较低，主要原因之一在于现象级作品相对较少。但是，任何新事物都有一个发展的过程，网络电影也亦然。尽管如此，和院线电影相比，其创作特征还是比较明显。择要说来，包括如下三个方面。

一是网络电影创作富于“网感”，具有鲜明的年轻化、平民化、草根化特征。从其发生、发展的历程来看，网络电影天然携带互联网基因、特质，同时，在创作生产中，这种“基因、特质”必然会通过特殊的方式得以表达。如果说这里所谓的“特殊的方式”是指“网感”，那么，从创作的角度看，要言之，“网感”即可概括为从业者迅速、准确地发现和判断故事素材是否适合网络电影制作、传播、消费的一种审美感觉和职业反应能力。在当今的艺术生产语境中，这种审美感觉和职业反应能力渗透着“用户思维”，因此，把握网感的基本路径就是深入了解用户的文化品位、思维方式、消费习惯和关心的问题，以及对这些问题的意见和看法。事实上，当前业界普遍通行的“用户画像”即是通过大数据分析用户、了解用户、寻找用户，并依据其价值观、生活态度和习惯、感兴趣的内容而把握、调整网络电影的创作方向，换言之，即是把用户感兴趣的内容转化为镜头语言。可以说，这一点是网络电影（乃至网络文艺）质的规定性的重要内容，而“年轻化、平民化、草根化”是此一规定性的外在表现。简要说来，“年轻化”即是要投合年轻人趣味；“平民化”“草根化”使得网络电影和院线电影显著区别开来，比如，院线电影中少见或看不到的惊悚恐怖、悬疑犯罪等题材类型可以出现在网络电影之中，再比如，像电竞类、运动类、军事类、科幻类等垂直细分的题材类型作品，因契合青年人群的审美爱好、趣味而形成了较高的话题度和关注度。

二是网络电影创作具有周期短、时效性强的特征。一般说来，网络电影的制作周期大致为一个月甚至更短，而院线电影一般都在一年左右，长的甚至几年，这使得网络电影几乎可以第一时间反映社会生活的热点。有趣的是，陈凯歌导演的院线电影《道士下山》还未在院线上映，淘梦网出品的网络电影《道士出山》就已在视频平台上线，并获得了良好的播放量；院线电影《捉妖记》大热，网络电影《捉妖者联盟》也取得不俗的点击量。不仅如此，网络电影的这种“时效性”还为其艺术影响力的发挥带来了极大的灵活性和弹性。

三是网络电影创作具有投资相对较少、资金回收周期较短、投资风险相对较小的优势和潜力。一般说来，优质的网络电影 1 ~ 3 个月便可收回投资，而院线电影一般需要一年以上的时间。如果剧情吸引人、点播量高，网络电影的投资回报率也会随之增长。比如，《道士出山》在视频网站上线两天就凭借观众的付费点播收回了成本。在某种意义上说，正因为网络电影市场潜力大，而投资风险相对较小，所以才有越来越多的资本进入此蓝海领域。

（三）网络电影的接受特征

在当前的网生内容市场，“赢家通吃”的情形越来越明显。就网络电影的播出平台、播出形式和观众选择来看，尽管它和网络剧、网络综艺等其他网络文艺的典型表现形态有相似的一面，但也有其具体的特点。其一，在播出平台方面，经过近几年的激烈竞争，目前业已形成了爱奇艺、优酷网、搜狐网、腾讯网四家“一超多强”的基本格局。即，爱奇艺因上线数量占全年新上线影片的一半以上而雄踞首位，其次是优酷网，搜狐网、腾讯网则分列第三、第四，而且，四大播出平台上线网络电影数量的总和占全网总数量的98.8%。其二，在播出形式上，“独播”大致占年度上线网络电影的九成，已成主导发行模式。其中，爱奇艺独播数量高于其他平台之和，迄今仍保持绝对领先优势。之所以如此，一是由于独播影片在平台参与度、宣发营销资源等方面有明显优势，二是因为独播影片能帮助平台实现内容差异化，并为其带来更多的流量和新会员。当然，对于一些评级较低的影片来说，由于单一网站营销资源有限，因此全网发行亦是一种策略选择。其三，在观众选择方面，与播出平台的“一超多强”相表里，爱奇艺、优酷网、搜狐网、腾讯网遥遥领先，是大部分观众的主要选择，其次还有哔哩哔哩、芒果TV等。

此外，在营销传播模式上，近年来网络电影的发行途径呈现出更加多元化的新气象。比如，推出新的合作分成、分账模式，破除唯流量论；“龙标”网络电影数量呈快速增长趋势，院网同步可获得更好的传播效果；网络“档期”概念初现端倪并逐渐明晰，特别是，春节档与暑期档影片受众定位明确；将同类型影片打包推出的“主题季”创新发展。此外，近年来，网络电影的“出海”也已现亮点。

第二节　近年来网络电影创作生产状况与特点

据国家广播电视总局监管中心发布的《2018年网络原创节目发展分析报告

（网络电影篇）》，2018 年度，全网共上新网络电影 1526 部，总时长 116126 分钟，较 2017 年度同期下降 31%，在经历了爆发式的数量增长后，网络电影进入提“质”降“量”的平稳发展期。[1]其中，爱情、悬疑、动作、喜剧、剧情等五大类占比超八成，最受欢迎的是动作类、悬疑类、爱情类影片，网民口碑好、认可度高和豆瓣评分好的代表性作品有《驯兔记》（8.2）、《灵魂摆渡黄泉》（7.1）、《我是好人》（7.0）、《罪途 1》（6.9）、《夺命剑之风云再起》（6.9）、《罪途 3》（6.6）、《画师》（6.6）、《阴阳诀之祭情》（6.5）等。另据统计，2019 年，网络电影上线 789 部，同比下降 49%，创历年新低，但全年正片累计播放量从 2018 年的 38.9 亿上涨至 48.2 亿，同比提升 24%；在票房表现上，仅爱奇艺、优酷就有 35 部网络电影的分账票房突破千万，总票房高达 5.3 亿，其中，排名前五位的《鬼吹灯之巫峡棺山》《水怪》《陈翔六点半之重楼别》《三重威胁之跨国大营救》《至尊先生》分账超 2000 万，《鬼吹灯之巫峡棺山》更是达 3470 万；在豆瓣评分 6 分以上的 10 部作品中，《大地震》《毛驴上树》《陈翔六点半之重楼别》《大汉十三将之血战疏勒城》等评分较高，分账也超过千万量级。[2]总体上看，近年来，网络电影创作生产呈现出总量下降明显，发展趋于理性；题材丰富多样，满足多样化需求；进一步深耕质量，促进创新发展等特点。但同时，尽管网络电影的艺术水准、品质格调有所提升，但仍有较大的进步、提高空间；虽然市场的长尾效应显著，但头部影片的播放量较为有限，品牌效应与规模仍需努力打造、增强。择要说来，近年来网络电影创作生产具有以下显著特点。

一、提质减量成主题，发展进入 U 形转弯期

近年来，网络电影新片总量持续回落，行业发展日趋成熟、理性。在这种由量变向质变的转变过程中，政策引导力度加强、行业自律意识提高、专业力量

[1] 国家广播电视总局监管中心 .2018 年网络原创节目发展分析报告（网络剧篇）［EB/OL］.（2019-01-11）［2019-10-10］.http：//www.sohu.com/a/288432756_152615.

[2] 庞李洁 .《2019 网络电影行业报告》：2020 需要什么样的好故事？［EB/OL］.（2020-01-15）［2020-03-10］.https://baijiahao.baidu.com/s?id=1655805146301304670&wfr=spider&for=pc.

持续涌入、创作方式不断创新等发挥了重要推动作用，并带来了两方面的直接结果。第一，以往那种依靠低俗庸俗、封建迷信、色情暴力等违规内容、打擦边球情节来博取眼球、吸引流量的影片明显减少，保证了作品具有正确的“三观”底色。第二，正、负消长，创作生产中传递正能量、弘扬真善美作品明显增加，并呈现出品质格调提升、题材类型丰富、艺术水准提高的面貌，比如，根据真实历史改编的《一个人的冬天》讲述了抗日战争期间江苏省海安镇沦陷后，苏北海安名士韩国钧老先生不为日伪威逼利诱所动的抗日故事；作为一部青春励志片，《达拉的青春》以“中国梦、创业梦、我的梦”为主题，聚焦青年创业者故事，表现当代中国青年的“双创”典型；《特别有种：特警使命》讲述公安特警部队消灭本地毒枭、捣毁国际恐怖组织的故事，展示了我公安特警不畏牺牲、热血奉献的英雄本色；《再见 18 班》根据真实故事改编并以此致敬唐锐光老师，以及那些不放弃任何学生的好老师。

与此同时，通过精心打磨剧本、提高制作成本、优化制作过程，网络电影的整体艺术水准也得到显著提升，涌现了一批在故事结构、思想内涵、人物刻画、剧情表达、画面制作等方面均有所提高，用“好”故事去博取市场和观众认可的作品。比如，《烽火逐金》剧情一波三折，引人入胜，通过冲破各种阻挠、成功将药品运往抗日前线的故事，表现了主人公的坚强意志和优秀品质；《罪途》以悬疑故事折射对社会现实的关照和对人性的叩问。特别值得一提的是，作为网络电影整体水准提升的一个突出现象，近年来获得电影片公映许可证却以互联网为第一发行渠道的作品剧增。这些对标院线电影标准创作的“龙标”网络电影内容品质相对更佳，既给观众带来更好的观影体验，也通过先网后台、先网后院、院网同步等多种发行方式获得了更好的传播效果。当然，在另一方面，网络电影的品质目前整体上仍良莠不齐且平庸者居多。这表明，在未来发展中，网络电影创作生产仍具有较大提升空间，提质增效任重道远。总体上看，历经前几年的粗放式快速发展，网络电影在变革中渐入冷静、理性和规范，同时，随着行业环境和市场环境的发展变化、创作市场与消费市场的势能积聚、产业结构及平台服务的多面提升，其创作生产整体进入 U 形转弯期，并以新的姿态酝酿、积聚发展的新动能。其中，在政策监管趋严、题材调控加强、投资日趋理性的大背景下，提质减量带来显著成效，尤其是，随着网络视听节目信息备案系统升级，网络影视剧实行“双备案双公示”管理，[1]低质、粗糙作品几无生存空间。与此同时，提质减量在减掉大量盲目、粗糙的同质化作品的同时，进一步使口碑、商业双赢的优质作品成为提振信心、开拓网络电影发展前行之路的重要基础。

二、题材丰富多样，类型市场集中度高

相比院线电影，尽管质量上有差距，但在题材类型上却有优势。一是院线电影常见的题材几乎可以平移到网络电影的创作生产之中来；二是网络电影可以凭借自己的网生特性，并针对互联网用户群体的不同喜好，在题材类型上做更多样的垂直细分，或以更大的包容度和更广泛的想象力做出更多的探索，从而使题材类型更多元，同时，也更好地满足观众多元化的观影需求，使受众群体更广泛。据爱奇艺发布的《2019年网络电影行业报告》，在爱奇艺、优酷、腾讯视频三大平台的分账票房/播放量前十位中，动作、喜剧、奇幻是三大突出的题材类型，但在顶头部队之后，头部类型分布较广，正片播放量超过500万次的作品中，爱情、武侠、悬疑、冒险等均位其列。这意味着消费市场有多样的需求，也表明了内容开发有更广泛空间和潜能。事实上，近年来，网络电影的题材类型呈现出丰富多样的特点，涵盖了情感、喜剧、动作、剧情、悬疑、奇幻、惊悚、青春、恐怖、科幻、都市、犯罪、古装、魔幻、穿越、玄幻、刑侦、武侠、动画等诸多方面。具体说来，有以下五个方面的突出情形。

（一）常见类型成主导

如果按题材元素对影片进行分析，我们可以看到，近年来网络电影创作生产

[1] 国家广播电视总局办公厅.关于网络视听节目信息备案系统升级的通知［EB/OL］.（2019-02-13）［2020-03-10］.https://www.sohu.com/a/294391123_223764.

中含有情感、喜剧、悬疑、动作等元素的数量较多，而含有动作、喜剧、超现实、古装等元素的影响力较大。其实，这些是最“百搭”的主流类型叙事元素。其中，几乎所有剧情片都会涉及人的情感，而喜剧、动作则保证了电影的观赏娱乐性，其涵盖的受众面也更广泛。可以说，这些泛类型元素的集中抢眼，在某种意义上说明网络电影的受众越来越广阔，影片的故事性超越了纯粹的感官刺激。比如，情感题材中具有代表性的作品有《那朵花的名字叫白兰》《我的唐朝恋人》《特工总裁俏冤家》等；喜剧题材有东北喜剧风格的《彪哥闯奉天》《超级大山炮》《江湖学院》《山炮大明星》《笑嗷喜剧人》、港式喜剧风格的《白夜侠》《大梦西游》《大唐嘻游记》《济公》《江湖小龙侠》等；悬疑题材的作品有《大明阴阳师》《大蛇》《的士神探》《夺命剑之风云再起》《疯狂的快递》等；动作题材中有武侠类型的《夺命剑》《霍家拳》《火烧云》《龙门驿站》《跃影江湖》《最后的武林》、军旅类型的《超级兵王》《铁血飞虎》《铁血英雄》《特别有种：特警使命》《特种兵》等。

（二）传统类型再创新

近年来，武侠片在数量增幅上令人瞩目。和院线电影武侠片日渐没落的情势相比，网络平台再度点燃了人们对武侠片的热情。武侠片之所以会在网络电影中重获新生，一个现实的原因在于，一批著名动作明星纷纷涉足网络电影生产，同时，金庸的离去也极大地唤起了大众对武侠的追忆情怀。在此语境下，奇树有鱼等公司甚至打出了“新武侠”的概念。然而，无论是从中国古典武侠小说或从网络原创文学中找寻侠客故事，还是依据新武侠大师温瑞安的作品拍摄的武侠电影，如何在旧的模式和故事中呈现新的元素，以满足新一代观众的审美需求，是“新武侠”需面对和解决的首要问题。

从创作实践看，不同影片的“新武侠”策略有所不同。比如，《跃影江湖》系列放弃了“特效”与“无厘头”搞笑，转而注重叙事和人物塑造，同时，坚持以“侠义精神”主导，回归正宗武侠。但更多的武侠片则采取了类型混搭的策略。比如，项氏兄弟的《四大名捕》就在原著“探案”的基础上，融合了魔幻、恐怖的元素;《狄仁杰之蚩尤血藤》中的树妖杀人、蚩尤巫术更是将天马行空的打斗场面与匪夷所思的魔幻镜头结合起来;《新七侠五义之屠龙案》则集古装、武侠、悬疑为一体，同时融入“死而复生”的表达手法，还与当今最流行的“打怪”元素进行时尚结合。此外，颇有创意的是，受好莱坞英雄片影响，“中国侠客 + 超能英雄”成了新武侠的一种流行趋势。比如,《夺命剑》中的多位武林高手更像好莱坞超能力英雄,《济公之英雄归位》中的英雄人物则直接借鉴了漫威电影的复仇者联盟形象。

（三）多元类型杂糅

所谓“类型杂糅”，即是题材类型的多元素融合。随着网络电影实践的丰富、发展，越来越多的作品在内容上突破单一主线，并将多种元素融入一部影片之中。这种情形在近年来越发凸显。比如,《灵魂摆渡黄泉》虽延续了原有 IP 的玄幻风格，但以爱情故事为主;《不良千金》在喜剧片中融入了综艺真人秀元素等。这些创新性的类型杂糅不仅给人耳目一新的感觉，也体现出了网络电影的特性和优势。特别是，悬疑题材类作品的创作生产以推理为核心，融入了多种元素，比如,《罪途》系列的“悬疑 + 犯罪 + 刑侦”、《大蛇》的“冒险 + 灾难 + 怪兽 + 惊悚 + 动作”、《大明阴阳师》的“悬疑 + 情感 + 奇幻”、《夺命剑》的“悬疑 + 古装 + 武侠”、《疯狂的快递》的“悬疑 + 喜剧 + 警匪”、《怪兽》的“悬疑 + 科幻”、《王者游戏》的“悬疑 + 科幻 + 青春”、《阴阳诀》的“悬疑 + 情感 + 动作 + 奇幻 + 古装”等。这些作品通过曲折的故事情节，激发观众内心的紧张感与好奇心，并在多样悬念的设置中满足了观众的多重口味。

不仅如此，由于互联网传播能实现受众细分、分众传播，使得网络电影的类型比院线电影的经典类型更丰富多元，涌现了各种小众题材，具有特定故事模型、审美程式的亚类型电影。这些亚类型的划分跟网络文学的分类有直接联系，不少网络电影正是从网络文学 IP 改编而来。像盗墓文学的火爆就使盗墓片成了一种亚类型，除了基于天下霸唱与南派三叔的文学作品衍生的网络电影，还有一些网络电影盗墓片融合了其他类型元素。比如,《宝塔镇河妖之诡墓龙棺》《张三丰之末世凶兵》《镇魂法师》等在盗墓题材的框架下纳入了多种电影类型，以西方的活死人（丧尸）取代了源于中国明清传说的僵尸，将盗墓与抗日战争、科幻片中的生化人等进行元素拼贴。此外，古风爱情、职场励志、玛丽苏、穿越、宫斗等网络文学的类型标签也成为电影的亚类型。

（四）新生类型填补空缺

尽管在质量上网络电影比不上院线电影，但网络电影有其类型、题材的创新优势，换言之，由于根植互联网的商业土壤，因此，网络电影自呱呱坠地就带有鲜明的商业化特征，并越来越深耕垂直、细分的内容。比如，针对年轻观众的趣味、爱好和时尚风潮，出现了诸多电竞类、运动类、军事类、科幻类，以及音乐、体育、舞蹈、少儿等独具特色的分众作品，并形成了较高的话题度和关注度。可以说，在当前类型扎堆的电影市场，这些作品在内容题材上的垂直细分既与院线电影互相补足，又在差异化发展中积极探寻网络电影的创新之路。

（五）现实 / 超现实题材创作呈现新气象

在“现实”元素与“超现实”元素之间，网络电影的创作生产发生了新的变化。一方面，奇幻、玄幻、魔幻、科幻、穿越等“超现实”题材的作品数量继续增长，比如，《超自然事件》《狄大人驾到》《斗墓占花魁》《灵魂摆渡黄泉》《齐天大圣》《青天降妖录》《少女茯苓》等，这些影片凭借脑洞大开的剧情、极具视觉冲击力的特效等来满足观众的好奇心，并获得较高的热度。同时，以往那种神怪恐怖、惊悚灵异等感官刺激题材的作品数量大幅下降，体现了网络电影格调、水平的双重提升；另一方面，一些反映时代精神、关注社会现实、贴近百姓心声的优秀作品进一步扩大其影响。比如，2018 年的《爱也有阿禾》《灿烂光辉》《达拉的青春》《罪途》《冬日暖阳》《爹地情感》《来不及拥抱》《那一片星光》等。这些影片不仅体现了创作者的文化责任和社会担当，还弘扬了真善美、传递了正能量，是网络电影创作生产发展的一个重要路径和方向；2019 年的《大地震》《毛驴上树》《陈翔六点半之重楼别》等作品不仅位列豆瓣评分前十位，且分账过千万，既应和了现实题材创作风起云涌的潮流，也为网络电影发展指明了一个突围的方向。

总的来说，类型片创作的丰富和成熟是网络电影市场健康的体现。无疑，深耕垂直细分的精准人群、实时洞察和响应需求、不断创新内容类型和题材，对网络电影发展具有重要的意义。但整体来看，尽管今年来网络电影的类型化生产进一步推进，但相比院线电影，网络电影主类型的市场集中度更高。据中国网络视听节目服务协会发布的《2018 年中国网络视听发展研究报告》，在上新作品中，爱情、悬疑、动作、喜剧、剧情五大类占总量的 82.1%；前台播放量中动作、悬疑、爱情、奇幻、喜剧五大类占总量的 86.6%。这表明，网络电影类型化生产还未形成“多元化”发展格局。显然，类型市场集中度高不利于释放题材丰富多样所蕴含的红利，也不利于产业的可持续发展。尤其是，就现实状况来说，网络电影的一些独特题材一定程度上可填补院线电影的市场空白，但类型化开发和挖掘不足往往会削减这种优势。其次，对众多小型网络电影公司来说，如果无法在红海题材中占据优势地位，瞄准蓝海内容、重点发力小众观影用户不仅是一条搏击、发展的道路，而且，根据“长尾理论”，当市场规模不断扩大、受众人群持续增加，小众内容的汇聚也可产生、带来良好的市场能量与收益。

三、竞合分流强化特色，风格化发展逐步显现

2018 年，在激烈的市场竞争和多元要素的复合作用下，网络电影的创作生产一方面慢慢积淀特色和优势，另一方面又积极探索创新，并逐渐呈现出风格化发展的可喜局面。

（一）东北网络电影：城乡碰撞生幽默，文化“乱炖”出国界

东北喜剧网络电影受众与“二人转”受众群体具有较高重合度，且大批优秀东北喜剧演员具有广大的粉丝基础。因此，自网络电影诞生起，东北网络电影团队制作的东北喜剧就一直处在分账大户的前端，具有东北文化特色的喜剧网络电

影在票房排行榜上仍名列前茅（见表 4–1）。

表 4–1　东北网络电影

序号	片名	分账	平台	评分	出品方	导演	主演	故事	时长	时间
1	《二龙湖疯狂代驾》	1983 万前 11	优酷	4.1 分	普秦四平	马驰	浩哥	代驾司机营救异国公主	90 分钟	2018.10.27
2	《S4 侠降魔记》	1449 万前 18	优酷	3.6 分	院网	李克龙	赵家班	"东北 F4" 一家人意外获得国际雌雄大盗的美金，协助警察办案得嘉奖	96 分钟	2018.1.26
3	《彪哥闯奉天之做梦没想到》	1388 前 20	爱奇艺	3.7 分	本山传媒新片场	催俊杰	赵家班	抗日神剧	92 分钟	2018.4.5
4	《超级大山炮之海岛奇遇》	1329 万前 22	爱奇艺	2.6 分	东盛柒娱、淘梦	催俊杰	赵家班赵本山女儿	三亚旅游遇见黑帮，拯救商会会长女儿	86 分钟	2018.1.1
5	《四平青年之喋血曼谷》	1164 万前 25	爱奇艺	4.5 分	新片场四平	张浩	浩哥	绝症武术高手泰国求死，卷入金三角毒枭行动	85 分钟	2018.12.8
6	《江湖学院（二龙湖品牌）》	1162 万前 25	爱奇艺	无	奇树有鱼四平	张浩	浩哥	商学院毕业浩哥生态养猪未遂，被黑道套路出卖二龙湖资源	65 分钟	2018.3.9
7	《报告老师我是东北银》	6736 播放量	腾讯	3.7 分	小猎豹七娱乐	周德华		东北女孩走入台北校园	90 分钟	2018.3.3

从表 4–1 中可以看出，在 30 部分账过千万的影片中，东北风格的网络电影占 7 部。其中，赵家班、张浩与崔俊杰延续了"二龙湖系列""山炮系列"这几个东北文化原创 IP 的特色，吸引了一批忠实的粉丝观影。由于制作资金的增加，较之该系列的早期网络电影，影片的制作也更加精良。特别是，随着海外元素的加入，为"土味"东北喜剧增添了"洋气"佐料，比如《二龙湖疯狂代驾》中的异国公主，《S4 侠降魔记》中的海外雌雄大盗，《四平青年之喋血曼谷》则是泰

国取景、泰星加盟。如果说“山炮系列”的创意之核在城、乡文化的“碰撞”，那么，把触角伸向海外则使东北网络喜剧电影烹制了土、洋结合的文化“乱炖”。比如，《报告老师我是东北银》聚焦文化冲突，并在校园青春类型片的框架下，让霸道“糙”东北与清新“嗲”台湾地区的搭配产生出一种轻喜剧感——该片在票房、口碑上的名列前茅表明这是一次文化混搭的成功尝试。但在另一方面，虽然“山炮”“二龙湖浩哥”的世界变大了，不少观众却表示不能接受二人转喜剧与好莱坞大片的混搭。这又表明，二人转喜剧演员根植于农村的幽默风格与好莱坞式表演需要寻找新的契合点。

（二）港式网络电影：中国香港团队操刀打造经典 IP，改编续写需与时俱进

所谓“港式网络电影”，包括由香港地区的影人操刀创作的网络电影，也包括从题材类型、风格特点、文化特质等方面效仿中国香港经典类型电影的“山寨片”。自诞生之日起，网络电影就偷师中国香港电影，原因在于：中国香港电影工业化、专业化程度高，中国香港制作使网络电影品质有保证；中国香港电影具有完善、多元的类型电影体系，有一批港味的类型片（比如，僵尸片、赌片、无厘头喜剧片、黑帮片、武侠片等），特别是，在徐克、杜琪峰等具有个人艺术风格的中国香港导演的引领下，这些港式类型片具有鲜明的类型语言可供参照模仿；中国香港电影创造了一系列的经典电影 IP 故事，比如，周星驰的“大话西游”系列、徐克的“黄飞鸿”系列、王晶的“赌侠”系列、吴宇森的“黑帮”系列等，这些 IP 具有极强的票房号召力……

2018 年，在票房突破千万的影片中，港式网络电影便有 7 部（见表 4–2）。

表 4–2 港式网络电影

序号	片名	分账	平台	评分	出品方	导演	主演	时长	时间
1	《齐天大圣·万妖之城》	4036 万前 3	优酷	热度 3259,8.4 分 豆瓣 5 分	淘梦	项秋良、项河生	陈浩民、林子聪	90 分钟	2018.3.2

续表

2	《济公之神龙再现》	2832 万前 7	爱奇艺	热度 2209，8.1 分	二友	林子聪	陈浩民、林子聪	90 分钟	2018.8.9
3	《济公之英雄归位》	2229 万前 8	爱奇艺	热度 2096，7.5 分	二友	林子聪	陈浩民、林子聪	94 分钟	2018.2.16
4	《新僵尸先生 2》	2041 万前 9	爱奇艺	热度 2499，7.3 分	新片场	刘观伟	钱小豪、叮当、元宝	88 分钟	2018.1.5
5	《黄飞鸿之南北英雄》	1983 万前 11	爱奇艺	热度 1829，8.4 分	淘梦	林珍钊	赵文卓	104 分钟	2018.5.18
6	《大梦西游 4》	1827 万前 13	爱奇艺	热度 2215，7.9 分	美视众乐	马中轩	谢苗、南笙	65 分钟	2018.3.9
7	《九门提督》	1055 万前 27	优酷	热度 2112，7.1 分 豆瓣 4.8 分	院网	张博	刘锐	85 分钟	2018.6.22
8	《天下第一镖局》	1011 万前 30	爱奇艺	热度 602，3.7 分	院网	周德华	樊少皇	90 分钟	2018.8.24

其中 3 部主演为林子聪、陈浩民，前者是周星驰的御用演员兼副导演，后者则在多部港剧中塑造过“段誉”“孙悟空”“济公”等经典人物形象。林子聪、陈浩民的经典 CP，加之周星驰式的无厘头喜剧风格和港剧、港片的粉丝效应，为这些网络电影提供了良好的受众基础与分账成绩。此外，脱胎于经典港片 IP 的改编或续集作品（比如，赵文卓主演的“黄飞鸿”系列、“僵尸先生”原班底制作的《新僵尸先生》），延续了经典港片的故事题材、类型风格，甚至保留了影片的主创主演，充分发挥了从故事到明星的 IP 号召力。然而，虽然这些影片取得了较高的分账成绩，但口碑上却不尽人意，不少观众认为是“炒冷饭”，已不符合当代的审美需求。由此可见，港味网络电影需要与时俱进，在继承中国香港电影精髓的同时，也要根据当下文化语境进行创新式改编和续写。比如，票房、口碑皆名列前茅的《齐天大圣》就通过大胆的改编、更新的 IP，加之项式兄弟的精美包装，具有了当代文化的审美特色，受到了新一代受众的欢迎。

（三）日式网络电影：二次元特色鲜明，专业化赢得口碑

在创作实践中，效仿日本影视剧、以二次元漫感风格主导的日式网络电影亦受到了年轻受众的欢迎，普遍获得了较高的口碑。从豆瓣 6 分以上的评价看，日式网络电影明显超越了其他的文化类别，并呈现出较鲜明的风格特色（见表 4–3）。

表 4–3　日式网络电影

序号	片名	分账	平台	评分	出品方	导演	主演	时长	时间
1	《男狐聊斋 2 兰若寺》	腾讯播放量前 4	腾讯	6243 万播放量 6.9 分豆瓣 4 分	企鹅影视新片场	李遥波	叶小开 / 何其炜	61 分钟	2018.7.3
2	《阴阳诀之祭情》		腾讯	3412 万播放量 7.7 分豆瓣 5.9 分		李遥波		80 分钟	2018.8.24
3	《忍者通告》		腾讯	3180 万播放量 7.8 分 豆瓣 6.3 分		殷博	马剑越 / 胡宁林	72 分钟	2018.11.20
4	《不良街区》		爱奇艺	热度 1001 6.8 分豆瓣 4.8 分		姜晓通	张本煜 / 黄垲翔	101 分钟	2018.2.24
5	《天才 J 之第二个 J》		优酷	热度 1122　7.8 分豆瓣 5.9 分	优酷	曾庆杰		81 分钟	2018.8.22
6	《天才 J 之致命推理》		优酷	热度 1500 9.0 分豆瓣 6.0 分	优酷	曾庆杰		90 分钟	2018.8.24
7	《天才 J 之谜题里的倒计时》		优酷	热度 1123 7.8 分豆瓣 5.6 分	优酷	曾庆杰		75 分钟	2018.8.30

其中，就《男狐聊斋》《阴阳诀》两部作品来说，摄影师出身的导演李遥波与动画导演出身的制片人陈未衾充分把握了二次元观众的审美爱好，精准定位此类作品的受众群体，并融合中国古风和日本和风两种艺术风格，同时，特别引入 Coser 圈里的名人小梦成为主演，以唯美的古风漫感效果吸引了动漫圈的不少

受众。而《忍者通告》《不良街区》两部作品皆在日本拍摄，前者还上线了普通话与日语配音两个版本。无论是冷面傲娇女忍者与日系废柴萌大叔的典型日漫CP，还是中日黑帮龙虎斗的故事，对于沉浸在日本动漫手游、影视作品中的观众来说都极为熟悉亲切。《天才J》三部曲则明显受到了《死亡笔记》《胜者即是胜利》等日本著名影视剧的影响，中二天才少年人物的设定、脑洞大开的世界观都带有浓厚的日式文化影子，影片中女主角的形象设计与表演风格，甚至是管家的人设都和《胜者即是胜利》如出一辙，同时，与院线电影多部翻拍日本电影的失败之作相比，《天才J》对日本文化的吸收和改造可谓更胜一筹。此外，值得一提的是，据红杉资本发布的《00后泛娱乐消费研究报告》，游戏类消费在“00后”的日常支出中占八成以上份额，动漫类消费也已从小众市场上升为主流消费类型，在“00后”的日常消费支出中占比过半。由此可见，以二次元漫感主导的日式网络电影具有良好的发展前景。

四、深挖、释放IP潜能，系列化、剧集化特点突出

IP是近几年传媒行业发展中的热词。电影、电视剧、网络剧都在追寻IP带来的巨大收益。自网络电影诞生伊始，网络电影与IP始终保持着紧密的关系。从早期备受诟病的“蹭IP”，到疯狂购买版权，囤积IP资源，直至面对日益严峻的IP竞争，开始着力于在全媒体产业链条下孵化IP、培育原创IP。在创作实践中，深挖、释放IP潜能是网络电影多方面合力形成的必然选择，同时，作品系列化、剧集化特点越发突出。

（一）多元IP

在2018年34部千万级票房网络电影中，除7部影片，其他均依托IP制作，由此可见IP之于网络电影的商业价值。在这20多部影片中，IP来源丰富，具体有三种情形。

1. 经典 IP 仍是最重要的改编资源

千万元级分账网络电影中，有 2 部“济公”、3 部“狄仁杰”、2 部“西游”，1 部“黄飞鸿”、1 部“张三丰”，可见头部影片对经典 IP 的依赖非常明显。除了这些头部影片，网络电影在改编于中国经典故事、神话传说，诸如在《三国演义》的基础上，架构了新的世界观的《魔国志》，依托《白蛇传》的《法海你不懂爱》、系列“新白蛇传”，改编自《山海经》的《山海伏魔追月》，改编自《聊斋》的《男狐聊斋 2》，以及改编自《三侠五义》《封神演义》的诸多网络电影作品。

之所以经典 IP 深受网络电影垂青，原因在于其经过历史的筛选，都可谓是优质 IP，具有广泛的受众基础，其故事也为广大中国受众熟知并喜爱，而一些诸如《西游记》这样的古典小说，已经成为公共 IP 资源，并不需要为购买 IP 付费。

对于此类 IP 的改编，需要处理的是在不破坏观众对原作故事审美期待的基础上，根据语境置入新的审美趣味。比如，《齐天大圣万妖之城》对《西游记》便进行了大胆的改编：妖怪不再执着于吃唐僧肉而是觊觎于孙悟空的心，“石心”大圣对花妖动心，唐僧在轮回中悟道了一切冒险不过是自己的心魔。虽然故事较原作进行了较大的改动，但是影片自身风格完整，改编后的主题与《西游记》的主旨也很和谐，因而影片在票房与口碑上获得了双重认可，评价甚至超越了同年上映的《西游记》院线改编电影。对于不少中国经典人物 IP，网络电影也通过描述英雄少年时期的“陌生化”处理，拉近了经典英雄与当下青年的关系。比如，《张三丰之末世凶兵》为观众展现了一个不学无术、武功低微，终日炼丹幻想悬壶济世、拯救苍生的“中二少年”在经历了一系列劫难之后，最终成长为“铁甲战士”的青春成长武侠故事。

2. 顶级 IP 进入网络电影领域

不少顶级 IP 垂青网络电影，比如，拥有众多粉丝的《四大名捕》《鬼吹灯》《沙海》《法医秦明》《牧野诡事》。顶级 IP 不仅能够吸引院线团队和知名艺人加盟，而且能够充分利用其全媒体产业链开发 IP，形成网络剧联动的效应。比如，依据天下霸唱、南派三叔的盗墓小说改编的网络剧、电视剧、动漫、游戏都具有很高知名度，于是，基于二者的小说改编的网络电影也会获得更多关注。

3. 原创力量突出，IP 来源更加多元

除了经典 IP 与顶级 IP，网络电影的 IP 来源更加多元。比如，依据超人气网络原创国漫改编的网络电影：《盛唐妖异志》改编自网易旗下的同名漫画，《白门五甲》与《花悸》是“比翼新电影计划”的产出作品，这些网络电影覆盖类型丰富，从魔幻到新武侠再到科幻，在类型创新的同时，也保持了原作的二次元漫感与中国文化韵味。2018 年还首次出现了根据网络热门游戏改编的真人网络电影《剑网三之四海流云》，开启了网络游戏 IP 的改编之路。

依据原创网络剧改编的网络电影也取得了亮眼的成绩。比如，网络剧转网络电影的《灵魂摆渡黄泉》、短视频转网络电影的《陈翔六点半之铁头无敌》分获分账排行第二、第六，依托网络原创网络剧《天才 J》制作的系列网络电影虽然分账没有过千万元，但是网络互动活跃，已拥有了固定的粉丝群体。早期网络电影中的原创 IP，比如，“山炮系列”与“二龙湖”系列，仍旧具有一定的号召力。这些例子都充分说明了网络原创 IP 的潜力。

此外，巧借民俗传说造 IP 的“宝塔镇河妖”系列网络电影项目与基于地域文化打造地方 IP 的“海昏侯”系列网络电影，也提供了打造中国原创网络电影 IP 的创新思路。

（二）系列化

由于 IP 具有广泛的受众感召力，而网络电影的制作发行周期又先天决定了其系列化的优势，所以产生了一批由同一机构出品、同一主创团队制作，围绕 IP，在类型风格上统一的系列网络电影（见表 4–4）。

表 4-4 “系列化”网络电影（数据截至日期：2019 年 3 月）

片名	上映日期	平台	导演	点播量 / 热度	评分	时长
《封魔记》1 杨戬传	2018.4.27	腾讯	刘海亮	播放量 5163	网站 6.2 分 豆瓣 3.0 分	60 分钟
《封魔记》2 赤雷传	2018.5.25	腾讯	刘海亮	播放量 2792	网站 7.4 分	65 分钟
《封魔记》3 土行孙传	2018.6.15	腾讯	刘海亮	播放量 3632	网站 6.9 分 豆瓣 5.0 分	60 分钟
《跃影江湖》1 唐家诀	2018.3.16	腾讯	吴俊贤	播放量 1322	网站 7.3 分	90 分钟
《跃影江湖》2 森罗万象	2018.3.23	腾讯	吴俊贤	播放量 1350	网站 7.3 分	90 分钟
《跃影江湖》3 龙门之约	2018.3.25	腾讯	吴俊贤	播放量 1406	网站 7.4 分	90 分钟
《守墓人之龙棺海昏侯》	2018.11.15	爱奇艺	张耘海	热度 1487	网站 7.3 分	90 分钟
《守墓人之海昏侯迷踪》	2018.11.2	爱奇艺	张耘海	热度 1015	网站 7.2 分	90 分钟
《魔国志》1	2018.3.7	爱奇艺（下架）	回宇			95 分钟
《魔国志》2	2018.4.6	优酷	回宇	热度 737	豆瓣 4.3 分	88 分钟
《天才 J 之第二个 J》	2018.8.22	优酷	曾庆杰	热度 601	豆瓣 6.0 分	90 分钟
《天才 J 之致命推理》	2018.8.24	优酷	曾庆杰	热度 596	豆瓣 5.9 分	90 分钟
《天才 J 之谜题里的倒计时》	2018.8.30	优酷	曾庆杰	热度 553	豆瓣 5.6 分	75 分钟

这些系列网络电影与早期网络电影蹭院线电影 IP，炮制山寨之作不同，如

今的系列网络电影开始注意打造 IP 形象，从人物、故事、主题到视听元素上都强化该系列一以贯之的特色，并注重主导人物与系列故事之间的关联，相同明星的使用，比如，陈浩民与林子聪的组合、赵文卓饰演的黄飞鸿构成了故事 IP 与明星 IP 共同吸睛的效果。另一方面，通过系列网络电影还可以由点到面的建构一部作品的宏大世界观，腾讯出品的《封魔记》与其去年出品的《魔游记》如出一辙，围绕异世界里的个性英雄打造故事，一部作品塑造一位英雄，注重每部作品之间的差异，比如，《杨戬传》走热血格斗路线、《赤雷传》走青春懵懂情感路线、《土行孙传》则走插科打诨诙谐的喜剧路线。效仿漫威打造的“群英会”，此类系列剧试图以多个人物实现 IP 联动效应。

在这些系列电影中，最红火也最特殊的当是“狄仁杰”系列。2018 年共出品了 7 部以“狄仁杰”命名的网络电影，虽由不同机构、不同主创制作，但 7 部作品的制作都十分精良，商业成绩也很卓越，其中有 3 部“狄仁杰”跻身千万元级分账影片。由其可见，一个优质 IP 的元素兼具悬疑、推理、古装、历史、奇幻、动作、爱情、权谋等多个热门类型元素；可借徐克版“狄仁杰”之势；其以“案件”为核心的故事架构，故事容量适合网络电影时长，既保证了系列电影的关联性，又保证了每部电影的完整性，且具无限拓展属性；主要人物形象立体多元、经历丰富，具有多层面多角度的阐释可能性。

（三）连续化

如果说，以同一人物贯串，每部电影展现该人物经历的一段完整故事的系列网络电影和电视剧中的“单元剧”相似，那么，近年来又涌现了一类“连续化”的网络电影。这些网络电影多以 2 ~ 4 部讲述一个完整的故事，如同电视连续剧一样，每一部网络电影之间都具有情节上的因果联系，为了保持住观众对剧情的记忆、对悬念的耐心，每部网络电影上线的时间最多不超过一周。打包制作与宣发使这一类网络电影节约了一部分成本，但第一集是否吸引观众，能否依靠故事情节设置使后续影片保持甚至吸引更多观众成为该类网络电影需处理的重要问题（见表 4–5）。

表 4–5 “剧集化”网络电影（数据截至日期：2019 年 3 月）

片名	上映日期	平台	导演	点播量 / 热度	评分	时长
《罪途》1	2018.5.11	腾讯	马小刚	播放量 1.8 亿	网站 8.0 分 豆瓣 6.8 分	70 分钟
《罪途》2	2018.5.15.	腾讯	马小刚	播放量 6921	网站 7.9 分 豆瓣 6.7 分	63 分钟
《罪途》3	2018.5.18	腾讯	马小刚	播放量 4969	网站 7.9 分 豆瓣 6.7 分	70 分钟
《夺命剑》1	2018.7.24	腾讯	张萌	播放量 4649	网站 8.1 分 豆瓣 6.5 分	80 分钟
《夺命剑》2	2018.7.27	腾讯	张萌	播放量 2225	网站 7.7 分 豆瓣 5.9 分	70 分钟
《少女茯苓》1 萌乖夫君养成记	2018.1.2	腾讯	杜子曰	播放量 1015	豆瓣无评分	82 分钟
《少女茯苓》2 七生七世桃花劫	2018.1.5	腾讯	杜子曰	播放量 2035	豆瓣无评分	120 分钟
《杀无赦》1	2018.1.7	爱奇艺	托尼・蒂尔斯	热度 669	网站 6.7 分 豆瓣 5.0 分	70 分钟
《杀无赦》2	2018.1.7	爱奇艺	托尼・蒂尔斯	热度 793	网站 7.3 分 豆瓣 4.6 分	70 分钟
《杀无赦》3	2018.1.7	爱奇艺	托尼・蒂尔斯	热度 822	网站 7.1 分 豆瓣 4.4 分	70 分钟

2018 年最成功的连续式系列网络电影当属腾讯推出的《罪途》，这部在封闭空间内展开的悬疑推理故事颇具《东方快车谋杀案》的影子，凭借“凶手是谁”的经典悬念设定，聚焦当下热点话题——“性侵”，群戏角色覆盖社会不同阶层，其内容的现实质感与文化亲切感获得了受众的认可，三部影片都获得了较高的关注度，第一部的播放量高达 1.8 亿人次。然而，爱奇艺斥资购买美剧 *chosen* 版权，请来外籍导演在澳大利亚拍摄，并由中国台湾明星蓝正龙与当

红女星邓佳佳主演的《杀无赦》却并没有成为网络电影爆款。同样以犯罪、悬疑类型为主导，但以中产阶级家庭为主角，发生在海外的非现实游戏为核心内容的《杀无赦》，其“洋”味元素并不符合中国网络电影受众的口味。另外，《罪途》中“凶手是谁”的悬念设置，便于推理展开剧情，通过不断的反转，每一集都能够对悬念进行解答与颠覆，使观众既获得悬念的部分满足，又因新的悬念产生继续观看的欲望。而《杀无赦》的悬念更多在于主人公能否在游戏中存亡，虽然游戏的残酷性在每一集都有推进，但整体给人感觉略显重，悬念力度不够强，当主人公又欠缺英雄魅力与能动性的时候，观众便没有耐心继续观看影片。

从 180 分钟到 270 分钟以内的总体时长上看，连续剧式的网络电影在体量上更接近一个长篇电影而不是至少十集以上的电视剧。所以要根据体裁选择影片的类型，悬念的设定和叙事节奏要符合观众的心理期待，如此才能留住观众。从表 4–5 中可以看出，大多数连续剧化网络电影在受众数量上都呈现逐集递减的问题，从弹幕上看，不少观众反映“人物太多，剧情过于复杂看不懂，剧情突兀”，这都是因为影片体量与剧作失衡造成的问题。

网络电影中还有一类短片集锦式的网络电影，比如，在豆瓣分获 6.7 与 7.7 高分的《的士诡谈》和《天方异谈》。两部影片都以故事嵌套故事的形式，将独立的几个怪谈故事综合在一起，其结构方式接近日本的《世界奇妙物语》。爱奇艺出品的《故事贩卖机》没有一个外层故事或连贯叙述人将几个短片结合在一起，但同样也是短片之作的拼盘，其中《驯兔记》获得了 2018 年网络电影豆瓣最高评分。这一类网络电影可以视为“单元剧”式网络电影的微缩版本。短片在口碑上的好评，充分体现了网络电影“微电影”的基因。

无论是以 IP 为核心，单元剧化的系列网络电影，还是剧情连贯的电视剧式系列网络电影，或是短片集锦的网络电影，都表明了在互联网媒介传播中，电影、电视剧、短片在边界上的消融。网络电影在体裁上的自由性为创作者提供了广阔的创作空间，而创作者也需注意选择适合其体裁、体量的故事类型进行讲述。

五、大型平台综合发力，打造内容创新更大空间

在互联网时代，大型视频平台拥有独特的天时、地利、人和，是网络电影发展的关键环节。特别是，在近年来相对低迷的环境和氛围中，大型视频平台的所作所为具有形塑格局、引领发展等重要作用。具体说来，出于生存所需、基于发展之道，一些立足现实、放眼未来的“作为”主要有如下几个方面的体现：一是整体上涨投资成本。据《2019 年网络电影行业报告》，2019 年投资成本 300 万元以上的影片占 48%，而不足 100 万元的作品占比已从 2017 年的 49% 压缩至 12%。这显然给作品质量带来正比关系。二是健全完善全产业链服务体系，提升行业发展效率。比如，爱奇艺搭建了“前期”（项目评估）、“中期”（金融融资支持）“后期”（成片评估）的立体架构，使平台在产业链各环节更好发挥积极作用。三是主动作为，谋划未来。通过对当前“市场环境、行业发展趋势、内容创作趋势、行业结构升级、平台服务、营销方法论”等多方面的数据化分析，爱奇艺向合作方提出了“燃情（热血时刻）、造梦（奇幻漂流）、青春（有你真好）、英雄（人间正道）、梦想（那么骄傲）、欢笑（心花怒放）”六条内容赛道的合作邀约。基于当前的发展环境、创作方向及潜力、消费需求等现实情形，这一“邀约”体现了视频平台主动参与产业链各环节活动的自觉，也显示了多元合作开发内容、促进新蓝海市场良性发展的眼光，庶几可看作是为 U 形转弯期的凤凰涅槃积蓄力量。四是优化、升级商业模式，强化片方、用户、平台三赢。付费会员是网络电影的直接消费群，也是撬动创作生产的支点。据统计，2019 年，会员电影内容的正片播放同比增长 81%，高于长视频内容整体增速。这表明：电影已成为付费会员内容消费的高频市场；其次，爱奇艺、腾讯视频两大平台的付费用户规模已破亿，且线上观影用户整体呈上涨趋势。这样一来，付费用户对优质内容的多样化需求势必引发诸如作品品质、多元题材、内容创新、观影喜好、用户黏性、平台权益等生产要素的一系列联动效应，而在某种意义上，恰是“片方、用户、平台”三方在各环节的良性循环深刻影响着盘活市场的深度和广度，以及网络电影未来发展的可能性和格局。

第三节 网络电影的审美观照与发展述评

一、审查、监管力度进一步加强，艺术生态环境仍须净化

近年来，随着大量热钱涌入市场，网络电影发展势头日趋火热，但市场上单纯追名逐利的浮躁氛围也与日俱增，以至山寨抄袭、蹭热点、内容低俗恶搞等现象屡屡发生，混沌的生态环境遭到从业者、专家、观众的一致诟病。具体说来，在令人目不暇接、眼花缭乱的网络电影生态中，一方面，各视频平台全年播映的网络电影数量惊人，另一方面却票房平平；一方面，行业乱象丛生，充斥着各种蹭 IP、蹭热点、三俗化的片子，类型扎堆，题材同质化，播放量数据造假，资本疯狂进入，另一方面又出现了一些品质还算不错的内容，促使行业走向正规的力量在逐渐变得强大，“精品化”的呼声也越来越高……与之相应，不仅政府主管部门频繁出台相关审查、监管政策法规，同时，各视频平台也纷纷响应，像爱奇艺划定的“九条红线”、腾讯视频发布的“抵制声明”、乐视视频制定的“大屏电影十不准”等。可以说，随着政府监管力度的加强、行业自律意识的增强，作为重灾区的网络电影市场必然进一步走向规范，特别是，随着网生内容产业的提质增效、线上线下的标准统一，打造“精品”内容必将成为网络电影积极健康发展的方向。

二、发展前景是蓝海，品质提升是关键

2016 年，一篇题名为《网络大电影，风口上的诱惑》的文章指出：近年来，网络电影创作生产一片红火、发展前景一片蓝海，“网络大电影是风口上的诱惑，开拓蓝海还须理性护航”。[1] 在某种意义上，这种“精品化之路”概括依然有效。

[1] 刘阳．网络大电影，风口上的诱惑［N］．人民日报，2016-06-02.

客观地说，经过前几年的积累，网络电影的质量虽有所提高，但仍旧存在诸多问题。一方面，出现了《灵魂摆渡黄泉》《陈翔六点半之铁头无敌》等口碑与票房都较好的作品，为促进发展，上海国际电影节还首次为网络电影设置奖项；另一方面，网络电影整体平庸者居多，部分作品仍体现出“重经济效益轻社会效益”“既不触碰负能量底线，也不攀登正能量高峰”的创作思路，标题党、擦边球、恶搞经典、“前6分钟”等顽疾。特别是，从观众的角度看，在评价要素上，多数人认为“剧情设计”“人物塑造”“价值导向”“音效”“服装造型”“道具布景”“画面剪辑”等的重要性突出；其次，就存在的问题而言，“剧情俗套、没有吸引力”“内容、桥段抄袭”“演员演技差”等问题仍受诟病。由此观之，在网络电影的发展中，进一步提升品质格调和艺术制作水平仍具有现实的紧迫意义。

三、视频平台关闭播放量，倒逼制作方回归内容

2018年9月，爱艺奇关闭前台播放量，2019年1月18日，优酷也宣布即日起关闭前台播放量，腾讯视频也已调整剧集考核体系，强化内容对会员拉新的促进作用。可以说，这些举措有益于破除流量喧嚣，营造更加良性的产业环境，有助于行业内部将精力放在内容本身，行业也正在朝着积极健康的方向发展。实践表明，收视率、播放量并不能全面反映影视节目的社会价值，一部作品的影响力和导向意义更不能以这样一个简单的指标来衡量。关闭前台播放量，意味着告别唯流量时代，正式以内容热度代替原有播放量。而所谓“内容热度”，包含用户观看行为数据、互动行为数据、分享行为等综合数据维度。实际上，近年来，诸多制片公司通过各种“渠道”“购买”剧作播放量的做法基本算业内常态，动辄数十亿计的剧集其实是靠“刷量”实现。而视频平台关闭前台播放量是因为刷量等灰色产业太泛滥，严重扰乱了影视市场秩序。针对收视率（点击率）造假对行业的破坏，相关监管部门也出台了具体措施。因此，在总体方向上，关闭前台播放量是优化行业环境的必要之举，同时，也会利好真正做好内容的公司。

四、生产主体实力逐步增强，整体专业化水平仍须提升

近年来，在文化产业发展的大潮中，鉴于投资相对较少、资金回收周期较短等特点，网络电影逐渐成为重要的风口，成为投资文化产业最重要的选项。与之相应，网络电影创作生产相关机构日益多元化，其中，制作机构主要由影视文化公司和个人影视工作室构成，出品机构则涵盖广泛，不仅包括一线视频网站、传统影视公司、新生代影视公司，还包括传统广播电视机构、政府相关机构等。比如，2018 年度，出品网络电影 10 部以上机构有腾讯网（47 部）、北京奇树有鱼文化传媒有限公司（39 部）、北京新片场传媒股份有限公司（32 部）、北京淘梦网络科技有限责任公司（29 部）、霍尔果斯安之若素影视传媒有限公司（24 部）、映美传世（北京）文化传媒有限公司（16 部）、东阳市宇皇影视文化有限公司（12 部）。[1]

但另一方面，数量和质量落差悬殊，突出表现在两个方面：一是 2018 年度上线的 1526 部网络电影共涉及 2590 家出品机构，但大多只出品过一部影片；二是众多执导网络电影的导演以“80 后”导演为主体。因此，就后者而言，尽管 2018 年网络电影创作生产的主体力量更快地显示出“专业化”升级的态势和特点，但导演队伍的整体专业水平还有不小的提升空间。当然，在市场加速洗牌的过程中，拥有核心竞争力的公司将越发优势突出，而企图用小成本、挣快钱的投机者必将加速离场。同时，亦可预见，网络电影领域作为年轻导演的“练兵场”，大浪淘沙后自然会涌现一批新生力量。

五、营造良好发展条件，优化产业发展驱动力

当前，影响网络电影产业发展的要素和条件有四个：一是“用户需求”。相比之下，电视剧和少量头部网络剧制作周期长、成本高，可以拉新，却无法持续生产，院线电影类型单一、产量低，无法满足视频网站用户需求，由此，网络电

[1] 国家广播电视总局监管中心 .2018 年网络原创节目发展分析报告（网络剧篇）[EB/OL].（2019-01-11）[2019-10-10].http：//www.sohu.com/a/288432756_152615.

影可量产、类型与院线电影互补，可满足部分用户需求。二是“商业模式”。近年来，尽管竞争激烈，但会员付费模式为主，买断、保底等补充合作模式为辅的格局在探索实践中不断成型。三是“资金”。比较而言，院线电影投资门槛高、风险大、项目少，民间资本投资无门，由此，网络电影单个项目投资低，相对风险较小，还可以通过多个项目分担风险，提高投资回报率。四是“人才”。相比来说，院线电影将大量影视制作人员和爱好者拒之门外，大量年轻人没有参与电影项目的机会和作品，由此，网络电影可为这些青年演员、导演、制片人、编剧提供锻炼、学习的机会。

推进网络电影产业发展的“驱动力”要素有四种：“生产要素”驱动（低制作成本、低营销发行成本等）、“投资”驱动（制作成本上升、营销发行成本上升等）、“创新”驱动（商业模式创新、内容创新、细分市场创新、宽容的用户等）、“财富”驱动（金融产品创新、投资并购等）。当前，网络电影正处于由“生产要素”驱动向“投资”驱动过渡的发展阶段。其中，院线电影人才的入场拉高了网络电影行业制作及营销成本，制作成本、营销发行成本推高投资成本，资源向高成本网络电影倾斜，又会导致成本进一步提高，到平台、投资方不再能负荷，整个行业将进入创新驱动阶段，制作方将更用心研究内容和细分市场受众，用户需要对创新内容多些包容，平台鼓励创新，商业模式可能改变。当最终到财富驱动阶段，行业领导者可能寻求通过投资行业内外产业、兼并对手来减少竞争，获得更多财富，金融衍生产品不断创新，帮助网络电影行业获取更多增长，但应尽量推迟这一阶段的到来，延长创新驱动阶段。

第五章 网络音乐创作生产及发展述评

第一节 网络音乐概述

一、“网络音乐”的内涵与分类

作为一种新的音乐形式，网络音乐包括借助互联网进行制作、传播和消费的电子化音乐，也包括经由电信网、移动互联网进行传播和消费的数字化音乐作品。数字化制作、传播和消费是网络音乐的显著特点。

在传媒业快速发展的背景下，依托互联网、移动通信网进行传播的网络音乐形态渐趋多样，包括无线彩铃、Flash 音乐、在线音乐、网游音乐、MIDI 音乐等。特别是，随着移动流媒体平台的普及和应用，在线音乐快速崛起。由此，网络音乐可分为“无线音乐”“在线音乐”两大类：前者是指无线网络运营商通过无线增值服务在手机终端播放的音乐，以中国移动无线音乐彩铃为典型；后者是指能够在处于网络连接状态的移动终端或电脑终端进行下载或播放的互联网音乐，以酷狗音乐、酷我音乐、虾米音乐、QQ 音乐、网易云音乐等为代表。

基于移动互联网的快速发展，在线音乐平台在较短时间里快速赶超无线音乐，同时，也进一步开发了网络音乐应用平台除“听”之外的多种功能。近年来，网络音乐市场呈现“在线增、无线降”的趋势。一听音乐网曾作为国内最大在线音乐网站，可提供免费歌曲在线试听与下载。之后，移动音乐应用平台兴起，酷狗音乐、QQ 音乐、网易云音乐等在线音乐崛起，用户渗透率不断增强。早期国内多家在线音乐平台提供的多为免费音乐，用户不仅可以免费聆听，还可以免费下载或廉价批量下载。因此，在线音乐发展早期，网络音乐版权侵权现象比较普遍。为避免日益严重的网络音乐侵权，2015 年国家版权局发布《关于责令网络音乐服务商停止未经授权传播音乐作品的通知》，[1] 该通知被称为“最严版权令”，一经发布，百度音乐、一听音乐、多米音乐等在线音乐平台纷纷下线未经授权传播的网络音乐作品。这有效规范了网络音乐版权的秩序，同时，良好的网络音乐版权管理体制又促成了中国网络原创音乐的有序发展，网络音乐平台开始涌现一批具有影响力的音乐作品。

二、网络音乐的发展历程

在传媒业发展的大背景下，我国网络音乐内容产品多样化发展，包括音乐 Flash、在线音乐、彩铃、数字音乐专辑等。网络音乐内容产品的创作、制作和推送等各个环节都与新媒体音乐编辑和传播行为密切相关。依据这些状况，网络音乐的发展历程大致可划分如下三个阶段。

1. 萌芽期（1997—2004 年）

网络音乐的早期萌芽主要得益于音频压缩技术。1993 年，MP3 音频压缩技术的诞生使只有几个 MB 大小的音乐得以在互联网上便捷复制、下载和传播。虽然音频压缩技术为音乐的互联网传播提供了技术支持，但当时数字音乐传播没有被著作权法许可，网络音乐尚处于自发和无序的状态。1997 年，有音乐人将歌曲《惠多》上传到互联网上，这被视为中国第一首广义的网络歌曲。由于当时中国的实体唱片正处于发展黄金期，且互联网还没有普及，网民数量也比较少，因此，这首网络音乐并没有引起人们的真正关注。

2001 年 3 月，Flash 版的《东北人都是活雷锋》开始在互联网热播，成为第

[1] 国家版权局. 关于责令网络音乐服务商停止未经授权传播音乐作品的通知［EB/OL］.（2015-07-08）［2019-10-10］.http://www.chinalawedu.com/falvfagui/21829/wa1507103142.shtml.

一首走红的网络歌曲。Flash 制作者——“闪客”，被视为是最早的网络音乐编辑。通常的情况是：演唱者提供一段音频后，经由“闪客”运用 Flash 技术进行制作并上传网络，从而完成这种集音乐、卡通、画面、文字为一体的、适合网络传播的音乐 Flash。由于此类音乐 Flash 具有容量小、便于传播的特点，加上音乐风格灵活，适应了网民对轻松音乐作品的需求，因此，这成了早期网络音乐发展的主要类型。比如，《东北人都是活雷锋》《2002 年的第一场雪》《老鼠爱大米》《两只蝴蝶》等均是创作于中国互联网发展早期，并具有广泛影响力的网络歌曲。其中，《东北人都是活雷锋》以朴实无华的大白话和简单重复的旋律，表达东北人身边现实的故事与情感，被视为国内网络音乐文化的先行代表。《老鼠爱大米》依托网络平台掀起热潮，是较早流行的网络歌曲，还获得了 2005 年第五届华语音乐传媒大奖“最佳网络歌曲奖”“最受欢迎卡拉 OK 歌曲奖”和“最受欢迎网络歌曲”奖等，同时，作品还创下单曲月下载 600 万次的纪录。歌手杨臣刚也凭借此曲成为首位登上中央电视台舞台的网络歌手。值得一提的是，在网络音乐发展早期，用户免费下载和使用是普遍现象。

2. 探索期（2005—2014 年）

2005 年，《一万个理由》《哎呀》等因互联网走红的网络歌曲开始成为人们的手机铃声。通过彩铃等业务，中国无线音乐市场一度风生水起。但伴随移动互联网的快速发展，在线音乐得以飞速发展并赶超无线音乐。

互联网与通信行业的变革发展，以及行业分工的日益细化，进一步促成了我国网络音乐内容的生产发展。“一听音乐网”曾作为国内最大的在线音乐网站，提供歌曲在线试听与下载。之后，酷狗音乐、酷我音乐、虾米音乐、QQ 音乐、网易云音乐等在线音乐崛起，为国内网络音乐用户提供多种可选的平台，并各自占据一定的市场份额。

在线音乐的快速崛起促进了网络音乐全面渗透互联网用户的日常生活。在线音乐快速崛起的 2013 年前后，多方机构开始密切关注用户的网络音乐消费习惯和市场规模。据文化部文化市场司发布的《2014 中国网络音乐市场年度报告》：网络音乐在中国网民中拥有最多用户，其居高不下的用户规模和使用率确立了网络音乐在中国网络文化中不可替代的地位；从市场规模来看，网络音乐总体规模达到 75.5 亿元，同比增长了 1.8%，其中，无线音乐市场规模仅为 24.3 亿元，同比减少了 20.4%，而在线音乐市场规模为 51.2 亿元，同比增长 17.4%，呈现“在线增，无线降”的特点。[1] 此外，如何引导网络用户为网络音乐“买单”是此一时期热议的话题，一些网络音乐平台也积极探索行之有效的收费模式。

3. 发展期（2015 年至今）

伴随着传播方式的不断创新，以及艺术与技术关系的日益紧密，以移动互联网为主的新媒体音乐创作、编辑、传播和营销也迎来新的发展机遇，同时，网络音乐的激烈竞争也悄然开启。人们对网络音乐的理解和关注已不再停留于热播的网络歌曲，而更多地指向那些通过网络平台传播的音乐作品。

为加强对网络音乐的版权保护，国家版权局于 2015 年 7 月 8 日发布了《关于责令网络音乐服务商停止未经授权传播音乐的通知》，要求网络音乐服务商停止未经授权的音乐作品的传播。之后，16 家网络音乐服务商主动下线作品 220 余万首。其中，百度音乐下线 64.2 万首、一听音乐下线 60 余万首、多米音乐下线 40 余万首、QQ 音乐下线 2.37 万首歌曲，国家版权局的通知有力促进了网络音乐的发展。

网络音乐的快速发展也带来了新问题，其中，网络音乐作品的版权归属成了各网络音乐平台关注的焦点，并开始争相收购音乐版权。随着音乐版权的正规化进程，在短时间内，中国几大数字音乐平台兼并重组：2015 年，酷狗音乐、酷我音乐合并组建成新的海洋音乐集团，阿里巴巴收购天天动听和虾米音乐并组建了新的阿里音乐，百度音乐和太合音乐集团合并，咪咕音乐、多米音乐开展战略合作；2016 年，腾讯宣布与中国音乐集团合作，QQ 音乐、酷狗音乐和酷我音乐合并为新的音乐业务公司，艾媒咨询统计数据显示：截至 2017 年，腾讯音乐娱乐集团（简称 TME）旗下的酷狗音乐、QQ 音乐、酷我音乐三大手机音乐客户端累计下载量分别占比 30.6%、18.5%、16.3%，位列行业前三，中国手机音乐客户

[1] 文化部文化市场司. 关于责令网络音乐服务商停止未经授权传播音乐作品的通知［EB/OL］.（2015-07-10）［2019-10-10］.http://www.199it.com/archives/364074.html.

端市场“三巨头”地位进一步巩固，[1]而合并后的三大平台的产品和品牌保持独立，用户原有的服务不变。

经过激烈的版权之争和资源重组、“洗牌”后，网络音乐平台有了新布局。其中，QQ 音乐、酷狗音乐、酷我音乐、网易云音乐、百度音乐成为新阶段主要网络音乐应用平台，并拥有绝大多数音乐作品版权。与此同时，在激烈乃至残酷的竞争中，一些音乐应用平台相继停止服务，比如，2016 年 10 月 1 日，“天天动听”停止服务；2018 年 2 月 28 日，“多米音乐”也宣布无限期停止服务。

当前，随着音乐版权正规化进程的推进，集音乐搜索、音乐试听、音乐下载、音乐社交等于一体的网络音乐应用平台仍在积极收购和布局音乐版权。国家版权局和各级文化管理部门也对快速发展的流媒体数字音乐版权和音乐内容管理给予了高度重视，并通过逐步强化事中、事后监管制度来进一步营造良好的网络音乐环境。在多方的共同努力下，网络音乐逐步形成了发展的新格局，开拓了更加规范、有序的管理与运营之路。

三、网络音乐的审美特征

作为通过互联网、移动通信网、固定通信网等进行传播、消费的数字化音乐形式，网络音乐具有数字化制作、传播和消费的特点，包括歌曲、乐曲、MV 等形式的音乐产品。快速发展的互联网技术带动了网络音乐的飞速发展，网络音乐传播具有即时互动、远程共享等优势。但由于中国著作权法起步较晚，加之早期网络平台免费音乐下载传播的现象比较普遍，网络音乐版权侵权现象比较泛滥。与此同时，网络音乐也存在产业链各环节发展不均衡，网络音乐市场激励机制不足，网络音乐创作数量较多、精品较少等问题。

2015 年，国家版权局发布了《关于责令网络音乐服务商停止未经授权传播音乐作品的通知》，各网络平台纷纷下架未经授权传播的音乐作品，网络音乐版

[1] 艾媒咨询 .2017—2018 中国手机音乐客户端市场监测报告［EB/OL］.（2018-04-02）［2020-03-10］.https://www.sohu.com/a/227025818_533924.

权秩序明显好转。国内各网络平台开始加大对音乐原创的扶持力度，网络音乐产业生态初步形成。近年来，随着中国网络音乐的快速发展，网络音乐作品数量、和网络音乐用户数量明显增多。

中国在线音乐娱乐平台快速崛起，进一步开发音乐平台除了“听”音乐之外的多种可能性。2017 年我国泛娱乐核心产业产值突破 5000 亿元，网络音乐正在泛娱乐产业中占据越来越重要的地位、发挥越来越大的作用。

第二节　近年来网络音乐创作生产状况与特点

近年来，网络音乐总体上呈现创作主体多元化、传播平台多样化、创作生产泛娱乐化和草根化等，其侧重点更加关注内容产品的垂直细分和个性化、差异化服务，并在音乐播放、演艺直播、音乐短视频等方面形成了新的发展模式和机制。其中，网络音乐用户持续增长，网络平台音乐市场开放式竞争、加大对原创音乐人与原创音乐作品的扶持，网络音乐市场竞争更加充分，网络音乐全产业链布局进一步发展等。

一、用户持续增长

近年来，中国网络音乐用户呈持续增长态势。据中国互联网络信息中心（CNNIC）发布的数据：截至 2019 年 6 月，网络音乐用户规模达 6.0789 亿，占网民总体的 71.1%；手机网络音乐用户规模达 5.8497 亿，占手机网民的 69.1%。其中，虽然中国网络音乐用户的数量一直提升，但由于连续多年的用户增长，网络音乐用户的增长略有所减缓。以 QQ 音乐、网易云音乐、酷狗音乐、酷我音乐等为代表的在线音乐平台的月活跃用户数量过亿，中国网络音乐市场成为备受全球资本青睐的新兴市场。

特别值得一提的是，2016 年 9 月上线的音乐短视频社区“抖音”，在经过两年的快速发展后，已成为网络用户关注度非常高的热门短视频平台。据“抖音”平台的公开数据显示：截至 2019 年，“抖音”全球月活跃用户达 5 亿，《学猫叫》《沙漠骆驼》《纸短情长》等歌曲依托“抖音”平台成了传播度非常高的作品。

二、版权环境向好发展

受“最严版权令”的冲击，曾占领国内网络音乐市场一定份额的“多米音乐”于 2018 年 2 月宣布终止相关业务。伴随网络音乐平台监管力度的加强，网络音乐平台的发展两极分化愈加明显，而一些规模较小的应用平台因版权与管理等方面的原因停止了音乐服务。

在国家版权局的推动下，国内网络音乐版权秩序明显好转。比如，2018 年 2 月，腾讯音乐和网易云音乐达成新的音乐版权转授权合作，双方相互授权音乐作品数量超过各自独家音乐作品数量的 99% 以上；2018 年 3 月，网易云音乐和阿里音乐达成网络音乐平台的作品转授权合作。多家平台音乐版权转授权合作的达成，使网络音乐平台之间激烈的垄断版权之争得以平息。由此，持续近 3 年的以垄断版权为目标的网络音乐市场封闭式竞争，逐渐转向了以共享版权为途径的开放式竞争。中国网络音乐平台也由此进入了新的发展阶段。然而，如何改善用户体验、加强平台原创音乐建设、精耕细作音乐内容产品等，成了网络平台发展新的关注点。

三、平台加速投融资

2018 年 6 月，关注音乐生态体系建设的太合音乐集团完成了融资、并购和品牌升级等一系列调整。11 月，网易云音乐完成了总额超过 6 亿美元的 B 轮融资，新一轮融资后，网易公司仍保持享有对在线音乐平台的控制权。12 月，腾讯音乐娱乐集团在美国上市，成为全球第二家、国内第一家上市的在线流媒体音乐平台。作为国内首家上市的在线流媒体音乐平台，腾讯音乐娱乐集团的上市备受全球音乐产业的关注。来自腾讯音乐娱乐集团的公开数据显示：2018年上半年腾讯音乐娱乐集团营收86.19亿，同比增长92%；利润21.12亿，同比增长189%（见图5–1）。

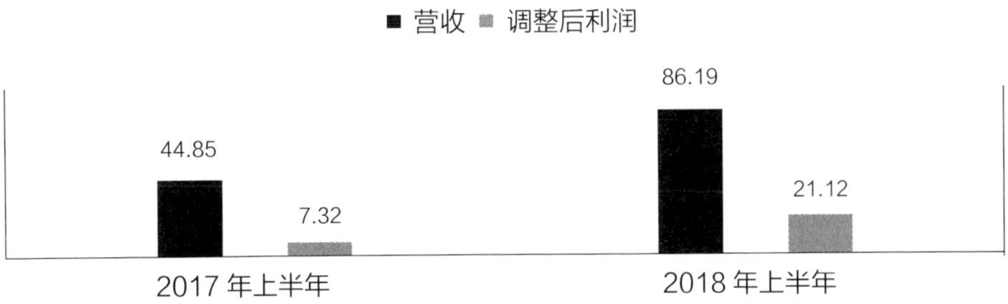

图5–1　2017—2018年腾讯音乐娱乐集团财务数据（单位：亿元）

四、平台多元布局，全产业链开发

通过创新发展、多方合作和全产业链布局，网络音乐平台为产业发展带来了更多发展契机。具体说来，一是经过数年硝烟四起的“战国时代”，腾讯音乐、网易云音乐优势凸显，且在从网红式营销、倾销转向内涵建设的过程中，优势平台针对网民需求的多样化，强调产品的文化意义和网络出圈，同时，积极探索、开发个性化、社交化产品，比如，腾讯Moo音乐打造视觉化的交互机制和小众风格的歌单推荐机制，网易云音乐推出新功能“因乐交友”探索社交领域的新前景。二是广泛布局“音乐+旅游”“音乐+社交”“音乐+直播”等泛娱乐生态，这使平台具有了更多的功能，也使平台的应用和收入更加多元。三是积极布局线上+线下音乐活动与项目，强化上游内容生产制作和下游内容推广传播，比如，加大对网络原创音乐人的扶持并通过扶持原创音乐进一步提升在线音乐平台的核心竞争力，还加强对网络音乐版权的收购与保护。四是加强网络音乐与网络电影、网络动漫、网络文学、网络游戏等之间的关联，拓展和延伸音乐产业链，比如，歌曲《栀子花开》《不能说的秘密》等音乐IP影视化，《王者荣耀》等热门游戏的音乐单曲制作等，都反映出音乐与其他关联产业的合作愈加紧密。同时，也给用户带来多样的新体验，比如，热门音乐类网络综艺节目集听、看、唱、演出、社交等场景体验为一体，在双赢中有效拓展了音乐娱乐的版图。

第三节　网络音乐的审美观照与发展述评

近年来，网络音乐生产主体和网络音乐传播渠道更加多元，网络音乐传播效果也更多呈现马太效应。同时，随着网络音乐版权的正规化，国内网络音乐平台呈现出更加关注平台垂直内容细分、个性化音乐服务等发展趋向。

一、内容生产主体多元化发展趋向显著

以 PGC（专业生产内容）+UGC（用户生产内容）为代表的内容生产模式是网络音乐平台内容生产的主要特点。

首先，基于 PGC 的网络音乐内容提供方包括传统唱片公司、音乐制作公司、电台电视台音乐类节目、独立音乐人等。其中，传统唱片公司和音乐制作公司的专业内容生产为网络平台提供了大批制作精良的音乐产品，而传统电台电视台的音乐类音视频节目也是网络音乐平台作品曲目的有机组成部分。

其次，小厂牌和独立音乐人的作品也是网络音乐平台的重要曲库来源之一。网络音乐平台通过相关扶持计划，挖掘和鼓励原创音乐人创作生产优质音乐原创作品，比如，网易云音乐的“石头计划”、虾米音乐的“寻光计划”、腾讯音乐的“腾讯音乐人计划”等，诸多扶持原创音乐的活动使网络音乐平台呈现新的生机与活力。特别是，近年来大热的网络短视频 App 极大引发了小厂牌、独立音乐人音乐制作的火爆，也极大地丰富了中国网络音乐的应用类型。其中，通过网络视频直播的渠道，自媒体等独立音乐制作者将自己创

作的、各式各样的音乐作品发布到网络平台，为网络音乐营造了自由、多元的发展氛围。

其三，音乐领域的人工智能研究与应用有了新的突破与进步。2018 年 11 月 26 日，中央音乐学院与美国印第安纳大学联合举办“AI 之夜——音乐人工智能伴奏系统音乐会”，专业演奏家们与人工智能乐团首度携手演出了十余首中外经典作品。这是我国首次采用世界顶级人工智能技术，用信息化的交响乐团“信息爱乐”提供可随演奏者音乐节奏变化而变化的现场协奏形式音乐会，也是音乐人工智能伴奏系统的世界首演。当然，虽然此次人工智能伴奏系统的亮相引发了学界、业界的广泛关注，但音乐会的现场艺术表现和创作水平不尽如人意。这表明：通过数据分析学习和套用模版的方式进行创作与演出的人工智能伴奏系统，其实际艺术表现力与人类艺术创作的表现力尚存较大差距，人工智能的自主创作水平仍有很大的增长空间。

二、传播载体丰富多样

在网络音乐平台排行榜单上，QQ 音乐、网易云音乐、酷我音乐、酷狗音乐、全民 K 歌、千千音乐、爱音乐、华为音乐、咪咕音乐、虾米音乐排名前十（见表 5-1），网络音乐平台是网络音乐传播的主要渠道。[1]

表 5-1　2018 网络音乐平台排行榜前十

排名	网络音乐平台名称
1	QQ 音乐
2	网易云音乐
3	酷我音乐
4	酷狗音乐

[1] 互联网周刊 .2018 十大网络音乐平台［EB/OL］.（2018-11-19）［2019-10-10］.http ://www.enet.com.cn/article/2018/1119/A20181119056581.html.

续表

5	全民 K 歌
6	千千音乐
7	爱音乐
8	华为音乐
9	咪咕音乐
10	虾米音乐

与此同时，从《学猫叫》《海草舞》《沙漠骆驼》《纸短情长》等网络口水歌的产出和传播来看，这些流行歌曲的产生并非源自网络音乐平台，而是来自抖音、快手、动次等短视频平台，娱乐化短视频也成为时下流行歌曲的发源地和传播平台。

基于移动互联网技术发展和用户碎片化时间娱乐的双重条件，移动短视频应用应运而生，"音乐 + 视频"的结合方式进一步增强了娱乐功能，成为 2018 年以来最受网络用户喜爱的娱乐形式之一。移动短视频的音乐取材和视频选择均注重创意，音乐、文字、声音、视频的创意结合表达了用户的喜、怒、哀、乐等生活场景与娱乐场景。特别是音乐内容在抖音、快手短视频应用中也发挥了积极的作用。

短视频平台上的"红人"也曾透露，制作火爆短视频的关键要素之一是音乐选取。歌曲《往后余生》《一百万个可能》《学猫叫》《隔壁泰山》《可能否》《我已经爱上你》《讲真的》等百余首歌曲进入抖音最火歌曲排行榜。其中用户对音乐的截取，以及音乐节奏与短视频的结合技巧等，成为制作好玩有趣且高点击率短视频的关键所在。

网络综艺平台也是孕育和传播网络音乐的主要载体。近年来音乐类网络综艺节目，比如，《创造 101》《明日之子》《中国新说唱》等也深受网络用户喜爱。其中，《创造 101》是由腾讯视频和腾讯音乐娱乐集团联合出品的组合青春成长节目，于 2018 年 4 月首播，再次引发网络用户对流行乐演唱组合成长的关注。《明日之子》是腾讯视频推出的音乐偶像养成节目，曾获得中国泛娱乐指数盛典

ENAwards2016—2017 年度最具价值网络综艺奖。《中国新说唱》是爱奇艺 2018 年举全力打造的“S+”级自制超级网络综艺，是国内第一个以“剧集式”叙事理念制作的真人秀节目。通过网络综艺平台的老歌新唱和新歌推介，一些具有潜质的歌手和歌曲脱颖而出，再度热播传唱。

三、制作的“草根化”“娱乐化”发展

依托互联网及科技的发展，网络音乐制作平台吸引了更多“草根”用户的参与。支持用户自制内容生产的网络音乐平台更加活跃。互联网平台便捷的操作系统和应用软件进一步降低了网络音乐制作的门槛，网络音乐制作与共享平台吸引了更多非音乐专业人士的参与。在网络用户的积极参与下，网络音乐“草根化”特点更加凸显。在非专业人士音乐制作的推动下，互联网平台的用户自制内容产品数量快速增加。然而，网络音乐数量攀升的背后也隐藏了一些问题，比如，有的网络音乐创作比较低俗，缺乏一定的审美高度；有的网络音乐制作追求速度，而忽略作品的品质。基于此，网络音乐发展亟须更多专业与非专业音乐人士的共同参与。

其次，网络音乐平台不仅仅是用户听音乐的平台，网络音乐的娱乐性也有所增强。移动互联网的即时与高效性，为用户参与网络音乐制作与传播提供了良好环境。近年来，网络平台、内容产品、网络用户的互动与共享使网络音乐的娱乐价值得到充分体现。此外，网络音乐在电影、游戏等领域的广泛使用也拓宽了网络音乐的功能价值，并为网络音乐推广开拓了一条崭新道路，同时，伴随着大数据、AI 技术的发展，网络音乐在其他领域的应用也更加广泛。

四、平台的差异化发展凸显个性化与精准性

在国家版权局的积极协调和推动下，2018 年 2 月，腾讯音乐与网易云音乐就网络音乐版权合作事宜达成一致，双方相互授权音乐作品，且达到各自独家音

乐作品数量的 99% 以上。经合作商定，腾讯音乐与网易云音乐将进行音乐版权长期合作，并积极向其他网络音乐平台开放音乐作品的授权。通过加强网络音乐平台监管，网络音乐平台的发展两极分化的趋势也愈加明显，一些中小平台由于版权与管理等方面原因停止音乐服务。受“最严版权令”的冲击，2018 年 2 月，多米音乐宣布终止相关业务运营。

伴随国内网络音乐版权走向正规化，国内网络音乐平台发展的侧重点也随之发生变化，网络音乐平台更加关注内容产品的个性化服务。网络音乐平台的垂直内容细分成为备受关注的方面，打造差异化服务逐渐成为平台发展的重点。各网络音乐平台形成以音乐播放、移动 K 歌、演艺直播、音乐短视频等为主的崭新业务模式与运营机制。未来，网络音乐平台将更加注重内容与服务的垂直细分极致。就用户而言，未来网络音乐服务将更具个性化与精准性。

五、传播效果更多呈现马太效应

近年来，网络音乐呈现出以 QQ 音乐和网易云音乐为主导的市场竞争格局，网络音乐市场竞争更加充分、开放。太合音乐集团也在 2018 年 6 月完成包括融资、并购、品牌升级等系列调整。网络短视频企业也开始布局原创音乐内容，比如，抖音、快手等短视频平台已经加大对原创音乐内容的扶持，原创音乐得到网络平台的多方支持。

从音乐类 App 及短视频类 App 的发展可以看出，音乐类 App 多以音乐播放为主要功能，其社交机制、内容生产、爆款产品相对匮乏。相比之下，短视频类 App 则显示出较强的社交机制，内容生产也更加灵活。短视频类 App 与音乐的结合，比如，抖音、快手的娱乐化短视频平台成为部分流行音乐的传播阵地。网络直播和短视频平台与音乐的结合助推了《海草舞》《学猫叫》《带你去旅行》等传唱度较高的歌曲。与此同时，随着短视频娱乐方式的热门普及，网易云音乐、酷狗音乐、酷我音乐、虾米音乐等网络音乐平台也开始拓展短视频内容产品，以此增加平台的用户黏性与热度。

网络音乐曲目涉猎极广，进一步丰富了网民的音乐娱乐生活。与此同时，有的网络音乐用户不再满足于听音乐本身，希望在听音乐的同时也能够增加更多的互动体验和泛娱乐内容。“音乐 + 短视频”“音乐 + 直播”“音乐 + 游戏”等复合式网络音乐传播方式进一步丰富了用户的视听体验，音乐的泛娱乐功能进一步增强。

六、AI 改变音乐创作模式

在音乐创作领域中，伴随着人工智能（Artificial Intelligence，AI）的高速发展和应用，AI 音乐创作（包括 AI 创作、AI 伴奏、AI 歌曲合成）的深度学习和神经网络研究已在国外逐渐成熟，并有相关平台已投入市场（比如，AI 作曲方面，有谷歌开发的 Magenta、以及 Amper、Jukedeck、Musical.ai、Humtap、AIVA 等）。在我国，从互联网音乐公司到创业公司，AI 音乐创作正以迅雷不及掩耳之势的速度进入中国音乐产业，比如，虾米音乐推出了“探乐计划”，中央电视台《经典咏流传》第二季“读诗成曲”推出了在线互动工具，还有在 AI 歌声合成方面，以唱歌为主打功能的音乐短视频产品“鲸鸣”App 等。

人工智能作曲通过模拟人类作曲家，让计算机“学会”音乐创作中的和声、曲式、配器等基本要素，从而“创作”出具有一定风格特征的音乐作品。比如，2018 年初，中国平安人工智能技术通过智能认知与音乐的深度融合成功实现了人工智能在作曲领域的应用，在世界 AI 作曲国际大奖赛中，平安 AI 获得了第一名的佳绩，也反映了中国人工智能在音乐创作领域技术的成功探索。再比如，2018 年 5 月 16 日，微软小冰为知乎 · 盐 Club 新知青年大会作词并演唱主题曲《我知我新》；8 月 10 日，由阿兰 · 达瓦卓玛和微软小冰合作推出的单曲《好热好热》上线；8 月 18 日，微软小冰第三次登上 CCTV-1《机智过人》，为苏轼的《念奴娇 · 赤壁怀古》作曲；9 月 10 日，微软小冰发布单曲《桃花梦》。

综上所述，网络音乐呈现蓬勃的发展活力，网络音乐市场也成为备受关注的新兴市场。伴随网络音乐版权的进一步正规化，网络音乐发展的侧重点更加关注内容产品的个性化、差异化服务，内容细分更加垂直化，并形成以音乐播放、移动K歌、演艺直播、音乐短视频等新的业务模式与运营机制。同时，可以预见的是，随着科技创新渗透到了音乐产业链的各个环节，以及5G新技术的广泛应用，网络音乐创作生产也将呈现新的特点，网络音乐的产业发展也将有新的突破。

第六章　网络动漫创作生产及发展述评

近年来，国产动漫稳中有进、持续发展。尽管 2017 年以来，国内动漫市场投资热潮渐退，但并未迟滞其发展。与 2017 年相比，2018 年国产动漫在数量、质量、播放量、口碑等方面均表现良好，内容生产朝精品化方向发展，出现了《斗罗大陆》《魔道祖师》《斗破苍穹第二季》等人气动画、《快把我哥带走》等二次元破壁大电影，以及《武动乾坤》《怦然心动》《甜美的咬痕》等一批得力新作。而在众多优质作品的背后，以哔哩哔哩（B 站）、爱奇艺、腾讯视频等为代表的视频平台，以阅文集团、晋江文学为代表的网络文学平台，以快看漫画、小明太极、腾讯动漫为代表的漫画平台，以及平台之外的新、老动画出品制作公司（比如，若森数字、玄机科技、视美影业、分子互动、啊哈娱乐等）、漫画工作室（比如，夏天岛工作室、快看漫画团队、洛神动漫等）在网络动漫发展中扮演着重要的角色，起到了良好的促进作用。

第一节　网络动漫概述

一、“网络动漫”的内涵与分类

（一）网络动漫的内涵

“动漫”是“动画”和“漫画”的合称（Animation & Comic），即，两词各取一字，合二为一而成“动漫”。“网络动漫”的概念是相对于电视动画、影院动画、纸质漫画等传统动漫而言的，作为一种新媒体艺术形态，主要是指以互联网为传播载体，以电脑、手机、平板等新媒体设备为传播终端，以视频网站、软件应用（App）等网络平台为最初或主要发行渠道的动画、漫画作品。从传统意义上的阅读漫画书籍、收听动漫广播剧、收看电视动漫作品，到依照个人喜好在互联网上观看网络动漫，日新月异的互联网技术为网络动漫发展提供了巨大助力。

（二）网络动漫的分类

依据制作、传播等的差异，网络动漫大体可分为两类：一是将传统动画作品数字化后借网络平台传播的动画作品；二是通过计算机软件技术创作出来的、符合网络传播特点的动画作品。与传统动漫通常由制作方完成整部作品、获得版权后在电视等传统媒体播放的方式不同，网络动漫大多是制作方完成一部分就发布到网络上，有时为加快更新速度、及时满足网络受众的观看需求，甚至不得不缩短每集时长。网络动漫由此构筑了一种更加大众向的快餐文化，体现更通俗、更草根的价值取向。

基于数字媒体的特性和网络用户的需求，网络动漫形态多样，包括动画番剧、网络大动画、漫画表情、条漫、动态漫画、漫动画、虚拟偶像，以及基于互联网信息技术而开发的动漫新品种等。

二、网络动漫的发展历程

（一）萌芽期（20 世纪 90 年代末—2005 年）

20 世纪 90 年代末，我国出现了网络动漫的萌发。1999 年，Flash4.0 发布，网络上开始出现以 Flash 制作的动画影片，这是最早可以实现在线播放的网络动漫。同年，中国第一个专业 Flash 动画网站“闪客帝国”诞生。2000 年 2 月，由老蒋制作并发布的 Flash 动画作品《强盗的天堂》成功证明了 Flash 不仅可用于制作网站和广告。这激励了一大批动画爱好者开始使用 Flash 进行动画创作，标志着国内网络动漫的兴起。2003 年，出现了一股引爆网络的“闪客热”，Flash 动画得到了进一步的发展，涌现一批具有代表性的网络动漫作品，比如，来自台湾地区的《阿贵》系列、白丁的《少儿不宜》、Show Good 出品的《大话三国》系列等。但这股热潮只是基于个人兴趣，极少给创作者带来经济收益，也没有进入商业运作阶段，因此，热情过后，大量 Flash 创作者们纷纷转向，风行一时的 Flash 动画也因此降温。

（二）探索期（2005—2009 年）

互联网的快速迭代升级给国内动漫创作生产带来新机遇，很多优秀原创网络动漫开始以即时通讯表情的形态进入大众视野。其中，“兔斯基”卡通形象不仅在网络爆红，甚至还代言摩托罗拉手机，一跃成为网络动漫史上最红的“兔子”。不仅如此，依靠“先形象、后商业”的模式，表情动漫在网络和现实生活中得以“病毒式”快速传播，同时，从动漫表情衍生出的网络动画《小破孩》等系列短片也采取了以形象为重心的创作模式。

此一阶段，Flash 动画播放网站日趋衰落，而流媒体技术的成熟带来了专门的在线视频播放网站。比如，国内第一家视频网站土豆网在 2005 年正式上线，为各种类型的动画提供了网上展示与传播的平台，其内容主要来源于用户上传，独立的和业余的动画作者可以将自己的作品发布到网上，使 Flash 以外的动画作品得以集中展现。这为网络动画的进一步发展奠定了基础。

此后，网络动画不再等同于 Flash 动画，而是多种形式的作品呈现，同时，网络动画也进入了发展的新阶段：一是网络动画开始向长片进军，像《女孩，你的一分钟有多长》《李献计历险记》等获得网友追捧；二是技术进步为新动画的创作提供更多可能，像《包强》和《功夫兔》系列等长篇连载的网络动漫开始了各自的新探索。当然，受资金、产业发展程度等条件的限制，这些作品并未在商业性上取得重大突破。

（三）成熟期（2009 年至今）

随着网络带宽的增大、网络硬件设备的开发，网络环境和条件的改善催生了大型主流视频网站，同时，腾讯、爱奇艺、优酷土豆等互联网巨头纷纷涉足网络动漫领域，并打造高成本、大制作的精品。这些精品改变了网络动漫初期言语粗俗、趣味低俗、恶搞抄袭等“难登大雅之堂”的消极形象，并为网络动漫的繁荣发展开拓了广阔空间。时至今日，网络动漫已成为视频行业重点开发和投资的领域，从内容制作到营销推广都日趋成熟。特别是，随着动漫制作技术的飞跃式进步，诸如口型对不上、动作不流畅、面瘫等早期“硬伤”在当下3D网络动漫作品中几乎销声匿迹；随着资本、资源的日益丰厚，优秀的网络动漫创作生产几乎达到了可与银幕电影并驾齐驱的制作水平和艺术水准。

三、网络动漫的审美特征

相比之下，网络动漫在某些方面弥补了传统动漫的不足，拓宽了我国动漫的发展空间。特别是，随着网络动漫创作生产在融资渠道、成本控制、制作周期、评估手段、产业价值链条等方面的新探索和新实践，网络动漫在作品的审美倾向、题材选择、表现尺度、类型细分、叙事节奏、视觉呈现等诸多方面呈现出新的审美特征。

（一）创作特征

不同于以往先投放作品再获取观众的方式，“互联网+”时代的网络动漫创作生产一边在与用户互动、沟通的过程中研发产品，一边积极培育粉丝群体，以求投其所好而获取最大利益。互联网给动漫制作公司和观众提供了开放的平台，让观众有选择的权利，并可以对网络动漫进行评价，发表自己的观点和意见。这种新型的“创作－传播－接受”方式让制作团队与观众能即时沟通，同时，观众的反馈对作品的改良升级、提高亲和力具有重要作用。此外，动漫粉丝可以进行二度创作，主要形式包括同人动漫、二次元剪辑等。其中，同人动漫是基于同人群体对作品中喜爱的动漫角色等进行的二次创作，包括延续原作中角色身份、职业、性格、爱好等的故事改编，也有脱离原作设定，演绎新的故事。二次元剪辑则凭借创作周期短、技术门槛较低，且特效炫目、风格多变的特点，成为网络动漫二次创作的新生力量，为此，针对二次元剪辑圈网络动漫粉丝超强的活跃度，哔哩哔哩、腾讯动漫、timmad论坛等国内知名动漫站点陆续推出赛事，既点燃了粉丝们的创作热情，也为二次元剪辑的发展攒足了人气。

（二）文本特征

在产业先行、娱乐风潮、用户至上等观念的烘托下，网络动漫创作生产已显露鲜明的类型化特征，在时空设计、叙事旨趣、矛盾冲突、视听风格等方面呈现出模式化趋向。具体说来，在题材上，网络动漫以动作、情感、娱乐为中心，吻合观众需求，并以作品的影响力营造粉丝效应；在叙事上，不少作品具有“多文本化”的非线性叙事特征，观众可以选择播放动画的不同片断、可以移动动画中的角色，或点击不同的按钮就会欣赏到不同的叙事情节，而故事内容也因不同的选择而有不同的结局，其中，作品的情节就像是一个纵横交错的网，欣赏者可以根据自己的想法畅游其间，享受视听的愉悦和互动带来的新鲜。这是传统动漫所无法想象和做到的。

（三）接受特征

早期国产动漫作品受众大多集中于低龄群体，但随着网络动漫成人化趋势的不断增强，越来越多的人群加入到网络动漫的梦幻世界之中。不仅学生群体，很多都市白领也成了网络动漫的观众主体。观众的年龄及地域差异、教育层次、职业背景等状况对网络动漫创作生产都具有重要影响，同时，观众需求的分众化、多样化也带来了网络动漫的多元发展，并破解了以往传统动漫类型单一的困局。针对不同的受众，国内主流视频网站大都对网络动漫内容进行分类处理，设置了少儿频道、动漫频道。其中，少儿频道又根据儿童各认知阶段进行作品分类；动漫频道则瞄准成人需求而对动漫内容进行分类。时至今日，根据视频网站关于网络动漫的点播数据，网络动漫在审美接受上呈现出鲜明的分众化、多样化特征。

第二节　近年来网络动漫创作生产状况与特点

一、题材丰富多样，玄幻奇幻、搞笑日常、校园恋爱最受欢迎

在创作实践中，网络动漫的题材类型主要有玄幻奇幻、搞笑日常、仙侠武侠、校园、冒险、爱情言情、科幻、竞技、美食、战争、悬疑推理、历史、惊悚灵异类等。

从数量增长的维度看，玄幻奇幻、搞笑日常两大类作品表现突出：近年来，玄幻奇幻类动画作品持续领先，是热门的动漫题材（见图 6–1），其中，2018 年的玄幻题材动画《斗罗大陆》播放量位列榜首，远超排名第二的仙侠武侠题材《魔道祖师》；动画作品上新数量排名第二的是搞笑日常类，像《刺客伍六七》《非人哉》《请吃红小豆吧》等作品在流量、口碑和商业广告等方面都表现出色，其中，《刺客伍六七》自 2018 年 4 月开播以来，长期位居哔哩哔哩新番榜第一名，且是 2018 年唯一入围法国昂西国际动画电影节主竞赛单元的国产动漫。除玄幻奇幻、搞笑日常题材外，仙侠武侠、校园、冒险、爱情题材等网络动画作品数量也有稳定增长。

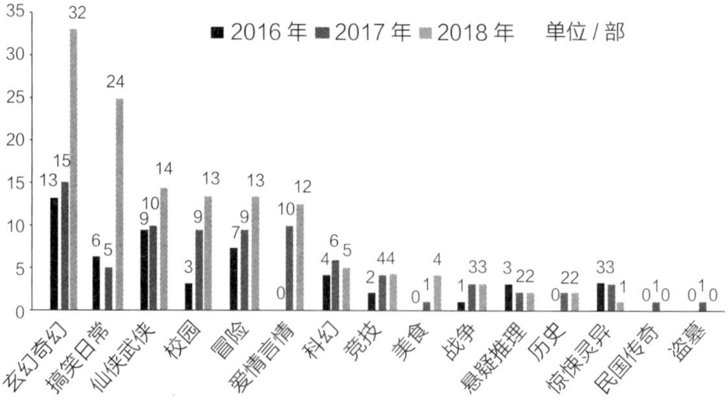

图 6–1　2016—2018 年新增动漫各题材数量对比

就题材类别总数和作品评论数排名来说，在快看漫画平台作品排名前 3000 的作品中，数量位列前三的题材类型分别为恋爱言情、玄幻奇幻、搞笑日常；头部作品评论数排名第一的是校园、治愈题材漫画《怦然心动》，排名第二、第三的分别是恋爱题材漫画《甜美的咬痕》和《朝花惜时》。[1] 在小明太极平台漫画作品评论数排名前 2000 的作品中，作品数量位列前三的分别是恋爱题材、都市题材、热血题材，其中，该平台的独家玄幻题材漫画作品《斗破苍穹》累计评论数达 124 万，总收藏数达 1550.8 万次，是小明太极集团所有网络文学改漫画作品中评论数、收藏数最高的一部。在腾讯动漫平台评论数排名前 5000 的漫画作品中，作品数量位居第一的是恋爱题材，其中，《妖怪名单》累计评论数达 21.5 万，位居腾讯动漫平台人气作品榜首；位列第二的是爆笑题材，该题材漫画评论数排名前三的作品分别是《通灵妃》《王牌御史》《狐妖小红娘》。

此外，在观看作品时，网络动漫用户首选依据是作品的题材类型；在观看偏好上，超过 50% 的动漫用户偏爱观看悬疑推理类、冒险热血类动漫；在性别上，男性用户偏好机战科幻类、体育运动类动漫，女性用户则偏好少女恋爱系、治愈萌系题材。[2]

总体来看，无论是网络动画还是网络漫画，玄幻奇幻、日常搞笑、校园恋爱题材作品最受欢迎，其中，网络动画作品数量以奇幻玄幻、日常搞笑类作品居多；网络漫画作品则以恋爱题材为最多，其次是玄幻奇幻、日常搞笑类作品。

二、制作能力持续提升，口碑表现良好

伴随各大平台内容生产的业务自主，其角色从“播出平台”转向“全产业链运营”，自制内容的好坏成了判断平台强弱的重要依据。

据统计，2018 年各大平台全年上新网络动画番剧 75 部，其中，原创 30 部，

[1] 骨朵国漫 .2018 国内漫画发展研究年度报告［EB/OL］.（2019-04-11）［2020-03-10］. https://www.sohu.com/a/307363858_436725.

[2] 艾瑞咨询 .2018 中国动漫行业报告［EB/OL］.（2018-12-19）［2020-03-10］. http://www.199it.com/archives/808558.html.

改编45部；由知名IP改编的动画作品的整体播放量较高（见图6–2）。❶由网络文学、漫画改编动画作品《斗罗大陆》是2018年度全网播放量最高的动画；由网络文学改编的动画《魔道祖师》《斗破苍穹第二季》《星辰变》等作品获得巨大流量。由此可见，IP改编是网络动漫内容生产的一大特征。

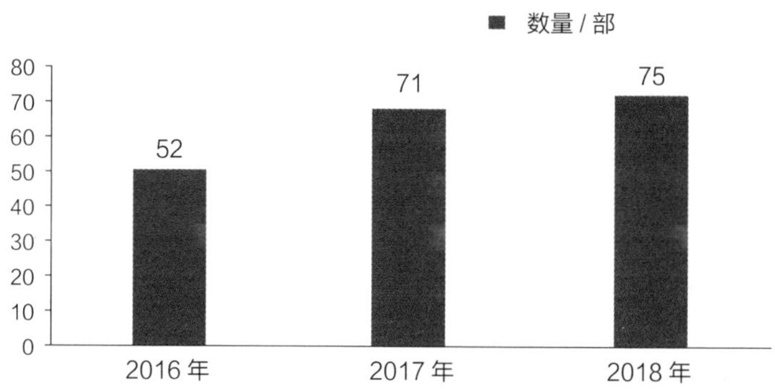

图6–2　2016—2018年上新动画数量对比

就2018年新上国漫豆瓣评分情况来说，豆瓣评分9分以上的作品有3部，8~9分的作品11部，相比2017年8分以上的作品仅7部的数据，2018年的国产动画在口碑上取得不错成绩。❷与口碑相呼应，2018年新上网络动画的播放量也较2017年有很大的提升（见图6–3）。这再次证明：好的内容是动漫作品成功的不二法则，培育精品动漫IP、实现全产业链变现依然是未来发展的立足之本。

---

❶ 骨朵国漫.2018国产网络动画发展研究白皮书［EB/OL］.（2019–03–20）［2020–03–10］.https://www.sohu.com/a/302661305_566241?sec=wd.

❷ 骨朵国漫.2018国产网络动画发展研究白皮书［EB/OL］.（2019–03–20）［2020–03–10］.https://www.sohu.com/a/302661305_566241?sec=wd.

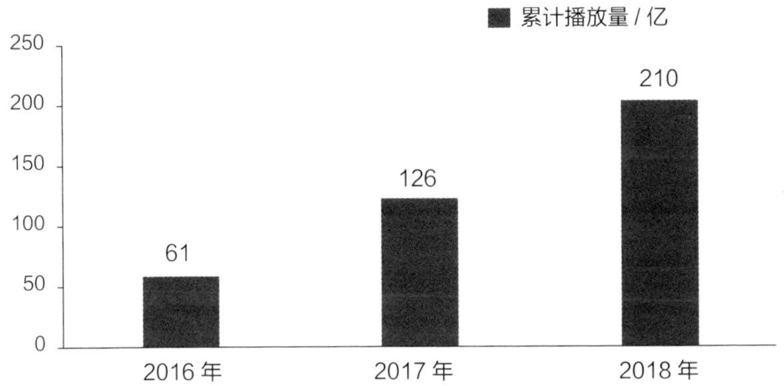

图 6-3 2016—2018 年上新动画数量趋势

三、经典动画剧持续强劲，原创作品表现亮眼

从播放量来看，经典作品依旧占据前位。比如，2019 年，改编自同名网络小说的《斗罗大陆》在全网播放量排名中位列第一，播放量破百亿;《武庚纪》《西行纪》《狐妖小红娘》等作品也持续表现强劲，此外,《刺客伍六七》《镇魂街》《请吃红小豆吧》等续作也保持了一贯的水准，取得不俗成绩。在原创作品方面，不少作品让人眼前一亮，像艺画开天的《灵笼》以硬核科幻内容吸引了大波粉丝，艾尔平方的《汉化日记》成为国漫第一部“乙女向”日常动画剧。经典强劲、原创亮眼从一个方面充分反映了制作水平和作品质量的不断提高。

四、市场规模进一步增长，行业发展困中求变

在政策引导、资本活跃、新媒体快速发展、用户付费意识增加等多重因素的影响下，我国动漫产业产值持续增长。据艾瑞咨询统计：2018 年动漫行业总产值达1700亿元，泛二次元用户规模近3.5亿，其中，网络动漫在线用户达2.19亿;

相比 2016 年的 1.1 亿、2017 年的 1.6 亿，网络动漫用户数量急剧上升。[1]

当然，现今的动漫用户大多是在免费获取互联网资源环境中成长起来的年轻人，他们还没有完全养成内容付费的习惯。据统计："95 后"漫画用户在 ACGN 消费中购买周边产品占比 56.2%，为游戏付费占比 48.5%，购买漫画占比 47.3%。[2] 另据调查发现：用户为动画内容的付费意愿最低，为漫画内容付费的意愿略高于动画，而在玩具、文具、文化衫等周边产品上的付费意愿最高；60.6% 的漫画用户、76.4% 的动画用户表示愿意为动漫周边付费，原因在于周边商品的价格相比专业手办便宜，且实用价值更高。[3]

在产业投融资方面，随着 2017 年以来资本热潮的降温，"改变""理性"成为近年国漫行业的显著特征。实际上，早在 2015 年，视频网站和漫画平台便因肃清盗版而经历了一场动荡和洗牌；在内容匮乏、无法满足用户需求的情况下，2016 年动漫产业的投融资行为达到高峰；2017 年，动漫行业经历了顶级漫展"ACG 联盟"现金流困境、布丁动画关停、漫画平台接连倒闭等事件后，动漫资本进入调整期。之后，随着业内负面影响的出清，动漫行业融资披露频率重回正轨，但已不再像最初那样狂热。到了 2018 年，资本开始以审慎、理智的态度投资动漫市场，不好的项目或企业被剔除出局，新的赢利模式逐渐被挖掘出来。比如，漫画平台方改变"以免费内容聚集流量、平台补贴稿费"的烧钱模式，向"内容付费模式"转进，加强现金流管理、精简作品数量，降低内容购买成本并培育用户付费习惯，同时，通过内容自制实现动漫 IP 的全方位、多渠道变现。近年来，从免费向付费模式转变的动漫平台规则全面铺展开来。

在以上创作生产的大环境中，熬不过的公司面临淘汰，同时，行业资源加速聚集于头部大平台、大企业。比如，面对资本冷却的寒冬，二次元动漫巨头哔哩

[1] 艾瑞咨询 .2018 中国动漫行业报告［EB/OL］.（2018-12-19）［2020-03-10］. http://www.199it.com/archives/808558.html.

[2] 中国互联网络信息中心（CNNIC）. 第 43 次《中国互联网络发展状况统计报告》［EB/OL］.（2019-02-08）［2020-03-10］.http://www.cac.gov.cn/2019-02/28/c_1124175686.htm.

[3] 骨朵国漫 .2018 国产网络动画发展研究白皮书［EB/OL］.（2019-03-20）［2020-03-10］.https://www.sohu.com/a/302661305_566241?sec=wd.

哔哩哔哩（B 站）不仅没有退缩，反而进一步推出漫画 App，并全资收购网易漫画；快看漫画依然保持高产量的内容输出，并宣布进军动画领域；漫画平台小明太极则进行大手笔资源整合，建立一套“360 度一站式打造爆款 IP 帮控服务体系”，并从市场调研、大数据分析、题材选择、创意策划、编剧、漫画绘制、产业开发、内容运营、IP 推广等方面全方位打造爆款 IP。这表明：在投融资趋缓的市场环境下，动漫行业正在经历一场新的变革。

第三节　网络动漫的审美观照与发展述评

一、弘扬传统文化，清理低俗内容

近年来，国产动漫在美术风格、故事题材等方面大量借鉴中国传统文化元素。在网络动漫创作生产中，这一特点表现得尤为突出。从 2007 年的《秦时明月》到 2015 年的《京剧猫》，再到 2017 年的《少年锦衣卫》、2018 年的《斗破苍穹》《画江湖之侠岚》《刺客伍六七》《非人哉》《斗罗大陆》《魔道祖师》等，网络动漫在人物造型、剧情设计、动作表演、场景设计等诸多方面都渗透、散发着浓浓的古风。比如，《非人哉》以《山海经》《西游记》《封神演义》及诸多中国古代神话传说为创作素材，将现代都市北京作为故事发展的环境，对传统文化进行脑洞大开的解读，在美术风格方面也具有中国白描的特点；《画江湖系列》以中国古典武侠为叙事蓝本，画面古风浓厚；《观海策》借鉴《山海经》中的神话素材，讲述了史学名著《战国策》中战争绵延、政权更迭的故事，构建出基于中国文化的庞大异世界独立世界观。就影响来说，由玄机科技倾力打造的、改编自唐家三少同名网络小说的武侠动画《斗罗大陆》，在 2018 年全年国漫总播放量排名中位列第一；改编自墨香铜臭同名玄幻网络小说的《魔道祖师》美术风格具有浓郁的古风，人物造型借鉴中国古道仙人的装束，字幕采用毛笔字风，配乐使用大量中国传统乐器，处处渗透着中国文化，截至 2018 年，15 集的全网播放总量达 17.6 亿，位列国漫播放总量排名第二和 2D 动画播放量榜首。

总体上看，网络动漫创作生产在以往丰富多样实践的基础上，其故事讲述能力、内容品质进一步提升，市场发展前景良好、潜力巨大。特别是，故事是网络动漫的骨架和灵魂，承担着表达事件的重任，也承载着传递精神、挖掘人性、深化情感等使命。比如，动画短片《咚咚呛》以符合西北人民豪放热情的鲜艳配色和生动丰满的人物形象，成功地将孩童戏腰鼓的故事以风趣的形式呈现在观众面前，作品表现形式新颖、喜庆、活泼，极具观赏性；动画系列片《领风者》立足青少年受众群体，运用动画形式展现伟人青年时代故事，聚焦马克思少年时期的理想与成长过程，选题新颖，制作精良。

当然，由于网络环境的复杂性，加之内容创作相对自由，网络动漫创作生产当前仍存在一些问题。比如，2018 年初，国内网络平台上出现了一批打着“益智”“识字”“少儿”“亲子”等标签，实则不利于儿童健康成长的“邪典”动画。2018 年 7 月 20 日，央视新闻频道点名批评了一些动漫网站和 App 上存在的、不利于青少年观看的“暧昧语言和动作”“兄妹恋”主题等低俗作品。随后，相关部门对此类低俗作品进行了及时、全方位的排查清理，要求视听网站对动漫内容进行严格把关。这对网络动漫创作生产起到了积极的促进作用。

二、二次元破壁进阶，年轻化、主流化促进发展

伴随二次元动漫内容质量的不断提高和二次元动漫人群数量的逐年增加，人们对二次元文化的认知也发生了变化，甚至有人认为：二次元文化已成为当今年轻人的主流文化。与之相应，面对强大的二次元用户需求，投资者也逐渐将目光投向二次元文娱领域。

在漫画改真人影视剧方面，如何在“还原原作”的基础上对故事剧情“做加减法”，如何将二次元画面用三次元影像生动地呈现出来，如何最大化满足二次元原著粉丝的审美期望等，是摆在创作者眼前的紧迫命题。对此，漫改真人电影《快把我哥带走》是一个成功的例子。作品获得近 2 亿票房，豆瓣评分 7.1，此

外，同名真人网络剧累计播放近 14 亿，豆瓣评分 7.5。可以预见，未来会有更多动漫 IP 在真人影视剧中出现，并促进这一市场走向强大、成熟。

作为动漫领域一片有待开发的蓝海，虚拟偶像市场也正突破二次元壁、走向进阶之路。2018 年 9 月，哔哩哔哩宣布增持虚拟偶像“洛天依”母公司中国香港泽立仕的部分股份，成为控股股东；10 月 23 日，泛二次元互动社区克拉克拉宣布融资 1.2 亿元，提出“人人皆可虚拟偶像”的愿景；10 月 28 日，在《王者荣耀》三周年音乐盛典上，腾讯宣布将推出“王者荣耀虚拟偶像”，人气英雄“貂蝉”成为“峡谷第一舞姬”；10 月 30 日，哔哩哔哩再次宣布，将与日本 GREE 社成立合资公司，共同开展手游以及 YouTube 上的虚拟偶像业务。当前，随着企业、资本对动漫虚拟偶像领域的进一步关注，动漫虚拟偶像已逐渐走出“虚拟歌姬”的固有模式而向网红化、大众化的三次元运行模式发展。其中，从单一的歌姬式虚拟偶像，到多路径互动式虚拟偶像，再到未来的“人人皆可虚拟偶像”，使得虚拟偶像粉丝群体不断扩大，泛二次元用户也进一步增长，也有力促进了网络动漫的发展。

可以说，通过漫画 IP 改真人剧、打造动漫虚拟偶像等方式突破二次元文化壁垒，网络动漫既扩大了二次元文化的消费群体，也极大促进了创作生产的繁荣发展。

三、全产业链开发，平台内容自制成新热点

网络动漫产业链的构成主要包括上游的内容孵化、中游的渠道发行和下游的衍生品开发。从近年网络动漫内容市场的收入结构来看，收入来源主要源于内容付费、广告和衍生授权三大块。当然，动画市场、漫画市场的盈利侧重点有所不同：在线动画的受众门槛低，因此，由动画内容播映带来的广告费和平台付费成为主要收入来源；在线漫画内容的受众门槛较高，用户拥有更好的忠诚度，付费意愿相对较高，且漫画多为原生 IP，因此，其衍生开发授权金在网络漫画市场中占据着重要分量。但总体上看，近年来，网络动漫企业布局的重点逐渐覆盖整个产业链。

爱奇艺动漫频道在全产业链布局、开发等方面拥有丰富的经验。在儿童动画领域，爱奇艺兼顾家长、儿童的双向需求，秉持“智趣成长”理念，布局集“动

画内容、播放平台、衍生授权”为一体的全产业链生态系统。比如，爱奇艺自制动画《嘟当曼》在正式上线前，便详尽规划了未来衍生开发的路径，并于2018年10月与广东思成智能玩具有限公司成功签约开发《嘟当曼》相关授权玩具；2019年4月，《嘟当曼》周边玩具产品正式登陆全国各大玩具专卖店、商超及网络商城，打通了从内容到播放，再到衍生、授权的产业链闭环，有效释放了儿童动画IP市场的潜能。

就动漫平台的内容生产来说，在很长一段时间内，它仅是“播出平台”，而播出内容主要由动漫工作室、制作公司等承担。随着国内新一代年轻用户审美品位、观看需求的变化，市场上少量爆款动画已不能满足二次元用户的观看需求，因而，平台亟须探索一条既能够降低版权采购成本，又能最大化满足用户需求的内容供应模式。为此，“平台内容自制”日益自觉并成为近年来网络动漫创作生产的显著趋向。比如，作为动漫平台巨头的爱奇艺早在2015年就开始实施动漫自制计划，其自制动漫网络剧《灵域》（2015）目前已更新到第六季，同时，基于《灵域》改编的游戏、影视剧、衍生品等全产业链开发也卓有成效。2018年5月，爱奇艺发布“2018年自制动画作品上线及开发计划”，预计上线12部青年及儿童动画IP；8月，爱奇艺自制动漫《四海鲸骑》上线，吸引了大量原著粉丝和泛二次元圈层用户的关注，再次吹响了爱奇艺高规格自制内容的号角。再比如，作为目前国内最为活跃的二次元社区平台，哔哩哔哩（B站）也持续在动画自制领域发力。2018年5月，哔哩哔哩（B站）联合绘梦动画成立多啦哔梦（上海）文化传播有限公司；7月，哔哩哔哩（B站）与晋江文学城签约多部头部网络文学IP；9月，哔哩哔哩（B站）宣布收购日本娱乐公司Fun-Media的少数股权，期望联合Fun-Media旗下的动画工作室，为用户制作更多优质动画作品。此外，腾讯动漫、微博动漫、快看漫画等平台也在自主孵化国产动漫IP上加快步伐，国内动漫行业正从版权购买持续向动画制作上游前行。

四、拓展海外市场，作品“出海”意义深远

随着国内原创动漫质量的提升，加之相关政策的引导，国内动漫产业在经历

了2015年、2016年“爆买”日本动画的狂潮之后，对国外新番的采购力度明显减弱。同时，中国这个长久以来的“海外市场”，也逐渐将目标投向“海外”。其中，在地理、文化上与中国接近的日本，网络动漫用户持续增加、缺乏女性向动漫作品的美国，以及动漫内容较为匮乏的非洲、东南亚地区等，都成了国产动画输出的潜在市场。

2017年，腾讯动漫出品的《狐妖小红娘》登陆日本电视台，行业内由此深入关注、讨论国产动漫如何“走出去”，并积极拓展海外市场。2018年，优酷携“中国风”动画作品《京剧猫》《艾米 & 咕噜》《巨兵长城传》《少年锦衣卫》《大楚巫的面具》等亮相法国昂西国际动画电影节，其中，《京剧猫》的海外发行覆盖美国、新加坡、马来西亚、印度尼西亚、文莱、非洲等60多个国家和地区。2018年，腾讯动漫、绘梦动画联合出品的玄幻题材动画《灵契》（第二季）实现全球放送，覆盖美国、英国、西班牙、葡萄牙、法国、德国、意大利、俄罗斯、泰国、印尼等多个国家和地区，如今，《灵契》第一、二季全网总播放量突破10亿，成了网络动画作品中出海最成功的IP之一。

不仅如此，伴随着国产漫画数量、质量的提升，过去很长一段时间内以“代工”方式进入日本、美国漫画市场的状况发生了很大变化。2015年，国内漫画App“Webcomics”进入欧洲市场四个月拥有150多万用户；2018年，国内漫画App“MangaToon”在海外Googleplay、Appstore上线三个月就拥有近200万用户。在这种意义上，国产漫画的成功“出海”不仅标志着国漫走出国门，更意味着作品质量、品格等的综合提升和文化影响力的增强。

综上所述，网络动漫创作生产整体发展势头较好，尤其是作品质量进一步提升。虽然“投资热”退去后的动漫市场正在经历新一轮洗牌，但也催生了“减少购买成本”“优质内容自制”“全产业链联动”的运营新模式，同时，随着网络动漫付费模式的进一步实施，在竞争、合作交织并存发展的过程中，更加健康、有序的网络动漫格局正在形成。

第七章　网络游戏创作生产及发展述评

第一节　网络游戏概述

一、"网络游戏"的内涵与分类

（一）网络游戏的内涵

网络游戏也称在线游戏（Online Game），简称"网游"，指以网络为传输媒介，以游戏运营商服务器和用户计算机为处理终端进行信息交互，旨在实现娱乐、休闲和交流而取得虚拟成就的多人在线游戏。与传统电子游戏及其发展演变之路不同，网络游戏不仅因为游戏终端设备不同，而带来了差异化的新体验，还因为游戏的制作方式、传输方式、传播载体等变革，而不断走向深化、成熟。

（二）网络游戏的分类

首先，依设备终端不同，网络游戏大致可分三类：PC 端游戏（端游）、网页游戏（页游）、移动端游戏（手游）（见图 7-1）。其中，PC 端游戏是指在电脑上安装游戏客户端软件进行联网运行的游戏；网页游戏是指在电脑上通过互联网浏览器运行的网络游戏；移动端游戏是指在智能手机上安装游戏客户端软件或使用手机网页浏览工具而运行的游戏。就后者来说，随着微信生态圈的发展和 Html5（H5）技术的成熟，近年来移动端游戏领域"微信小游戏"和"H5 游戏"

井喷式发展：微信小游戏是指基于微信客户端的游戏，即点即玩，无须下载安装；H5 游戏是指移动端 WEB 网页游戏，无须下载软件即可体验。

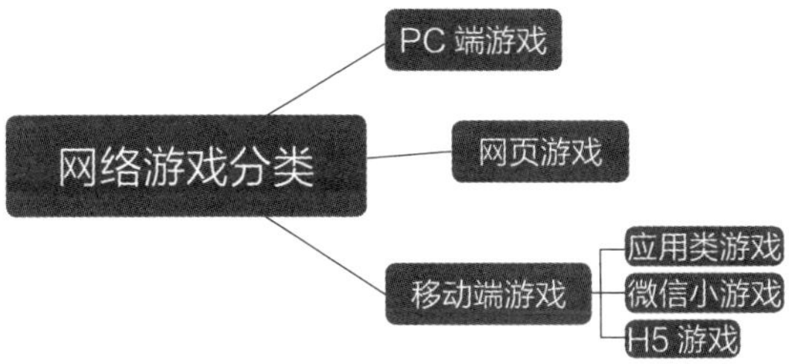

图 7-1　依设备终端不同的网络游戏分类

其次，按照传输方式划分，网络游戏可分为“强联网游戏”和“弱联网游戏”两类：前者是指客户端实时连接网络与服务器不断进行数据传输和验证交换，其特性是能够极大地满足用户之间即时交互的需求；后者是指客户端间断性连接网络，以便保存数据、实现计费等功能而与服务器进行数据交换，其特性是用户在无网络时也能进行游戏。

最后，按照游戏内容划分，目前市场最受欢迎的游戏类型有：角色扮演类、动作类、策略类、体育类、竞技类、休闲类等。

二、网络游戏的发展历程

（一）萌芽与发展（20 世纪 90 年代初—2006 年）

1992 年，中国台湾大学生张英豪制作了中国首个 MUD 游戏（Multiple User Domain 多用户虚拟空间游戏）。MUD 游戏是文字网游的统称，是我国最初的网络游戏形态，游戏采用文字和字符画，而非图形画面构成。1999 年，中国台湾雷爵咨询公司研制开发的《万王之王》游戏上市，它是中国最早的图形网络游戏。2001 年，中国华义国际代理的日本 JSS 公司研发的网络版《石器时代》将国内网络游戏市场向前推进了一大步，这款游戏以图形指令的方式进行操作，独特的回合制战斗系统、组队机制及宠物养成玩法，成了回合制网游的开山鼻祖。2002 年，网易根据周星驰同名电影推出《大话西游 Online2》，这款游戏以其独特风格而成了当时国内网游的翘楚之作，赢得了百万玩家的青睐。2003 年，继《大话西游 Online2》之后，网易推出的《梦幻西游》成了回合制网游中的经典之作。

（二）端游成熟期与页游分化期（2006—2011 年）

从 2006 年开始，国内端游市场涌现出《诛仙 Online》系列、《天龙八部 Online》《剑侠情缘 Online》系列、《征途》等，他们都取得了一定的成功，收到了良好反响。其中，巨人网络 2006 年推出的《征途》依靠先服务后消费、透明消费等设计理念给国内网络游戏市场带来较大影响，使国内网游产品逐渐采用“游戏免费”+“道具收费”的机制和模式。2009 年，金山公司研发的《剑侠情缘 Online3》以良好的游戏制作水准、独特精致的中国传统风格成为国内大型角色扮演类网络游戏的代表作，被众多玩家誉为心目中的“良心”网游。

随着新的网络游戏形态不断推出，以及 Flash 技术的逐渐成熟，网页游戏凭借简单快捷、无客户端等特点逐渐兴起，并在发展中呈现迅猛上升趋势。特别是，SLG（模拟游戏）《傲视天地》《七雄争霸》、ARPG（动作角色扮演类游戏）《傲剑》《盛世三国》《英雄远征》、MMORPG（大型多人在线角色扮演游戏）《神曲》等一系列网络游戏的诞生将网页游戏推向发展高潮。

（三）移动时代（2011 年至今）

在智能手机普及、移动网络技术加速变革，以及人们生活节奏变快、碎片化时间增多、新型社交形态转变等多种因素的影响下，手机游戏迎来黄金时代。2013 年，端游向手游转化、微信游戏上线导致手游用户数爆发式增长，同比增速达 248.4%，移动游戏用户规模达 3.1 亿。近年来，受移动互联网用户红利逐渐回落，移动游戏用户增速放缓，但 2017 年、2018 年用户规模仍为 5.54、

6.05 亿，同比增速 4.9%、9.2%。与此同时，游戏数量高速增长。以手机游戏应用程序为例，截至 2018 年，我国游戏类移动应用程序数量约有 138 万，较 2017 年的 107 万增长 29.0%（见图 7–2）。[1]

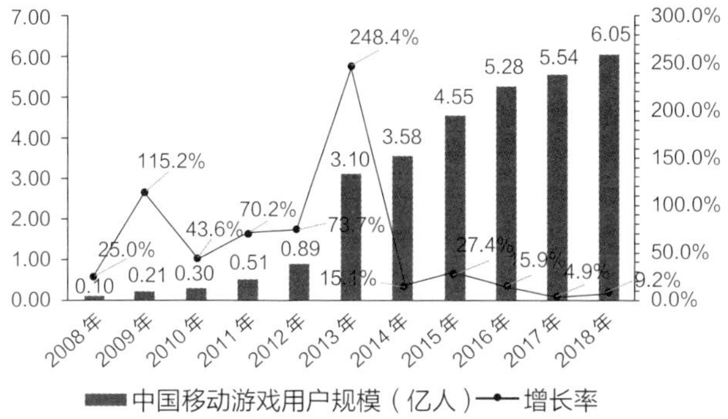

图 7–2　2008—2018 年中国移动游戏用户规模

从 2011 年开始，手机游戏从萌芽、快速发展到红海，均有代表作推出。比如，萌芽期（2011—2013 年）的代表作有《捕鱼达人》《胡莱三国（手机版）》《神仙道（手机版）》《三国来了》等；快速发展期（2014—2015 年）的代表作有《我叫 MT Online》《天天酷跑》《大掌门》《王者之剑》《时空猎人》《刀塔传奇》《新神曲》等；红海期（2016—2018 年）的代表作有《梦幻西游》《阴阳师》《荒野行动》《王者荣耀》等。而随着市场规模不断扩大和资本的迅速聚焦，手游逐渐超越端游、页游而成了主流游戏类型。其中，2014 年之前，由于市面竞争对手较少，手游行业呈现"低成本，高收益"现象；2015 年以来，随着手游产品越来越多、用户的要求越来越高，手游逐渐从"开发商主导"转为"渠道商主导"，并进一步深化了精品化路线，同时，游戏商逐渐积极开拓细分市场及海外市场，并寻求存量市场新的增长点。

回顾中国网络游戏的发展史，端游从蓝海到红海用了 10 年，页游用了约 4

---

[1] 中国音数协游戏工委（GPC），伽马数据（CNG）.2018 年中国游戏产业报告［B/OL］.（2019-03-07）［2020-03-10］. https://www.useit.com.cn/thread-22501-1-1.html.

年，手游则用了 2 年。面对用户红利时代结束及竞争的白热化，网络游戏具有以下显著特征：一是网游市场迅速转向大众化、精品化路线，产品类型迅速扩展；二是游戏开发商从端游到页游、从页游到手游，逐步占据市场空间；三是新厂商陆续加入，从细分市场、创意想法等方面逐步突破；四是独立游戏团队坚持原创作品，逐步成为市场新的关注点。

第二节　近年来网络游戏创作生产状况与特点

经过多年的发展，网络游戏在促进互联网经济发展、激发文化创新活力等方面发挥了积极作用，但在发展进程中，一些网络游戏也存在价值导向偏差、文化内涵缺失、社会责任感不强等问题，不仅带来了一些负面影响，还制约了游戏行业的健康发展。近年来，在多年丰富实践的基础上，网络游戏创作生产进一步发展，特别是，随着行业相关政策与法规的出台，网络游戏行业发展在新形势、新要求中呈现新的风貌。

一、网络游戏发展概述

数据显示：2018 年，中国游戏市场规模达 2144.4 亿元，其中，网络游戏总规模为 2085.7 亿元，占比 97.3%。[1] 可见，网络游戏产业生态进一步扩大，几乎覆盖了整个游戏产业。总体来看，在相关政策与法规的进一步规范和引导下，网络游戏创作生产呈现一些显著的发展特征，其中，用户版权意识和付费意愿和能力不断提升，多家中小型创作团队加入游戏创新制作行列，国内独立游戏市场实现快速、高质量发展，网络游戏产业发展呈现出细分化、国际化、无端化等趋向，国内游戏厂商在海外市场的营收能力逐步提升。

---

[1] 中国音数协游戏工委（GPC），伽马数据（CNG）.2018 年中国游戏产业报告［B/OL］.（2019-03-07）［2020-03-10］. https://www.useit.com.cn/thread-22501-1-1.html.

（一）相关政策与法规

（1）暂停发放游戏版号。2018 年 3 月，国家新闻出版广电总局发布《游戏申报审批重要事项通知》，暂停游戏版号审批工作；6 月，文化和旅游部关闭国产网游备案通道；8 月，进口游戏停止更换新的备案文号。

（2）预防中小学生沉迷游戏。2018 年 4 月，教育部下发《关于做好预防中小学生沉迷网络教育引导工作的紧急通知》，要求了解掌握中小学生使用网络基本情况，重点排查学生沉迷游戏等问题，其中，《王者荣耀》等网游健康系统启动升级改造。

（3）整顿棋牌类网络游戏市场。2018 年 4 月，文旅部市场司召集游戏行业 15 家重点企业召开“通气会”，对即将出台的“棋牌类网络游戏管理”政策作出重要提示，要求各平台立即停止德州类游戏下载，并于 6 月 1 日前全面终止德州类游戏运营。

（4）实施网络游戏总量调控等措施。2018 年 8 月，教育部等八部门联合印发《综合防控儿童青少年近视实施方案》，推行“实施网络游戏总量调控，控制新增网络游戏上网运营数量，探索符合国情的适龄提示制度，采取措施限制未成年人使用时间”等措施。

（5）打击二手游戏版号交易行为。2018 年 11 月，全国“扫黄打非”工作小组办公室等部门联合印发《“扫黄打非”工作举报奖励办法》，对于举报买卖书号、刊号、版号及许可证书等新闻出版相关工作违法违规行为，给予一定奖励。由此，网络游戏行业买卖版号行为将依法惩罚。

（6）成立网络游戏道德委员会。2018 年 12 月，网络游戏道德委员会成立，并对首批 20 款存在道德风险的网络游戏进行评议、11 款游戏责成修改、9 款游戏不予批准。

（7）恢复审核游戏版号。2018 年 12 月，版号恢复审核后首批过审名单出炉。国家新闻出版广电总局公布 12 月份国产网络游戏审批信息，共计 80 款游戏在列。在 2018 中国游戏产业年会上，相关部门指出：未来的审批监管将实施宏观调控、精准调控，旨在推动游戏产业走高质量发展之路。同时，针对产业发展中存在的过度逐利、侵权抄袭、消费欺诈等突出问题，相关部门将加快制定专门规范，探索建立信用档案，严格规范市场竞争秩序，有效保护创新创造，确保市场环境公平有序、风清气正。

（二）不同类型网络游戏的发展

1. 移动端游戏

2018 年，移动端游戏总规模达到 1339.6 亿元，占比 62.5%，市场份额持续增长，但相比上年，增速快速下滑、收入增长放缓。究其原因，一是用户需求发生了较大变化。特别是，以短视频为主的新型娱乐形式抢占了用户注意力和碎片化时间，导致游戏用户黏性松动，使用时长减少。二是获取用户难度不断上升：从游戏推广看，老产品通过长线运营获取了市场上大部分存量用户，新产品获取用户难度加大，同时，视频广告逐渐成为游戏推广的主要方式，广告投放成本不断攀升，高成本推广对于企业综合实力要求进一步提升；从用户体验看，用户主动选择精品网络游戏产品的意愿更加明确，对游戏品质的要求也更加强烈。三是网络游戏新产品竞争力较弱。受游戏行业政策监管等因素影响，新产品进入市场的数量大幅减少，少数热门游戏占据市场大部分流量份额，存量市场游戏精品化速度加快，新产品进入市场的门槛提高。

2. PC 端游戏

PC 客户端游戏市场份额持续减少，2018 年，PC 客户端游戏实际销售收入 619.6 亿元。其中，随着市场用户不断减少，存量用户成为发展的关键点，同时，游戏产品的品牌效应备受关注，进而使得以高质量发展为核心、走“少而精”的发展路线成为必然。

3. 网页游戏

与 PC 客户端游戏相似，2018 年，在用户持续流失和广告成本上升压力下呈现持续下，网页游戏市场份额持续减少，实际销售收入 126.5 亿元。特别是，随着游戏用户向移动端游戏迁移，网页游戏唯有采取精品化制作、精细化运营手段，才能有效延长游戏的生命周期。

（三）IP 改编游戏

近年来，借助文学、动漫、影视等多领域的 IP 改编，手游市场呈繁荣发展态势（见图 7-3 和图 7-4）。具体说来，手游领域的 IP 主要源于文学 IP、影视 IP、综艺 IP、动漫 IP、端游 IP 等，这几类 IP 改编的作品各有特色，仅从端游 IP 手游化、文学 IP 网游化和动漫 IP 网游化就可见一斑。

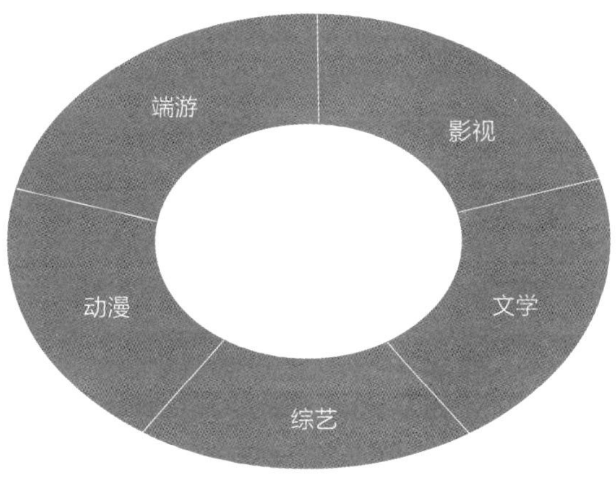

图 7-3　IP 改编游戏分类

数据来源：伽马数据（CNG）。

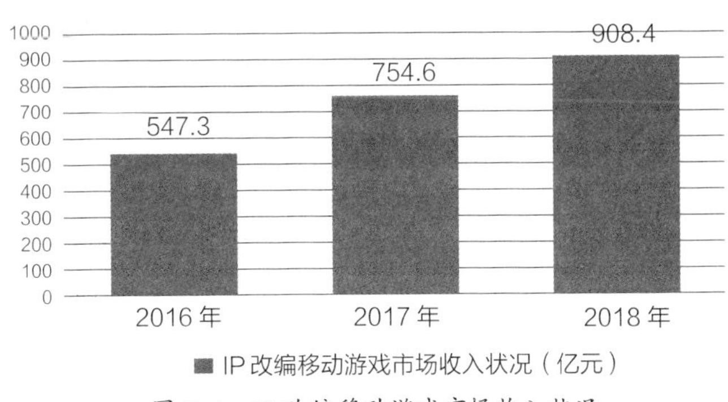

图 7-4　IP 改编移动游戏市场收入状况

数据来源：伽马数据（CNG）。

1. 端游 IP 手游化

经过多年的运营和发展，PC 端游戏积累了庞大的用户基础，并在设计、视觉效果、操作体验等方面都有成熟经验，也为端游 IP 手游化奠定了良好基础。2018 年，国内买量手游单用户 CPA 已接近百元，而且，随着买量游戏增多及市场竞争加剧，这一数值还将上升。为此，游戏厂商看中了这一契机，迅速步入端游 IP 手游化的高速发展通道。目前，有 48.4% 的手游 IP 改编自 PC 端游戏，它们贡献了 IP 改编手游 62.1% 的收入份额，端游 IP 已成为手游领域价值最大的 IP（见图 7–5）。

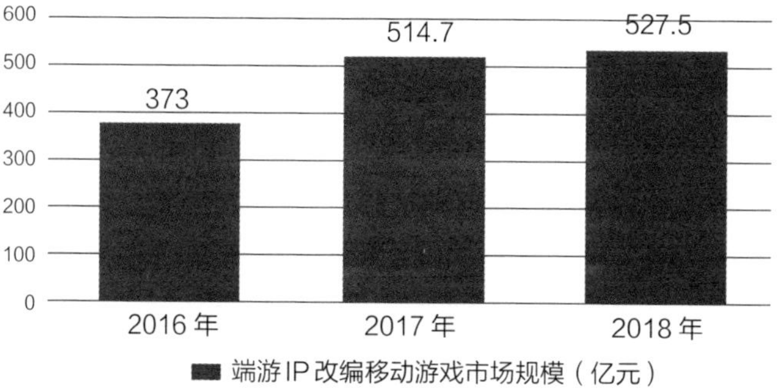

图 7–5　端游 IP 改编游戏市场规模

数据来源：伽马数据（CNG）。

2. 文学 IP 网游化

文学作品以文字为载体向读者展现跌宕起伏的故事情节、丰富多彩的情感表达。网络游戏创作与文学作品创作的共同之处在于，通过丰富的视听效果、拟真的操作手法，可以为玩家提供身临其境的沉浸感，并引发玩家的情感共鸣。

从端游、页游到手游，大量文学作品被改编为游戏作品。其中，传统古典文学作品中网游化次数最多的是《三国演义》《西游记》《山海经》等，当代文学作品中网游化次数最多的是金庸武侠系列小说等。实际上，在互联网文化语境中，网络文学作品中东方仙侠、西方魔幻、盗墓系列等无论是世界观架构还是叙事结构，都适合网游化，比如，《鬼吹灯》《诛仙》《苍穹变》等。2018 年，文学 IP 改编的手游市场引人瞩目，其规模大幅提升，达到 63.1 亿元，相比之下，2016、2017 年仅为 29.4、23.5 亿元（见图 7-6）。可见，文学 IP 始终是改编网游的主力，受到游戏企业和青年玩家的追捧和青睐。

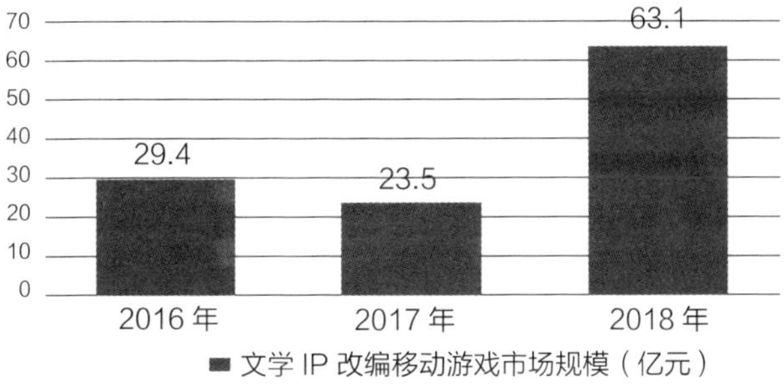

图 7-6　文学 IP 改编移动游戏市场规模

数据来源：伽马数据（CNG）。

3. 动漫 IP 网游化

动漫 IP 对大多数二次元用户具有强大的吸引力。近年来，动漫 IP 改编是网络游戏行业新的突破点。据统计，动漫 IP 手游市场规模达 90 多亿元，其中，《航海王》《火影忍者》《七龙珠》等 IP 改编游戏累计流水均高达数十亿规模。其次，国漫 IP 改编手游流水也快速增长，比如，国漫原创 IP 游戏《我叫 MT4》2018 年 8 月上线，首月流水约 10 亿元，而《狐妖小红娘》《一人之下》等国漫改编手游的预约人数达到百万级。

二、网络游戏发展特征

（一）题材类型细分化

随着网络游戏市场趋于饱和、增长速度放缓，游戏厂商在竭力挖掘存量市场空间的同时，还在游戏品类领域进一步细分用户市场，推进精细化运营。其中，MMORPG 类游戏在 2018 年 TOP100 游戏中占比依旧较大，核心玩家留存稳定，仍具备较强付费意愿和付费能力；MOBA（多人在线战术竞技游戏）类稳居第二，主要由《王者荣耀》等带动；《王国纪元》《乱世王者》《率土之滨》等 SLG（战争策略模拟游戏）由于生命周期较长，在 2018 年手游排行榜中也占据一席之地，主要由《QQ 飞车》《荒野行动》《QQ 炫舞》手游等带动。此外，竞速类、射击类、音乐舞蹈类游戏的占比也提升较为明显，以《第五人格》为代表的非对称性对抗游戏作为一种新的游戏类型亦受到市场认可。特别值得一提的是，年轻用户喜爱的二次元题材游戏发展迅速，质量显著提高，像《恋与制作人》《崩坏 3》等产品在爆发力、用户 LTV（生命周期价值）、销售收入等方面表现良好（见图 7-7）。

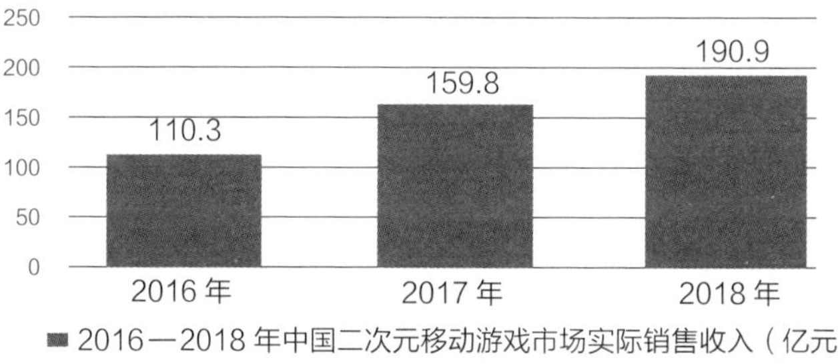

图 7-7　二次元移动市场实际销售收入

数据来源：伽马数据（CNG）。

（二）创作生产精品化

随着端游、页游发展进入瓶颈期，以及智能手机、网络带宽性能不断提升，手游市场井喷式发展。手机游戏不但品类齐全，而且在产品性能、开发技术、画面效果等方面也不断突破，逐渐成为游戏市场的主流，也成为各大游戏厂商争夺的主战场。

不仅如此，随着游戏市场整体趋于饱和，获取新用户难度逐步加大，用户对游戏产品的需求越来越多、审美标准越来越高，流水线式生产的游戏产品已无法满足用户的需求，这使得网络游戏精品化趋势越来越明显，《阴阳师》《王者荣耀》《梦幻西游》等精品手游受到大量玩家追捧就是明证。近年来，多种类型的精品力作不断涌现，比如，MMO（大型多人在线游戏类型）的突破之作《楚留香》、女性向游戏《恋与制作人》、竞速休闲游戏《QQ 飞车手游》、战术竞技型射击类沙盒游戏《绝地求生：刺激战场》、国风妖怪游戏《神都夜行录》等。事实上，成熟游戏玩家品牌意识、精品需求的提升，促使优质网游对渠道的依赖性下降，同时，也开启了游戏行业“品质决胜”时代的新格局。

（三）网络游戏无端化

“无端化”是指无须下载安装网络游戏客户端，打开网页即可畅玩的游戏，网页游戏是无端化的典型代表。受游戏监管力度加大、研发发行成本上升、小游戏和 H5 市场买量成本较低等因素影响，加之 H5 游戏本身具备跨平台的特性且较易改成小游戏产品，同时，小游戏也可以封包成移动端产品进行发行，于是，越来越多的游戏公司纷纷关注、转向小游戏、H5 游戏。近年来，微信小游戏、H5 游戏平台都出现了爆款级产品，比如，微信小游戏《跳一跳》《海盗来了》等、H5 游戏《传奇来了》《我的地盘 OL》等。与此同时，面对“无端化”的发展前景，各大平台都在积极打造自己的小游戏平台，比如，百度小游戏、今日头条小游戏等。据 GameLook 官方网站统计：截至 2018 年，月度活跃用户数（MAU）达千万规模的小游戏有 31 款、五百万规模的有 52 款；MAU 超过千万的 App 手机游戏有 19 款。从数量来看，千万用户规模的小游戏已远超 App 手游，这充分体现了小游戏的独特优势。由此看来，网络游戏“无端化”的发展趋势庶几表明移动端应用类游戏有逐渐被 H5、小游戏取代的可能。

（四）网络游戏全球化

近年来，一方面，经过多年的丰富实践，国内网络游戏的整体规模、产品质量等显著提升；另一方面，一系列相关政策法规相继实施，市场竞争日益激烈，用户获取成本直线上升。这都促使游戏厂商纷纷瞄准海外市场，或者说，“出海”成为游戏行业发展的新潮流。数据显示：2018 年中国自主研发的网络游戏在海外市场实际销售收入达 95.9 亿美元，成了中国游戏企业重要的收入来源，其中，中国游戏在美国 IOS 游戏榜单 TOP100 占比超过 20%，在韩国畅销榜 TOP100 中超过 30%，在日本 TOP100 超过 10%；从“出海”格局来看，专注于游戏出海的 FunPlus、IGG、智明星通收入排名靠前，主要是 SLG 类产品；从制作主体来看，2017 年、2018 年，腾讯、网易纷纷加快游戏出海步伐，其中，腾讯网游 *Arena of Valor* 日活用户数量（DAU）破 1300 万，月流水达 3000 万美元，网易网游《荒野行动》《第五人格》在日本取得不俗成绩。[1]

第三节　网络游戏的审美观照与发展述评

一、以“质量”为核心成为网络游戏的发展共识

近年来，网络游戏市场充斥着大量以短期盈利为目标的游戏产品，尤其是，移动端游戏市场常常有快速“换皮”的劣质游戏产品，它们既透支了用户对国产网络游戏的信心，也不利于网络游戏产业的发展。因此，规范市场秩序、治理劣质网络游戏产品充斥市场乱象、扭转用户对国产游戏“挖坑深、重氪金、品质差”的负面印象，换言之，坚持以质量为核心、走精品化发展之路，成了业界的发展共识。具体说来，一是网络游戏企业在研发、创新、运营等方面去同质化、去低俗化，创作生产优质网络游戏产品；二是网络游戏企业要更加重视消费者的权益保障，加强对未成年人的保护；三是网络游戏企业要积极承担社会责任，加强文化内容建设，弘扬积极向上的价值观，营造风清气正的网络文化氛围。

---

[1] 中国音数协游戏工委（GPC），伽马数据（CNG）.2018 年中国游戏产业报告［EB/OL］.（2019-03-07）［2020-03-10］. https://www.useit.com.cn/thread-22501-1-1.html.

二、功能游戏为网络游戏发展提供新机遇

功能游戏有广义和狭义之分：广义的功能游戏强调功能的游戏化，研发初衷是为了解决社会与行业问题，将游戏的元素、设计、技术和构架创新应用于其他领域，比如，教育类、训练类游戏等；狭义的功能游戏是指延伸性功能游戏，强调游戏的功能化，研发初衷并不以解决社会或行业问题为唯一目的，比如，沙盒类、模拟经营类游戏等。

功能游戏具有跨界性、多元性、场景化三大特征，有利于提升游戏行业社会价值，引导玩家树立正确价值观，同时，也有利于探索游戏市场的新兴空间。比如，沙盒类游戏《我的世界》将其功能性应用划分为学习教育、知识普及、艺术创作、工程应用、康复治疗等几大方向;《荒野行动》与中国海军蛟龙突击队深度合作，将蛟龙经典作战服植入游戏之中，并邀请前蛟龙突击队队员参与游戏动作捕捉，为游戏角色录制专业动作数据，增强玩家国防意识;《绘真·妙笔千山》则融入大量中国传统绘画元素，让玩家在绿水青山中感受国风意蕴，领略中国传统神话魅力。

2018 年被称为中国功能游戏的“元年”。所谓“元年”之说，是因为腾讯、网易等游戏企业先后入局，并促使功能游戏成了网游转型升级的突破口。据伽马数据《2018 年功能游戏报告》显示：2020 年全球功能游戏市场规模将达 54.5 亿美元，中国功能游戏潜在用户达 4.8 亿。[1] 在 2018 年中国互动娱乐大会（南京）暨中国网络游戏行业峰会上，多位专家学者也认为：推动网络游戏行业转型升级势在必行；大力发展功能游戏，除了要在现有游戏中增加功能性模块外，还须加大功能游戏研发、运营、宣介等方面的资金、人才投入。

---

1 伽马数据（CNG）.2018 年功能游戏报告［EB/OL］.（2018-07-10）［2020-03-10］.http://chanye.07073.com/shuju/1772978.html.

三、5G、云计算等技术推动网络游戏迭代升级

（一）5G 网络提升用户留存率

2019 年是 5G 商用“元年”。5G 网络具有高速率、低延时、高容量等特性。对网络游戏来说，它可以解决网络游戏因安装包较大而影响用户随时随地畅玩游戏的痛点，使“即下即完”成为现实；也可以解决竞技游戏的延时问题，为竞技类游戏提供更好的用户体验。可以说，5G 网络将为网络游戏注入强大发展活力，同时，也将有效提升用户留存率，促进网络游戏产业跨越式发展。

（二）云游戏开创网游新业态

“云游戏”又称游戏点播，是一种以云计算技术为基础的在线游戏新型态。相对有限的轻端设备来说，云游戏技术使图形图像处理与数据运算能力可以运行高品质游戏。在云游戏场景下，游戏的核心数据在云端服务器运行，云端服务器将游戏场景渲染为音视频流，并通过网络传输到玩家游戏终端，因此，终端仅需拥有基本的流媒体播放能力即可获取玩家输入的指令并发送给云端服务器。与传统游戏模式相比，云游戏在很大程度上减少了终端设备的成本和游戏公司发行与更新维护的成本，进一步降低了网络游戏的准入门槛。

当然，与传统游戏相比，云游戏仍有一定差距。传统网络游戏仅需传输游戏数据状态，而云游戏的多媒体数据传输对网络速度及延时更敏感，因此，高延时会降低游戏用户体验。但随着 5G 网络技术的逐步普及，云游戏网络传输瓶颈将被打破，并迎来高速发展。如此一来，云服务器既可以助力网游公司部署、测试、推广、支付等一系列服务，又可以加速网络游戏产业全球研发、运营的一体化进程，而网游的新业态亦将呈现新的风貌。

四、电子竞技为网络游戏发展注入新力量

2017 年 10 月，国际奥委会宣布电子竞技运动为正式体育项目。这意味着

电子竞技正式成为奥运会比赛项目，预计最早出现在2024年巴黎奥运会上。

随着全球电子竞技产业规范化发展，中国已成为全球电竞产业发展最快的国家之一。对中国电竞来说，2018年意义非凡：在雅加达亚运会电竞表演赛中，中国团队在《英雄联盟》《王者荣耀》《皇室战争》三个项目上摘得两金一银；在2018英雄联盟全球总决赛中，中国LPL赛区队伍突破重围最终夺冠。2019年，备受瞩目的Ti9将在上海举办，中国电竞的全球影响力将有新的表现。

从网络游戏的附属品到实现快速产业化，电竞体现出独特的产业特点和价值。目前，其游戏开发、版权分销、赛事运营、赛事衍生内容制作、电竞电商等细分市场和产业链逐步形成。就发展趋势来说，有三点值得关注：一是电竞行业监管力度加强，促进行业规范发展；二是国内电竞行业用户群体不断扩大；三是电竞职业化和国际化发展趋势明显，国内外电竞赛事有序开展，电竞选手、职业战队、内容制作产业链等逐步完善。

五、扬帆“出海”开创网络游戏发展的新局面

随着国内网络游戏人口红利的逐渐减弱，中小游戏公司面临着巨大的生存压力，于是，积极开拓海外市场成了破局的新动能、发展的新方向。对此，业内人员甚至有“不出海便出局”的说法。实际上，近年来，中国原创游戏的海外出口快速增长，特别是，扬帆“出海”不再是依循简单的授权出口模式，而是在海外成立子公司或通过并购实现海外拓展。其中，有三点值得关注：一是在“产品”上，实施差异化发展并通过独立运营等方式出口海外，实现中国自主研发网络游戏海外出口规模增长；二是从“渠道”上看，与脸书、谷歌商店等多个海外渠道建立长期稳定的合作关系，积极、有效地拓展全球市场；三是就“平台”来说，通过收购或自建平台聚拢用户，比如，腾讯、三七互娱、游族网络等游戏企业已全面展开海外平台布局，强化对于用户的深度运营。

第八章 “泛”网络文艺发展状况及述评

和其他人文科学相比，艺术有其特有的规定性——审美性，因而，艺术的创作生产要遵循特有的艺术规律。和传统文艺相比，尽管网络文艺具有新的审美特性和新的艺术规律，但“审美性”依然是其内在的规定性。这在网络文学、网络剧、网络综艺、网络电影、网络音乐、网络动漫、网络游戏等网络文艺主要表现形态中有鲜明的体现。然而，在时代发展、社会进步的历史进程中，随着日常生活的“审美化”和审美的“日常生活化”，以及互联网孕育新事物、催生新形态的巨大潜能，网络文艺除了以上七种典型形态，还有短视频、网络直播、网络音频，以及数字艺术、VR/AR/MR、AI 等表现形态。这些借助互联网力量而蓬勃发展的形式、产品等含有丰富文艺因子又非“典型”网络文艺，或具有丰富潜能却处于发展的初级阶段。随着网络用户日益增长、网络内容生产越来越丰富，这些表现形态的网民参与度越来越高、市场规模持续扩大、影响力不断提升，因此，我们不妨将其纳入“泛”网络文艺的范围，并着重就短视频、网络直播、网络音频等进行考察、分析。

第一节 “泛”网络文艺概述

近年来，不论是音频、视频，还是直播，“泛”网络文艺迅速发展。其内容主要可分为“娱乐放松”“知识讯息”两大类。

“娱乐放松类”内容是互联网时代广受大众追捧的网络文化成分和产品，绝大多数网站均有涉猎。尤其是在短视频和直播领域，娱乐放松类内容更是重要组成部分。这些内容往往聚焦不同生活场景，并通过多种形式向网民呈现一些不同的生活体验。从内容生产方式的角度来看，一般而言，此类内容有平台自制，也有用户上传。其中，综合类的综艺节目大多属于平台制作，比如，芒果 TV 拥有大量直播的娱乐综艺节目；抖音、火山小视频、虎牙、斗鱼等直播或短视频娱乐内容则多为用户上传。除大众性的娱乐放松内容，一些形成圈层的特殊群体在一定特殊爱好范围内分享与传播其他“泛”网络文艺内容，比如，二次元、“鬼畜”等。他们以恶搞或调侃的特殊形式来输出内容，并聚在一起建立情感纽带，形成群体性效应。

“知识讯息类”内容近年来也快速增长，其显著表现是各大官方媒体都在抖音上传播相关的信息内容，比如，人民日报、浙江卫视、人民网等。其中，人民日报的抖音粉丝量接近 800 万，浙江卫视的粉丝量超过 650 万。讯息类内容通过短视频形式快速传播，且越来越重要，成为近年来的新亮点。而知识类内容制作，目前以商业财经、技能培训、人文科技、亲子教育四大类为主。相比之下，讯息类内容更多以短视频或音频为主，方便用户快速接收信息；而专业知识类内容则更多是以中长视频或音频为主，以便内容传递更准确、有效。

一、主要表现形式

（一）短视频

短视频是指播放时长在 5 分钟以内的网络视频，它具有社交属性强、创作门槛低和观看场景便捷等特征，更加符合移动互联网时代的碎片化消费习惯。近年来，短视频领域持续升温，且正向三四五线城市扩散。其内容以才艺、生活、职场等为主，且流量逐渐向优质内容集中。

（二）网络直播

网络直播是指在特定现场架设音频、视频之类的独立信号采集设备，通过直播网页端即时展示音视频内容，由网民自主浏览、选择、观看的一类网络服务形式。网络直播主要以用户直播为主，但平台会依流量情况而加大推送力度，从而打造网络红人。大部分是通过分享话题，进行情感互动，激发主播与受众群体之间的情感共鸣，“社交化”特征非常明显。此外，网络直播中的游戏内容占有重要位置，且成为收入的重要来源。

（三）网络音频

广义的网络音频是指通过网络传播和收听的所有音频媒介内容；狭义的网络音频不涉及网络（数字）音乐，其包括音频节目（播音）、有声书（广播剧）、音频直播以及网络电台等实现形式。近年来，狭义的网络音频持续发展，并呈现向高学历化发展的趋势，越来越多的高学历群体参与音频收听，且中青年城镇居民居多。音频内容生产主要集中在喜马拉雅、荔枝、蜻蜓 FM、企鹅等几家。从发展规模看，喜马拉雅一家独大，荔枝、蜻蜓 FM、企鹅都在持续增长。此外，2018 年喜马拉雅、蜻蜓 FM 都进行了新一轮的融资，市场估值数十亿美元。音频内容使用的最大优势在于它不占用其他活动时间，可在开车、工作、做家务时同步进行，同时，其内容覆盖了综艺娱乐、学习、情感互动等诸多领域。此外，“有声书”占有较大份额，各大音频平台也在争夺有声书的版权。

二、主要生产方式

网络文艺内容丰富，生产形式多样，“泛”网络文艺几种主要表现形态的生产亦是如此。大体说来，生产方式可分为 PGC（Professionally Generated Content，专业生产内容）、UGC（User Generated Content，用户生产内容）、PUGC（Professional User Generated Content，专业用户生产内容）、OGC（Occupationally-generated

Content，职业生产内容）四类。

（一）PGC

不论是音频还是视频，平台制作的多是付费内容，比如，爱奇艺、优酷、腾讯、喜马拉雅等均以专业生产内容为主。PGC 是目前最重要的一种内容生产方式。通过专门的内容制作团队，平台可以建立统一的标准和规范形式，也可以保证内容的质量，以及用户的良好体验。PGC 也是平台吸引用户的最有效手段。依靠几个甚至一两个极度经典节目，平台就足以吸引大量粉丝与受众群体，并带来巨大的流量。

在内容上，PGC 生产的质量要求较高、制作成本较大。音频多为 10 分钟左右，视频多为 5 分钟左右。青年接受人群数量明显高于其他年龄段人群。近年来，PGC 优质内容点击量持续提升，专业性也进一步增强，比如，《财约你》《吴晓波频道》获得较高播放量，乃至成为行业头部内容。

（二）UGC

UGC 是最常见的内容生产方式之一。论坛、豆瓣、直播、微博等均可视为 UGC。随着平台向用户开放，用户上传分享内容，进一步促进了 UGC 发展。UGC 在体量上远大于 PGC。以“喜马拉雅”为例，每天用户上传的内容达十几万甚至几十万条，而专业生产每年不过几万条。

UGC 能极大地调动用户创造内容的主动性，但内容质量参差不齐，且关注度没保证，收益转化也难以得到广告商的支持。因此，在 UGC 为主的直播领域，其内容往往更多体现在颜值、卖萌、才艺表演、介绍不同生活体验等，甚至提供社交、电商服务。除直播平台外，一般平台很少只是开发 UGC，而是将 PGC 与 UGC 结合，从而打通平台与用户之间的沟通渠道，并且，在对外宣传时，平台还会把 PGC、UGC 内容加起来，以便增强关注度和影响力。

（三）PUGC

PGC 与 UGC 的融合形成了一种新模式——专业用户生产内容。这些内容生产具有一定的制作经验，且知道什么样的模式适合传播，甚至有些生产者还拥有相当规模的制作团队。这种在平台之外，能生产专业性内容的机构被称为 MCN（Multi-Channel Network），它们往往以工作室或公司的形式呈现。

一般来说，业内比较重要的大咖（内容明星）都会采取这种模式，比如，马未都、高晓松、吴晓波等。平台也会从用户上传的内容中把一些有价值的内容筛选出来，然后加工成优质内容推送出来。此外，平台还会对最优质的内容生产者进行物质奖励，让他们由用户变成生产者，同时，开放弹幕，让用户广泛参与评论，进而在平台、内容生产者、用户之间建立起紧密的纽带关系，打造一种新的生产形式。比如，哔哩哔哩网站中有 85% 以上的内容是 PUGC 的产物。2018 年 3 月，哔哩哔哩在美国纳斯达克上市，既表明了 PUGC 模式的成功，也体现了网络用户在内容创造上强大的生命力。

（四）OGC

职业内容生产是基于某些特殊的内容（比如，艺术审美、财经评论、新闻等），由特定专家群体来进行创作并满足特定群体需求的内容生产形式。一般说来，OGC 由平台出钱或以其他方式来采购这些内容，因此，OGC 和 PGC 之间存在一定交叉，只是 PGC 的生产者往往是平台自身，而 OGC 往往是特定的专业群体。如果这些特定的专业人士被平台雇用，那么，PGC 和 OGC 之间就会重合。

第二节 “泛”网络文艺发展状况与特征

在网络文艺蓬勃发展的大环境之下，以用户为导向的网络短视频、网络直播、网络音频等主要表现形式取得了长足发展，日臻成熟，覆盖面和影响力急剧扩大。用户生产内容为主要组成部分的这一类“泛”网络文艺细分领域，相对来说更平民化、去中心化，展现了多种民间文艺形式与群众生活图景，抒发了人民情感，表达了时代精神。

一、短视频发展状况与特征

作为网络文艺的热门分支，网络短视频在各个平台上开始大放异彩，也得到了广大用户的青睐，成为不可被忽略的一种整合多种形式与内容的新型网络文艺形式。

（一）短视频发展状况

国内的短视频应用与短视频内容早已有之，但直到2018年，互联网短视频才真正迎来一个全面、快速的发展期，被推向了行业的风口，进入业界、学界的视野。

1. 总体特征与市场规模

中国互联网络信息中心（CNNIC）第44次《中国互联网络发展状况统计报告》显示：截至2019年6月，短视频用户规模达6.48亿，用户使用率75.8%。[1]2018年，抖音App的日活跃用户突破2.5亿，月活跃用户超过5亿，接近手机网民用户的2/3。[2]与2017年短视频在一线城市爆红不同的是，进入2018年，以抖音、快手、西瓜视频等为代表的短视频应用从春节期间就已经开始迅速下沉至三、四线城市，用户规模持续增长。但随着网络短视频的用户红利期逐渐消退，用户增速呈现减缓趋势，所以，各大平台与渠道开始逐渐对用户数据进行检测与画像，细分领域、深耕用户。同时，各大平台分别与MCN、网络视频达人等进行合作，充分调度与整合平台内外的优质内容资源，以形成自己平台的品牌效应。

从市场规模上来看，短视频营销快速发展。艾瑞咨询的调查与分析显示，2018年短视频营销市场规模已经达到了140.1亿元，同比增长率高达520.7%。

---

[1] 中国互联网络信息中心（CNNIC）.第44次《中国互联网络发展状况统计报告》[EB/OL].（2019-08-30）[2019-10-10].http://www.cac.gov.cn/2019-08/30/c_1124938750.htm.

[2] 抖音短视频，字节跳动算数中心.2018抖音大数据报告[EB/OL].（2019-02-15）[2019-10-10].https://www.sohu.com/a/294899104_298352.

近年头部短视频媒体平台在短视频营销上的商业平台搭建，提供了大量的短视频营销变现机会。另外，广告主预算的逐渐倾斜，内容方、MCN 和营销服务商不断推动短视频营销能力的专业化，都是促使短视频营销市场规模增长的主要原因。[1]

2. 行业治理与规范

近年来，短视频行业规范逐渐建立，监管部门对于短视频平台上存在的内容、版权、平台风险等问题进行了相关的整改治理。2018 年 7 月，国家版权局、国家互联网信息办公室、工业和信息化部、公安部联合开展了“剑网 2018”整治侵权与盗版的专项行动，约谈了 15 家重点短视频平台网站，下架短视频作品共 57 万部，对平台上存在的疏于把关、纵容低俗内容传播等问题进行了批评教育与限期整改，这些举措从宏观层面对平台方进行了引导。[2] 具体来说，针对平台的监管措施包括对 PGC 上传者进行各项实名制认证、账户绑定的举措，对 UGC 的组织代码、许可证与上传内容是否在许可范围内的审核等。用户方面，对短视频的内容与上传者资质也开始进行初筛和把关。

2019 年 1 月，中国网络视听节目服务协会发布《网络短视频平台管理规范》《网络短视频内容审核标准细则》两项文件，制定短视频行业的从业规范，对短视频的平台、创作者、内容等方面都起到了约束和指导作用，短视频行业经历了从野蛮生长到监管介入的行业规范化发展。

3. 作为“平台”与“功能”的短视频

网络短视频平台呈现特征细分、深耕领地的发展趋势。总体说来，任何一个短视频平台都没有把目光局限于一种或者一类短视频上，而是争取包罗万象、多点开花，在给观众提供一个打开短视频信息窗口的同时，找到部分值得深耕的领域进行重点发展。比如，抖音的用户更为年轻化，背景音乐多为电音、舞曲，视频多具有强烈的节奏感，能在短时间内通过形式吸引观众；快手的主要阵地则是

---

[1] 艾瑞咨询 .2018 年中国短视频营销市场研究报告［EB/OL］.（2018-12-03）［2019-10-10］. http://report.iresearch.cn/report/201812/3302.shtml.

[2] 15 家短视频平台下架侵权盗版作品 57 万部［EB/OL］.（2018-11-07）［2019-10-10］.http://www.xinhuanet.com/legal/2018-11/07/c_1123679273.htm.

在对生活的展现上，特别是对新时代农村美好生活的反映；微视用户也多为年轻人，依托于腾讯公司可以直接将短视频通过微信传播；西瓜视频、火山小视频、秒拍、梨视频上的PGC资讯类内容相对更多，一些抖音、快手上的视频也要通过秒拍等App整合之后才能在微博、微信等社交媒体上进行链接分享。微博官方推出的“微博故事”、微信官方推出的“时刻视频”等功能在2018年也相继被添加到两个App中。网络短视频已不再局限于在特定短视频App与短视频用户中分享、传播。此外，淘宝、知乎、钉钉、唱吧、网易云音乐等非短视频类App也先后将短视频功能添加到应用中，这直接彰显了近年来短视频在传媒领域的影响力与号召力。[1]

4. 短视频进入国际市场

近年来，部分短视频App的国际版开始走出国门，在国际市场上迅速发力，并在很多国家的用户中都取得了良好的口碑。比如，抖音国际版App“TikTok”，不仅在2018年9～10月蝉联美国App store月下载量榜首，还促使Facebook公司推出功能类似的短视频应用“Lasso”来抢夺用户。此外，“TikTok”在日本App store也表现抢眼，在日本中学生中广受欢迎，还作为外国赞助商赞助了日本热播电视剧《无法成为野兽的我们》。在印度，“TikTok”则根据其社会发展与用户构成情况，走起了快手式的下沉路线：不局限于城市风，乡村内容也被拥抱与接纳。这种App因地制宜的定位与市场策略的改变，吸引了更多国际用户加入。

（二）短视频内容分析

伴随短视频快速发展，艺术创作与接受之间的边界日显模糊。由于创作方式的简化，每个平凡的观众都是潜在的创作者，有了通过短视频表达自己的可能性，同时，由于观众基数大，短视频内容就更为丰富、更加多元。具体来说，短视频一般可以分为明星秀场类、娱乐搞笑类、生活记录类、新闻资讯类、知识科普类、技术艺术类等，传统文化、政企服务等内容也与新兴的短视频应用有了密

[1] 艾瑞咨询.2018年中国短视频营销市场研究报告［EB/OL］.(2018-12-03)［2019-10-10］.http://report.iresearch.cn/report/201812/3302.shtml.

切合作，主流内容也在互联网这块全新的传播场域中绽放新的活力。[1]

在发展过程中，短视频的形式变得更加多样。微博、微信中分别添加了“微博故事”“微信时刻视频”两种 15 秒内小视频的功能；秒拍、微视等与社交媒体兼容的 App 使得部分时长稍长的短视频在社交网络上也有了传播渠道；微博观看短视频还可以通过自带的播放器调整播放速度，最大能将视频时长压缩至原时长的二分之一，将短视频变得更短。各大视频网站上 VLOG 的兴起更是将短视频的概念进行了延伸。通过观看 VLOG、新闻资讯类短视频等时长更长的作品，观众逐渐发现短视频也能讲好故事，也能有叙事情节，也能起到陪伴作用，这很大程度上消除了部分传统观众对于短视频的偏见与抵触。

近年来，最具代表性的短视频主要有两种类型：一类是随着快手、抖音等 App 火遍民间的、反映群众文艺生活的短视频；另一类则是将主流内容压缩至短视频时长，并通过短视频 App 上的官方账号发布的官方资讯类短视频。

1. 短视频井喷与丰富的群众文艺生活

互联网的飞速发展使得媒介“去中心化”这一特质表现得越发明显，火爆的短视频 App 如快手、抖音，已成为民间生活分享者喜爱的创作工具。这些载体的出现带给普通互联网用户一个表达生活、展示创意的渠道，让他们能够将自己最鲜活的生活状况、最有热情的创作传递出去。15 秒左右的短视频内容一般以搞笑或者才艺展示为主。比如，抖音网络红人“代古拉 K”以跳舞出名，“黑脸 V”主要展示高超的视频剪辑技巧等。而对于时长更长一点的民间短视频节目，其内容的重要性则被强调。比如，2018 年暑期爆红的以各种方法烹饪竹鼠的“华农兄弟”、擅长反串模仿的“戏精牡丹”等，都在短视频节目中创造了一些令观众产生记忆点、让人不自觉发笑的“梗”，并将这种风格延续到创作的系列视频中。另外一种短视频则是热度在“95 后”“00 后”中不断升温的 VLOG。这一类短视频一般的内容都是记录自己的个人生活，包括学习经验分享、美妆穿搭分享、购物经验与推荐、旅游记录、健身经验分享等，风格从严肃认真到自黑搞笑，是一

[1] 抖音短视频，字节跳动算数中心 .2018 抖音大数据报告［EB/OL］.（2019-02-15）［2019-10-10］. https://www.sohu.com/a/294899104_298352.

种具有极强伴随性质、展现创作者日常生活、分享生活经验的文艺形式。这些以UGC为主的内容不再局限于小范围内的传播，通过各大短视频App，这些来自民间的鲜活内容在互联网上取得了裂变式的传播效果，展现了广大民众丰富的文艺生活。

2. 官方短视频兴起与社会心理变化

近年来，主流媒体与政企服务平台也注意到了短视频这一最为鲜活的网络文艺创作领域，纷纷建立、运营官方短视频账号，以求将官方内容通过新型的互联网文艺形式进行一种全新的表达，实现尽可能广泛的传播影响。抖音App官方报道显示，2018年，1344个抖音媒体号发布了总数超过15.2万个的短视频，累计获赞超过26亿。其中“人民日报”以793万的粉丝订阅量排名第一，全年共收获超过1.7亿次点赞；浙江卫视、人民网、央视新闻、江苏卫视等媒体官方抖音账号的粉丝量也都超过200万。此外，2018年，抖音平台上已有的5724个政企服务号发布了超过25.8万个短视频，累计获赞超过43亿。其中，“四平警事”以1043万的粉丝订阅量排名第一，全年共收获超过5400万次点赞。[1] 在稍早的几年中，观众更加倾向于以互联网图文形式获取新闻资讯，2018年以来，对于资讯的获取方式有了明显的视觉转向，官网短视频账号的入场很大程度上改变了观众通过互联网汲取信息的方式：动态的、声画兼备的、时长凝练的短视频资讯成为一大亮点。随着短视频技术的发展、平台的不断成熟、行业与政策的逐渐规范，主流观众逐渐开始放下偏见，尝试、接受并且习惯、喜欢上了这种新型的互联网传播形式。

二、网络直播发展状况与特征

近年来，网络直播面临着内部头部资源整合与外部网络短视频的竞争。在这种状况之下，网络直播的生存空间受到了一定程度上的压缩，相对于前几年

[1] 抖音短视频，字节跳动算数中心 .2018 抖音大数据报告［EB/OL］.（2019-02-15）［2019-10-10］. https://www.sohu.com/a/294899104_298352.

热度有所下滑，人口红利已然消失。但在相关部门的监管之下，网络直播已经从前几年的野蛮生长向规范化转变，市场规模开始稳步扩大，发展也逐渐趋于良性与冷静。

（一）网络直播发展状况

2016年被称为“网络直播元年”，各类直播App层出不穷并进行多方博弈，之后两年，直播行业在不断发展的同时，还进行了自我完善。近年来，网络直播进入了调整期，用户人数开始出现下降，大量用户从PC端涌向移动端，短视频分流情况显著，网络直播市场趋于稳定。

1. 总体特征与市场规模

中国互联网络信息中心（CNNIC）第44次《中国互联网络发展状况统计报告》显示：截至2019年6月，我国网络直播用户规模达4.33亿，用户使用率为50.7%。[1]除网络游戏直播用户基本稳定、体育直播略有所下降之外，真人秀、演唱会直播用户使用率都有明显的下降，但用户黏性得到提升。同时，截至2019年6月，我国网民使用手机上网的比例已高达99.1%。网络直播最早是针对PC端用户，而如今，随着手机网民所占比例的不断提高，移动端的优势已然展现出来。此外，网络直播行业外部监管日趋规范，行业整合加速，各大直播平台进入精细化运营阶段。

从直播平台来看，2016年以来，直播行业进入混战，追求主播数量，各方势力争相划分势力范围、争夺领地。进入2018年，互联网直播行业明显进入洗牌期，直播市场日趋稳定，各大直播平台进行内容整合、网罗大主播、打造头部精品内容、注重质量、走可持续发展道路。在激烈的竞争中，部分直播平台已经表现出明显的颓势，被逐渐淘汰，但总体来说，网络直播的收益依然缓慢增长。网络直播向移动端的整体倾斜偏移，移动直播与移动电竞正在成为网络直播中不

[1] 中国互联网络信息中心（CNNIC）. 第44次《中国互联网络发展状况统计报告》[EB/OL].（2019-08-30）[2019-10-10].http://www.cac.gov.cn/2019-08/30/c_1124938750.htm.

可或缺的组成部分。[1] 直播平台对于网络主播的招募与签约更为规范，过去动辄天价的大合约已较少出现。平台对于头部主播的竞争越发激烈，近年来，单从熊猫直播出走的著名主播就有小楼、小绝、JY、2009、囚徒等。他们分别被虎牙、斗鱼等竞争平台挖走，以期打造更为专业的电竞新平台。由于外部监控不断强化，过去网络主播呈现的质量参差不齐现象已经有明显的改善，尽管由于网络直播的特殊性，一些监管措施只能延后半拍，但对于一些不规范主播的警告、封禁等处理无疑给主播们打了预防针，即要想获得更多的观众与更加长久的收益，打造差异化的优质内容才是吸引观众的正确手段。

2. 网络直播平台与内容分析

（1）竞技游戏类直播——用户细分、垂直深耕。斗鱼直播、虎牙直播以游戏直播为主，自网站创办以来就一直致力于打造专业且全面的游戏直播平台，网罗了各种游戏门类的各大流量主播。近年来，虎牙直播的狼人杀节目《God Lie》表现依然亮眼；斗鱼直播则与 Imba TV 合作，承办了多项 DOTA2 游戏比赛项目，在游戏玩家中取得了不错的口碑。

直播平台对于用户的精细化运营表现得也更为突出。以斗鱼直播为例，在主页对各种竞技游戏、网络游戏、手机游戏、单机游戏、传统游戏等都有详尽的分类，几乎涵盖了当前所有的热门游戏品类；同时，借助于与赛事方和电竞战队的良好合作而以战队为单位整队引进职业选手进行直播：VG 战队 DOTA2 分部的四名队员与一名教练先后都在斗鱼平台开通了直播，每一位主播的界面都可以直接链接到队友的直播界面，这种将粉丝聚拢在一个小型的“直播公寓”的操作，无疑对战队、直播平台、观众都是有利的。

（2）颜值秀场类直播——监管下的变革与创新。在主打颜值秀场类的直播平台上（比如，花椒直播、YY 直播等），其主播多以才艺展示为主。2018 年前，颜值秀场类直播主要展现主播歌舞、户外、脱口秀等各种形式的才艺，主播构成成分稍显混杂，泛娱乐倾向明显，违规比例相对游戏类、资讯类等明显更高。许

[1] 艾瑞咨询 .2018 中国移动电竞行业研究报告［EB/OL］.（2018-12-18）［2019-10-10］.http://www.199it.com/archives/808508.html.

多主播将直播当作自己成为网络红人、明星的一块跳板，为了出名，部分主播在直播中对各种违规违法内容打擦边球。2018 年，被 YY 直播平台封杀的主播李天佑（用户名“MC 天佑”），原是一个喊麦主播，但在走红之后开始在直播中描述吸毒的感受，被监管部门发现之后，其所在的直播间被禁封。监管手段的强力介入在一定程度上净化了此类直播的生态环境。

（3）互动答题类直播——引流老用户、吸引新用户。2017 年底、2018 年初，以“冲顶大会”“百万英雄”“芝士超人”等为代表的直播竞答类游戏 App 上线。参与门槛低、兼容趣味性与益智性、奖励丰厚、满足观众的竞技心理等特征使得这一类直播一经上线就引发了全民的参与狂潮。同时，通过答题 App 特有的邀请好友来获取答题复活机会的激励机制，此类 App 以裂变的传播方式在 2018 年初成为现象级的直播模式。这种全民参与的直播将很多原本目光集中在 PC 端的直播用户吸引到手机端上来，同时，也给未曾体验过网络直播的观众提供了一个低门槛渠道。通过红极一时的直播竞答类 App 的引流，更多观众开始关注移动端直播这一全新的领域。

此外，在哔哩哔哩直播平台上，二次元直播、生活类直播、学习类直播是主要类型。新闻资讯类的直播，如光明网等媒体政企服务号都有一直播的官方直播账号。

（二）乱象治理与行业规范

网络直播的乱象阻碍了行业的发展。技术手段虽然使自动监管成为可能，但是部分主播依然冒着被禁封的风险打擦边球，为的就是博取更多观众的关注来获得更大的利益。这种情况下，就需要管理员进行内容的人工审核，这种审核往往都有一定的滞后性，导致违规内容屡禁不止。同时，同类直播平台对直播资源、主播资源、赛事资源难免会有一些竞争，一些直播平台会雇用“水军”对敌对平台主播进行污蔑、人身攻击等，对于平台的健康发展也是不利的。

目前，各大直播平台对主播的审核仅仅是上传身份信息，很多主播在成为主播之前并没有进行过素质、能力测试，主播行业的准入门槛相当低。被中央电视台、人民日报点名批评的主播卢本伟（用户名“White55 开”），作为一名职业的英雄联盟选手赢得过许多荣誉，但在直播平台上，他不仅弄虚作假，使用游戏外挂欺骗粉丝，还对网友进行无理的谩骂，最终被各大直播平台永久封号。同时，短时间内蹿红的主播对于现实生活与虚拟网络之间的情感把控可能会失衡，部分主播会在直播间里将自己的生活形态展现出来，比如，不自觉骂人、说脏话；还有一些主播则会与粉丝群里的 KOL（关键意见领袖）有现实生活中的互动，或者直接明码标价贩卖自己的微信号、手机号等私人联系方式，并与观众在线下进行不平等交易等。此外，部分网络主播对自己在网络直播平台上播出的内容不负责任，或习惯于在网络上传递一些负能量，对观众造成不良的影响。依靠短视频出名的主播杨凯莉（用户名“莉哥”）在其直播间对国歌进行曲调改编，并嬉皮笑脸地演唱，作为其直播演唱会的开场，被网友举报之后，她的直播间被封停，她被处以行政拘留。

2018 年 8 月，全国“扫黄打非”办公室会同工业和信息化部、公安部、文化和旅游部、国家广播电视总局、国家互联网信息办公室联合下发了《关于加强网络直播服务管理工作的通知》，部署各地各有关部门进一步加强网络直播服务许可、备案管理，强化网络直播服务基础管理，建立健全长效监管机制，大力开展存量违规网络直播服务清理工作，这对行业规范起到了重要作用，效果正在逐步显现。

三、网络音频发展状况与特征

与网络音乐注重旋律性不同，网络音频更注重以声音为介质传播的内容，主要有音频节目、有声书、音频直播以及网络电台等形式。近年来，网络音频的发展十分迅速，并且在用户数量、人均音频播放时长、付费内容的消费等方面都有明显的提升。

（一）网络音频发展状况

音频这一媒介具有信息、情感、伴随、娱乐属性，网络音频通过将一些网络文学作品有声化，将一些网络视频、网络综艺等去视觉化的方式，整合了大量互联网优质内容，从其他成熟的网络文艺形式中分流了部分观众。

近年来，网络音频行业的市场规模也在进一步扩大，以喜马拉雅、荔枝、蜻蜓FM等为代表的网络音频平台均取得了进一步的市场融资，市场估值也高达数十亿美元。同时，网络音频平台也进入了垂直细分、深耕领域的阶段。网络音频平台一般分为包含多种音频节目内容的综合性音频平台、以直播与交流为主的音频直播平台、将内容进行有声化的阅读类平台等。一方面，既存的音频平台已经开始挖掘平台优势领域，将平台内容进行详细分类，以便满足听众的各种需求，培养高黏度用户；另一方面，受到全媒体时代的影响，一些原本没有音频收听功能的平台也开始内嵌进了音频系统，特别是一些依靠文字传递信息的App，这种功能的添加能够让听众直接将文字转化为语音，通过耳朵接收信息，解放听众的眼睛。

（二）网络音频类型与内容分析

网络音频强调对用户听觉的占有。听众可以在收听网络音频的同时，伴随其他感官的休息或调用，这一特点成为音频内容抢夺用户时间的一个原因。近年来，音频平台更加着重打造内容，注重用户与内容之间的黏性，培养深度用户，并将这种深度用户逐步转变为付费用户。比如，喜马拉雅推出了付费内容《红楼梦》全本有声剧，邀请到上海电影译制厂刘风、著名演员张国立、台湾大学教授欧丽娟进行演绎、解惑、解读，加之以专业的配音演员进行录音，吸引了海内外的众多听众，在喜马拉雅人文类付费榜单上表现出色。据调查，在夜间22点以后，占有流量上升的网络文艺形式仅有网络音频一种。[1] 在用户日渐细分的过程中，网络音频在节目、有声书、网络电台等方面都取得了不错的传播成果与市场盈利。

1. 音频节目：原创新内容与视频节目的降维播放

一般来说，网络音频节目主要分为音频平台的原创内容与视频节目的音频截

[1] 艾瑞咨询.2018年中国睡前音频收听场景研究报告［EB/OL］.（2018-03-22）［2019-10-10］. http://www.199it.com/archives/702333.html.

取内容。在知识付费经济的助推之下，互联网用户愿意通过音频等方式获取资讯、知识，这也催生了互联网原创音频节目的诞生。蔡康永的《201 堂情商课》、杨澜的《私人书单：Big Girl 养成记》等节目也因为富含知识性这一特点，备受网络音频软件用户的喜爱。另一种具有代表性的网络音频是将综艺、视频进行降维，即，将音频部分做成相对原综艺节目更加碎片化的片段，给观众进行播放。比如，喜马拉雅上就有湖北卫视出品的综艺节目《非正式会谈》第四季的节目音频。这档综艺节目内容主要以思辨为主，并不需要听众对于画面的过多解读，是提取音频的良好来源。

2. 有声书：文学作品的内容听觉化

另一种解放观众视觉的方式是将网络文学等二维网络文艺作品进行内容听觉化。各大音频 App 上的听书栏目异常火爆，一些主打听书的 App 如懒人听书、腾讯FM等，也在内容运营方面越发成熟。得益于文化类综艺节目如《一本好书》《中国诗词大会》等的助力，观众对于书本与知识的需求变得更为突出。网络音频可以在听众起床后、行车时、休闲时、睡觉前等给听众提供一个相对静谧的环境与氛围，通过专业声优对书籍的阅读，听众可以在较为轻松的状态下得到知识的输入，是一种非常新型的接受知识与内容的方式。

3. 网络电台与音频直播：情感交流与陪伴

除去音频节目、有声书之外，打造独有内容的网络电台与音频直播也是网络音频的重要组成部分。一般来说，这两种形式更加注重与听众之间的情感交流与互动，多采用声音素质良好的专业主播，而音乐、生活、脱口秀则是听众最关注的三种直播内容。[1] 网络音频在睡前时间段最受欢迎，很大程度上是因为网络电台与音频直播的很多内容都能够让听众缓解压力，可以更快、更好地进入睡眠状态。

[1] 艾瑞咨询 .2018 年中国网络音频行业研究报告［EB/OL］.（2018-12-20）［2019-10-10］.http://www.199it.com/archives/808606.html.

第三节 “泛”网络文艺发展述评

一、短视频

（一）正能量成为行业发展的共识和主题

近年来，相关部门对网络短视频内容的把控更加严格，对短视频平台的约谈、对不合规内容的下架、对违规账号的封号处理等，都彰显了国家对于短视频行业的关注与监管决心。这些监管举措也让短视频从业者意识到，过去那样单纯靠低质量内容吸引观众眼球、搏出位、搏流量，无异于饮鸩止渴，并不能让短视频行业长期、良性地发展，甚至还会起到杀鸡取卵的负面效果。如何通过短视频传递正能量，用短视频讲好中国故事，已然成为从业者最需要解决的问题与最直接的诉求。一些正能量的短视频策划如春节期间各地推出的“我和我的祖国”快闪活动、向边防战士致敬的短视频、对环卫工人的歌颂短视频等，已经在各大短视频 App 上取得了大量的点击与称赞。这些成功的经验都在告诉短视频创作者，在新时代，观众对于积极向上的正能量作品依然是喜爱和推崇的。

当前，主流媒体也在向着新生事物靠拢。2018 年，抖音成为江苏卫视跨年晚会的赞助商；2019 年，中央电视台与各大卫视春晚中“抖音”元素的加入，这都是主流媒体与短视频的合作。播放主流、专业内容，吸引更多主流观众的关注，可以给短视频带来更加光明的未来。同时，短视频内容的主流化趋势也越发明显，对于壮丽山河、美好生活、重要时刻的记录，都是短视频对于主流内容的新鲜展示。在今后的发展中，网络短视频需要不断地提升艺术质量，以新颖的文艺形式反映最美好的人民生活，以专业的文艺内容对观众进行潜移默化的艺术熏陶，自觉承担起这一传媒形式所具有的社会责任。

（二）信息冗余与审美异化需引起重视

在快手、抖音等短视频 App 中，很多博主都会在短视频中不断重复、强化相似的动作：唱相似的歌、跳相似的舞蹈、说相似的段子。这样的重复对于观众来说，无形中是一种时间的占用，大量相似的无意义信息出现，就会产生信息冗余，需要耗费观众更多的时间进行甄别与筛选。同时，通过大数据、云计算等不断更新的技术手段，互联网公司能够生成每个用户的画像，并根据每个用户的浏览信息，对用户的趣味进行精准定位，再给用户推荐其感兴趣的信息。这一手段本无可厚非，但部分短视频平台过于依赖数据而忽略了用户作为人的主观能动性，只给用户精准推荐数据所得出的、可能会激起用户兴趣的短视频。这一运营方式容易给观众编织出信息茧房，让观众沉溺于一种类型或相似内容的短视频中，而失去对其他信息的了解与兴趣。

短视频由于时长“短”这一特点，深度上就会存在一定程度上的缺失：作为一个轻量级的载体，短视频承载内容有限，无法进行深层次挖掘，只能作为一种迅捷的方式将信息传递出来。长此以往，观众的审美接受会受到潜移默化的负面影响，即观众更习惯对碎片信息的接收和浅层化的审美，一旦接触到需要深层次思考的事件或者艺术作品时，往往会感到不适应。很多短视频本身是没有意义的，但却在契合了观众或审美或猎奇的心理之后，红极一时，引得无数人争相模仿，这无疑是一种审美的异化，需在今后的发展中引起高度重视和进行有效引导。

二、网络直播

（一）内容深耕与精品节目产出

近年来，直播平台对内容进行了垂直细分与内容深耕，不仅对平台内容进行整合，将标签细分，还对用户进行了精细画像，以进行相关内容的推荐和产品的营销。同时，直播平台不再局限于直播本身，而是对直播衍生内容进行了专业化的运营与深耕。各大游戏直播平台分别推出自己的综艺类节目，并将这些节目的影响扩展到传统的互联网视频网站上。比如，虎牙直播推出了与优酷视频合作出品的狼人杀节目 *God Lie* 第二季，在播放量与用户口碑上都取得了不俗的成绩。

直播内容不断进行突破，传统文化的元素开始频繁出现在直播中。2018 年 6 月，为了拉近普通观众与非物质文化遗产的距离，陌陌直播平台上进行了三次民乐与传统文艺的直播，箜篌、古琴、骨笛、秦腔等乐器与艺术形式竞相登场，给观众带来一场视听盛宴的同时，也让观众意识到传统文化的保护需要每个人的努力，需要代际的传承。据统计，共有 200 多万人在线观看了此次非遗系列直播。[1]

（二）社交与伴随属性增强

2018 年，一直播平台并入新浪微博，成为微博官方支持的直播平台。主播通过一直播可以直接将直播链接分享到新浪微博，观众不需要下载一直播客户端，就可以通过微博 App 直接观看直播视频。除了弹幕之外，观众还可以通过微博留言与主播进行互动，并通过微博直接了解主播的生活动态，增强与主播之间的社交黏性。此外，主播可以在直播平台更新文字、图片等直播内容之外的社交动态。直播平台对社区的打造也变得更加突出。随着近年来战术、社交类游戏成为直播新的主流内容，直播的社交属性被一再强调。比如，一些主播会带上自己的粉丝进行团队协作类游戏的直播。这类游戏直播的社交性远大于竞技性，职业选手带上非职业观众虽然会使战队整体的硬实力下降，但可以带来轻松搞笑的直播氛围，满足观众的娱乐需要，经常收获意外的直播效果。

随着直播类型的不断多元化，一些更加强调伴随性的直播也逐渐兴起。传统的秀场类直播需要靠观众与主播之间的互动、打赏来维持二者的关系，但在一些相对小众的直播平台上，一些主播的直播只是为了给观众提供一个伴随性的空间。比如，哔哩哔哩网站上部分主播的直播内容就是学习，这种主播多为学生，

[1] 穿越千年的古音乐来袭 非遗直播精彩上演［EB/OL］.（2018-06-13）［2019-10-10］.http://www.xinhuanet.com/culture/2018-06/13/c_1122978524.htm.

学习的内容从初高中知识到考研考博、出国留学考试科目等都有涉及；另一种主播的直播内容则是在平台上打造“电影院”，与观众一起观赏平台上的电影资源。这类直播会让观众产生一种陪伴感，在虚拟平台中产生真实情感，并通过直播将这种情感维系下去。这种强调伴随性的直播也是网络直播的新动向。

（三）产业链上下游整合联动

网络直播由于其独具特色的时效性，被广泛运用到线上线下活动的联动中。一些线下活动由于场地限制，并不能满足每一个潜在观众的观看；另一些则由于制作经费的限制，不能将节目中的所有物料精美包装之后再展示给观众。针对这些情况，网络直播就起到了一个关键性的作用。对于一些备受关注但现场名额有限、同时又具有强烈时效性的节目与活动，官方或民间渠道的直播可以扩大活动的影响范围。同时，借助于社交媒体的影响，此类直播会在短时间内产生巨大的传播效果，达到“直播＋”的目的。比如，湖南卫视的工作人员在跨年晚会、春节晚会、元宵晚会等节目的后台进行直播探班与采访，这种方式可以让观众第一时间看见演员、嘉宾们的准备情况，满足观众的好奇心，吸引节目的潜在观众。

三、网络音频

（一）单维听觉是双刃剑

对于音频内容本身来说，其生存与发展的过程就是在信息爆炸的时代抢夺用户时间的过程。但是，由于音频内容本身所含有的信息相对于视频来说比较单薄，用户更多是以碎片化的时间来对网络音频进行获取与消费。正如前文所述，网络音频的一个重要特质就是只需要调动听觉这一感官就能够进行内容的获取，这使得网络音频具有了极高的伴随性。然而，这一特质也成为一把双刃剑。在另一个角度来说，单纯依靠听觉这一感官吸引的用户，可能具有很高的用户黏性，与音频的关系也更加紧密，但这部分用户的广度却几乎不能与网络视频、网络直播等能够同时调动用户视、听觉的网络文艺形式所抗衡。一些优质的综艺内容并不适合以音频的形式进行传播，如果少了视觉，节目效果会大打折扣。于是，如何让网络音频的单维内容在网络文艺形式中突出重围，就成为一个值得关注的点。

（二）深耕内容是发展重点

目前，网络音频提供了丰富的音频内容，主要集中在音乐、资讯、知识、情感等方面，但提供的音频内容同质化现象较为严重，区分度不高。未来，用户黏度高、付费意愿足的特色文化内容以及历史文化内涵丰富的有声读物将成为在线音频平台内容制作方的发展重点。此外，在体育、亲子等细分领域的内容打造也是未来在线音频平台差异化发展的路径之一。随着各大平台引进 IP、打造 IP，并加大力度扶植音频内容创业者，优质的、专业化的内容将成为争夺用户和提高用户黏性与活跃度的重点。

（三）知识付费习惯养成

近年来，知识付费经济进一步走热。更多听众愿意为知识进行付费，也开始逐渐接受非物质劳动也需支付这一消费观念。网络音频平台上，一些教育培训、财经、人文、亲子类内容的关注量与购买量呈现持续走高的趋势。知识付费经济在国内的成熟预示着观众消费观念越发成熟，消费能力也逐渐升级，但同时，知识付费经济异军突起也体现了民众目前正普遍处于一种知识焦虑的状态之下，即用户、听众希望通过“听音频”这种娱乐方式，较为轻松地收获实际的知识与经验，这种浅表焦虑也与我国当前网络社会中的浮躁风气有所关联。在经历爆发式发展后，聚焦知识付费的“知识狂欢节”不断向包含了硬知识、泛知识和娱乐类内容的内容付费转变。此外，在线音频平台为会员提供的增值服务越来越多，进一步提升用户体验，有利于吸引更多潜在用户。

（四）网络音频跨出国门

近年来，具有代表性的一些国产网络音频平台开始走出国门，在国际市场上表现亮眼，受到了当地音频爱好者的喜爱。过去，国人依赖苹果手机自带的Broadcast App对音频进行获取，而现在，这种现象发生了逆转，更多外国友人正在通过中国自主研发的音频App对中国原创的音频内容进行消费，这对于中国的网络音频行业来说，无疑是一个好兆头。由于音频文件体积相对较小，便于制作，传播速度也更快，网络音频很适合进行跨文化传播。目前，我国的一些网络音频App如喜马拉雅、蜻蜓FM等都已经在美国、日本等互联网应用商店上线。在今后的发展过程中，网络音频应该会在着眼于精品内容的打造的同时，开拓海外市场，将优质内容传播到海外。

除此之外，“泛”网络文艺还有更多表现形态和细分领域，比如，虚拟现实技术支撑的线上美术馆、展览馆，人工智能带来的机器人创作等。每一种形态都具有网络属性，也都有独特的传播、审美特征，与上述多种形态共同构成网络文艺复杂而多样的行业生态。同时，伴随着技术的不断革新、表达形式的不断探索，更多的网络文艺表现形态将不断出现，带来全新的审美体验，拓展网络文艺的边界，使网络文艺的内涵更加丰富，网络文艺的生态更加多元。

第二部分

理论篇

第九章　媒介：作为艺术活动中的“第五要素”

艾布拉姆斯的《镜与灯》具有显著的理论价值和启发意义，尤其是“作品—艺术家—世界—欣赏者”的四要素结构模式。在新的媒介生态和艺术生态中，有必要聚焦媒介文化新生态语境中的艺术实践，借鉴艾布拉姆斯“四要素”结构模式并明确“媒介”的重要性，进而在所谓艺术研究“五要素”的解释范型中因应艺术实践的新形态、新趋向，同时也检视理论自身并激发其新活力。显然，这种尝试需谨慎为之，其一，“四要素”结构模式有广泛的认同，其洞见在诸多方面依然难以逾越，如要修订，那就得明确艾布拉姆斯提出“四要素”的语境前提和逻辑根据是什么。其二，如果说“四要素”结构模式中存有增加新要素的弹性空间，那么，为何添加的是“媒介”，并且，在传媒艺术学的一定范围内，楔入“媒介”要素的合理性及理论生长的意义何在。其三，也是最重要的，增加“媒介”这一要素并经合理修订、转换后的“五要素”解释范型具有怎样的美学阐释能力和张力，或作为传媒艺术研究的基础理论，它具有怎样的时代适切性与创新性，尤其是在问题意识、方式方法、学理路径等方面可为网络文艺研究提供哪些有价值的帮助。

第一节　艾布拉姆斯“四要素”结构模式的逻辑预设

在“导论”中，艾布拉姆斯简要阐述了可能是最广为人知的“四要素”结构模式，并在历史的维度概述了“模仿说”“实用说”“表现说”和“客观说”。[1]就本文的论题而言，有几个人们较少关注却重要的问题值得深究，即，透过艾布拉姆斯具有“浑圆”特征的论述表层，深入一些并非不证自明的可证之物的背后，关注其间的关联与分离、转折与跳跃，以及那些理论链条的边缘和沉默，辨析其见解和运思的内在逻辑与动力。让我们先从几个可视为“征候”的概念和表述开始。

首先，在艾布拉姆斯的论述中，“诗歌”“文学”“艺术”等概念有时具有脱域或超越其语境的含义，即，当他说“诗歌”时，其内涵可置换或映射、游移为“文学”“艺术”；当陈述的主语是“文学”时，亦可将其理解为“艺术”。这种现象不可说是偷换概念，毋宁说是艾布拉姆斯浑圆论述的一个表征。我们知道，在特定知识谱系或语境中，诗歌可作为文学的“理想类型”，文学之于艺术亦如此，这种情况古今中外都存在，但对艾布拉姆斯来说，这种转换从一个侧面反映了他知识的丰厚性、思维的跨越性和智慧的穿透性。其次，艾布拉姆斯浑圆论述的征候辨析还涉及“理论”“批评”等概念。就知识谱系或学科专业来说，“理论”和“批评”的所指是有区别的。在语义的表述和限定上，如果说“文学”的四要素、“艺术”的四要素或为两可，那么，人们不免进一步要问：“四要素”结构模式是“理论”的结构模式，还是“批评”的结构模式呢？艾布拉姆斯本人的倾向是“批评”，至少在其标题表述中是如此（比如，“艺术批评的诸种坐标”）。但问题是，如果搁置中文翻译的可能原因，仅在“导论”的字里行间，诸如“批评理论”“艺术批评”“艺术理论”，乃至“艺术哲学”“美学理论”“美学思想”等概念和表述是浑圆杂陈、交替互文使用的。事实上，面对西方文艺发展史中诸多的理论家、批评家、艺术家、史学家及其思想资料，“批评”概念难以涵盖其所指。这庶几表明，尽管艾布拉姆斯名曰“艺术批评”四要素，但他以深厚的认知、宽广的视野和提纲挈领的概括而跨越了科层的拘囿，并把握了“艺术研究”的基本面和一般面。也许，正因为如此才有王宁所说：《镜与灯》“虽然主要讨论的是浪漫主义文学理论，但它对我们今天的文学理论工作者所具有的普遍指导意

[1] 艾布拉姆斯．镜与灯［M］．郦稚牛，等译．北京：北京大学出版社，2004：2-6.

义和价值却远远超出了他对浪漫主义文论本身的讨论”，乃至成为后辈学者“从中受惠的灯塔”。

以上两组元批评式的征候辨析并非可有可无，事实上，明确艾布拉姆斯“四要素”结构模式的论述特征和适用域有益于进一步分析其见解和运思的逻辑预设与理论性质。我们不妨同样带着问题前行：第一，他提出四个要素的理据、动因是什么，它们需要一一论证吗？第二，在其三角形结构模式中，各要素的安置（尤其是“作品”居中）理由是什么？第三，“四要素”结构模式是否具有内在理论的生长性，或更宽泛的解释性？

其实，艾布拉姆斯一开篇就以批评的方式从反面提出了四个要素：“直到几十年以前，现代批评对美学问题的探讨都是依据艺术与艺术家的关系，而不考虑艺术与外界自然、与欣赏者、与作品的内在要求的关系。”随后，在驳立结合中，他分析了“批评理论”的视角的制约、好的批评理论的“衡量标准”，并指出：“行之有效的理论就不止一种，而是有多种。”因而，一方面，我们不能指望“像在各门精密科学中那样”，在一些“根本就不可能相互比较”的理论中“求得某种根本上的一致”；另一方面，“当务之急是找出一个既简易又灵活的参照系，在不无端损害任何一种艺术理论的前提下，把尽可能多的艺术理论体系纳入讨论。”最后，他径直提出：“每一件艺术品总要涉及四个要点，几乎所有力求周密的理论总会大体上对这四个要素加以区辨，使人一目了然……”面对如此飞来峰般的四个要素，让人感觉有点像是王阳明的“龙场悟道”！但逆向推测，我们可以看到，“总结性”是“四要素”结构模式逻辑预设的首个要点，换言之，艾布拉姆斯以广博厚实的史论知识为基础、以纵横比较为方法、以概括归纳为路径，于多元价值取向中把握统一性，并提炼、总结了西方文艺思想史中的四个最大公约数。

当然，对于这种不详加论证的“总结”所可能面临的质疑，艾布拉姆斯是有自我意识的。在“导论”中，尽管他强调“四要素”图式“方便实用”，具有“简便性和进行提纲挈领式分类的能力”，可以“使分析更加醒豁”，但同时也指出其构架的“人为性”（人们“能够设想出更为复杂的分析方法，只须经初步分类便能做出更为精细的区别”，并通过“增门添类”加强“辨识力”），而且在行文中，他还显露出些许“暂且为之”的语气，比如，“我们可以用一个方便实用的模式来安排这四个坐标。就用三角形吧，把艺术品——阐释的对象摆在中间。”因此，他谨慎地提出：对于“斗胆编写美学批评史的人”来说，“一个较为可行的办法是采用一个不把自身哲学强加于人的分析图式，在有待比较的理论中，把尽可能多的理论所共有的主要特征利用起来，然后慎重地运用这一分析图，随时准备将一切有助于眼下目的的特征收纳进来。”由此，我们可以进一步推论：“开放性”是“四要素”结构模式逻辑预设的第二个要点。

那么，在这个开放性的三角形结构模式中，为什么艾布拉姆斯径直把“作品”摆在中间呢？在阐述中，他没有论证，也没有说明，而且除了指出“任何像样的理论多少都考虑到了所有这四个要素”，还进一步指出，可以“把阐释作品本质和价值的种种尝试大体上划为四类”。对此，王宁倒是有个说明：“作品”在四要素中“始终占据中心地位”，“反映了作者的批评立场始终是与阅读文学作品密切相关的，这也是他为什么要与解构主义的元批评方法进行论战的原因之所在，而那些形形色色的形式主义批评理论所侧重的也恰恰是其与作品最为密切相关的一个方面。”在某种意义上，这只是表明了艾布拉姆斯个人的理论旨趣和美学观念。当然，我们也可以解释：作品是艺术活动中连接“世界、艺术家、欣赏者”的中介和纽带，没有它，什么都不存在。但这种解释毫无意义，因为四个要素中缺少任何一个，其他三个也不存在。因此，联系艾布拉姆斯在谈及四个要素意义与功能变迁时所强调的变量关系，我们可以推论：在不同的理论家及其架构或体系中，居中的要素可以不同，而且，四个要素中的任何一个都有居中的可能性和现实性。进一步说来，“四要素”结构模式的“开放性”不仅体现为理论范式、研究方法、理论旨趣、美学观念等的开放性，还体现为“要素”的开放性。

理解和把握“四要素”结构模式的“总结性”“开放性”具有实际的意义。具体说来，由于“四要素”结构模式在性质上是一种总结性、开放性的理论，因此，在借鉴运用时要依据实际对其进行合理的修订。在某种意义上，如果说“解释性”是衡量一种理论效用的标尺，那么，“四要素”结构模式的效用更多地在于它经“修订”而具有的生长性，或更宽泛的解释性。当然，这并不是说“四要素”结构模式不具有解释的力量，而只是强调合理的“修订”在一种“归纳总结型”理论向“演绎解释型”转换中的重要性。就前一种情形论，比如，有学者运用它对国内长期流行的“艺术家、艺术品和社会（环境）”三要素艺术研究框架进行改造，甚至提出：“文学理论体系中的本质论、创作论、作品论、接受论恰好是与四要素构成的文学活动的结构关系相对应的。”[1] 就后一种情形论，刘若愚、叶维廉都借鉴“四要素”结构模式来阐述中西比较文学和文论，并提出了不少新见解，但相比之下，叶维廉的运用更加灵活、有效，比如，在其著名的“模子”理论中，他强调：东西方具有不同的思维、美学和批评模子，不能“以一个体系所得的文化、美学假定和价值判断硬加在另一个体系的文学作品上”[2]。这其中就体现了合理修订的成果，且在“四要素”结构模式的理论生长和效用创新上也体现了“归纳总结型”向“演绎解释型”的成功转换。

总的来说，通过分析“四要素”结构模式的预设逻辑和理论性质，我们可以看到：“四要素”结构模式具有超越其“总结性”框架而成为“解释性”理论的生长性，与此同时，在充分激发或升华其理论效用的意义上，尤其是直面当前鲜活的艺术实践，又有对其进行适当修订与合理转换的必要性。显然，侧重“总结性”或侧重“解释性”会带领理论话语走上不尽相同的道路，看见不尽相同的风景；诚如下文将论述的，如果侧重“解释性”，并依据艺术实践的现实情形而作适当的修订与合理转换，“四要素”结构模式将焕发和展现新的理论活力与面向。

第二节　媒介：作为“第五要素”的或然与必然

在艾布拉姆斯的阐述中，值得注意的是，“要素”的同义词有“坐标”，“图式”的同义词有“参照系”“分析图”“框架”“构架”“模式”等。按上文叙述，

[1] 童庆炳．文学理论教程［M］．北京：高等教育出版社，1998：8.

[2] 叶维廉．叶维廉文集（第 1 卷）［M］．合肥：安徽教育出版社，2002：49.

如果更明确地将艾布拉姆斯的“总结性”图式称为“艺术研究四要素结构模式”，那么，不妨将新的“解释性”图式命名为“艺术研究五要素解释范型”，且将“媒介”置于中间，并按艺术生产动态系统的顺时针顺序图示如下（见图 9-1）。

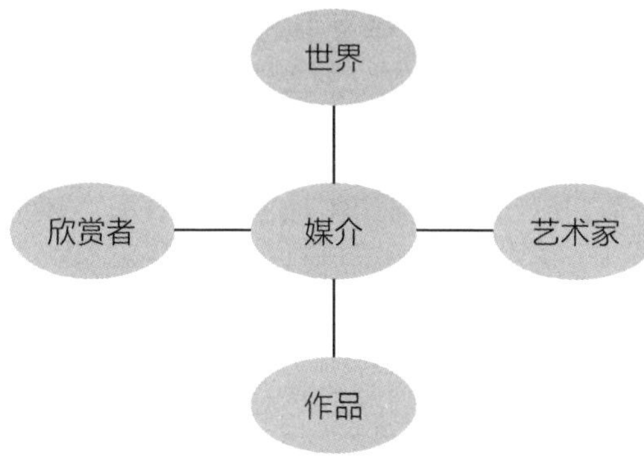

图 9-1　艺术研究“五要素”解释范型

显然，此一“解释范型”同样可以引发来自不同方面的诸多质疑。对此，笔者想先强调三点：第一，此一范型直面当前鲜活的艺术实践，尤其是传媒艺术实践；[1]第二，其性质是一种“解释性”的框架；第三，它建基在艾布拉姆斯“四要素”结构模式之上，并因充分理据而为“媒介”谋求了跻身其中的生长和发展空间。那么，接下来的问题是：新增“媒介”这一要素的必要性、可行性及意义、价值何在？对此，我们不妨将其分成三个具体的问题：一是，在艺术活动中，“媒介”具有怎样的性质和重要性？二是，在艾布拉姆斯“四要素”结构模式中，“媒介”为什么缺席，或因何故而长期被忽视？三是，为什么将“媒介”摆在中间，而不是作品，或其他要素？

[1] 所谓“传媒艺术”，简要说来，是指以现代性媒介为载体而表征人们思想感情的艺术样式。在狭义上，其外延包括历史稍久的摄影艺术、电影艺术、广播电视艺术等，随着互联网技术和新媒体的发展，它还包括动画、游戏及新兴交叉的网络文艺、新媒体艺术等。在广义上，那些因“触电”“触网”并衍生出新质的传统艺术样式，像电视文学、电视音乐、电视戏曲等，亦在其范围之内。本文着重关注的是狭义的传媒艺术。

为突出主要问题，同时也为了简明扼要，以免陷入有关媒介自身歧见纷呈的纠葛，[1]本文着重关注和讨论“语言文字”“广播影视”“互联网”三种典型的媒介形态。当然，在更大的范围内，后两者可以合并，同时也可彰显“印刷文化”与“电子文化”的分野。然而，尽管“广播影视”与“互联网”的区隔不如它们与“语言文字”之间的沟壑，但毕竟两者在美学属性、影响的深广度等方面存在着重要差别，就像现代主义与后现代主义一样。事实上，互联网的当代发展在很大程度上进一步强化了媒介文化新生态之“新”，与此同时，也进一步凸显了“媒介”在艺术活动中的重要地位和作用。

不必赘述，考察“媒介”可以有不同的方式、层次和角度，但如果要在艺术和美学研究的领域突出它与“世界—艺术家—作品—欣赏者”四个要素多重的内在关联，那么，以下四个维度应优先关注和讨论。

第一，从形态上审视，“语言文字”“广播影视”“互联网”的历时发展在某种意义上构成了媒介现代性和审美现代性的重要节点。简要说来，如果没有广播影视媒介，就没有电影艺术、广播电视艺术等；如果没有互联网，也就没有网络剧、网络文艺，以及目前还尚不明确其发展前景的艺术形式。另外，媒介发展的现代意义还体现在它对传统艺术的影响，以及对生产传播、营销推广、接受评价等艺术活动各环节的深度改造和塑型等方面。值得一提的是，媒介发展的形态学还可以部分地解释“媒介”缺席的原因：在“四要素”结构模式中，由于艾布拉姆斯所处理的思想资料几乎都是“语言文字”（尽管其中不乏关于语言文字本身之作为媒介的深刻见解和思想），因此，作为缺席的“在场”，媒介也就退隐、消弭了它的存在。在这种意义上，从更深广的艺术样式和谱系上看，广播影视、互联网的出现及其与语言文字的巨大分野从另一个侧面强烈呼唤着幕后英雄式的“媒介”要素的出场。

第二，从美学上考察，媒介的现代性对审美的现代性具有重要的作用和深远

[1] 关于“媒介”，其义指“使双方（人或事物）发生关系的人或事物”（《现代汉语词典》，商务印书馆2005年版，第1480页）。这种广义的“媒介”有可能被宽泛地理解为“媒介即万物”“万物皆媒介”（麦克卢汉），即使是在狭义上，人们对它的理解和运用也不尽相同，且容易与符号、传播形式、渠道、信息等相混淆。

的意义。比如，在《机械复制时代的艺术作品》中，本雅明揭示了现代艺术与古典艺术的区别并集中描述和分析了“艺术在现代工业社会中命运”“新崛起的电影艺术”和“艺术在现代工业社会中的一系列替变”，包括“由有韵味的艺术转变成机械复制艺术，由艺术的膜拜价值转向展示价值，由美的艺术转变成后审美艺术，由对艺术品的凝神专注式接受转向消费性接受”等。[1]至于互联网所带来的深刻变革也已充分显现。比如，有学者指出：“新一代信息通信技术（ICT）的飞速发展、创新 2.0 的互动演进与管理制度政策层面的引导，不断推动了‘互联网 +’格局的形成……也催生了‘互联网 +’背景下影视转型升级新模式，促发了蔚为壮观的互联网生态影视，这正是影视产业与网络媒体融合发展的未来大趋势。”[2]

第三，从文化上观照，媒介的现代发展刷新了人们的文化观，也掀起了文化研究的新热潮。比如，列维 – 斯特劳斯指出：“一个社会所使用的语言是整个文化的反映”，“语言结构是文化结构和社会结构的‘原型’。”[3]在伊尼斯的“媒介决定论”中，媒介对社会形态和社会心理都有着深远的影响，甚至“一种新媒介的长处，将导致一种新文明的产生”[4]。不仅如此，在“媒介即文化”的广泛命题中，20 世纪中期以来，随着大众媒介的发展及其影响的日益扩张，人文社会科学中的众多学科纷纷加入媒介与文化研究的行列，比如，法兰克福学派的文化工业批判（霍克海默、阿多诺、马尔库塞等）、伯明翰学派的文化研究（威廉斯、霍尔等）、政治经济学的文化帝国主义批判（席勒、汤林森、萨义德等）、后现代主义的文化理论（杰姆逊、波德里亚等）、媒介环境学的媒介与文化研究（麦克卢汉、波兹曼等）。尽管这些研究在主题、范式、观点等方面各具特色，其中有共鸣生发，也不乏抵牾矛盾，但总体上汇聚成了一股浩浩荡荡的媒介文化研究的洪流。特别值得一提是，在价值论视角的媒介研究中，像马尔库塞“媒介即意

---

[1] 瓦尔特·本雅明. 机械复制时代的艺术作品［M］. 王才勇，译. 杭州：浙江摄影出版社，1996.

[2] 杨玳婻. 电商化数据化多屏化：“互联网+”模式影视发展新生态透视［N］. 中国艺术报，2015-06-29.

[3] 克洛德·列维 – 斯特劳斯. 结构人类学［M］. 张祖建，译. 北京：中国人民大学出版社，2006：74.

[4] 哈罗德·伊尼斯. 传播的偏向［M］. 何道宽，译. 北京：中国人民大学出版社，2003：28.

识形态”的文化批判、威廉斯和席勒等关于“媒介即权力”的论述、波兹曼关于赫胥黎式“娱乐至死”的文化预言、波德里亚基于“仿像、超真实、内爆”的后现代媒介文化批评等，这些尖刻却振聋发聩、忧心忡忡但充满人文关怀的见解与思想，庶几从反面警醒人们：媒介的现代发展不仅深远地影响着艺术和美学，也深刻地改变和塑造着世界，人们能否享受它带来的益处正考验着我们运用它的智慧能否与发明它的智慧并驾齐驱。

第四，从哲学上分析，“媒介”深刻地影响着人们的认知和观念，也深刻地改变着艺术生产的内容和形式。首先，20 世纪西方哲学和美学中的“语言学转向”使语言的本体论意义得以“发现”。比如，海德格尔说：“存在在思中形成语言。语言是存在的家。人以语言之家为家。思的人们与创作的人们是这个家的看家人。”[1] 伽达默尔认为：世界不是语言的客观化对象，语言也不是对一种固定即存物的简单反映，“一切认识和陈述的对象都总是已被语言的世界视阈所包围”，而“能被理解的存在就是语言”，因此，“谁拥有语言，谁就‘拥有’世界”[2]。事实上，随着语言的地位由“工具”上升到“本体”，它也就成了现代艺术和美学的一个核心。换一个论域来观察，在麦克卢汉的敏锐洞察中，“媒介即讯息”“媒介即人的延伸”等隽语之所以带来巨大反响，是因为其意义远溢出媒介本身而上达哲学的层级。在现象学的意义上，麦氏指出：媒介是“一种‘使事情所以然’的动因，而不是‘使人知其然’的动因”[3]。这意味着，媒介构成了我们生存其间的知觉环境，“世界”即是我们能感知到并在直观思维中显现出来的、作为意识体验而存在的现象世界。在波兹曼的“媒介即隐喻”“媒介即认识论”中，“我们认识到的自然、智力、人类动机或思想，并不是它们的本来面目，而是它们在语言中的表现形式。”从绘画到象形符号、从字母到电视，“每一种媒介都为思考、表达思想和抒发情感的方式提供了新的定位从而创造出独特的话语符号。”[4] 时至

[1] 海德格尔．海德格尔选集［M］．倪梁康，译．上海：上海三联书店，1996：35.

[2] 伽达默尔．真理与方法［M］．洪汉鼎，译．上海：上海译文出版社，2004：575.

[3] 埃里克·麦克卢汉．麦克卢汉精粹［M］．何道宽，译．南京：南京大学出版社，2000：175.

[4] 尼尔·波兹曼．娱乐至死［M］．章艳，译．桂林：广西师范大学出版社，2005：12.

今日，艺术实践的深广发展既印证了哲学思考的明敏，也为本体性的美学思考提供着鲜活的材料。比如，电影“使我们超越了机械论，转入了发展和有机联系的世界”，它“表现各种平面的相互作用，表现各种模式、光线、质感的矛盾或剧烈冲突”[1]。至于互联网，且不说信息传播的“量”和“质”进入了新阶段，在文学艺术领域，所谓“赛博空间”的“虚拟现实”和动漫、游戏中的“二次元世界”等，已使人们深感媒介的巨大作用和深远影响了。

显然，关于媒介重要性的考察远不止以上四个方面（比如，还有技术、经济、政治、心理等的维度），但这足以表明其成为艺术研究中第五要素的必要性和可行性。但人们为什么长期以来对此却熟视无睹？简要说来，一是由于语言长期处于“工具”地位，对此，正像海德格尔所感喟的，他一边赞赏亚里士多德关于“文字、声音、心灵”之间关系的观点，一边则对语言自泛希腊化（斯多亚）时代以降沦为一种表达工具而表示遗憾；[2]二是由于人们长期浸淫于媒介形式的巨大潜意识之中，而对其深刻而根本的影响浑然无所知，正像麦克卢汉所说，人们如同在一种自我催眠的“自恋式麻木”中，“把新技术的心理和社会影响维持在无意识的水平，就像鱼对水的存在浑然不觉一样”；三是由于人们往往重视媒介“内容”的价值和意义而忽视了隐而不显的媒介本身，相比之下，前者涉及人的意识层面的思想、观念等而凸显其具体的意义，后者则关系到人的潜意识层面的思维习惯、感知模式等而更具内在性和本质性，然而，诚如麦克卢汉所言：“媒介成分和内容的研究绝对不可能揭示媒介影响的动力学”[3]，因为“人类的任何交往模式里都存在着无声的或潜意识的预设，这些预设则是由经验编码和信息流动的媒介决定的”[4]。

那么，在“五要素”解释范型中，为什么要把“媒介”摆在图式的中间呢？从媒介与“世界—艺术家—作品—欣赏者”四要素的复杂关系看，简要说来，第

---

[1] 马歇尔·麦克卢汉．理解媒介［M］．何道宽，译．北京：商务印书馆，2000：38.

[2] 海德格尔．海德格尔存在哲学［M］．孙周兴，等译．北京：九州出版社，2004：382-383.

[3] 埃里克·麦克卢汉．麦克卢汉精粹［M］．何道宽，译．南京：南京大学出版社，2000：360.

[4] 斯蒂法妮·麦克卢汉．麦克卢汉如是说［M］．何道宽，译．北京：中国人民大学出版社，2006：12.

一，媒介的功能与作用绝不限于表面的物质材料层，换言之，其内涵不仅涉及艺术最后的物化形态，更涉及艺术符号和艺术活动的行为；第二，在五个要素的相互作用、相互影响中，不管是二元关系，还是三元关系，媒介有着寓于其中的最显著的美学特质——关系质；第三，在艺术生产论的视阈中，作为艺术生产力的有机组成部分，它始终与艺术活动的各个环节、层面有着内在的共生、互动关系，并于整个生产活动过程的作用发挥中铸就自己举足轻重的作用和地位。由此观之，媒介之作为“第五要素”在或然中已有必然，尤其是，在媒介文化新生态语境中，其“材料质、符号质、关系质”三重属性所铸就的审美现代性使“五要素”解释范型具有了新的美学阐释能力与张力。

第三节　艺术研究“五要素”解释范型的美学阐释能力与张力

在当前的艺术研究中，媒介的现代发展使一些实践前沿热点凸显为重要课题：一是，在报纸期刊、广播影视、互联网、新媒体等多种力量的作用下，媒介文化形成了新的生态（环境），尽管这不是本文的研究重点，但其所蕴含的丰富内容却构成了语境且具有巨大的制约和影响力（比如，“传播媒介如何影响人的感知、感情、认识和价值”“媒介如何给我们所见所为的东西提供结构”“文化、科技与人类传播之间的互动共生关系”“传播媒介的结构冲击和形式影响”“媒介形式的相互关系、媒介形式与社会力量的关系以及这些关系在社会、经济、政治方面的表现”等[1]）；二是，在媒介文化新生态语境中，一方面，大致自1990年代以来，传媒艺术和文化的蓬勃发展见证历史，也创造着历史，现如今，它更是以其丰富性、生动性成了我们时代生活和思想感情的放大器、风向标；另一方面，鲜活的传媒艺术实践呈现出多样的新形态、新趋向，尤其是，当我们透过

[1] 林文刚．媒介环境学：思想沿革与多维视野［M］．何道宽，译．北京：北京大学出版社，2007.

“互联网 +”的大背景、大格局、大趋势来审视和思考诸如 ICT、内容、IP、话题、类型、资本、众筹、娱乐、衍生品、大数据、媒介融合、多屏、电商、网生代、用户，以及生产传播、营销推广、接受评价等新型产业链各环节互动交融、聚变循环中的新业态，“媒介”越来越成为艺术实践和理论中引人注目的焦点。那么，理论话语如何有效概括艺术实践的新经验、新规律，同时也深入检视理论自身的内在发展乃至范式的嬗变？

毋庸讳言，在当下鲜活、生动的传媒艺术实践面前，艺术研究相对滞后，甚至失语！这一矛盾无疑使理论发展和创新的任务急迫而沉重。显然，这是一项系统性、重构性的工作。而作为一种探索性的回应或基础性理论建构的尝试，“五要素”解释范型的首要努力即是要立足现实并在问题意识、方式方法、学理路径等方面为艺术研究概括当下艺术实践的新经验、新规律，同时也为检视理论自身的内在变迁，提供坐标系和思维导图。对此，笔者拟以“五要素”为坐标而建立一个“理论模型”（见图 9–2），并将各要素及其相互作用的多元互动关系总括为以下 3 大方面、23 个观测点。

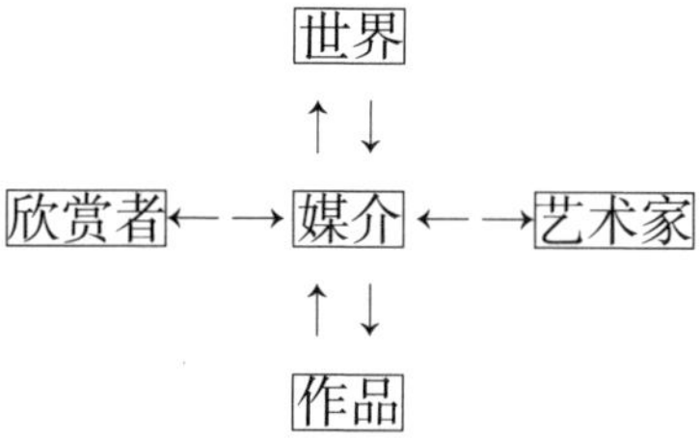

图 9–2　艺术研究“五要素”间的多元互动关系

第一个方面，聚焦一元性的五个要素自身并对其意义、功能的历时变迁和演化进行重估和说明。在阐述“四要素”结构模式时，艾布拉姆斯强调：“把握住一种批评理论的主要倾向，还只是恰当的分析工作的开始。这四个坐标并非一成不变，而是随着各自所处的理论不同而产生不同的意义。”这表明了“要素”本身具有明确的历史性，同时也意味着：“五要素”解释范型的理论效用和活力的首要突破点即是要依据艺术实践的现实状况而对各要素的历史、美学内涵作出具体的考察和阐释。

首先就“媒介”来说，从电报的发明到目前互联网、新媒体等的方兴未艾，媒介的发展是令人瞩目的现代性事件，同时也具有深远的审美现代性意义。以“互联网”为例，在艺术和美学的领域，如果说“+互联网”还只是把网络当作技术手段与工具，那么，“互联网+”则带来思维方式、艺术创新、产业链重塑等一系列深刻变革。由此，“五要素”解释范型中的“媒介”考察，不管是经由形态、美学、文化、哲学和技术、经济、政治、心理等的维度，还是关注其“材料质、符号质、关系质”，这些学理性的阐释和深描（尤其是审美现代性的阐释和深描），不仅是因应当前艺术实践的一等要务，还是传媒艺术学的基础内容。其次，就“世界—艺术家—作品—欣赏者”而言，它们各有其历时发展中的意义变迁和演化。对此，英国社会学家斯科特·拉什从符号政治经济学视角所作的考察富有启发意义。他认为：现实主义、现代主义、后现代主义可视为不同历史阶段审美表意实践的理想类型，在质的规定性上，“现实主义既不质疑表征，亦不怀疑现实本身”，“现代主义认为，种种表征是成问题的，而后现代主义则认为现实本身才是成问题的。”[1]在笔者看来，这其中包含有三个关节点：一是“现实”（艺术再现或表现的对象或世界）、二是“表征”（作为能指的文化形式、艺术符号或表意范式等）、三是“主体态度”（艺术家、欣赏者对现实与表征两者关系或某一方面的美学立场和评价），而这三个关节点大致涵盖了五个要素并将它们的内在关系和相互作用串联成了一个意义的网络。由此，在问题意识和方法论的借鉴上，“五要素”解释范型中的美学观察可以在逻辑与历史的统一中逐一摊开各要素的具体内涵。简要说来，就艾布拉姆斯称之为“规范作品的首要制约力”的“世界”而言，它大致有“实在世界—精神世界—虚拟世界”的意义演化轨迹，即，现实主义的“世界”总体上是一种模仿性或再现性的“实在世界”，现代主义的“世界”则因注重表现主观性的内心世界或乌托邦而呈现为一种内在

[1] 周宪．审美现代性批判［M］．北京：商务印书馆，2005：355–358。另，周宪教授在一般话语的历史形态学与艺术风格学的结合中考察“审美表意实践”的方式及见解也有独特的借鉴和启发意义。

性的“精神世界”，而在后现代主义那里，由于能指的自律、符号的自我复制或如波德里亚所说的“模型先行”，那些没有本源、没有客体指涉的虚拟存在和仿真（或类像、仿像）营造了一个巨大的“虚拟世界”，这在当前影视、动漫、游戏、互联网等电子媒介创造的数字化影像、虚拟符号或景观中有显著的体现。就“艺术家、作品、欣赏者”来说，“艺术家”大致有“模仿者—创造者—生产者”的意义演化轨迹，即，由古典表意实践中镜子般的传达者过渡到浪漫主义的天才主体和现代主义个性张扬的自足主体，再发展到当前艺术生产中的集体合作或与欣赏者的互动；“作品”的内涵变迁大致可描述为“可读文本—可写文本—开放文本”，即，由罗兰·巴特所说的及物到不及物，再到艺术家与欣赏者的合作生产形态；与之相应，“欣赏者”也大致有“受教育者—接受者—合作者”的内涵发展。

特别值得一提的是，在当前的传媒艺术实践中，各要素的意义和功能面临着新的修订，比如，ICT、媒介融合、创新 2.0 等之于“媒介”，IP、内容、话题等之于“世界”，众筹、跨界、电商、资本等之于“艺术家”，类型、产品、多屏、衍生品等之于“作品”，网生代、用户、大数据、娱乐等之于“欣赏者”。可以说，这些多样的变化、新鲜的内容和蕴含其间的新特征、新趋向都需要我们及时作出解释和归纳。

第二个方面，考察二元关系中多要素间的相互作用和意义变量。具体说来，包括图 9–2 中十组二元结构关系，即，以“媒介”为视点的①媒介—世界、②媒介—艺术家、③媒介—作品、④媒介—欣赏者，以“作品”为视点的⑤作品—世界、⑥作品—艺术家、⑦作品—欣赏者，以及⑧世界—艺术家、⑨世界—欣赏者、⑩艺术家—欣赏者。艾布拉姆斯曾就“作品”与世界、欣赏者、艺术家的内在关系进行了阐述，并概括为模仿说、实用说、表现说。在“五要素”解释范型中，由于五个要素的内涵有着深刻的历时变迁，因此，不仅艾布拉姆斯不曾涉及的关系要着重加以说明，就是他已阐述的三组关系也要重新评估。比如，在后现代主义表意范式中，诚如拉什所观察到的，由于能指与所指、指涉物的关系越来越游移，乃至剥离、断裂，因此，在艺术家与欣赏者的关系中，艺术家已不再是说一不二的主宰，欣赏者也不再是被动的接受者，由分体走向合体是两者意涵的明显趋向。再比如，随着“媒介”意义、价值的凸显及其渗透、介入艺术生产各要素循环往复的互动对话之中，艺术活动呈现出新的、复杂的面相和属性，更引发现代艺术在生产方式、存在方式、接受方式和审美价值等方面的巨大变化。

需要指出的是，这十组二元结构关系绝非数学模型上简单的排列组合，事实上，艺术活动自身的复杂性、丰富性客观上要求我们系统、深入地探究各要素间、艺术活动各环节间隐性、潜在的相互作用，以及双向往复、多向互动的影响和制约。这在以下三元关系中更加突出和明显。

第三个方面，分析三元关系中多要素间的相互作用和意义变量。具体说来，包括图 9–2 中排列组合形式的八组三角形关系，即，以“媒介”为视点的①媒介—世界—艺术家、②媒介—艺术家—作品、③媒介—作品—欣赏者、④媒介—欣赏者—世界，以“作品”为视点的⑤作品—世界—艺术家、⑥作品—艺术家—欣赏者、⑦作品—欣赏者—世界，以及⑧世界—艺术家—欣赏者。在艾布拉姆斯的阐述中，三元关系涉及不多，因而，“五要素”解释范型中三元关系蕴含着不少新的理论生长点。比如，在以媒介为视点的几组三角形关系中，媒介铸就的世界如何制约着艺术家，并通过他 / 她呈现为怎样的艺术世界？媒介的进一步发展可能催生哪些新的艺术形式？在审美表征与审美关系（审美意识形态）的辩证统一中，作为艺术生产力的重要组成部分，媒介如何在形象塑造和审美修辞中发挥作用，或基于媒介的内在性特征，艺术家如何选择和创造新的艺术形式，并经个性化的符号、技巧、风格等进行编码和传情达意？在接受环节，艺术品如何成为欣赏主体感性活动的对象，并在作品意蕴与符号解码的双向互动中激发新的期待，乃至对世界的反应有新的调整？可以说，诸如此类的问题提出了新挑战，同时也为艺术研究拓展了新空间。如果我们把当前鲜活的传媒艺术实践放在艺术生产论的视阈中来参照，这一点便会更加明朗。首先，与之前的认识论模式或反映论模式相比，艺术生产论揭示了艺术活动中诸多质素之间相互作用的内在关系，还化解了创作与消费、作品与产品等之间的鸿沟，[1] 比如，马克思指出：“没有需

[1] 彭文祥．电视剧艺术生产及其现代性、民族性刍议［J］．当代电影，2014（7）:121。

要，就没有生产，而消费则把需要再生产出来”。“生产不仅为主体生产对象，而且也为对象生产主体。”[1]其次，在媒介文化新生态语境中，与文学、绘画、雕塑等传统艺术相比，传媒艺术是一种审美意识形态，但更是一种内涵丰富的艺术生产。比如，麦茨指出：电影“是一种范围广阔而繁复的社会文化现象，一种毛斯意义上的‘总体社会事实’”，“一种涉及许多方面的整体。”伍蒙认为：“电影一词包括一系列不同的对象：一种司法与意识形态意义上的制度，一种企业，一种美学意义上的生产，一种消费实践的总和。”[2]因此，艺术研究必须“复杂”地看待电影，事实上，其他传媒艺术生产形式亦应作如是观。进一步说来，在三元关系的其他三角形关系中，此等“复杂”皆是其题内应有之义：一方面，当前艺术生产所呈现的复杂情形和多样面相是政治、经济、文化、科技、美学等多种力量相互作用、相互影响并显现于五个要素的结果；另一方面，就理论话语来说，于精拙中明辨真伪、于良莠中臧否美丑，并于复杂中求简单、于变化中求规律，恰是“五要素”解释范型要勉力而为、积极求解的。

综上所述，通过 3 大方面、23 个观测点所搭建的理论模型，“五要素”解释范型有益于在学理上深入、系统地审视传媒艺术实践的新特征、透析传媒艺术理论的范式新变。当然，最重要的是，如何把握、概括和揭示其中的具体内涵，并在价值论的意义上作出积极、中肯的评价，无疑需要有进一步的深入探索和创新研究。

[1] 马克思，恩格斯．马克思恩格斯选集（第 2 卷）［M］．北京：人民出版社，1972：94-95.

[2] 李幼蒸．当代西方电影美学思想［M］．北京：中国社会科学出版社，1986：1-2.

第十章　网络文艺审美分析

与传统艺术的美学分析不同，网络文艺作为技术与艺术高度融合的产物，其审美方式渗入了技术的逻辑方式。面对数量激增的网络文艺作品，人们不应当只是简单地专注于其外在的表现形态，而缺乏对网络文艺作品本质属性的审美探讨。对网络文艺的审美分析是深入认识和理解网络文艺的前提。网络文艺突破传统艺术的界限，打破了传统艺术所形成的定势的艺术观念和审美取向，彰显着自身的新的审美特性。通过对近年来网络文艺实践的考察，可深入探讨网络文艺所具有的艺术特性和审美特征。

第一节　审美价值取向的主流化

一、现实题材作品不断增多

现实题材创作领域不断拓宽，不仅数量呈现井喷式增长，且思想内涵不断深化、质量也明显提升。在一批自觉传播时代正能量、反映时代精神的优秀作品中，也不乏具有深刻思想题旨、浓郁现实关怀和强烈责任意识的优秀作品。重大现实题材创作与基层写实、讴歌平凡英雄、表现日常生活和边缘底层生活的作品越来越多。

网络文学方面的表现颇具代表性。近年来，网络文学在既有的类型化基础上，现实题材作品成为新的增长点。在国家新闻出版署和中国作家协会联合发布的“2018年优秀网络文学原创作品”推介名单中，现实题材作品占据半壁江山，吉祥夜的《写给鼹鼠先生的情书》、骠骑的《零点》、丁墨的《挚野》、唐家三少的《拥抱谎言拥抱你》、梦入神机的《龙符》、月壮边疆的《白纸阳光》、管平潮的《燃魂传》、房忆雪的《运河码头》等多部作品入选。在上海市新闻出版广电局与阅文集团联合举办的第三届“中国网络文学原创现实主义作品征文大赛”中，收到了来自全国超过1万部网络文学作品，并评选出《上海繁华》《中国铁路人》《远方的秘密》等14部作品，题材涉及现实生活的方方面面，体现出现实主义创作的强大生命力。2019年，受政策引导、扶持的影响，加之平台跟进、观念变化、IP引发良性循环等多因素的共同作用，现实题材创作呈现整体性崛起态势。像《大江东去》《浩荡》《大国重工》《朝阳警事》等作品贴近时代生活，或以宏大叙事书写社会历史转型期波澜壮阔的社会风貌，或深描时代变迁中小人物的命运遭际和奋斗历程，具有厚实的现实主义品格。这些创作实绩的取得在某种程度上改变了幻想类作品繁盛的局面，更引发良性循环的蝴蝶效益：良好的市场表现和持续增强的社会影响力，有效激发了行业领军企业和读者群对现实题材精品的热情，为网络文学发展开辟了更大空间。

网络剧方面，近年来，现实题材网络剧数量明显增加，其中不乏有较大影响力的头部作品，《北京女子图鉴》与《上海女子图鉴》是其典型代表。这两部作品改编于日剧《东京女子图鉴》，但进行了较多的本土化创作。两部《图鉴》一定程度上反映了都市白领的生存状况、精神情感，是“北漂”“上漂”社会话题的又一次艺术呈现，引发了观众的广泛共鸣与热烈讨论。当然，剧中展现出来的爱情观、职场观及对女性形象的呈现也引发了一些争议，但作为网络平台第一次主推的现实题材作品，依然具有较强的示范价值。除此之外，有着深厚观众基础、转战网络平台的《乡村爱情》系列，以展现改革开放以来民生变迁的《大明湖畔有人家》等作品都取得了不俗的收视成绩。而网络剧既有的成熟类型中，罪案剧与青春校园剧也继续深化现实主义的创作。《法医秦明2》等罪案剧延续了

2017年火爆的罪案剧叙事套路，把离奇的罪案置于贴近现实的刑侦过程与人物塑造之上，同时体现出关注社会问题、批判社会不公的现实主义精神品格。《忽而今夏》等青春校园剧以校园生活的琐碎事件为叙述主线，少有刻意为之的离奇情节，专注于日常生活情境的描绘，塑造质朴而细腻的青春情感，打造出以怀旧情怀为内涵的现实主义叙事。2019年，《没有秘密的你》《独家记忆》《夜空中最闪亮的星》等现代都市题材作品贴近生活，反映世俗人生，取得了较好口碑或热度。青春爱情剧则破除了玛丽苏、霸道总裁的陈规俗套并走向多元创新，像运动励志类的《全职高手》《强风吹拂》《极限17》、校园爱情类的《致我们暖暖的小时光》《暗恋橘生淮南》等，内容生动鲜活，吻合青年人的审美趣味。此外，受政策引导、扶持和庆祝新中国成立70周年的影响，《家道颖颖之回家》等现实题材剧或展现时代发展主旋律，或关注社会变迁中的平凡人生，在讲述"中国故事"方面取得了可喜成绩。

网络电影方面，也出现了更多的现实题材作品，涵盖了情感、青春、悬疑等多个类型。比如，展现社会问题、反思人性冷漠、呼唤公平正义的《罪途》；反映农村改革题材的《灿烂光辉》；表现大学生回乡创业，带领乡亲们致富的《达拉的青春》；反映精准扶贫政策的《冬日暖阳》等。

二、网络文艺创作自觉弘扬中华优秀传统文化

以网络文学为例，李枭的《无缝地带》以抗战时期的大连为背景，讲述了作为"多面人"的中共特工林重的曲折故事。作品所述故事相当部分有史实依据。沙包的《天工》讲述的是一个文物修复专家的故事，虽为穿越之作，但故事有强烈的现实感，具备爱国主义情操和传统文化元素。不画的《中华女子银行》讲述的是民国女性在银行打拼，走向自立自强的故事。值得一提的是，相关部门发起"京杭大运河"网络征文大赛，"运河题材"作品数量激增。这类作品中的佼佼者有《运河天地》《漕运天下》《运河码头》等数十部长篇。这些作品将商战、世情与运河史融为一体，彰显了重信义、识大体的中国传统商业伦理，弘扬了中华传

统文化，格调积极向上。

近年来，传承中华优秀传统文化亦成为网络剧、网络综艺、网络动漫等的创作亮点。比如，《传承·孝为先：新时代二十四孝》突出地表现了当代家风孝道，着力弘扬了中华传统文化，推进了传统文化的创作型转化、创新性发展。网络综艺方面，文化类在丰富多样的网络综艺节目类型中表现得尤为突出，不仅节目数量上有很大增加，而且思想深度、精神高度、文化厚度呈现出新的风貌。像腾讯视频的《一本好事》《奇遇之旅》、优酷的《了不起的匠人 3》《局部 2》《一千零一夜》、爱奇艺的《博物馆奇妙夜》《心灵捕手》等一批精良制作的节目，因其高品质、高质量而在口碑和播放量上都收到了很好的效果。

三、网络文艺生态进一步净化

网络文艺生态的整体净化是网络文艺作品审美价值取向主流化的一个显著体现。近年来，网络文艺生产与传播秩序进一步规范，政策法规加强监管、引导，同一标准、同一尺度下文艺生态健康发展。这一方面得益于相关政策、通知、意见陆续出台，比如，《关于进一步规范网络视听节目传播秩序的通知》《关于进一步加强广播电视和网络视听文艺节目管理的通知》等。这一系列通知的出台，有力、有效地规范、促进了网络文艺创作生产健康、可持续发展。另一方面，各视频平台也纷纷响应，比如，爱奇艺划定的“九条红线”、腾讯视频发布的“抵制声明”等。可以说，随着政府监管力度的加强、行业自律意识的增强，网生产业的提质增效、线上线下的标准统一，打造“精品”内容必将成为网络文艺积极健康发展的方向。

以网络电影为例，近年来，获得电影片公映许可证却以互联网为第一发行渠道的作品剧增。这些对标院线电影标准创作的“龙标”网络电影内容品质相对更佳，既给观众带来更好的观影体验，也通过先网后台、先网后院、院网同步等多种发行方式获得了更好的传播效果。

总的来说，网络文艺生产逐渐趋于理性、成熟，在相关政策法规的监管和引导下，网络文艺的审美取向朝着主流化的方向迈进。

第二节　审美风格的平民化与娱乐化

新的技术使得更多的网络文艺创作成为可能，随之涌现出的艺术家借助网络媒介投身于艺术创作实践。“他们运用数码摄像机、摄录机、视频处理技术和各种网络视频技术、非线性编辑系统和技术手段进行着艺术实践，形成了艺术的独舞（主要是初期的新媒体艺术家的个人化体验）到艺术狂欢的繁荣景象，打破了传统艺术的‘精英神话’，缩小甚至是消弭了艺术和生活之界限，增强了艺术的‘平民化’和‘大众化’以及艺术文本的鲜活的时代气息。”[1]网络文艺突破传统艺术创作的藩篱，赋予艺术创作者以平民的意识来反映生活，表达自我，创作符合大众审美品位又极具时代性的网络文艺作品。一方面，网络文艺在与主流文化的博弈中，超越了主流文化的绝对的话语权，体现了一种文化的宽容。另一方面，网络文艺充分地刺激了人们自由创作的意愿，出现了各式各样的弘扬中国传统文化的民间讲堂。

以网络综艺为例，其主要特点之一是其具备符合互联网特质的“网感”，即是充满着新生的、草根的、多元的、富有青春朝气的文化内容，且目前网络综艺所表现的更多的是一种“小众”文化。无疑，网感属性和小众文化的加持，是一些网络综艺受到欢迎的原因之一，在近年来的爆款网络综艺节目中，一些亚文化内容成为部分平台节目的重要内容，像一些小众题材的节目成为打造爆款节目的一种选择。比如，《吐槽大会》表现的吐槽文化、《拜托了冰箱》表现的“宅文化”、《中国有嘻哈》表现的嘻哈文化等，正是这些富含年轻化、个性化的文化内容，以及年轻人个性追求的价值表达和对多元文化包容的态度，使得一些网络综艺节目获得了成功。

网络文艺的欣欣向荣打破了传统艺术中艺术家精英的主导位置，以大众的身

[1] 刘世文．中国新媒体艺术实践及批评研究［M］．合肥：黄山书社，2014：222.

份表达自我、标新立异，促使了平民意识的觉醒、草根话语体系的建构。网络艺术的平民意识，一方面，强调平民化的创作主体现象；另一方面，意指网络文艺所形成平民化的独特视角和叙事语言。网络文艺在淡化主流文化的绝对的话语权的同时，充分地刺激了人们自由创作的意愿，涵盖了社会生活的方方面面，其中囊括了亚文化、草根文化、流行文化等多种文化样态，也出现了各式各样的弘扬中国传统文化的民间讲堂，体现了一种文化的宽容。平民意识以其强有力的渗透力，对弘扬中国的传统文化有着至关重要的意义，对于表征着时代生活所形成的宽容的审美意识也起着举足轻重的作用。

与此同时，网络文艺的实践和探索是在消费主义文化盛行的语境下展开的，尤其是，随着资本对网络文艺生产的进一步关注，网络文艺的审美也不可避免地呈现出娱乐化的风格。某些作品以一种娱乐的态度甚至是游戏的体验来进行创作，创作出一大批欲望的符号来满足大众的快感，“艺术的主题变得轻松随意，艺术在这里不再承担严肃的启蒙、鞭策、批判等使命，而像一串串美丑间杂的气泡迅速泛起，却又瞬间破灭。这是一个众声喧哗的时代。启蒙、鞭策与批判精神虽不再显得严肃，但借助艺术作品的观念表达仍然流行。只不过这种表达经常呈现出强烈的、未经凝练的情绪化色彩。”[1]这使得受众在审美鉴赏中获得更多的是审美的娱乐快感和对时尚的体验。

比如，网络综艺领域，《姐姐好饿》《撕人订制》《hello，女神》等热门网络综艺被下架，原因均离不开价值观导向有误差、低俗语言过多、“污”力过猛、话题讨论尺度大、营销炒作过头等问题。网络电影领域，山寨抄袭、蹭热点、内容低俗恶搞等情况屡屡发生，行业乱象丛生，充斥着各种蹭 IP、蹭热点、三俗化的片子，类型扎堆，题材同质化，播放量数据造假，资本疯狂进入，混沌的生态环境遭到从业者、专家、观众的一致诟病。尽管这种现象在审查、监管之下有了很大的改观，但另外一些问题引发的质疑声量仍值得关注。

由此可见，网络文艺在传达其艺术观念的同时，伴随着鲜明的、不可或缺的娱乐化倾向。这种娱乐化的倾向迫使网络艺术与人的本能和原始的欲望交织在

---

[1] 王廷信．试析后技术时代的艺术［J］．江苏社会科学，2011（3）：46.

一起，受众关注的不再是艺术本身，而是将重点集中在作品能否给自己带来快感和时尚感的那一瞬。特别是，伴随着技术的发展，创作者和受众可以凭借各大网络的平台顺畅地进行艺术创作或是欣赏艺术，所以出现了很多宣泄个人隐秘情感和追逐时尚的艺术。伴随着日常生活的审美化嵌入，艺术与日常生活的界限在不断消解，同时基于消费社会的语境，艺术家逐渐为利益所牵绊。这样的网络文艺作品不同于传统精英式的作品中的深邃，而"跌入布热津斯基式的'陷阱'——任凭消遣娱乐和充满感官刺激的产品堆满我们的生活，并像婴儿一般含着发泄性娱乐、满足性游戏的'奶头'沉溺于享乐和安逸之中。"[1]这样的话，艺术的独立性在不断丧失，艺术的批判色彩在不断隐退，所形成的是一个娱乐至上的艺术语境。这也是鲍德里亚所谓的"消费社会"，"标志着这个社会特点的，是'思考'的缺席，对自身视角的缺席"。[2]

第三节　技术与艺术融合中审美意识的新发展

随着互联网与通信技术的不断发展，以VR、人工智能、5G技术等为代表的第四波科技浪潮持续来袭。依托于互联网技术发展而诞生与成熟的网络文艺，其本身就具有包容、接纳最新科技的基因，"技术+文艺"的组合更加具有影响力。

技术影响艺术最具代表性的当属人工智能的发展。近年来，我国人工智能专利申请数量、企业与产品数量都有快速增长。随着人工智能技术的不断发展，技术与艺术的结合变得更加紧密，在机器作画、机器演奏、机器写作、美感计算等方面，人工智能创作的水平已经日益逼近人类艺术的水平。愈发成熟的AI更为广泛地参与进了艺术生产中，包括但不限于由AI创作、传播或是作为演奏工具生成的艺术作品。AI在艺术领域的表现变得愈发抢眼，也给过去艺术无法被人工智能创作出来的观点带来了直接的挑战。本雅明认为："每一种形式的艺术在

[1] 彭文祥．新时代语境中的网络文艺创作与批评新范式［J］．中国文艺评论，2018（8）：45.

[2] 让·波德里亚．消费社会［M］．刘成富，等译．南京：南京大学出版社，2000：122.

其发展史上都经历过关键阶段，而只有在新技术的改变之下才能获得成效。换言之，需借助崭新形式的艺术来要求突破。”[1]技术作为推动艺术形态演变、艺术风格发展变化的一种重要因素，对艺术观念的影响也日益显著。技术的不断进步赋予艺术创作和艺术作品不同时代信息和技术特征。技术决定不同时代的艺术创作必然采用与之相应的方法和手段，并呈现出不同面貌；同时，技术变革更使隐含在艺术表象内部的艺术观念同步发生重要的变化。这在外部显现为创作工具、材料应用、表现载体以及创作手法的改变，在内部则折射出审美追求、认识方式与评价思维模式的变化。

在网络文艺的创作中，互联网技术的发展与艺术的融合趋势促使艺术与技术之间的界限在不断消解，通过网络的传播媒介和更广阔的方式、途径，影响着人们的艺术审美观和技术观。网络文艺创作观念的演变与作品日渐形成的高技术化、去实体化现象，揭示网络文艺在很大程度上已演变为数字化的存在方式。艺术创作者的双脚永远踩在现实生活的土壤上，当脚下的土壤发生变化时，感觉敏锐的艺术创作者会顺势而为。所以，每一次的科技革命都促使了艺术的极大变化。诸如网络文学、网络综艺、微电影、网络短视频、网络动漫等都是基于新的网络技术、新媒体技术等创造出多样的艺术作品，且在现代媒介和多元文化的交融中，开拓新的艺术境界。其中，一方面，网络文艺大量采用特技、特效等，比如，网络电影中特技的运用，给观众带来视觉审美的快感；另一方面，也出现了很多表现科学技术主题的网络文艺作品，比如，科幻类的网络小说、科学技术类的网络综艺、科幻网络电影等，给予受众科技审美独特的震惊感。

以网络文艺为代表的当代艺术实践在技术发展的推动下日益显现为艺术的技术化，这是由现代技术的特性所决定的。技术伴随着网络文艺的企划、创作欣赏、批评等的整个过程。因此，技术的拓展在网络文艺创新发展方面具有重要作用。艺术与技术同样作为人们把握世界的方式，两者的高度融合给受众带来前所未有的奇特的审美感受。比如，清华大学团队研发的人工智能“九歌”“道子”分别在古诗词创作与国画创作上有所建树，已达到“以假乱真”的效果。2018

[1] 瓦尔特·本雅明．机械复制时代的艺术作品［M］．许绮玲，译．桂林：广西师范大学出版社，2004：89.

年，清华在读博士研究生宿涵将周杰伦的作品《止战之殇》用AI重新填词包装，并以这首歌曲参加了《中国好声音》比赛，赢得了导师与观众的好评。

数字技术尤其是虚拟现实技术的快速发展，使得艺术品所形成的虚拟的审美意识打破了时间和空间等的限制。2018年，虚拟现实技术在网络文艺中的实践丰富，无论是影视、游戏还是动画方面，VR技术都有所涉及；AR技术也已经广泛运用于舞台、晚会、交互方面。2018年STEAM平台的年度VR游戏榜单里，来自中国的VR游戏《寻找黎明》（Seeking Dawn）赫然在列，代表了中国虚拟现实与网络文艺结合的最新成果。从这一点来看，网络文艺作为超越传统艺术本身的存在，在摆脱对物质材质依赖的同时，突破了传统审美原则，形成了虚拟领域的审美范畴。网络文艺突破传统艺术“静观”的审美方式，超越了传统艺术中以想象进入艺术真实的审美方式。网络文艺的美学借助科技的手段，通过营造一种让人身临其境的多维感觉的世界，直达受众的内在体验，延伸受众的感官，形成一个“沉浸式”的深度体验。

网络文艺的虚拟沉浸的审美体验是建立在网络文艺的影像化和数字化的语言中的。虚拟现实世界意味着将不复存在的事物显现为一种虚拟真实的存在。正如藤幡正树所言：“虚拟现实不是为了模拟真实世界的那种真实，而是更适合用来创造纯粹的人造世界。”[1] 即虚拟所创造的世界非同于我们真实的现实世界，但却以一种真实的意义而存在。这改变了传统艺术中时空的观念，仿真技术和人工的拟像将我们的日常经验肢解得支离破碎，同时也引发我们对时间与空间、真实与幻象等的新理解、新思考，并使得受众生成特殊的审美感受。网络文艺的审美主体借助VR等各种手段介入虚拟世界，并自觉地进行活动、沉浸其中，从而获得某种深度体验。比如，在许多科幻题材网络电影中，借助特效营造机器人、外星人、未来人类的场景呈现了虚拟的科幻场景，并彰显了新媒体多重、互动的叙事视角。

当然，从工具理性与价值理性的辩证关系看，伴随技术的高度发展，艺术的自主性却在下降，很多时候艺术成了由技术决定和设计的对象。这是对艺术本体

---

[1] 陈玲.新媒体艺术史纲［M］.北京：清华大学出版社，2007：193.

的一种遮蔽，这种遮蔽根源于“技术至上”的观念和技术自身的本性。在现代，技术和艺术能够“完美”地还原到其原初状态之中，使两者成为对人类在生活世界中的存在状态的显现，诚如海德格尔所说：“技术不仅仅只是手段，它还是一种去遮蔽方式。”❶

综上所述，审美本是一种秘而不宣的生命体验，故而，对网络文艺来说，其审美分析往往是基于艺术语言来表达难以形容的感觉，并在此过程中发现网络文艺区别于传统文艺的独特经验。在当今的数字文化时代，艺术与技术的不断渗透和融合促使艺术创作风格的演变、艺术创作形态的变化，乃至对艺术的观念也产生了深刻的影响。所以，网络文艺强调用户至上的审美思维，推崇全方位的审美交流与互动，衍生出平民意识的渗入，特别是表现在文化宽容和民间讲堂的开放性之中。这也使得整个网络文艺呈现出娱乐至上的审美趋向，追求的是一种时尚体验。

---

❶ 刘世文．论新媒体艺术的文化特征和批判精神［J］．内蒙古社会科学，2013（1）：99.

第十一章　网络文艺审美批评

在互联网时代，数字文化范式使文艺活动的形式、内容发生了巨大的改变。其中，不仅文艺创作的观念和思路发生了变化，文艺批评、鉴赏活动也出现了一些新转变。就网络文艺发展来说，辨析网络文艺批评与传统文艺批评之间的联系、区别，总结、归纳网络文艺批评所具有的特征，对于理解当下文艺创作、文艺作品、文艺鉴赏活动具有重要的意义。

第一节　“传统文艺批评”与“网络文艺批评”辨析

一、传统文艺批评的概念定义、特点功能

相对而言，“传统文艺批评”是指以文艺鉴赏活动为基础，在文艺理论、文艺史等知识体系的指导下，对线下的文艺作品进行深入细致的分析研究，并在理论上作出鉴别和论断。其中，批评的对象是线下创作、传播的文艺作品，这一特征是其与网络文艺批评显著的区别。

传统文艺批评活动强调学术性——它是从感性体验出发，以理性的视角论述解读文艺作品，该类批评具有以下两大特点。

第一，它具有理论化的倾向。传统的文艺批评活动需要批评家运用一定的哲

学、美学、艺术学等人文学科、社会科学、自然科学等方面的理论，对线下的文艺作品进行深入细致的研究分析。同时，由于（线下的）文艺作品往往具有情感、精神方面的复杂性特征，因此传统的文艺批评需借鉴不同学科的理论来进行阐释解读，以展现跨学科的理论导向。

第二，它还具有文艺性的特点。传统的文艺批评活动还要求批评家敏感、富有想象力、具有充沛的情感体验。只有这样，他／她才能在感性体验的基础上领悟（线下的）文艺作品的美学价值，进而写出有深度的批评文章。

作为文艺活动中的重要一环，文艺批评对文艺创作、文艺欣赏、文艺理论等环节发挥着重要作用，其具体功效如下。

第一，文艺批评活动可以提高创作者的创作素养和美学修养。文艺创作是一种复杂的、情感式的精神创造活动，创作者需要文艺批评给予反馈，以帮助他们不断深入认识自己的作品，进而更好地开展创作。

第二，文艺批评活动可以增进欣赏者的理解能力和鉴赏水平。由于文艺作品往往具有一定的思想深度、审美价值，而赏析它们的能力并不是一下子就能培养或习得的，需要文艺批评家不断发现优秀的文艺作品，将其推荐给大众，以提高他们的文艺鉴赏力。

第三，文艺批评活动还可以不断完善文艺理论框架体系。一方面，批评家以文艺理论、文艺史为基础开展相关批评研究；另一方面，文艺批评通过不断分析新的文艺作品，发现新问题，总结新经验，不断扩充文艺理论和文艺史的框架体系。

二、网络文艺批评的概念、特点及分类状况

网络文艺批评可分为“狭义”和“广义”：狭义的网络文艺批评特指以网络为媒介载体，以网民为批评主体，以在互联网上开展创作和传播的文艺作品为批评对象的文艺批评。广义的网络文艺批评则泛指针对互联网上的文艺作品的批评或者发表于互联网上的文艺批评。其批评对象既可能是依托网络

而创作产生的文艺作品，也可能是通过互联网传播的文艺作品（该作品不一定首创在网络上，但互联网是它重要的传播途径）；其发表、传播途径不限于网络，还有期刊、报纸等传统媒体；其批评者也不限于普通网民，也包括专家学者……鉴于网络技术的不断进步、网络文艺活动动态多元的发展特点以及线上线下互动影响越来越密切，本章选取广义的网络文艺批评定义来考察该批评活动。[1]

从定义中不难发现，网络文艺批评在一定程度上具有传统文艺批评的特点（比如，学院派网络文艺批评具有理论化的特点），然而其存在也并非仅仅只具有传统文艺批评的特征。鉴于网络文艺批评植根于全新的媒介平台（互联网，尤其是移动互联网），其内容形式、发展趋势也会具有这种新媒介平台所具有的特点，这些特点也使网络文艺批评的创作、传播、反馈模式发生了变化。在一定程度上，网络文艺批评拓宽了传统文艺批评的领域、扩充了它的外延，其具有以下一些新颖的特征：网络文艺批评生态具有碎微化、圈层化、社交性的特点，这是由移动互联网所带来的碎片化、群落化、交互性等特征决定的；与此同时，由于互联网中多媒体形式的融合，网络文艺批评也展现出多样化的特点，弹幕、图片、视频、音频等多种评论形式都出现在网络文艺批评形态中……

鉴于网络文艺批评的新特点，我们将结合近年来网络文艺批评的实例，通过两个维度，对网络文艺批评进行具体的考察、分析：第一个维度是“创作主体”，按此维度，网络文艺批评可分为学院派网络文艺批评、传统媒体网络文艺批评、自媒体网络文艺批评、大众民间网络文艺批评四个类型；第二个维度是“创作导向”，按此维度，网络文艺批评可分为主流的网络文艺批评、商业市场化导向的网络文艺批评、个人导向的网络文艺批评三大类。

---

[1] 曹成竹．略论网络文艺批评的发展［J］．艺术广角，2016（3）：34.

第二节　创作主体划分下的网络文艺批评生态

一、学院派的网络文艺批评

学院派的网络文艺批评以专业的学者、批评家为主体，以相关文艺理论为支撑，对网络文艺作品（既可能是依托网络而创作产生的文艺作品，也可能是通过互联网传播的文艺作品（该文艺作品不一定首创在网络上，但互联网是它重要的传播途径）进行深入的鉴赏分析，并将批评文章发表在专业学术期刊上，或转发到相应资讯和新媒体平台（比如，各大新闻门户网站、微信公众号、头条号、网易号等）。这种专家式的批评具有传统文艺批评的特征（具有理论性、文艺性方面的特点），它多半生成、流通、使用于学院体制下。由于理论话语艰深、强调作者权威、加上研究范式陈旧、研究方法过时，这类批评的内容可能不会影响文艺创作活动［许多学院派的文艺批评（包括网络文艺批评）往往在理论内部进行演绎，往往无法对创作产生影响］，且脱离民众欣赏的实际需要，不利于在普罗大众中传播推广。

由于是理论化的对网络文艺作品的评论，学院派网络文艺批评重视抽象化的文字内容，忽视多样性的表现形式（比如，很少使用图片、视频、音频等其他多媒体手段）；强调系统、完整的分析论述，忽略即时、碎片化的传播需要。这类专业化批评文章多见于各大文艺学报、期刊以及这些学报、期刊的新媒体平台（比如，微信公众号，像文学领域的《文学评论》《外国文学研究》，美术领域的《中国美术研究》《中国美术教育》，音乐领域的《音乐研究》《人民音乐杂志》，电影领域的《当代电影杂志》《北京电影学院学报》等公众号）。

由于是服务于学院体系，这一类网络文艺批评的阅读量很少。以 2018 年票房最高的两部国产影片《红海行动》和《唐人街探案 2》（这两部电影也在网络

上进行发行传播）为例，其影评在《当代电影杂志》微信公众号上的阅读量分别为 2530（《〈当代电影〉|〈红海行动〉：主流价值观表达的新拓展》）和 2566（《〈当代电影〉|〈唐人街探案 2〉：类型的快感与泛文化的隐忧》）（数据收集截至 2019 年 5 月 28 日）。与这些影片获得数十亿元人民币的票房相比，学院派的网络文艺批评阅读量极少，显示出其传播效力的明显不足。

二、传统媒体的网络文艺批评

与学院派网络文艺批评相似的是，传统媒体的网络文艺批评也具有传统文艺批评的特点（具有一定的理论性、文艺性）。而与学院派网络文艺批评不同的是，传统媒体的网络文艺批评通常关注时下文艺热点，具有新颖性、时效性等媒体业务的特点，其创作强调社会效益和市场效益的统一。传统媒体网络文艺批评会依据新近创作的文艺作品的特点，在评论中加入图片、视频、音频（视频、音频有可能出现在传统媒体的新媒体平台）等多媒体内容，丰富批评的表现形式。与此同时，由于考虑到受众心理方面的因素，传统媒体网络文艺批评在内容表达上相较学院派批评通俗易懂一些——其文本将晦涩难懂的文艺理论以相对浅显易懂的方式表达出来，便于读者理解、接受和思考。

与学院派网络文艺批评相比，传统媒体的网络文艺批评更接近读者的需求。然而，这种批评本质上仍是以批评文本作者为主导，其写作目的并非单纯利用传播活动提高受众的艺术欣赏力，而是要表达创作者（媒体）的观念意识。尽管加入了图片、视频、音频等多媒体形式，传统媒体网络文艺批评仍是以旧有媒体平台（报纸、杂志）为基础，以文字文本内容为主的评论模式。这类网络文艺批评多见于各大传统媒体及它们的新媒体平台（比如，《光明日报》《中国文化报》等公众号）。

依据传统媒体影响力大小的不同，其网络文艺批评的传播效果也不尽相同。以爆红网络剧《延禧攻略》《如懿传》为例，其批评文章在《光明日报》公众号的阅读量分别为 19000（《从〈延禧攻略〉到〈如懿传〉，清宫戏越来越热，历史却越来越冷》）和 24000（《〈延禧攻略〉〈如懿传〉：火爆的“大女主剧”是励志故事还是毒鸡汤？》）（数据收集截至 2019 年 6 月 6 日），而在某些专业文艺类传统媒体的公众号上，由于影响力的限制，其传播效果相对有限。

三、自媒体网络文艺批评

与上述两种脱胎于传统媒介（期刊、报纸、杂志）、具有传统文艺批评特点的网络文艺批评方式不同的是，自媒体网络文艺批评植根于互联网思维，其创作通常竭力满足读者的需求——它的选题来源于团队策划、完成于集体合作，也正因为如此，这种文艺批评活动往往具有“去作者化”的特点。由于考虑到受众方面的因素，这一类型的批评文章多以简短明了、诙谐幽默、深接地气、直入主题的文字为主，其标题吸引眼球，文中一、两句话便构成一个段落，并在段落间插入符合主题需要的图片。这种“快餐式”“感性化”的内容形式适应了现代社会人们碎片化、娱乐化阅读的需要，在提供相关文艺知识的同时，丰富了他们业余时间的文娱活动。

除以上特点外，这种网络文艺批评还会衍生出一种虚拟的社交功能——在它们的新媒体批评阵地周围会聚集大量“粉丝”（某种艺术门类的迷友们），以电影评论公众号为例，“桃桃淘电影”“独立鱼电影”等新媒体平台都会受到特定群体电影发烧友的喜爱，而一种围绕电影乃至批评的虚拟共同体社区也就因此形成。

然而，尽管具备以上这些新颖的特点，自媒体网络文艺批评往往缺乏系统、深入的评论分析，其构成通常是单一视角观点的呈现，论据的简单堆积，论证的逻辑欠缺。对于相关领域的从业人员来说，这类网络文艺批评往往不具备指导文艺实践活动的理论基础。而对于文艺作品的观众而言，这类批评虽具有一定的知识性，能满足特定群体的阅读需要，然而其主题内容、行文结构却不利于系统化地提升民众的艺术素养——因过于突出文艺作品某一或某些方面的特征，令受众无法深刻理解文艺作品丰富的精神内涵。民众大量阅读这类批评作品，久而久之，他们的审美力非但没可能提高，反而还会造成审美习惯固化、刻板印象形成的危险。

不过值得注意的是，互联网用户日益年轻化，以“95后”“00后”为核心的网络原住民数量庞大，且在观赏偏好、欣赏趣味上与之前时代有所不同，这类自媒体批评很好地满足了他们的需求。由于“网生代”的成长环境伴随着互联网尤其是移动互联网的迅速普及，加上移动设备的多元化，令他们的注意力会分散在不同的终端上，其认知方式呈现出发散式的特点。碎片化的知识尤其是知识点的快速习得是他们的突出特征之一，自媒体网络文艺批评恰好契合了这种需要，也正因为如此，尽管这种批评模式不利于“网生代”建构系统的文化知识体系，却很好地满足了他们的精神需求。

因此，鉴于自媒体网络文艺批评巨大的影响力，与学院派网络文艺批评相比，它拥有数目庞大的受众群体。同样以国内票房冠亚军作品《红海行动》和《唐人街探案2》为例，这两部影片在“独立鱼电影”的微信公众号上的阅读量都超过了10万（数据收集截至2019年5月28日），远远超出学院派网络文艺批评的传播效果。

四、大众民间的网络文艺批评

与自媒体网络文艺批评相似的是，大众民间的网络文艺批评也具有互联网时代尤其是移动互联网时代的些许特征（大众化、感性化）。除了这些特征外，大众民间的网络文艺批评还具有批评内容碎微化、批评形式多样化等新颖的特点。

（一）批评内容的碎微化

随着新媒体、移动互联网等新技术的不断发展，社会中日益形成了碎片化的文化新形态，诸如微信、微博、微电影、微店等各种微缩生态的出现令微型化与碎片化相互融合，一种碎微化的趋势展现在文化生活的各个领域，[1]这也体现在大众民间网络文艺批评的生态之中。以热门电影《红海行动》和《我不是药神》（这两部作品也在网络上进行发行传播）为例，这两部影片在豆瓣网和时光网上的短影评（豆瓣叫短评、时光网叫微影评）数量分别为200153条、351126条；6603条、5068条。长影评（豆瓣叫影评、时光网叫长影评）数量分别为5785条、16026条；124条、190条（数据收集时间截至2019年5月21日）。从这组数据可以看出，短批评的数量远远超过长批评的数量，充分体现出移动互联网时代批评碎微化的特点。

（二）批评形式的多样化

如今，以哔哩哔哩（B站）、抖音为代表的新兴视频网站、短视频应用火遍全国，它们不仅传播文艺作品，同时也以全新的方式引领网络文艺批评形式的新变革。哔哩哔哩（B站）利用“弹幕”引入了一种全新的批评模式，用户可以发表文字甚至是表情符号作为评论的内容，这些内容出现、移动在视频画面中。在这里，理性化、系统化的批评范式被消解，一种感性化、碎片化的评论模式被建立。而随着哔哩哔哩（B站）由UGC（用户生成模式）模式转向PUGC（专业用户生成模式）模式，许多UP主（Uploader，指视频上传者）作为专业音视频制作人员，利用先进的多媒体技术制作音视频，对现有文艺作品进行批评、解读，使得如今的网络文艺批评形式更为多样，传播效力更高。2018年，哔哩哔哩（B站）上有多部关于网络剧作品《延禧攻略》《如懿传》的批评视频，比如，UP主“淮秀帮啊”的《[此片有毒]清宫姐妹情〈延禧攻略〉全解析！》、“理娱打挺疼”的《[理娱]理娱鉴剧之〈延禧攻略〉到底好不好看？》、哇哇哇妹的《吐槽〈如懿传〉前两集，于妈看了都会笑[哇妹]》，这些视频的观看量都超过了30万次（数据收集截至2019年6月6日），他们的批评内容不仅“旁征博引”各种资料，同时也结合多部相关题材影视剧作品进行评论分析。多样化的批评形式（比如，B站的视频批评和“弹幕”批评的相结合）令观看视频批评的用户在接

[1] 周宪．时代的碎微化及其反思［J］．学术月刊，2014（12）：21.

收批评观点的同时也展开评论和讨论，形成了批评的多维社交生态。

（三）批评生态的社交化

十多年前，以豆瓣网为代表的影评、乐评网站云集了大量的"粉丝"迷友，他们在这些网站进行点评分析，交流互动，通过文字来批评他人的文艺作品。一般来说，他们的批评下方还会有关于这条批评的评论。因此，这类网站中的批评文章与批评文章的批评形成了一种网状文本结构，这种结构丰富了原始批评自己所具有的理论观点，令批评体系显得更为完整多样。[1]

近年来，以哔哩哔哩（B站）、抖音等为代表的新兴视频网站、短视频应用越来越多，它们营造出一种虚拟的文化社交社区。哔哩哔哩（B站）中用户发送的"弹幕"构成了新的批评模式，而这种模式也带有互动社交的属性——迷友们可以针对相关作品发表"弹幕"，并对这一作品的形式、内容在"弹幕"上展开互动，因此这种"弹幕"批评空间也就具有了虚拟社交性（"虚拟群落"）；2018年火爆全国的短视频应用"抖音"也具有评论的功能，在抖音上可以通过点赞、文字等方式对短视频内容进行评论，进而形成社交互动。

除了以上三种特点外，大众民间的网络文艺批评还呈现出自发性、偶发性等特点。为了保持良好的网络舆论生态、构建清朗的网络空间，需根据大众民间网络文艺批评的上述特点对其进行规范引导。

第三节　创作导向划分下的网络文艺批评生态

一、主流的网络文艺批评

作为社会的主流价值理念，社会主义核心价值观是当代中国精神的直接体现。而作为文艺活动中的重要一环，网络文艺批评的主题也因文艺创作的主旋律

[1] 马楠楠．新媒体时代中国电影批评的转型与重建［J］．中州学刊，2018（9）：29.

化而展现出主流价值的特点。2018 年上演了多部主旋律题材的电视剧作品，其中《和平饭店》《面具》等作品在网络上也获得了良好的反响。这些电视剧的批评文章（诸如《〈和平饭店〉："烧脑"谍战剧的得与失》《看主人公弃暗投明，〈面具〉能否超越〈潜伏〉？》）总结了该类型剧集创作的经验收获，同时对主旋律作品也进行了介绍宣传。

作为涵养社会主义核心价值观的重要源泉，中华优秀传统文化是中华民族的精神命脉。结合新的时代条件，传承和弘扬中华优秀传统文化是当代中国文艺创作、批评活动的价值追求。此外，文艺创作、批评活动还应该以人民群众为中心，讴歌人民在当下改革、建设中的主体精神。有许多文艺作品都反映了人民在改革开放浪潮中的有所作为，电视剧《大江大河》（该剧根据网络小说《大江东去》改编，其电视剧版本也在网络播出）的批评文章《以大笔以细节书写改革开放的大江大河》《伟大时代是由一个个奋进向上的人构成的》便从文艺批评的角度讴歌了以人民为主体的奋斗精神，弘扬了时代的主旋律。

二、商业市场化导向的网络文艺批评

为扩大文艺作品的影响力、获得最大化的利润收益，商业市场化导向的网络文艺批评往往会以满足受众需要、影响受众需求为己任。因此，在这一类型的网络文艺批评中，评论的目的并不是独立自主地对文艺作品进行鉴赏批评，而是从商业视角出发，开展网络文艺批评活动。

随着国内文化市场商业化程度的不断提高，过去几年里资本大举进入文化领域，尽管近年文化市场面临资本寒冬，然而资金入场的大趋势在未来将不会改变。面对越来越多的投资，文化领域逐步完善了上下游产业模式，产生了各种新的业态。为了让文艺作品赚取最大的收益和最多的利润，许多文化公司除了在策划、制作方面投入巨资外，在营销领域也投入重金，这一举措令营销活动的竞争日趋白热化。以电影市场为例，对普通观众而言，豆瓣网、时光网、猫眼电影等网站的打分、评论是他们是否购票观看电影的重要依据。评分的高低、推荐的星数、口碑的好坏直接或间接影响观众观影与否的意向（这些电影门户网站的评论打分不仅会影响观众线下观影的意愿，也会大大影响观众在线付费观看的意向），因此，电影公司非常重视影片的网络评价与打分，各大电影门户网站成为其必争之地。为了获得最大化的收益，一些公司大量雇用“网络水军”进行恶意评价和打分，为其宣传的影片摇旗呐喊、助长声势，对竞争对手的电影恶意诽谤、差评连篇，从而搅乱正常的市场秩序，严重破坏电影批评的舆论生态和伦理规范。[1]2018年春节档，《捉妖记2》《唐人街探案2》（这两部电影也在网络上进行发行传播）接连爆出被水军差评的现象，这种现象的扩散不仅有悖于文艺批评的价值规范，同时也不利于我国电影产业的健康有序发展。

此外，在网络文学领域，为实现最大化的经济效益，创作者会根据读者的偏好撰写网络文学小说。因此许多网络文学的批评文章虽试图把握网络文学的创作规律，然而在实际传播过程中却更多以网络文学写作指南的方式出现。部分网络文学批评内容的商业化倾向造成大量网络文学作品一味地追求“爽感”，而忽略了文学性等其他重要因素。

三、个人导向的网络文艺批评

个人导向的网络文艺批评可看作网络文艺批评领域里的UGC、PUGC。PUGC类型的网络文艺批评会通过豆瓣、哔哩哔哩等网站平台进行传播；其传播形式并不局限于文字这一种形式，也可以通过视频、音频等多种方式呈现；除此之外，批评的内容既可以通过哲学、美学、艺术学等方面的理论知识对文艺作品进行解读，也可以从个人的知识结构出发进行批评阐释。比如，有关电影《我不是药神》的批评文章中，有多篇是从医学、法律等专业角度分析影片及影片所反映的医药界的现实问题（比如，豆瓣上的个人原创电影批评文章《一名临床医生的话》《〈我不是药神〉：刑罚背后的专利博弈》），这些批评文章从不同的专业视角解析了文艺作品背后所蕴含的巨大的社会现实意义，引人思考、发人深省。

---

[1] 马楠楠．新媒体时代中国电影批评的转型与重建［J］．中州学刊，2018（9）：31.

个人导向的网络文艺批评除了以上专业用户的网络文艺批评（网络文艺批评里的 PUGC）外，还有用户原创网络文艺批评（网络文艺批评里的 UGC）。由于用户构成的多样性，其批评也呈现出不同的特征：有的是理性观点的表达、有的是感性情感的抒发，更有一些是口水化、粗俗化、谩骂式的批评内容。因此，多样化的个人导向批评内容需要进行合理的引导，必须确保其不破坏网络文艺批评生态的舆论规范和道德准则。

第四节　网络文艺批评的发展趋势

文艺批评（包括传统文艺批评和网络文艺批评）具有"提高创作者创作素养和美学修养""增进欣赏者理解能力和鉴赏水平""不断完善文艺理论框架体系"三大功能。与传统文艺批评相比，当下的网络文艺批评具有互联网尤其是移动互联网时代的突出特点——强调传播效果，且传播效果越好，其实现文艺批评的功能也就越好。决定传播效果的，往往是传播的内容和形式。从上述两个维度的网络文艺批评生态中可以看出，为了达到更好的传播效果，应加强主流网络文艺批评的辐射力度，让不同类型的网络文艺批评模式相互借鉴各自的长处和优点，以达到改善传播效果，实现网络文艺批评的功能和价值的目的。

一、加强主流网络文艺批评的统领力、影响力、辐射力

首先，主流网络文艺批评展现出主流价值观念，其存在必须对其他维度、种类的网络文艺批评起到总领、引导的作用。在其他网络文艺批评中出现与主流价值观念相悖的地方时，需要主动用主流价值观念去引导，增进主流网络文艺批评的影响力。

其次，为了进一步扩大主流网络文艺批评的辐射力，达到更好的传播效果，

在确保社会主义核心价值观的价值导向、主题方向不动摇的同时，可以借鉴自媒体网络文艺传播的行文风格或者大众民间的网络文艺批评模式（比如，微批评、“弹幕”），以更为接地气的方式呈现主流价值，达到更好的批评传播效果。

此外，主流网络文艺批评也要对文艺作品尤其是网络文艺作品进行客观合理的批评。这可以引领正确的创作导向、规范文艺活动（网络文艺活动）的全过程。通过对创作观念的价值引导，更好地体现社会主义核心价值观的创作方向。

二、不同类型的网络文艺批评模式将相互借鉴各自的长处和优点

为取得良好传播效果，以发挥网络文艺批评的功能作用，不同类型的网络文艺批评模式应相互借鉴各自的长处和优点。

从以上分析中可以看出，学院派的网络文艺批评目前传播效果很差，其批评范式和评论内容跟不上文艺活动尤其是网络文艺活动的发展速度。应以主流文艺价值观为指导，更新其理论框架。根据新的技术发展形势以及批评对象的各种新变化进行更为科学合理的学术批评研究，使批评内容不至于脱离实际，无法指导现实中的创作活动。与此同时，要着眼于优秀学术批评内容的传播，多重借鉴其他形式的批评传播模式（如可以制作学院派网络文艺的视频批评）来开展传播推广。

传统媒体的网络文艺批评也应该进一步加强传播推广力度，让更多优质批评内容抵达受众。传统媒体的网络文艺批评要以主流价值的传播为导向，在形式上可以借鉴自媒体网络文艺批评的模式，并采用视频、音频等多媒体呈现方式来进行传播。

与上述两种网络文艺批评相比，自媒体网络文艺批评的传播效果就很好，但在传播（批评）内容方面却有很大的问题。为了改善其过分风格化的传播模式，系统性提升民众的文艺素养，自媒体网络文艺批评需要从主流网络文艺批评、学院派网络文艺批评中寻找价值导向、理论支持——不是肤浅、娱乐化地普及文艺的基础知识，而是从理论宝库中寻找最具当下现实意义的内容，使用通俗易懂、

接地气的语言进行传播。这样做可给予受众更深的知识洞察力和艺术感受力，达到批评本身该具有的价值效果。

大众民间的网络文艺批评具有自发性、偶发性等特征，需要对这类评论内容进行价值引导。鉴于其批评形式多样化、批评生态社交化等特点，需要用主流价值观念来正确引导、规范其网络文艺批评活动。

商业市场化导向的网络文艺批评应注重经济效益和社会效益的统一，做到义利合一。主流价值观需体现在这一类文艺批评中，同时批评里也不应出现违背主流价值观的内容。要严格禁止恶意攻击式的评论及单独为了盈利目的而发表的批评，以免破坏网络文艺批评的舆论生态和伦理规范。

个人导向的网络文艺批评领域需大力提倡 PUGC 网络文艺批评的创作，因为这样做不仅能丰富网络文艺批评的内容形式，还可以从其他专业视角考察文艺作品，对文艺创作活动产生更多启迪。同时，需要以主流价值观念为统领，规范并减少感性化、口水化、粗俗化、谩骂式的批评内容，以净化网络空间。

第十二章　网络文艺的问题反思与发展趋向

世事变迁，沧海桑田。半个世纪前，即使脑洞大开，人们也实难想象，从“星星之火”到燎原之势、从“小荷才露尖尖角”到如今的大发展、大繁荣，互联网的作用和影响呈指数级散开、增长，并水银泻地般渗透到生产生活的各个领域和层面，其革命性的伟力已是巨大的塑造性、制约性乃至决定性力量。时至今日，作为人类文明发展的新里程碑或新地标、新高地，“互联网”被赋予了诸多的标志性、象征性意义。比如，在传播学上，以一种媒介革命为标准，人类信息活动经历了“语言的产生”“文字的创造”“印刷术的发明”“电讯和广播电视的出现”“计算机与电子媒介的结合”五个发展阶段；从社会学的维度审视，互联网出现之前的大众媒介时代可称之为“第一媒介时代”，此后的新媒介时代可称之为“第二媒介时代”（马克·波斯特，1995）。在文化艺术的领域，从媒介生态学（media ecology）的意义上说，媒介不只是工具，它构成了人的环境；人使用媒介，媒介也塑造人，换言之，在不同的历史时期，媒介建构人们的认知范型、思维模式、身份认同、人格结构和文化形态、价值观念、主体性等。当前，我们正处于以互联网为代表的新媒介文化语境之中，它是我们的居身之所，也是我们的生存之境——结合库恩的“范式”（paradigm）理论或福柯的“知识型”（episteme）概念，如果说，以广播电视为代表的电子文化是对以语言文字为代表的印刷文化的超越，那么，以互联网为代表的数字文化则给文化艺术带来了更剧烈、更深刻的范式嬗变。具体说来，在互联网文化语境中，艺术生产方式（mode of art production）的转换与嬗变使网络文艺创作生产在要素、环节、过程等各方面呈现出有别于印刷文化、电子文化范式中艺术实践的新风貌和新特征，并逐渐生成了网络文艺实践的新特性和新规律。

一时代有一时代之精神，一时代有一时代之文艺。面对互联网带来的深刻影响和巨大变迁，基于当代中国文艺发展的新形势，也鉴于21世纪以来我国网络文艺实践如火如荼发展的现实情景，党和国家深刻把握发展大势，高度重视网络文艺的发展。在这种媒介革命、社会变迁、文化转型、实践丰富、政策鼓励等多要素综合作用而形成的大背景、大格局中，考察网络文艺的发展状况，宏观上应有“四个维度”的统合观照：一是网络文艺与传统文艺的历时性比较。在媒介革命和范式转换相结合的意义上，这种对比不仅要强化与印刷文化范式中艺术实践的比较，也要关注网络文艺与电子文化范式中艺术实践的比较。二是中外网络文艺（或新媒介文艺）的共时性参照。这既涉及“中国语境”和“国际环境”中的主体意识，也关联着中外网络文艺差异性实践的“中国特色”（诸如先与后、前卫与大众，以及形式、类型、特征、风格等的区别）。三是网络文艺内部不同艺术形态的差异与叠合。作为新兴的文艺形式，严格说来，“网络文艺”当前仍是一种“总名”或“集合概念”，且其实践仍处于发展变化之中，它目前大致包含网络文学、网络剧、网络综艺、网络电影、网络音乐、网络动漫、网络游戏和“泛”网络文艺等形态，它们各自的丰富实践存在多样的面相，但也在范式迭代和作用互渗中凝聚、生成新的经验和新的规律，并共同推动网络文艺的繁荣发展。四是网络文艺对象系统的分层与交互。任何系统都有层次，上述三个维度涉及多个层次且每个层次又有其子系统，因之交互而生成的多维“间性”不仅可以演变成事物发展的不同阶段，还可以在相互作用、影响中实现多样的转化。

第一节　网络文艺的问题反思

英国哲学家约翰·洛克曾将“心灵内部活动的知觉”称为“反思”（rethink）。“反思”是现代人文社会科学的重要概念，它通常意味着一种审视和批判，而在某种意义上，批判性恰恰构成了“审美现代性”（aesthetic modernity）的重要规定。就核心意义而言，“反思”就好像一个赶路的人不断地提醒自己不要迷失了方向，同时，也不停地回瞥、审视已经走过的路，总结经验、检查失误、把握大势、明确前进和发展的方向。在当前的文艺百花园中，网络文艺鲜艳夺目，她既是现代性的重要成果，也是现代性的显著体现。然而，在当代中国的社会文化语境中，作为一片充满活力的热土，它有蓬勃发展的一面，也存在野蛮生长的一面，因此，一方面，我们要促进网络文艺健康发展，特别是，要通过精品化创作生产，发挥网络文艺在互联网由“最大变量”向“最大增量”转换进程中的独特作用；另一方面，我们也要不忘本来、吸收外来、面向未来，通过深入、细致的反思，积极适应媒介发展和艺术发展的新变化、新特点、新趋向，培育良好生态，促进网络文艺创作生产的健康、可持续发展。

一、促进文艺深层结构中的范式转换和观念更新，健全完善打开“网络文艺”的正确方式

自互联网兴起以来，网络文艺由小到大、由弱变强、从国内走向海外，其蓬勃发展犹如一路狂奔，速度与激情的迅疾和跳跃有时令人晃眼迷离而难以看清她的真实面目……当然，这种说法实际上还得等到“现在”才具有真实的、充分的意义——一是经过一段时间的实践，人们因此而可以看到丰富的作品；二是面对形态多样和经由不同观念创作出来的作品，人们可以用不同的眼光来观察其不同的方面，并可以从中概括、总结一种从创作生产实际出发的艺术观念和美学观点。然而，面对网络文艺这一新生、新兴的艺术形态，在当前人们诸多的观念和认识中，换言之，在人们看待“网络文艺”的方式中，符合网络文艺实际的“主体性”迄今依然存在两种不明确的模糊乃至错位。

首先，从“传统—现代”的张力结构上看，由于传统文艺学的深远影响及其美学上的结构性惰性，因而，无论是创作上还是在理论、批评等方面，人们常常惯于运用传统文艺学固有的思维方式、艺术观念、认知方式和学科框架、理论

体系、研究模式等来看待网络文艺这一新的艺术生产现象。但问题在于，这些形成于印刷文化、电子文化范式中的“前理解”或“理论预设”在数字文化范式中的网络文艺实践中渐渐失去其合法性。比如，有些艺术研究和文艺批评，“套用传统的理论‘槽模’评述新兴的网络文学，难免因针对性不足（有时是不屑）而显露出凌空蹈虚或捉襟见肘之弊，终归给人以‘隔’的感觉，”或者，受“‘学院思维’惯性与表意方式的限制，面对网络文学的发声时，他们不仅习惯于套用传统的理论批评模式来解读网络文学，并且往往是理论多于评论，学理建构多于文本批评，热衷于发掘问题的逻辑原点，构建理论体系，解释对象本质，力图找出某一现象背后的普遍规律，而对于具体作家作品或网络文学现象的所长缩短、好坏优劣关注不多，或不予置评，或感觉迟钝，与实际的网络创作总归‘隔’着一层，其成果免不了会透出‘不被学界看好、也不为网络界在意’的尴尬。”❶因此，可以说，打破传统文艺学的旧范式、旧标准，同时，实现符合网络文艺实际的范式转换，是促进网络文艺创作、批评和发展的必然要求。其次，从“中—外”的张力结构上分析，诚然，外国的网络文艺（或新媒介文艺）实践比中国早，同时，在理论研究和艺术批评方面形成了不少卓有见地的成果，但我国的网络文艺实践迄今已呈现鲜明的“中国特色”，甚至，随着经济的不断发展、数字技术的不断突破、文艺生产力的不断释放，以及用户规模、产业经济等方面的独特性，我国网络文艺实践有开辟新路径、提升新境界的可能性和现实性。这样一来，看待“网络文艺”，我们既要行“拿来主义”，积极借鉴参考外国的新经验、新成果，但同时又不能东施效颦、邯郸学步，更不能像往常一样习惯于从西方借鉴各种艺术观念，乃至削足适履，出现“强制阐释”的诸多怪现象。

事实上，在当代中国的文化语境中，网络文艺创作生产打一开始就内在地蕴含着“传统—现代”“中—西”的矛盾张力，但时至今日，张力不能是阻力，而应该是助力。为此，在艺术观念和审美认知上，首当其冲的就是要立足中国语境、放眼国际环境，健全完善看待“网络文艺”的主体性方式，是促进网络文艺实践发展的重要命题。

---

❶ 欧阳友权．网络文学批评史的持论维度［J］．网络文学评论，2017（1）：2-3.

二、准确把握文艺发展的形势和问题，切实践行和弘扬社会主义核心价值观

文艺是民族精神的火炬，是时代前进的号角，最能代表一个民族的风貌，最能引领一个时代的风气。文艺事业是党和人民的重要事业，文艺战线是党和人民的重要战线。作为文艺事业繁荣发展的重要组成部分，网络文艺发展在培育和弘扬社会主义核心价值观方面具有独特作用，实际上也越来越发挥着这种作用。

然而，在我国文艺创作生产活跃、内容形式丰富、风格手法多样、大批优秀作品涌现的生动景象中，改革开放和社会主义现代化建设深入推进，我国经济社会发展取得巨大成就，现代科学技术日新月异，对外交流交往不断加深，国际地位显著提升，人民精神文化需求日益增长，为文艺发展提供了坚实基础、内在动力、广阔空间。但同时，“意识形态领域形势十分复杂，巩固思想文化阵地、维护国家文化安全的任务更加紧迫；在思想活跃、观念碰撞、文化交融的背景下，文艺领域还存在价值扭曲、浮躁粗俗、娱乐至上、唯市场化等问题，价值引领的任务艰巨迫切；文艺创作生产存在有数量缺质量、有‘高原’缺‘高峰’，抄袭模仿、千篇一律、粗制滥造等问题，推出精品力作的任务依然繁重；文艺评论存在‘缺席’‘缺位’现象，对优秀作品推介不够，对不良现象批评乏力，文艺评论辨善恶、鉴美丑、促繁荣的作用有待强化。”[1]不必讳言，在网络文艺领域，这些负面情形易发、多发，特别是，在文艺创作方面，诚如习近平总书记所批评的，“有的调侃崇高、扭曲经典、颠覆历史，丑化人民群众和英雄人物；有的是非不分、善恶不辨、以丑为美，过度渲染社会阴暗面；有的搜奇猎艳、一味媚俗、低级趣味，把作品当作追逐利益的‘摇钱树’，当作感官刺激的‘摇头丸’；有的胡编乱写、粗制滥造、牵强附会，制造了一些文化‘垃圾’；有的追求奢华、过度包装、炫富摆阔，形式大于内容；还有的热衷于所谓‘为艺术而艺术’，

[1] 中共中央关于繁荣发展社会主义文艺的意见［N］. 人民日报，2015-10-20.

只写一己悲欢、杯水风波，脱离大众、脱离现实。”[1]因此，结合网络文艺实践的实际，本着正视问题、面向未来的原则，如何坚持以人民为中心的创作导向、让中国精神成为社会主义文艺的灵魂，如何坚定文化自信、讲好中国故事，如何切实践行、弘扬社会主义核心价值观的新时代文艺标准，以及面向人类共同价值、人类命运共同体的中国新时代价值尺度等，是网络文艺得以又好又快发展的基本保证。

三、夯实内容为王、质量为胜意识，强化精品生产和品质提升

历史地看，与互联网发展相伴随，诸如渠道为王、技术为王、用户为王、流量为王、内容为王等说法和做法多样并存，但历经实践和时间的检验，“内容为王、质量为胜”终是大势所趋、众望所归。近年来，网络文艺进一步繁荣发展，特别是网络剧、网络综艺、网络电影等网络视听文艺的迅猛发展使网络文艺声名鹊起，产生了巨大反响。其中，尽管“内容为王、质量为胜”意识已深入人心，并渗透到网络文艺创作生产的各个环节和层面，但它给人“野蛮生长”的印象仍然存在。

从产业发展实际来看，作品的质量是市场运作的基础，因而，“质量”标准必然要贯彻到供、求、产、销等各个环节，落实于市场、买卖、消费等运行机制和销售额、利润等经济指标之中。在实践中，一种现象引人瞩目是：越是大 IP、大投入，越呈现鲜明的特色化、差异化、精品化倾向。原因很复杂，道理却很简单：只有精耕细作，才能得到高品质；只有高品质，才能得到用户认可；只有得到用户认可，才能有高收益并带动产业链的有效运行。2019 年，在外部、内部多方面力量的规范和调整下，网络文艺创作生产总体上进入“提质减量”的升级变革关键期。在这种由量变向质变的转变过程中，政策引导力度加强、行业自律意识提高、专业力量持续涌入、创作方式不断创新等发挥了重要推动作用，比如，生产机构日益多元，促进专业化制作水平的提升；视频平台关闭播放量，倒

[1] 习近平．在文艺工作座谈会上的讲话［N］．人民日报，2015-10-15.

逼制作方回归内容；分账模式多元化发展，促进优质内容生产，等。这种理性发展带来了两方面的直接结果：一是以往那种依靠低俗庸俗、封建迷信、色情暴力等违规内容、打擦边球情节来博取眼球、吸引流量的影片明显减少，大体保证了作品具有正确的“三观”底色；二是创作生产中传递正能量、弘扬真善美的作品明显增加，并呈现品质格调提升、题材类型丰富、艺术水准提高的面貌。这庶几表明，“内容为王、质量为胜”意识的增强直接推动了网络文艺的创作生产，而“特色化、差异化、精品化”再次证明是网络文艺繁荣发展的不二法门。

四、尊重艺术规律、传播规律和产业发展规律，突破发展误区、突出守正创新

在竞争愈加激烈的网络文艺市场中，网络文艺创作生产的发展主轴不在数量而在质量、不在个别的局部爆款而在特性彰显、风格鲜明，而其中的一个显著特点即是“创新”发展。比如，以网络综艺的创作生产为例，其系统性的“创新”发展在题材类型的创意上，吻合互联网时代的年轻化、个性化、时尚化等趋向，化解节目形式的同质化、单一化；在节目模式上，将互联网的便捷性、交互性等渗透到节目之中，促进多领域交叉互动；在内容开发上，基于时代生活的内容分众化、垂直化，推进专业化分工与受众细分；在表现形态上，依托“移动”、创新“表达”；在节目要素上，通过对节目内容的垂直生产、素人参与，破除依赖、消费明星嘉宾的惯性；在媒体融合上，打破电视平台与网络视频平台之间的隔阂，增强网络综艺与电视综艺的互鉴、互惠、互动，同时，基于不同平台的属性，强化生产多元内容，推进多屏互动，打造融媒体内容。事实表明，这些创新性尝试取得了良好的反响和效益。

无疑，从艺术规律、传播规律和产业发展规律来看，创新是文艺的生命。为此，一方面，“要把创新精神贯穿文艺创作全过程，大胆探索，锐意进取，在提高原创力上下功夫，在拓展题材、内容、形式、手法上下功夫，推动观念和手段相结合、内容和形式相融合、各种艺术要素和技术要素相辉映，让作品

更加精彩纷呈、引人入胜。要把提高作品的精神高度、文化内涵、艺术价值作为追求，让目光再广大一些、再深远一些，向着人类最先进的方面注目，向着人类精神世界的最深处探寻，同时直面当下中国人民的生存现实，创造出丰富多样的中国故事、中国形象、中国旋律，为世界贡献特殊的声响和色彩、展现特殊的诗情和意境。”另一方面，“创新贵在独辟蹊径、不拘一格，但一味标新立异、追求怪诞，不可能成为上品，而很可能流于下品，”[1]或者说，“文艺创作是观念和手段相结合、内容和形式相融合的深度创新，一切创作技巧和手段最终都是为内容服务的，背离了这个原则，技巧和手段就毫无价值，甚至还会产生负面效应。”[2]特别是，在文艺创作与文艺批评相辅相成、相得益彰的关系中，网络文艺当顺应当前艺术生产“主流价值审美化、技术制作精良化、题材选择类型化、艺术表现精致化、大众接受互动化、资本运作有序化、文化传统涵濡化、国际传播通约化”的矢量合力发展趋势，突破“窄化‘主旋律’、神话技术主义、‘娱乐至死’、‘为艺术而艺术’、因循守旧、资本逻辑、滥用中华传统文化、迎合西方趣味”等误区，[3]突出“守正创新”，坚持与时代同步伐、坚持以人民为中心、坚持以精品奉献人民、坚持用明德引领风尚，促进网络文艺繁荣发展。

五、辩证看待科技与艺术的关系，在历史理性和人文关怀的双重烛照中激发技术赋能与艺术发展的内在活力

在全国网络安全和信息化工作会议上，习近平总书记指出：“网信事业代表着新的生产力和新的发展方向，围绕建设现代化经济体系、实现高质量发展，要发展数字经济，加快推动数字产业化，依靠信息技术创新驱动，不断

[1] 习近平．在中国文联十大、中国作协九大开幕式上的讲话［N］．人民日报，2016-12-01.
[2] 习近平．在文艺工作座谈会上的讲话［N］．人民日报，2015-10-15.
[3] 彭文祥．新时代语境中的网络文艺创作与批评新范式［J］．中国文艺评论，2018（8）：25-30.

催生新产业新业态新模式，用新动能推动新发展。”[1]就网络文艺来说，在发生上，她与互联网技术和新媒介发展直接相关，在本体属性上，她天然地被打上了深刻的技术烙印，科技的基因渗透在网络文艺创作生产的各个方面和层面。事实上，技术与艺术的相辅相成、相得益彰是网络文艺发生、发展的必要条件，也是网络文艺繁荣发展不可或缺的关键要素。在网络文艺的创作生产中，技术广泛应用于网络文艺的项目评估、内容创作、平台运营、传播消费、版权保护等多个领域。近年来，大数据与云计算、人工智能、虚拟现实（VR）与增强现实（AR）、5G技术、区块链等新技术为网络文艺发展构建了新的发展环境，描绘了新的发展前景。网络文艺创作者或技术从业者站在不同的主体视角，积极尝试将技术运用于网络文艺中，不断试探着网络文艺发展的新边界。在网络文学、网络剧、网络综艺、网络电影、网络音乐等不同细分领域，以人工智能、VR、AR等技术为代表的新型技术力量呈现全线进击的势头，开展了不少有益的探索。

然而，艺术实践和实施都表明，科技与艺术之间的关系是辩证的。在审美现代性的维度，人们对现代科学技术一直有着“欢欣鼓舞”与“反思警醒”矛盾交织的态度。比如，莱温指出：“现代艺术是科学的。它建立在这样的一些信念之上：相信未来是一个技术时代，信仰进步和客观真理。它是实验性的：它的使命就是创造新的形式。从印象主义开始探索光学知识一直到现在，现代艺术共同分享了科学的方法和逻辑。”[2]但泰勒则说：“到了二十世纪，工具理性的侵占变得无与伦比的明显，而且，我们发现，现代主义的作家和艺术家在反抗一个被技术统治的世界，反抗标准化，反抗社区的退化，反抗大众社会，反抗粗俗化。的确也有像未来主义那样的少数派，他们对技术采取了一种肯定的立场，想要赞颂技术的创造性的能量，但他们也在大规模的工业社会的实际后果中显示出来的被动性

---

[1] 习近平.自主创新推进网络强国建设［EB/OL］.（2018−04−21）［2019−10−10］.http://news.china.com.cn/2018−04/21/content_50934572.htm.

[2] 齐格蒙·鲍曼.立法者与阐释者：论现代性、后现代性与知识分子［M］.洪涛，译.上海：上海人民出版社，2000：177.

和丑陋面前惊骇不已。”[1]可以预见的是，互联网技术发展继续呈现加速态势，各种新形态的技术手段层出不穷，新崛起的科技力量已然构成了网络文艺发展的巨大现实语境，极大地拓展了艺术与技术结合的想象空间。然而，就网络文艺创作生产来说，技术创新、技术赋能是一个方面，但不能陷入技术至上或神话技术主义的泥淖。事实上，在“工具理性”（instrumental reason）和“价值理性”（value reason）的张力结构中，作为人类感性地、审美地把握世界的独特方式，网络文艺应有历史理性与人文关怀的双重烛照。对此，在现代以来不绝如缕的文化批判和反思中，像“异化”（马克思）、“工具理性”（韦伯）、“文化工业”（法兰克福学派）、“仿像”（鲍德里亚）等蕴含着丰富的意义，其思想张力迄今仍具有深刻的启迪、警示意义和作用。

六、尊重艺术原创，完善与发展网络文艺维权机制

近年来，随着互联网和移动设备的普及，网络文艺得到了快速、蓬勃的发展，但随之出现的侵权、维权问题逐渐成为热门话题：一方面，文艺作品的网络传播大大降低了传播成本，提高了获取文艺作品的便利性，为受众带来了极大的方便；另一方面，盗版资料的生产和传播成本也大大降低，加上网络传播的无序性，网络文艺版权保护难度加大，网络文艺著作权人被侵权的案例不胜枚举。就网络文艺维权来说，它是对知识、原创最起码的尊重，同时，在社会主义市场经济条件下，文艺版权产业占有重要地位，并对我国的数字经济和整体文化产业的发展产生了重要影响。

近年来，我国网络文艺版权保护在提升群众版权意识和版权运作规范化方面取得了明显的突破。但网络文艺维权仍存在诸多问题，比如，维权立法缺位、维权准入制度弱、维权易导致媒体过多关注、网络文艺主体与相关方维权平衡尺度难以把握等。因此，为切实保护网络文艺版权、保护著作权人的合法权益，整个社会和网络文艺业界、学界等应该集体行动，切实完善与发展网络文艺维权机制

[1] 查尔斯·泰勒．自我的根源：现代认同的形成［M］．韩震，等译．南京：译林出版社．2001：712-713.

的。择要说来，一是要进一步加强维权的技术监督；二是进一步建构多元化的维权体；三是进一步健全完善侵权举报平台。

七、加强网络信息内容生态治理，营造安全有序、风清晴朗的网络空间

当前，网络文艺创作生产正处于承上启下的发展关键期。一方面，网络文艺内容、质量在丰富实践中不断提升，政策法规不断完善，市场格局大致形成；另一方面，在内容制作、产业开发、技术提升、媒介融合、创新实践、审美趣味等方面仍需优化、完善。总的来说，不管是外部的规范、处境、挑战，还是内部自我提升、完善的愿望，都驱使网络文艺创作生产跨入内容为王、质量为胜的新阶段，同时，也在多个方面激励、促进、带动网络文艺创作生产走向新发展。无疑，这种“新阶段”是政策、资本、竞争等诸多因素合力作用的结果，但就“新发展”而言，针对网络文艺创作生产中存在的诸多问题、乱象，政策法规监管、引导不仅必要，而且必须。为此，主管部门和行业单位酝酿、出台了不少行之有效的“规定”和“意见”“细则”等，对促进网络文艺创作生产健康发展，营造安全有序、风清晴朗的网络空间发挥了重要的作用。比如，2019 年 11 月，国家互联网信息办公室、文化和旅游部、国家广播电视总局制定《网络音视频信息服务管理规定》，国家新闻出版署发布《关于防止未成年人沉迷网络游戏的通知》；12 月，国家互联网信息办公室发布《网络信息内容生态治理规定》。

为营造良好网络生态，保障公民、法人和其他组织的合法权益，维护国家安全和公共利益，根据《中华人民共和国国家安全法》《中华人民共和国网络安全法》《互联网信息服务管理办法》等法律、行政法规，国家互联网信息办公室发布《网络信息内容生态治理规定》(以下简称《规定》)。《规定》提出，鼓励网络信息内容生产者制作、复制、发布含有“宣传习近平新时代中国特色社会主义思想，全面准确生动解读中国特色社会主义道路、理论、制度、文化”和“弘扬社会主义核心价值观，宣传优秀道德文化和时代精神，充分展现中华民族昂扬

向上精神风貌”等内容的正能量信息。网络信息内容生产者不得制作、复制、发布含有“危害国家安全，泄露国家秘密，颠覆国家政权，破坏国家统一”和“损害国家荣誉和利益”等内容的违法信息，应当采取措施，防范和抵制制作、复制、发布含有“使用夸张标题，内容与标题严重不符”和“炒作绯闻、丑闻、劣迹”等内容的不良信息。《规定》强调，网络信息内容服务平台应当履行信息内容管理主体责任，加强本平台网络信息内容生态治理，培育积极健康、向上向善的网络文化。网络信息内容服务平台应当建立网络信息内容生态治理机制，制定本平台网络信息内容生态治理细则，健全用户注册、账号管理、信息发布审核、跟帖评论审核、版面页面生态管理、实时巡查、应急处置和网络谣言、黑色产业链信息处置等制度。《规定》要求，网络信息内容服务平台不得传播本规定第六条规定的违法信息，应当防范和抵制传播本规定第七条规定的不良信息。网络信息内容服务平台应当加强信息内容的管理，发现本规定第六条、第七条规定的信息的，应当依法立即采取处置措施，保存有关记录，并向有关主管部门报告。鼓励网络信息内容服务平台坚持主流价值导向，优化信息推荐机制，加强版面页面生态管理，在重点环节积极呈现本规定第五条规定的正能量信息，不得在重点环节呈现本规定第七条规定的不良信息。《规定》明确，网络信息内容服务使用者应当文明健康使用网络，按照法律法规的要求和用户协议约定，切实履行相应义务，在以发帖、回复、留言、弹幕等形式参与网络活动时，文明互动，理性表达，不得发布本规定第六条规定的违法信息，防范和抵制本规定第七条规定的不良信息。网络信息内容服务使用者和生产者、平台不得开展网络暴力、人肉搜索、深度伪造、流量造假、操纵账号等违法活动。[1]

在实施意见、细则等方面，部门和行业亦有具体而微的办法和举措。比如，为提升网络综艺节目内容质量，遏制错误虚假有害内容传播蔓延，建设良好网络生态，营造清朗网络空间，根据国家相关法律法规、《网络信息内容生态治理规定》《互联网视听节目服务管理规定》和《网络视听节目内容审核通则》，2020

---

[1] 国家互联网信息办公室.网络信息内容生态治理规定［EB/OL］.（2019-12-20）［2020-03-10］. http://media.people.com.cn/n1/2019/1220/c40606-31516139.html.

年 2 月，在国家总局网络视听节目管理司指导下，中国网络视听节目服务协会联合央视网、芒果 TV、腾讯视频、优酷、爱奇艺、搜狐、哔哩哔哩、西瓜视频、快手、秒拍等视听节目网站制订了《网络综艺节目内容审核标准细则》。《细则》围绕才艺表演、访谈脱口秀、真人秀、少儿亲子、文艺晚会等各种网络综艺节目类型，从主创人员选用、出镜人员言行举止，到造型舞美布设、文字语言使用、节目制作包装等不同维度，提出了 94 条具有较强实操性的标准，将对提升网络综艺节目内容质量、满足人民美好精神文化生活新期待起到重要作用，同时也是抵制个别综艺节目泛娱乐化、低俗媚俗等问题的制度性举措。[1]

第二节　网络文艺的发展趋向

在当前新的媒介生态和新的艺术生态中，中国特色社会主义现代化实践为网络文艺发展奠定了坚实基础、中华民族的灿烂文明为网络文艺发展涵育了丰厚营养、“互联网 + 文艺”为网络文艺发展拓展了广阔空间、改革开放的深广推进为网络文艺发展开阔了国际视野。时至今日，以往丰富多样的实践，以及多元要素复杂关联、相互影响的矢量合力作用，在某种意义上都成了基础，并极大地塑造乃至决定着网络文艺的发展趋势。

一、价值取向：守正创新、精品生产、空间清朗

（一）“守正创新”是网络文艺健康发展的基本理念

在全国宣传思想工作会议上，习近平总书记指出：我国思想宣传战线已进入了守正创新的新阶段。就文艺而言，“守正”是文艺创作生产的基础，这包括坚持中国特色社会主义文艺的发展方向和遵循艺术发展的规律两个主要方面；“创

[1] 中国网络视听节目服务协会 . 网络综艺节目内容审核标准细则［EB/OL］.（2019-02-21）［2020-03-10］.http://www.xinhuanet.com/video/2020-02/21/c_1210484489.htm.

新”则是在守正的基础上，通过理念创新、方式创新，使网络文艺创作生产能够紧扣时代脉搏、贴近现实生活、反映时代精神。

第一，坚持中国特色社会主义文艺的发展方向是网络文艺创作生产的基本思想引领。自诞生之日起，互联网的传播范围就是开放的、全球化的，因此，在艺术创作和国内外传播过程中，网络文艺作品就必须坚守正确的价值维度，包括坚定以习近平新时代中国特色社会主义思想和党的十九大精神为指导，通过创作更多的文艺精品，传播新时代的中国风貌和中国精神。当然，我国经济社会当前正处于高速发展时期，互联网领域的意识形态，以及网络文艺创作生产中不可避免会出现众声喧哗和一些“杂音”，但坚持中国特色社会主义文艺的发展方向是网络文艺创作生产的底色，也是网络文艺的健康发展的保障。

第二，社会主义核心价值观是网络文艺创作生产的重要价值取向。正如美国电影擅长通过作品来表现英雄主义、自由主义等的美国精神一样，我们的网络文艺创作生产要有正确的世界观、人生观、价值观的灌注，需要积极培育和弘扬社会主义核心价值观，并在艺术创作和时代生活的紧密关联中，将优秀传统文化精华、新时代的中国精神等融入文艺作品，更好地满足人民群众日益提高的精神文化需求，并将这些作品转化为文化软实力，实现中华优秀文化的对外传播。

第三，在坚持正确政治导向和价值取向的基础上，积极推进网络文艺的内容、形式创新。比如，鉴于以往发展进程中经验和教训，网络文艺创作生产要摆脱动辄依靠引进、改编等的创作方式，充分发挥新兴媒介互动性、移动性、及时性等方面的特色和优势，创新网络文艺的题材开掘、叙事范式和艺术技巧等，并在技术、产业、传播等相关领域开拓创新。尤其是，要高度关注庞大的青年受众群体，并根据网络受众的年轻化、族群化特征推进艺术创新，创造新时代的青年文化，使他们成为优秀传统文化的传承者、正能量的弘扬者、主流文化的促进者、社会发展的担当者、时代进步的先锋者。同时，在另一方面，要警惕那些试图依靠亚文化题材吸引受众和模仿国外模式赚取流量的创作方式，避免将网络文艺偏离主流的轨道而逐渐成为小众文化狂欢的场域。

（二）强化质量提升，“精品化”发展是网络文艺创作生产的必由之路

“精品化”是网络文艺发展和转型升级的必由之路。无论从历史的还是共时的角度看，唯有文艺“精品”才能造就文艺高原，达至文艺高峰。

对于网络文艺作品，我们既强调其审美属性，也强调其经济属性，换言之，“事业”和“产业”并行不悖，协同发展，因此，网络文艺的“精品”内涵一是“作品”意义上的精品，即，从内容层面和价值层面上进行考量，追求审美效益；二是“产品”意义上的精品，即，从制作、传播和服务等层面来考察，以获得经济效益。事实上，在提升质量的基础上，作品与产品、审美效益和经济效益两者相辅相成、相得益彰。

就“作品”层面的审美效益来说，精品化是网络文艺当下的重中之重。一方面，与传统文艺所达到的高度相比，网络文艺中的“现象级”、能经受历史检验的精品仍然不多；另一方面，从文艺发展的历史维度看，文艺思潮的出现必定是由文艺“精品”所带动的，同样，网络文艺的发展必须依赖一批具有“精品”属性的作品而推进。作品的精品化是其内容、价值上的内在诉求。具体说来，优质内容是产业发展的决定性因素，为此，网络文艺应反映时代生活、彰显时代精神，将真善美作为作品的内核，融合传统文化、表达人文精神；在价值的层面，有人以“铸魂魄、接地气、聚人气”来厘定网络文艺的价值诉求，即，“铸魂魄”是指要坚持以习近平新时代中国特色社会主义思想为灵魂，呈现社会主义核心价值观；“接地气”指要真切表现生活在我们这块土地上人们的所感、所思、所盼、所愿；“聚人气”是指形式喜闻乐见，并要温暖人、感染人、教育人、团结人、鼓舞人，弘扬真善美、传递正能量。[1]当然，不同于传统文艺，网络文艺的生成土壤、媒介基础、受众接受、社会语境等都有其特殊性，并使其更注重作品的大众性、普适性、共赏性，因此，如果单纯地以传统文艺的艺术性、高雅性等来要求网络文艺是有些简单化，同时，也就需要在艺术评价标准上作出调整完善。

就“产品”层面的经济效益而言，在“作品”层面的基础上，精品化意味着

[1] 罗建辉．推动网络视听节目精品化［N］．人民日报，2019-01-04.

制作、传播、服务等的精耕细作。择要说来，相较传统文艺，网络文艺在技术条件、设备设施、资本规模等方面有了长足进步，因此，网络文艺精品不仅要有内容方面的“精美”，还要有创作生产上的“精致”水准。比如，在制作上，网络文艺有更高的起点，其工业化流程日渐清晰、分工日益细化、技术手段应用日臻成熟，这是精品制作的基础保障，更重要的是，精品的生成呼唤“工匠精神”，精益求精、注重细节、富于创新，使产品既有良好的“文艺”品位，也具备高超的“工艺”水平。从传播、服务的角度来说，对作品进行精准的传播、找到作品的受众、满足受众的接受需求、提供良好的后期服务等，都是网络文艺精品应具备的要素和意识。尤其是，互联网时代的“长尾效应”使真正的精品“酒香不怕巷子深”，能经得起市场和时间的考验。

相比之下，如果说，传统文艺更讲求文艺的艺术性、审美性，不断追求内容和价值层面的社会效益，而在产品意识上相对薄弱，那么，当前的网络文艺发展似乎正好相反。然而，实践表明，尽管网络文艺是一个结构异常复杂的综合体，涉及行业内外、不同门类、多个主体等多种因素，但就打造精品而言，“作品”的精美、“产品”的精致是其题内必有之义，也是网络文艺繁荣发展的必由之路。

（三）进一步营造天清气朗发展空间，发挥网络文艺的应有作用

党的十九大报告指出：要“加强互联网内容建设，建立网络综合治理体系，营造清朗的网络空间。”伴随网络文艺的飞速发展，针对网络文艺领域中诸多乱象和问题的相关政策、法规不断出台，各大运营商、平台也不断自查、整改，有力营造了清朗的空间，促进了网络文艺的健康发展。

相关政策、法律法规的出台为网络文艺健康发展提供了保障，同时，网络空间的清朗化也是网络文艺健康发展的必然要求和发展趋势。首先，确立完善的监管机制。比如，早在 2014 年 12 月，国家新闻出版广电总局印发《关于推动网络文学健康发展的指导意见》，要求进一步加强网络原创视听节目规划建设和管理，所有视频网站的网络电影、网络剧、网络综艺等影视作品，都需备案、登记、审查，使其摆脱盲目跟风，走出媚俗、跟风的牢笼，真正实现良性发展。其次，严

厉打击色情、暴力内容。色情与暴力内容是不良商家宣传的噱头，也是网络文艺发展的一大毒瘤，网络直播因色情泛滥而污名化，网络游戏更是因过度暴力而危害青少年身心健康。其三，增加版权保护意识。在某种意义上，只有保护版权才能真正促进产业发展。比如，“剑网 2018”专项行动针对剽窃作品、违规转载等行为予以下架封存；平台不得随意转载未经授权的各类作品，版权需要经过正规途径购买授权等。

在运营商、平台方面，他们是维护网络文艺清朗空间的主体。营造天清气朗的网络文艺发展空间首先有必要甄别用户身份。比如，网络游戏对未成年人的限制进一步加强（包括要求上传身份证及其监护人的证件，未成年人进入游戏要经过监护人的同意，不得在当日十二点后打开游戏等）；抖音、快手等短视频平台开启身份验核，对未成年人有选择性地展示内容。其次是查处违规作品，平台对上线的作品有义务进行审查并将不合格的作品下线处罚。比如，为蹭热点、蹭 IP 而粗制滥造的作品，内容恶俗低趣味、无看点的作品，传播淫秽色情、血腥暴力的作品等。随着运营商、平台社会责任意识、自我净化意识越来越强、越来越自觉，将会推出更多的打造网络文艺清朗空间的具体举措。

二、内容生产：现实题材备受重视、传统文化转化创新、文化身份趋于主流

（一）关注现实生活，走向新型现实主义

近年来，随着网络文艺创作生产的深化，现实题材日益受到关注，同时，现实主义创作开始形成一股潮流。作为当代社会生活的文化表征，网络文艺创作力图与时代发展建立一种的新的联系，并为人们观测当代文化的精神风貌、审美取向与深层内涵提供想象性的参照系。

在某种意义上，“现实题材”的备受关注是网络文艺主流化、类型化、精品化发展的必然要求和结果。具体说来，网络文艺的现实题材创作在以下几个层面得以开拓创新：一是反映改革开放发展进程，讴歌党、讴歌祖国、讴歌人民、讴

歌英雄的创作；二是聚焦社会热点话题，反映现实生活，引发大众广泛关注及共鸣的创作；三是越来越多“现实向”的类型作品涌现，比如，罪案类、青春校园类网络剧越来越多地将目光投向社会现实；四是非现实题材作品也越来越多地注入现实主义的内涵，运用多样题材和多种方法观照现实，现实主义因子和底蕴逐渐成为网络文学、网络剧、网络电影等作品的审美品格的新追求。

进一步说来，网络文艺创作生产既继承现实主义传统，又有现实主义的当代发展。在当今的互联网时代，现实主义不再与现代主义、后现代主义格格不入乃至对立，而是融合发展，并呈现一些新的特性，乃至呈现为一种新型的现实主义。择要说来，第一，网络文艺的“现实”是媒介化的现实，“超现实”取代了现实成为符号生产的主导范式；第二，网络文艺的现实主义是一种基于社会现实而又试图超越日常生活的“增强”现实主义，换言之，网络文艺以当代日常生活和社会文化为背景，通过网络媒介，增强年轻人对现实生活、生存状态和人生价值的认识、理解和抉择，甚至启发人们思考民族复兴、国家发展和人类命运等深刻议题；第三，在网络文艺的艺术信息交换中，“现实主义”是一种主动的实践，人们参与的可能、分享的意愿、互动的需求和个性化的满足在交互式、沉浸感的网络世界里，以及新的审美感觉、体验、趣味、思维和文化取向、价值选择等中，表现得更加强烈而实在。

（二）厚植传统文化基础，创造性转化、创新性发展特征鲜明

2017 年，《关于实施中华优秀传统文化传承发展工程的意见》提出：要“善于从中华文化资源宝库中提炼题材、获取灵感、汲取养分，把中华优秀传统文化的有益思想、艺术价值与时代特点和要求相结合，运用丰富多样的艺术形式进行当代表达，推出一大批底蕴深厚、涵育人心的优秀文艺作品。”“实施网络文艺创作传播计划，推动网络文学、网络音乐、网络剧、微电影等传承发展中华优秀传统文化。”[1] 就近年来网络文艺创作生产的现状而言，传统文化创造性转化、创新性发展是网络文艺未来发展的重要趋向。

[1] 关于实施中华优秀传统文化传承发展工程的意见［N］. 人民日报，2017-01-26.

近年来，众多网络文艺作品将中华传统文化资源和现代网络技术、视听技术紧密结合起来。比如，网络综艺《一本好书》为观众“演绎”了多部中国经典书目；网络游戏《太吾绘卷》是一部以我国神话故事和武侠为题材的独立游戏，它以古代华夏神州为背景，实现了传统文化和网络游戏的深度结合；网络纪录片《了不起的匠人》持续发力，展现了更多精美的东方传统技艺和器物；网络剧《延禧攻略》展现了绒花、缂丝、点翠等非物质文化遗产元素，引发了多方讨论。

随着网络文艺创作生产进入新的调整期，尤其是，在挖掘传统资源、展示传统文化的问题上，挖掘、展示“什么”和“如何”挖掘、展示呈现更明确、健康、正面的趋向。随着科技和创作理念的丰富完善，网络文艺各主要形态通过表现形式的不断创新，既实现与传统文化更深入、紧密的结合，又创作出和传统文化精神相契合、符合时代发展特征的作品。就价值取向而言，作为弘扬传统文化的重要艺术形式，通过对传统资源、传统文化的挖掘和展示，并通过新颖的艺术表现形式、手法和渠道，网络文艺呈现丰富的现代性风貌，并成为传承、彰显中华优秀传统文化的重要载体，同时，也成为积极承担社会责任、表现新时代中国精神、传递积极向上价值观念的生力军。

（三）协调、磨合发展，文化身份渐趋主流化

基于网络文艺实践的实际情形和发展潜力，2015 年，《中共中央关于繁荣发展社会主义文艺的意见》强调：“网络文艺充满活力，发展潜力巨大，”要“大力发展网络文艺”。这为网络文艺从“非主流”走向“主流”、从“边缘”走向“中心”、从“亚文化”走向“主流文化”提供了重要的契机。事实上，经过多年的快速发展，网络文艺已成了人们重要的审美娱乐形式，也成了影响人们生活方式、艺术趣味、审美观念等的重要艺术形态。就内容生产说，与主流的文化接受方式相匹配，网络文艺的文化身份也日趋主流化。

历史地看，在其发生发展中，网络文艺具有鲜明的亚文化特征，草根性、大众性、解构性等一度被认为是网络文艺的基本特性。事实上，网络文艺创作生产本身的草根化、低成本、低门槛等特点，确也使其被人们贴上了“非主流”“边

缘化”“亚文化”等标签，且在一段时间内显现出与主流文化的明显分野。但随着艺术实践的丰富展开，网络文艺慢慢淡化浓重的亚文化色彩。尽管网络文艺的“主流化”是一个动态的过程，同时，作为网络文艺的生长土壤和环境，亚文化对网络文艺有着深刻的影响，但近年来的艺术实践表明，在多元文化的协调、磨合中，网络文艺的“主流化”是主导文化、大众文化及艺术审美、文化产业等多种因素矢量合力作用的必然趋向。特别是，在政府主管部门政策、资金、法律法规等的促进、规范，创作生产者和机构的自觉自律，以及文化市场逐步成熟，“主流化”的网络文艺产品的市场价值不断彰显，反过来进一步调整、优化文化经济政策，并激发和调动各类网络文艺市场主体的积极性与创造性。

总体而言，近年来，网络文艺以上内容生产的显著特点，既体现了它作为一种重要力量参与到中国特色社会主义文化建设中来的使命担当，也表明了关注现实生活、传承优秀传统文化、表达主流价值、传递时代精神，是网络文艺创作生产繁荣兴旺的必然要求和必由路径。

三、技术进步：5G、VR、AI、区块链技术等持续赋能

一直以来，技术因素深刻地影响着网络文艺的更新迭代，当前的技术仍处在高速的变革中，在可见的几年内，5G 技术的商用、虚拟现实技术的成熟、区块链技术的应用技术的综合应用会产生更大的化学反应。

（一）5G 技术将给网络文艺带来发展新突破

2019 年 6 月 6 日，工信部正式向中国移动、中国联通、中国电信、中国广电四家企业发放 5G 商用牌照。[1]这意味着我国正式进入 5G 时代，2019 年成为“5G 元年”。

5G 具有大带宽、低延时、多连接等特点，今后将会给网络文艺带来新突破。

[1] 工业和信息化部向四家企业颁发 5G 牌照［EB/OL］.（2019-06-06）［2019-10-10］. http://it.people.com.cn/n1/2019/0606/c1009-31123764.html.

首先，在5G基础上，4K高清、8K环绕VR内容、高速视频的功能性家用、电影和游戏互动混合等将有大规模普及的可能。相比以往，在5G时代，随着AR技术的发展、模拟主播的研发、AI的进一步强化，网络视频中会增加更多的虚拟内容，从而更加无缝整合真实性和虚拟性，乃至实现超视频化。由此，网络文艺内容的视频化、视觉化的倾向会更加明显。其次，新的技术可能会带来新的网络文艺形态。正如4G时代带来了网络直播、短视频，并颠覆了网络文艺的生产、传播格局，5G技术将结合其他技术一同带来新的网络艺术样式，虽然我们无法预测这种新形态的具体样貌，但交互性、虚拟性、便捷性、移动性更强应该是其基本属性，同时，还将导致新一轮的平台竞争与格局变动。其三，5G带来了万物互联。从技术协议、软件OS、工具应用，再到内容形态，大量的新产品将会出现；从智能家具、云屏，再到智能眼镜、无人机甚至老家电，“物联网化”将成为现实，物联媒体即将实现，一键通发逐步演变为一键通控。其间，网络文艺的各环节、各门类将被打通，网络文艺的内容随之发生变革，适用场景也越来越丰富。

（二）VR、AI、区块链技术等给网络文艺带来发展新可能

相较于5G技术对网络文艺的可见影响，虽然虚拟技术（VR）、人工智能技术（AI）、区块链技术等的发展仍需突破，但它们对网络文艺的影响和作用仍可预见。

就虚拟技术而言，由于目前的虚拟现实设备往往会给观众带来无法避免的眩晕感，运用到虚拟现实技术的时长通常较短，比如，影视剧的华彩部分，或将体量短小的游戏、篇幅简短的非连续性叙事作品，对观众由持续的吸引力。加之设备的昂贵和传播速度、消费场所等的限制，短期内难以见出对网络文艺的大众性影响。然而，在今后的发展过程中，随着虚拟技术的不断突破、进步，虚拟技术将促进技术与艺术的进一步结合，给用户带来质量更高的网络文艺作品。

就人工智能来说，它一般分为弱人工智能、强人工智能与超人工智能，目前以弱人工智能为主。这一类人工智能能够通过海量数据学习，在某一方面达到

“精通”，并进行一定程度上的艺术创作。当然，目前人工智能在人类情感的习得上还存在不小的问题，同时，基于艺术丰富、深厚的“情感性”，人们能够轻易发现人工智能艺术与艺术家创作艺术之间的不同，比如，人工智能创作的作品内涵稍嫌薄弱且可轻易复制。尽管如此，就未来发展而言，科学家对于强人工智能与超人工智能的研究始终没有停止，机器在学习人类情感的道路上也还在继续前行，在今后的艺术创作中，人工智能很有可能作为辅助艺术家进行艺术生产的助手，辅助艺术家完成一些难度较大、计算精度要求高的作品。

在区块链技术方面，近年来，随着移动智能高速发展，它在游戏领域率先应用落地。区块链的链式数据结构、加密算法、智能合约等技术可以在分布式数据网络上建立其一系列严密、难以篡改的数字版权认证，在网络文艺版权保护方面开始发挥作品，因此，全球游戏产业巨头早已深度布局，抢占区块链+网络游戏市场。目前，区块链技术仍处于初创开发阶段，没有直观可用的成熟产品，其信息存储、验证、容量等依然存在不少问题。此外，区块链去中心化、自我管理、集体维护等特性在改变人们生产生活方式的同时，还带来监管困难的现实矛盾，因此，区块链技术对网络文艺的影响，取决于技术本身的发展，有待于进一步观察。

值得一提的是，技术发展常常是一柄双刃剑。对艺术生产来说，技术发展带来了有利因素，但也带来负面影响，比如，先进技术的出现使人沉浸网络世界，越来越呈现一种虚拟生存状态，并带来持续的价值伦理争议。对此，网络文艺创作生产有必要对这种“异化”保持足够的警醒并进行更多的思考。在某种意义上，这也是网络文艺作为一种精神创造理应承担的社会责任。

四、产业发展：全产业链运营、用户地位彰显、资本回归理性

（一）以优质“IP”为核心的全产业链运营清晰可见

网络文艺与传统文艺的一个显著差别是其具备更强的全产业链运营。目前，网络文艺的产业链意识日益自觉，诸多大型平台都在尝试构建泛娱乐生态平台，

并全方位布局，以优质“IP”为核心全面涉足产业的上、中、下游。当然，产业发展有其自身规律，特别是，优质IP资源仍属稀缺资源，且需要相应的IP运营能力亟待提升，但无论是从技术、市场、产业的角度，还是艺术创作、生产的角度，全产业链运营是网络文艺发展的显著动向。

IP的全产业链开发主要包括三个环节：一是要孵化更多成熟、优质的IP，尤其以网络文学、网络漫画等为“策源地”；二是针对一个IP进行全产业链的布局与运营，即，以内容基因为基础进行跨门类、跨产品、跨产业的运营，比如，以网络影视、网络动画、网络游戏、网络音频等形式通过平台推向市场，实现IP的全方面触达，最大限度发挥内容的效益；三是IP的变现，即，通过线上线下各种方式进行盈利。这三个环节构成了一个相互转换、相互哺育的过程，其间，既需要平台具有全方位的运营能力，也需要整个网络文艺产业具备完整的产业体系。近年来，在诸多网络文艺形态的实践发展中，全产业链运营的意识、能力和“体系”越来越清晰、明朗，并有力推动着的网络文艺产业的高效发展。

值得一提的是，对网络文艺发展来说，作为一种现代大众艺术形式，市场的作用不可或缺，在某种意义上说，商业模式的市场化运作是激励创作、拉动传播、创新经营等的最大推手，也是网络文艺飞速增长的经济支撑。因此，鼓励充分的市场竞争，推进文化产业内部结构转型升级，营造规范有序、公平公正的市场环境，健全完善以优质“IP”为核心的文学、影视、游戏、动漫、音乐、演艺等“泛娱乐”产业链条，是网络文艺健康、可持续发展的必要条件。

（二）用户的重要地位进一步彰显

历史地看，传统文学中的“读者”、影视艺术中的“观众”、音乐中的“听众”和美学、传播学中的“欣赏者”“接收者”等，在当今的互联网时代，他们有了一个共名——用户。在网络文艺发展中，尽管“用户”带有浓厚的经济学色彩，但其在各个表现形态的地位和作用日益凸显乃至成为“中心”。

近年来，我国网络文艺的用户总量上逐步趋近于我国网民总数，其中，尽管不同表现形态的用户数量不尽相同，但随着产业规模的不断扩大，其用户数总体上持续增长。当然，在数量增长的背后，更重要的是，网络文艺创作生产逐渐改变了传统文艺以创作者为中心的格局，并使用户在整个文艺领域的话语权越来越强，同时，用户内容自制、用户付费为内容“投票”等都进一步强化了用户的重要地位。

其次，在新的媒介生态中，网络的社交化使网络文艺创作生产各主体之间的关系发生了深刻变化。具体说来，首先是用户间的互动。实践表明，网络文艺往往高度依赖“粉丝”，网络上用户之间原本的身份隔膜被打破，取而代之的是具有强大凝聚力、向心力的“共同体”。其中，“粉丝”在现实空间的差异被最大限度的削弱，并在网络空间建立起了新的身份、重构一个依托于现实而不同于现实世界的微型社会，甚至衍生出新的社交关系、社交语言、社交秩序而对网络文艺产生重要影响。其二是用户与作者之间的互动。在网络文艺创作生产中，依托社交平台，用户与作者建立起平等、有效且不断增强的互动关系。其中，作者不再高高在上，他们采纳读者的意见甚至顺应读者的要求，并在与用户的交流与合作中形成新型的“创作—接受”关系。其三是线上线下的联动与延伸。事实上，前两种互动最终都汇集于线上线下的联动，并形成用户黏性，形成作品创作、传播、接受等的循环。其中，用户通过线下的自发行为在虚拟与现实世界里建立归属感，其强烈的认同、互动超越了对作者、角色的喜爱，而成为生活的一部分，同时，这样线上线下联动可使粉丝群不断扩大，并对网络文艺发展产生深刻影响。

（三）资本回归理性，创作生产进入精品化时代

就产业发展而言，资本对网络文艺的作用远大于对传统文艺的影响。在实际运作中，网络文艺中的所有形态、所有环节都离不开资本的助推。近年来，网络文艺的迅猛发展吸引了大量的“热钱”和非理性投资，同时，资本的大量流入又在某种程度上助推了一些网络文艺形态的膨胀、野蛮式发展和创作生产的粗制滥造。可以说，资本与生产之间既促进又内耗的关系呈现出一幅无序的图景，其中的症结、矛盾显然不利于网络文艺创作，也不利于网络文艺产业发展。此外，

2018 年出现“阴阳合同”“收视率造假”等反映出影视行业乃至传媒、文化领域面临一系列突出问题，也反映了资本逻辑的无序和病态。随着政府主管部门的强力介入和市场规律的作用发挥，以及行业自身的自觉和自律，近年来，资本逐步回归理性，网络文艺创作生产中的质量意识、精品意识日益成为共识，并必将网络文艺的未来发展。

当前，网络文艺仍处在高速发展之中，客观说来，不管是对资本还是对艺术生产，理性、质量、精品等都是发展进程中重要的生命线。近年来，相关主管部门出台“限酬令”、打击偷税漏税等行动虽然一时抑制了文艺领域某些方面的“繁荣”，但对文艺、市场、产业等的健康、可持续发展来说，这显然具有重要的作用。就网络文艺而言，一方面，大量资本的流入使得网络文艺创作生产呈现明显的“虚火”，作品数量的急剧攀升不等同于质量的提升，恶性的竞争不利于行业的有序发展，唯流量、唯票房、唯收视率、唯利润等倾向带来评价标准的偏倚，造成艺术生态的失衡；另一方面，资本客观甄别投资对象，对作品进行全方位风险评估，并将有限的资本集中在优质项目上，对打造网络文艺精品具有重要意义。因此，在社会主义市场经济条件下，资本回归理性、质量意识提升、助推良性竞争、走精品化发展之路，是未来网络文艺发展的必然趋向。

五、“普及”与“提高”：建构数字文化语境中的人民主体性

在网络文艺创作生产中，“读者”“听众”“观众”“接受者”等的重要地位毋庸置疑。在当今的互联网文化语境中，经济学的“僭越”是一种引人瞩目的现象，即，本是经济学术语的“用户”所具有的举足轻重的地位已远非文学的“读者”、音乐的“听众”、影视艺术的“观众”和接受美学、传播学的“接受者”等可相提并论。就当前的现实情形来说，“用户黏性”日益成为网络文艺存量市场的制胜关键，与之相应，“突破圈层”与“回归圈层”日益成为网络文艺创作生产的方法论。在互联网时代，观众至上，乃至绘出用户画像，是艺术创作和传播、接受的重要脉门，乃至是“生存之道”。事实上，相较传统的影视剧，互联

网时代艺术创作的突出特点和优长之一就在于能准确切中用户需求、坚持以用户体验为核心。

诚然，“观众至上”与“用户画像”本身无可厚非，甚至，在新的社会文化语境中，这些观念和举措具有重要的现实意义和长远价值。事实上，读者、听众、观众、接受者或“用户”不是高台教化的受教育者，但也不是被迎合的“上帝”。尤其是，就后者而言，在当今时代，“娱乐”诚然是现代生活不可或缺的，但“娱乐至死”，以至使文化成为赫胥黎式的滑稽戏，则会如同使文化成为奥威尔式的监狱一样，让文化精神在一地鸡毛中枯萎、凋零。[1]其次，联网时代的便捷、丰富、多元在网络文艺领域被淋漓尽致地体现出来，所有人都被前所未有的内容包围着。从传统文艺到网络文艺的演进，人们的精神体验被不断刺激，也被不断满足。任何一种网络文艺形态都可能轻松“捕获”数以亿计的用户，也实为一种前所未有的景观，但我们也能够深切地认识到这种“被满足”之中的“被束缚”。这就需要人们在新的时代重新审视“普及”与“提高”的内在关系。

历史地看，就“价值取向”而言，涵濡在浩浩汤汤时代潮流中的文学艺术曾突显了“宣传”的维度、“经济”的维度，而今则是到了要自觉高扬“价值”维度的时刻。从“用户”的角度看，在《第二媒介时代》中，马克·波斯特指出：“第一媒介时代”是播放型传播模式盛行的时期，是由少数文化精英和知识分子主导的自上而下、由一对多的单向传播，然而，在互联网时代，没有了传播中心，几乎人人都可以参与散点的双向交流，换言之，一种集制作者、销售者、消费者于一体的系统得以产生，并对交往传播关系进行全新的构型。而这种全新的“构型”不仅会改变我们的交流习惯，还对我们的身份进行深层的重新定位。因此，进一步说来，在“普及”与“提高”的意义上，“主体性”问题成了新媒介文化时代的尖锐课题，且势必重塑“普及”与“提高”的内在关系。不必赘述，当今时代的“主体性”已超越了本体论、认识论和人本学的哲学视域而建基在实践–价值哲学之上。诚然，“价值”具有客观性，“价值观”具有主观性；与知识

[1] 尼尔·波兹曼.娱乐至死[M]，章艳，译.桂林：广西师范大学出版社，2004：201.

和真理的统一性不同，主体的多元化必然带来价值和价值观念的多元性。[1]因此，对网络文艺创作生产及其发展来说，大凡有着“艺术为人生”或“为人生的艺术”的根基，现实主义的广阔道路上自然可以有个人创造性和个人爱好的广阔天地，有思想和幻想、形式和内容的广阔天地。然而，在见仁见智之中，价值判断和价值取向的标准总得有一个最大公约数！由此我们不难理解，中国语境中的现实主义创作除了强化特定的美学规律性，还特别强调“创作无愧于时代的优秀作品”“坚持以人民为中心的创作导向”“中国精神是社会主义文艺的灵魂”等，因为，这其间贯穿着一个核心的价值命题就是“人民”主体的高扬——它是价值主体的最大公约数。[2]

六、社会影响：艺术地位显著提升、作品“出海”成新常态

（一）实践发展和创作实绩彰显新生力量

近年来，在以往丰富实践的基础上，网络文艺各主要表现形态进一步繁荣发展，并取得了新的创作实绩。历史地看，随着互联网技术和新媒体发展，网络文艺走过了一段由弱到强、由小到大、由隐到显的发展道路。其中，在表现形态上，网络文艺、网络游戏等起步较早，但也不过 20 多年时间，网络剧、网络综艺、网络电影、网络动漫等近年来迅猛发展，但显示出势不可挡的蓬勃朝气。在创作实绩上，随着网络文艺实践经验的积累和良好发展环境的营造，尽管整体上的质量、水准还难以和相应的传统文艺创作相比肩，但网络文学、网络剧、网络综艺、网络动漫、网络游戏等的创作生产中均出现了不少现象级爆款作品，并引发了全社会的关注。由此一来，在影响力上，随着“互联网 + 文艺”的深广发展，网络文艺在丰富的实践中逐渐形成了自身显著特点和基本特征，成了当代中国文艺百花园中鲜艳夺目的花朵和令人瞩目的新生力量，同时，也深刻地影响和

[1] 李德顺．生活中的价值观［N］．中国艺术报，2014-08-29；王玉樑．客体主体化与价值的哲学本质［J］．哲学研究，1992（7）：16-23；万俊人．真理与价值及其关系拓论［J］．人文杂志，1992（6）：33-40。

[2] 彭文祥．价值论视阈中的“现实主义”与人文关怀［J］．中国文艺评论，2016（11）：29.

带动着当代中国文艺的整体转型和发展，特别是，从其所显现的活力、规模、特征、成效、经验、影响、潜能、前景等来综合考量，它所具有的示范、辐射乃至引领作用和意义将进一步释放、扩大。

事实上，作为一种新生事物，网络文艺近年来社会影响力的日益提升和发展活力的日益彰显，有诸多显著表征，比如，党和国家的高度重视、行业主管部门加大服务管理力度、资本市场持续活跃、制作生产机构和平台发展如火如荼，同时，多种多样的网络文艺大会、研讨会、研究报告、教育培训、评选评优等活动广泛开展，新文艺组织、新文艺群体、网络文艺研究机构等雨后春笋般涌现。特别是，就艺术研究而言，鉴于网络文艺创作生产的新发展，借助深入的学理性阐释和深描，有关网络文艺创作与批评的深入思考在“传统－现代”的交汇、冲突、过渡中逐渐改变着某种“失语”或“理论空转”的尴尬、错位和焦虑，不仅有益于重建审美话语的美学阐释能力与活力，也有益于在积极回应诸多“嬗变”的过程中丰富、完善当代中国文艺理论，乃至有别于传统而开启文艺美学的新视野、新维度。

（二）从野蛮生长到精品化发展，网络文艺的审美特性和价值诉求进一步彰显

实践和事实都表明，“精品化”是网络文艺发展和转型升级的必由之路。无论从历时的还是共时的角度来看，唯有文艺“精品”才能造就文艺高原，达至文艺高峰。首先，对网络文艺创作来说，我们既强调其审美属性，也强调其经济属性，换言之，“事业”和“产业”并行不悖，协同发展，因此，网络文艺的“精品”内涵，一是“作品”意义上的精品，即从内容层面和价值层面上进行考量，追求审美效益；二是“产品”意义上的精品，即从制作、传播和服务等层面来考察，以获得经济效益。事实上，在提升质量的基础上，作品与产品、审美效益和经济效益两者相辅相成、相得益彰。其次，就“作品”层面的审美效益来说，精品化是网络文艺当下的重中之重。一方面，与传统文艺所达到的高度相比，网络文艺中的“现象级”、能经受历史检验的精品仍然不多；另一方面，从文艺发展

的历史维度来看，文艺思潮的出现必定是由文艺“精品”所带动的，同样，网络文艺的发展必须依赖一批具有“精品”属性的作品而推进。作品的精品化是其内容、价值的内在诉求。具体说来，优质内容是产业发展的决定性因素，为此，网络文艺应反映时代生活、彰显时代精神，将真善美作为作品的内核，融合传统文化、表达人文精神。其三，在网络文艺价值诉求的层面，可概括为“铸魂魄、接地气、聚人气”：“铸魂魄”即是要呈现社会主义核心价值观；“接地气”是指要真切表现生活在我们这块土地上的人们的所感、所思、所盼、所愿；“聚人气”是指形式喜闻乐见，并要温暖人、感染人、教育人、团结人、鼓舞人，弘扬真善美、传递正能量。[1]

当然，不同于传统文艺，网络文艺的生成土壤、媒介基础、受众接受、社会语境等都有其特殊性，更注重作品的大众性、普适性、共赏性，因此，如果单纯以传统文艺的艺术性、高雅性等来要求网络文艺肯定有些简单化，所以也就需要在艺术评价标准上作出调整完善。相比之下，传统文艺更讲求文艺的艺术性、审美性，不断追求内容和价值层面的社会效益，而就网络文艺发展而言，尽管她是一个结构复杂的综合体，涉及行业内外、不同门类、多个主体等多种因素，但就打造精品而言，“作品”的精美、“产品”的精致是其题中应有之义，也是网络文艺繁荣发展的必由之路。

（三）从亚文化向主流文化转变，网络文艺的文化地位进一步凸显

基于网络文艺实践的实际情形，从“非主流”走向“主流”、从“边缘”走向“中心”、从“亚文化”走向“主流文化”为“网络文艺充满活力，发展潜力巨大”、要“大力发展网络文艺”作出了生动的诠释。事实上，经过多年的快速发展，网络文艺已成为人们重要的审美娱乐形式，也成为影响人们生活方式、艺术趣味、审美观念等的重要艺术形态。就内容生产来说，与主流的文化接受方式相匹配，网络文艺的文化身份也日趋主流化。历史地看，在其发生发展中，网络文艺具有鲜明的亚文化特征，草根性、大众性、解构性等一度被认为是网络文艺

[1] 罗建辉．推动网络视听节目精品化［N］．人民日报，2019-01-04.

的基本特性。事实上，网络文艺创作生产本身的草根化、低成本、低门槛等特点，确也使其被人们贴上了“非主流”“边缘化”“亚文化”等标签，且在一段时间内显现与主流文化的明显分野。但随着艺术实践的丰富展开，网络文艺慢慢淡化浓重的亚文化色彩。

网络文艺的“主流化”是一个动态的过程，同时，作为网络文艺的生长土壤和环境，亚文化对网络文艺有着深刻的影响，但近年来的艺术实践表明，在多元文化的协调、磨合中，网络文艺的“主流化”是主导文化、大众文化以及艺术审美、文化产业等多种因素矢量合力作用的必然趋向。特别是，由于政府主管部门政策、资金、法律法规等的促进、规范，创作生产者和机构的自觉自律，以及文化市场逐步成熟，“主流化”的网络文艺产品的市场价值不断彰显，反过来进一步推动文化经济政策调整、优化，并激发和调动各类网络文艺市场主体的积极性与创造性。就发展趋势而言，网络文艺以上内容生产的显著特点，既体现了它作为一种重要力量参与到中国特色社会主义文化建设中来的使命担当，也表明了关注现实生活、传承优秀传统文化、表达主流价值、传递时代精神，是网络文艺创作生产繁荣兴旺的必然要求和必由之路。

（四）从他律到自律、从被动到主动，网络文艺创作生产主体的社会责任和担当进一步强化

就创作生产实际看，在内容生产上，网络文艺近年来呈现两种鲜明特性：第一，关注现实生活，走向新型现实主义。作为当代社会生活的文化表征，网络文艺创作力图与时代发展建立一种新的联系，并为人们观测当代文化的精神风貌、审美取向与深层内涵提供想象性的参照系。在某种意义上，“现实题材”备受关注是网络文艺主流化、类型化、精品化发展的必然要求和结果。第二，厚植传统文化基础，努力推进中华优秀文化的创造性转化、创新性发展。就价值取向而言，作为弘扬传统文化的重要艺术形式，通过对传统资源、传统文化的挖掘和展示，并通过新颖的艺术表现形式、手法和渠道，网络文艺呈现丰富的现代性风貌，并成为传承、彰显中华优秀传统文化的重要载体，同时，也成为积极承担

社会责任、表现新时代中国精神、传递积极向上价值观念的生力军。在某种意义上，对新生、新兴的网络文艺来说，这两种鲜明特性既是其发展成熟的一种标志，也是其社会责任和担当的重要表现。

在新时代，网络文艺创作生产必然走向“守正创新”的新阶段。其中，“守正”是网络文艺创作生产的基础，这包括坚持中国特色社会主义文艺的发展方向和遵循艺术发展的规律两个主要方面；“创新”则是在守正的基础上，通过理念创新、方式创新，使网络文艺创作生产能够紧扣时代脉搏、贴近现实生活、反映时代精神。具体说来，一是要将坚持中国特色社会主义文艺发展方向作为网络文艺创作生产的基本原则；二是要将培育和弘扬社会主义核心价值观作为网络文艺创作生产的重要价值取向；三是要在“基本原则”“价值取向”的基础上，积极推进网络文艺的内容、形式创新，尤其是，要高度关注庞大的青年受众群体，并根据网络受众的年轻化、族群化特征推进艺术创新，创造新时代的青年文化，使他们成为优秀传统文化的传承者、正能量的弘扬者、主流文化的促进者、社会发展的担当者、时代进步的先锋者。进一步说来，在社会责任和担当中，人民群众既是网络文艺的消费者、评论者，也是网络文艺的生产者、传播者。人民群众的广泛参与和深度参与，给网络文艺注入了巨大活力，因此，落实网络文艺的社会责任，一定要充分发挥广大人民群众的智慧和力量。同时，网络文艺创作生产要把引领群众和服务群众结合起来，既满足人民多样化精神文化需求，又加强引导、克服浮躁，讲品位、讲格调，坚决抵制趋利媚俗之风。落实网络文艺的社会责任，首先要依靠优秀的网络文艺作品，因此，网络文艺工作者要始终坚持文艺为人民大众服务、为社会主义服务的“二为”方向，把人民群众需不需要、满不满意作为评判网络文艺作品和服务质量的价值标准，积极创作关注现实的文艺精品，把社会主义核心价值观蕴含在优秀的网络文艺作品中，真正做到“接地气”“聚人气”“扬正气”。特别是，“弘扬中国精神、传播中国价值、凝聚中国力量”是文艺工作者的神圣职责，肩负这一神圣职责，网络文艺工作者必须时刻躬身自省、不忘初心，要让中国精神成为网络文艺的灵魂，创作无愧于时代的优秀作品。

（五）优质作品持续出海，国际影响力进一步增强

近年来，优质网络文艺作品的海外传播日益频繁、日益醒目，乃至开启了当代中国文化艺术海外传播的新阶段，开辟了在海外市场传播中国文化的新领域，成了提升我国文化软实力的新载体、新方式。其中，形态由单一而多样、题材由个别而丰富、受众面由狭窄而宽广等是网络文艺国际化发展的显著特点。

网络文艺的国际化发展绝非偶然现象，而是近年来跨文化传播中多种因素合力作用的必然结果。择要说来，第一，产业优势保障网络文艺的海外传播。作为互联网发展的产物，网络文艺发展的背后是互联网产业的崛起、壮大，特别是，以 BAT 为代表的互联网资本，其跨国、跨境的产业布局带动了网络文艺产业的快速发展。比如，网络文学的成功出海离不开起点中文网等网络文学平台多年的积累，众多优秀作品为海外传播提供了源头活水。当然，作为文化产业，网络文艺也有其市场规律，即，充分利用产业发展势能、开辟海外市场，网络文艺作品的海外传播既可以提升我国文化艺术产品的影响力，又能盈利，促进艺术再生产。第二，文化通道的顺畅加速网络文艺的海外传播。一方面，在我国香港、台湾、澳门地区，以及东南亚，由于文化上的同源性、相似性，大大降低了文化壁垒与接受的难度，因而能取得更好的传播效果；另一方面，通过粉丝渠道进行的传播是近年来网络文艺海外传播的突出现象，比如，武侠小说、游戏、ACG 等，这种传播更多的是亚文化群体的快感相通性。相比之下，建立在审美接受心理层面的文化通道是更为坚固、有效的传播途径，它不仅以人文精神、审美价值为核心，还突出鲜明的本土特色，对开拓新的文化通道具有实践上的启示意义。第三，媒介特性助推网络文艺的海外传播。作为信息时代的艺术形式，网络文艺天然具备互联网的媒介特征，即，网络文艺可以借助互联网优势顺畅发布、推广和传播。特别是，从用户的角度看，网络文艺作品获取成本更低、方式更便捷，因而受众面更广、用户数量更大。第四，文化属性推动网络文艺的海外传播。在文化属性上，网络文艺具有更多的青年亚文化色彩，加之网络文艺的交互性让人们（尤其是青年人）充分表达自我更加便捷、有效，因而在网络文艺艺术信息广泛

交流于接受中，青年亚文化的参与性、分享性、互动性与个性化等使网络文艺在海外传播中可以获得强大助力和广阔发展空间。

总的说来，随着我国经济社会的稳步发展，提升文化软实力是增强综合国力、提高国际竞争力的迫切需要，而网络文艺在讲好中国故事、推动中国文化“走出去”的进程中，扮演着重要的角色。在这种意义上，强化质量意识、促进网路文艺的海外传播、提升国际影响力，不仅是网络文艺繁荣发展的显著表征，也是网络文艺繁荣发展的时代所需、责任所在。

后记

宏观地说，所谓“网络文艺”，是与“网络”紧密相关的文艺形态。这与当年人们开始思考“电视文艺”这一概念和命名时的逻辑相似。然而，准确把握“网络文艺”这一新生、新兴艺术形态的内涵远非如此“宏观”。事实上，在当前的信息社会和数字经济时代，“网络文艺”在丰富实践的基础上逐渐形成了有别于传统文艺的质的规定性，同时还蕴含着一系列的新课题和新挑战。

随着时代发展、社会进步，互联网作为一种全新特质的媒介带来了革命性的影响。她正史无前例地影响、改变着我们的生活方式、思维方式和存在方式，以及社会形态、社会心理等，或如哈罗德·伊尼斯所言：“一种新媒介的长处，将导致一种新文明的产生。”在艺术活动的领域，尼尔·波兹曼曾说：“每一种媒介都为思考、表达思想和抒发情感的方式提供了新的定位从而创造出独特的话语符号。”而当前的实际情形雄辩地表明，互联网的作用和影响已渗透到了艺术生产与再生产的各个环节和层面。由此说来，如果说网络文艺创作生产的“嬗变”已经发生，那么，文艺研究和艺术理论的“应变”既是一种发展的必然，也是一种紧迫的任务。

不必赘述，当今时代的文艺研究要有“中国语境”与“国际视野”的视域融合。具体就“网络文艺”的英文翻译来说，其中有Network arts，有Internet arts、Online arts，还有Web arts等；至于“文艺”，除了arts，也有人将之翻译为literature and art。细思之下，词义的理解和阐释关乎“网络”，还关乎“文艺”。就后者而言，如果将“文艺”展开为“文学＋艺术”，那又将进一步牵涉中国语境中关于“文艺”的历史渊源、约定俗成和学理思辨。面对当前形式多样、蓬勃发展、前景繁盛的网络文艺实践，这种谱系学的知识考古或许给人一种细碎乃至空疏之感，但诚如艾略特所说:“在一种新型批评中迫切需要实验，这很大程度上就在于对所使用的术语进行逻辑和辩证的研究……我们始终在使用那些内涵与外延不太相配的术语：从理论上说它们必须相配；但如果它们不能，我们就必须找到某种别的途径来弄清它们，这样我们才能每时每刻都知道自己要表达什么意思。”当然，在如今的媒介新生态和艺术新生态语境中，网络文艺的发展、成熟需要一个过程：一方面，在“中国语境”的观照中，相比之下，识别网络文艺的不同表现形态（像网络文学、网络剧、网络电影、网络综艺等），比揭示网络文艺的内涵容易得多，一是因为她牵涉诸多方面与元素而纷繁复杂，二是网络文艺是一种新生事物且仍处于发展、变化之中；另一方面，就“国际视野”而言，在对比参照的意义上，欧美网络文艺的创作生产在发展阶段、思想主题、表现形式和传承创新的序列、链条等方面更多地具有“自然生长”的意味，而当代中国的网络文艺发展置身于社会历史转型的宏阔语境之中，并在传统与现代的激烈冲突和创造性转化、创新性发展中呈现“跃然崛起”的风貌。因此，尽管学理性的探究因诸多不确定因素而存在见仁见智的复杂情形，但“探究”本身既是理论思维的题内应有之义，也是检视问题、总结经验、促进实践的必要条件。在这种意义上，面对网络文艺的新实践，及时概括和总结网络文艺创作生产的新经验、新特征，以至在“重估”与“前瞻”的维度探究网络文艺创作生产的新规律、新美学，既是文艺研究的新尝试，也是理论自身发展的内在要求。

2014 年，习近平总书记在文艺工作座谈会上指出:“互联网技术和新媒体改变了文艺形态，催生了一大批新的文艺类型，也带来文艺观念和文艺实践的深刻变化”，并强调“要适应形势发展，抓好网络文艺创作生产，加强正面引导力度”。这次重要讲话提出了普适性、规范性的“网络文艺”概念和命名，并对促进其繁荣发展提出了提纲挈领的意见。此后，网络文艺的重要性进一步得到强调和彰显。比如，2015 年,《中共中央关于繁荣发展社会主义文艺的意见》指出:“网络文艺充满活力，发展潜力巨大。”2018 年，在全国宣传思想工作会议上，习近平总书记强调“必须科学认识网络传播规律，提高用网治网水平，使互联网这个最大变量变成事业发展的最大增量”；要把提高质量作为文艺作品的生命线，推出更多健康优质的网络文艺作品。可以说，这些阐述对促进网络文艺繁荣发展具有重要的指导意义，同时，也向网络文艺的“探究”提出了要求、为艺术理论的“应变”指明了方向。

时代是思想之母，实践是理论之源。《礼记·中庸》有云：“凡事豫则立，不豫则废。言前定，则不跲；事前定，则不困；行前定，则不疚；道前定，则不穷。”在《陈垣敦煌劫余录序》中，陈寅恪先生说：“一时代之学术，必有其新材料与新问题。取用此材料，以研求问题，则为此时代学术之新潮流。治学之士，得预于此潮流者，谓之预流。”进一步说来，作为一种受网络技术、新媒体和社会变迁作用与影响而禀赋互联网艺术思维并以新型艺术生产方式表征时代生活、表达现代性体验和思想感情的审美艺术形式，网络文艺带有表征时代生活中网络文化、精神、气质等的显著标识和鲜明特性，乃至如西班牙理论家奥尔特加所说：艺术因其最先敏捷感受社会文化中“精神季风”的变化征兆而成为时代变迁的“风向标”。然而，就网络文艺创作生产的现实情形而言，作为一片热土，它有蓬勃发展的一面，也有野蛮生长的一面。特别是，透过当前“互联网+”的大格局、大趋势来审视和思考诸如ICT、5G、AI、内容、IP、类型、资本、媒介融合、网生代、粉丝、用户、互动体验、娱乐、快感等，以及生产传播、营销推广、接受评价等艺术活动中的新概念、新元素和新型产业链各环节间的互动交融、聚变循环，我们可以看到，网络文艺的航船正处于云帆直挂、动力十足但又水流湍急、湾多滩险的前行态势之中。由此说来，不管是“豫立”，还是“预流”和“风向标”，积极适应媒介发展、艺术发展的新变化、新趋向，弘扬社会主义核心价值观，培育良好网络文艺生态，特别是，通过促进网络文艺精品生产，发挥其在互联网由“最大变量”向“最大增量”转换进程中的独特作用，是网络文艺研究得以系统、深入开展的准绳和目标。

《重估与前瞻：网络文艺的新实践与新美学》是北京文化艺术基金2018年度资助项目“网络文艺批评人才培养（JJ-2018-023）”的阶段性成果。本书由我统稿、编写，但著作是集体智慧的呈现。这个“集体”主要包括为“网络文艺批评人才培养”项目授课的教授。其中，陈定家、张智华、郑向荣教授和张净雨、李小莹副教授撰写了网络文学、网络剧、网络综艺、网络电影、网络音乐等的部分内容，此外，蒋莹莹、张旭、张利国、蒋希娜、詹乃德、刘青、付李琢老师撰写了网络动漫、网络游戏、“泛”网络文艺、网络文艺批评、网络文艺审美分析等部分的内容。在此一并表示诚挚感谢，同时，鉴于研究成果中仍遗留和存在的诸多问题与不足，也期待在团队的共同努力下，网络文艺相关研究能产出更多的学术成果！

彭文祥

于定福庄牧洋书屋

2019年12月18日